ILS SONT
VOTRE ÉPOUVANTE
ET VOUS ÊTES
LEUR CRAINTE

THIERRY JONQUET

ILS SONT VOTRE ÉPOUVANTE ET VOUS ÊTES LEUR CRAINTE

roman noir

ÉDITIONS DU SEUIL
*27, rue Jacob, Paris VIe*

ISBN 2-02-068271-0

www.seuil.com

Il fallait de la méthode. Beaucoup de méthode. Il ne suffisait pas de lire et de relire jusqu'à s'en donner le tournis pour que les mots entrent dans la tête comme par enchantement et aillent se ranger bien en ordre dans les tréfonds de la mémoire. C'était plus compliqué, beaucoup plus compliqué. Ah oui, oui, oui... Des journées et des journées d'efforts fournis sans relâche. À s'user les yeux devant les planches anatomiques. À attraper des maux de crâne insupportables. Mais quoi ? Tout le monde pouvait y arriver ! Simple affaire de volonté. Un cachet de Doliprane toutes les trois heures. Vraiment, ç'aurait été stupide de capituler devant la difficulté. Allez...

1) Plans superficiels, régions sus-aponévrotiques et lame superficielle du fascia cervical.
2) Plan musculo-aponévrotique infra-hyoïdien et lame prétrachéale du fascia cervical.
3) Couche cellulo-adipeuse et ganglionnaire sous-aponévrotique, corps thyroïde, plan veineux.
4) Conduit pharyngo-œsophagien, artères carotides commune et externe, nerfs IX, X, XII et laryngé récurrent.
5) Tronc sympathique cervical, vaisseaux subclaviers, artère thyroïdienne inférieure.
6) Muscles scalènes, artère, nerf et veine vertébraux, muscles prévertébraux et plexus brachial...

À première vue, ç'avait pourtant l'air simple. Il suffisait de se planter devant un miroir et de porter la main à sa gorge et à sa nuque pour palper le tout. C'était bien réel, tout ça, pas du tout abstrait. C'était chaud, doux, charnu, ça palpitait.

Mais non. Il ne suffisait pas de laisser ses doigts explorer la chair au petit bonheur. Trop facile ! Pour comprendre, vraiment comprendre, il fallait se donner à fond.

> *1) Plans superficiels, régions sus-aponévrotiques et lame superficielle du fascia cervical.*
> *Branche cervico-faciale du VII : rameau marginal de la mandibule + rameau du cou, croise la face postérieure de l'angle de la mandibule, aborde le platysma par sa face profonde, l'innerve et s'anastomose avec les rameaux du nerf transverse du cou (plexus cervical).*
> *Ramifications du plexus cervical superficiel : nerf petit occipital, nerf grand auriculaire, nerf transverse du cou, nerfs supra-claviculaires médial, intermédiaire et latéral + punctum nevrosum (point d'Erb).*
> *Veines jugulaires antérieures, avant qu'elles ne s'engagent sous la lame superficielle du fascia cervical dans l'espace sus-sternal, délimité par cette lame et la lame prétrachéale (feuillet superficiel) du fascia cervical (qui est donc fermé en dehors par l'adhérence de la lame prétrachéale du fascia cervical au bord antérieur de la gaine du sterno-cléido-mastoïdien). Elles se coudent ensuite latéralement, perforant le feuillet profond pour se jeter dans le confluent jugulo-subclavier.*
> *Veine jugulaire externe : reçoit les veines temporale superficielle, auriculaire postérieure, maxillaire et occipitale + anastomose jugulaire antérieure et tronc thyro-linguo-facial de la jugulaire interne (par les veines rétromandibulaire et carotide externe de Launay) qui soulèvent le repli falciforme de Dittel.*

Un bon point : la partie traitant des plans superficiels était rentrée sans problème. Définitivement mémorisée. En moins de quelques jours, ç'avait été réglé. Les veines jugulaires, c'était très important. À tout bien considérer, c'était même ce qui comptait le plus. Idem pour les carotides. Fondamentales, les carotides ! Si on ne savait même pas ça, on était le dernier des nuls…

Cela dit, la suite s'annonçait plus ardue…

Lame superficielle du fascia cervical: adhère en haut à l'os hyoïde, se fixe en bas sur le bord antérieur de la fourchette sternale. Elle se dédouble pour engainer les muscles sterno-cléido-mastoïdiens, comme elle engaine en arrière le muscle trapèze. Elle se fixe en haut à la ligne nuchale supérieure, en bas à la face supérieure de la clavicule, de l'acromion et de l'épine de la scapula, et participe à la confection de la coulisse du muscle digastrique…

En dépit de toutes ses difficultés de concentration, Adrien ne se décourageait pas. Les difficultés de concentration? Inévitables, bien sûr… Il n'y avait pas que le Doliprane. Mais aussi bien d'autres médicaments qui lui bousculaient la tête. Il arpentait sa chambre inlassablement, de long en large, en répétant à voix haute chaque phrase, chaque mot, chaque syllabe des paragraphes du manuel. Sa ténacité finirait par payer, tôt ou tard. Trois semaines de travail acharné, déjà. En un mois, il maîtriserait totalement son sujet. Il en avait fait le pari. C'était un défi qu'il s'était lancé à lui-même. Un truc sérieux.

Encore un petit coup et il s'accorderait une pause en fin d'après-midi.

Nerf hypoglosse (XII): devenu presque horizontal, repose avec la veine linguale sur le muscle hyo-glosse. Croisé latéralement par le ventre postérieur du muscle digastrique et par le muscle stylo-hyoïdien. L'ensemble de la région est masqué par la glande sub-mandibulaire. Le nerf traverse deux régions dans lesquelles se pratique la ligature de l'artère linguale: en arrière, le triangle de Béclard, limité par le ventre postérieur du digastrique, la grande corne de l'os hyoïde et le bord postérieur du muscle hyo-glosse; en avant, le triangle de Pirogoff, limité par le tendon du muscle digastrique en arrière, le bord postérieur du muscle mylo-hyoïdien et le nerf hypoglosse en haut…
Chaîne jugulaire interne (Ah, ah! elle était enfin là, la fameuse chaîne jugulaire interne! Depuis le temps qu'on l'attendait!): *groupe antérieur et latéral avec les nœuds lymphatiques sous-parotidien, jugulo-digastrique (de Küttner) en haut, jugulo-omo-hyoïdien en bas.*

Veine jugulaire interne : en dehors de l'artère carotide primitive en bas, de l'artère carotide interne en haut. Elle déborde en bas sur la face antérieure de l'artère. Reçoit des branches afférentes au niveau de l'os hyoïde. (Pas trop tôt ! Pourquoi traîner pour en venir à l'essentiel ?) *La veine jugulaire interne se jette en bas dans le confluent jugulo-subclavier (angle veineux de Pirogoff).*

Pirogoff, Küttner, Béclard, Dittel… Adrien admirait tous ces types morts depuis bien longtemps, mais qui avaient laissé une trace derrière eux simplement en attachant leur nom à un croisement de veines, en décrivant un nœud lymphatique anodin, voire un minuscule bout d'os, une glande à laquelle personne n'avait prêté attention avant eux. Du beau travail.

Évidemment, Pirogoff, Küttner & Cie avaient eu l'avantage d'étudier dans des conditions bien plus avantageuses que les siennes. Voilà pourquoi ils maîtrisaient si bien leur sujet. Il n'y a pas de hasard. Adrien éprouvait un sentiment d'injustice. Décidément, tout le monde ne bénéficiait pas des mêmes chances dans l'existence.

Mais à quoi bon ressasser ? Il reprit son exercice. Courage. Opiniâtreté. Persévérance.

Collatérales de la carotide externe :
– artère thyroïdienne supérieure, qui donne l'artère laryngée supérieure
– artère linguale (et pharyngienne ascendante)
– artère faciale
– artère occipitale et auriculaire postérieure… puis pénètre dans la loge parotidienne où elle se termine en artère temporale superficielle et artère maxillaire…

Il était près de dix-sept heures trente. Les jours filaient vite. Les mois de juillet et d'août ? Pfft, envolés…

Adrien n'avait pas encore vingt ans mais il sentait déjà là, au creux des reins, la pointe d'une lame impitoyable qui le poussait à griller les étapes. La vie était courte. Pour être à la hauteur de ses idoles, Küttner, Béclard ou Dittel, il allait falloir mettre les bouchées doubles et trimer sans relâche.

Dix-sept heures trente et une. Un bruit de moteur. Sale moteur de bagnole. Patatras. C'était toujours le même refrain : chaque fois qu'il se sentait au mieux de ses capacités, on venait le déranger. Les voix résonnaient dans sa tête. Vacarme insupportable. Ça criait dans tous les sens, les insultes fusaient. Toutes sortes de créatures informes visitaient ses rêves, notamment la Chimère. Heureusement, il avait appris à les tenir à distance.

Et comme si ça ne suffisait pas, le moteur de l'Audi ! Sa conne de mère qui rentrait du travail. La porte du garage qui couinait en se relevant, les portières qui n'allaient pas tarder à claquer.

Une, puis deux, la porte de l'entrée, celle du séjour, pas de surprise. Les pas qui montaient dans l'escalier. Tac, tac, tac.

La porte de sa chambre qui s'ouvrait.

– Adrien, mon grand, comment ça s'est passé aujourd'hui ?

Comme d'habitude, il tournait le dos à celle qu'il appelait sa génitrice. Pourquoi ? Il ne savait pas. Génitrice, ça évoquait d'autres mots. Gynécologue, par exemple. Des cuisses écartées. De la viande qu'on peut triturer. Un orifice qui saigne une fois par mois. Caillots gluants accrochés aux Tampax, il l'avait vérifié en fouillant dans la poubelle de la salle de bains…

Fascinant. *Appareil génito-urinaire.* Un autre sujet d'étude, tout aussi passionnant que les carotides et les jugulaires, mais bon, à réserver pour plus tard. À chaque jour suffit sa peine. Si on se laisse distraire, on n'arrive à rien, c'est bien connu.

– Alors, comment ça s'est passé aujourd'hui ?

Toujours à répéter les mêmes questions. Insupportable.

Le visage secoué de tics, il grimaça devant son miroir. Pas mécontent de l'effet obtenu. Sa mère ne put retenir quelques larmes. Effet assuré. Totalement jouissif.

– Bien, hurla-t-il, ça s'est très bien passé aujourd'hui ! Et maintenant, fous-moi la paix ! Dégage, connasse !

Terrorisée, Viviane Rochas descendit à reculons les escaliers qui menaient à la chambre de son fils. Arrivée au salon, elle se laissa glisser sur un des canapés. Trois ans que durait ce cauchemar. Adrien avait complètement décroché de la scolarité. De mauvaises fréquentations, sans doute. Le lycée Saint-François, établissement catholique sous contrat, jouissait pourtant d'une excellente réputation. Dans tout le département de la Seine-Saint-Denis, il arrivait haut la main en première position pour les résultats au baccalauréat. Certes, il fallait bien en convenir, la concurrence n'était pas trop rude! À vaincre sans péril...

Viviane et son époux Maxime étaient venus s'établir à Vadreuil dix ans plus tôt. Vadreuil, petite commune résidentielle épargnée par les maux ordinaires – délinquance, toxicomanie – dont souffrait ce département d'Île-de-France.

Vadreuil, à quelques kilomètres de Paris. Une oasis de tranquillité. On pouvait logiquement espérer que reclus dans une bulle aussi douillette, les enfants soient à l'abri des turpitudes. Adrien Rochas avait toujours bénéficié d'un environnement privilégié. La famille habitait une villa coquette, entourée d'un vaste jardin, avec plan d'eau et saule pleureur. Le chien Nestor et la chatte Poupette s'en disputaient la jouissance.

Le tout à l'avenant: vacances au Club Med, ordinateur à tous les étages, home-cinéma, baignoire à jacuzzi, séances bihebdomadaires de squash pour monsieur, de massages ayurvédiques pour madame...

Alors, que s'était-il passé? Viviane Rochas ne savait pas. Le destin? Il fallait bien que le malheur s'abatte sur une famille et ç'avait été la sienne. Ni Viviane ni Maxime Rochas n'étaient croyants. Impossible cependant de se défaire d'un vague sentiment de culpabilité: ils devaient bien avoir commis une faute pour se voir ainsi condamnés à endurer un tel calvaire.

Adrien, jadis si gentil, bambin adorable, garçonnet des plus mignons... Depuis trois ans, il ne leur avait rien épargné.

Tout avait débuté avec le look «gothique», dont il s'était entiché à son entrée en première. Une horreur. Il se vêtait de noir, se maquillait le visage avec un fond de teint cadavérique, chaussait des bottes hérissées de clous et avait même acheté un sac à dos en forme de cercueil orné d'un crucifix inversé pour y enfourner ses classeurs de maths et de français.

Le proviseur du lycée Saint-François avait illico exclu le trublion. Si ailleurs on se permettait de proscrire le foulard islamique, il ne voyait pas pourquoi il aurait dû tolérer de tels « signes d'appartenance » – à on ne savait trop quoi, d'ailleurs ! – dans son établissement. Logique. Adrien avait suivi une scolarité en pointillé grâce à une inscription au CNED. À peine six mois plus tard, il abandonnait. Depuis, il ne quittait quasiment plus sa chambre où, prostré devant son ordinateur, il visitait des sites Internet tous plus scabreux les uns que les autres. Sectes gothiques ou vampiriques.

Du folklore un peu malsain mais sans réelle gravité, avaient tout d'abord cru ses parents. Puis ils s'étaient rendu compte que leur fils faisait la belle durant la nuit. Pour aller où ? Impossible de le savoir. De retour à l'aube, il escaladait la façade de la maison et se laissait tomber sur son lit, crotté de boue des pieds à la tête. Il ne se nourrissait plus ou presque.

Le déclic, ce fut ce matin où Maxime retrouva les cadavres de Nestor et de Poupette décapités au beau milieu du jardin.

Le couple Rochas comptait beaucoup d'amis qui bataillaient dur avec leurs rejetons. Crises d'adolescence aux manifestations variées... Abonnement au Lexomil pour les parents. Le sujet de conversation favori des dîners du samedi soir. Même avec la plus grande indulgence, il fallait en convenir, Adrien avait franchi un cap autrement plus inquiétant. Se décider à consulter un psychiatre ? Facile à dire. Le fils Rochas n'était pas disposé à se laisser traîner jusqu'au cabinet du Dr Puiset, situé à deux rues à peine du domicile familial. Il ne s'y était résigné que le jour où Maxime avait menacé de lui suspendre son abonnement à Internet. La sanction suprême, rédhibitoire.

En dépit du caractère presque risible de la panoplie de symptômes que présentait Adrien Rochas, le Dr Puiset prit l'affaire au sérieux. La déscolarisation du jeune homme, accompagnée ipso facto d'une désocialisation aux conséquences potentiellement plus dramatiques encore, l'amena à aiguiller Adrien vers le dispensaire d'hygiène mentale du secteur. L'établissement dépendait de l'hôpital psychiatrique Charcot, situé sur la commune voisine de Certigny. Un HP « à l'ancienne », de triste mémoire, où, jusqu'au début des années 70, on avait entassé les fous dans des casernements au sol de terre battue. Depuis, tout avait bien changé. Encore que… les coupes drastiques pratiquées dans les budgets provoquaient un lent et inexorable retour en arrière. Si ailleurs on ne pouvait supprimer un bloc opératoire sans provoquer une grève, dans maints HP la situation se détériorait dans l'indifférence générale. Pas de panique : les réserves qui permettaient de corseter les patients d'une camisole chimique étaient encore loin d'être épuisées.

Les époux Rochas accompagnèrent donc leur fils aux consultations de Charcot dès le printemps 2003 – l'humiliation. Un couple sain, socialement des mieux insérés, une vie sans histoire, tout ça pour en arriver là… Adrien passa quelques semaines en internement, puis, à l'issue d'une réunion de l'équipe soignante, il fut décidé qu'il pouvait regagner le giron familial. Il serait simplement suivi en hôpital de jour. Il s'y rendit toute l'année 2004 et finit par décréter qu'il en avait assez. Les gribouillis et les sculptures en pâte à modeler qu'on lui demandait de réaliser en ergothérapie avaient eu raison de sa patience. Entouré de débiles qui croquaient parfois à pleines dents ladite pâte à modeler, il se sentait rabaissé et ne voulait plus rien dire à sa psychothérapeute, qui était pourtant parvenue à l'amadouer.

Retour à la case départ. Adrien vivait reclus dans sa chambre, devant l'écran de son ordinateur. Maxime Rochas ne put supporter plus longtemps la blessure narcissique que lui infligeait la descente aux enfers de son fils. Il n'avait pas mérité ça, pensait-il sincèrement. Il avait abandonné le domicile conjugal au printemps 2005, laissant sa femme se débrouiller seule. Élodie, une jeune assistante, venait d'être recrutée dans le cabinet d'architectes qu'il dirigeait, ce qui l'avait beaucoup aidé à mettre les voiles. Simple affaire de circonstances…

*

Collatérales de la carotide externe :
– artère thyroïdienne supérieure, qui donne l'artère laryngée supérieure
– artère linguale (et pharyngienne ascendante)
– artère faciale
– artère occipitale et auriculaire postérieure... puis pénètre dans la loge parotidienne où elle se termine en artère temporale superficielle et artère maxillaire.

Assise sur son canapé, Viviane Rochas entendait son fils vociférer à l'étage supérieur. L'anatomie du cou ! Une lubie qui l'avait pris quelques semaines auparavant. Il n'en finissait plus de ressasser. Nuit et jour. Tirant Viviane de son sommeil toute la semaine, week-end inclus. Les neuroleptiques qu'il ingurgitait à haute dose l'empêchaient sans doute de se concentrer correctement, mais il progressait. À force, Viviane elle-même commençait à connaître la leçon par cœur.

Depuis la mi-juillet, ça n'avait pas cessé et l'on arrivait déjà aux premiers jours de septembre. La rentrée scolaire. Ratée une fois de plus. D'une main tremblante, Viviane Rochas saisit le combiné du téléphone et composa le numéro de l'hôpital Charcot. Une petite musique après l'autre, Mozart ou Vivaldi, on la promena de service en service, jusqu'à ce qu'enfin elle obtienne de parler au Dr Debard, qui supervisait le suivi d'Adrien.

– Il va mal, souffla-t-elle en refoulant ses sanglots. Mon fils va très mal, vous comprenez ? Il faut que vous le repreniez chez vous, le plus vite possible... Oui, c'est ça, vous avez bien saisi, je vous demande de l'interner de nouveau !

Un temps.

– Comment je le sais ? Mais parce que je suis sa mère ! Sa mère, vous entendez ! Sa mère ! Sa mère ! Sa mère !

Sa voix enfla jusqu'au hurlement.

– Ferme ta gueule, salope ! beugla Adrien, toujours retranché dans sa chambre, au premier étage.

– Bien... bien..., reprit Viviane Rochas, presque apaisée, emplie d'espoir. Vous le verrez le 8 septembre à dix heures, j'ai bien noté... Merci, merci, merci.

I

Pas d'angoisse, mais une petite inquiétude tout de même. Il ne s'agissait que d'un repérage, un simple balisage des lieux. Des termes un tant soit peu militaires, certes, mais bon... Allons, allons, Anna ne s'était pas éveillée au son du clairon, mais plus modestement grâce à sa chaîne hi-fi, dont l'alarme était réglée sur Radio Classique. Schubert. *Sonate pour arpeggione et piano.* Quelque chose de très soft.

En avalant son bol de café, elle avait glissé un regard vers ses piles de polycopiés entassés en vrac sur la moquette. S'était furtivement souvenue des cours de l'année précédente, lors desquels elle n'avait pas appris grand-chose hormis quelques généralités. Les formateurs ressassaient des lieux communs, voire des âneries. Pas besoin d'être grand clerc pour subodorer la supercherie.

Ainsi le sinistre Forney, qui tapait en cadence sur son tambourin avec force bâillements, tandis que les stagiaires effectuaient une sorte de danse initiatique autour de lui, ou rampaient sur la moquette afin de « s'approprier l'espace-classe ». Une vingtaine de jeunes gens, filles et garçons, qui avaient trimé pour réussir le concours du CAPES et se retrouvaient dans une salle de l'IUFM, à demi nus devant ce quinquagénaire bedonnant qui s'affublait d'un nez de clown pour dynamiter le rapport d'autorité censé s'instaurer d'emblée entre lui et ses étudiants. Il y avait eu des rébellions, parce qu'il ne fallait tout de même pas se moquer du monde, puis, devant le grotesque de la situation, la colère s'était diluée, faisant place à des grèves du zèle larvées, la reptation sur la moquette se transformait peu à peu en sieste nonchalante et tout se terminait dans un éclat de rire. Forney bougonnait, haussait les épaules, se lançait dans un exposé théorique aussi hasardeux qu'inaudible à force de marmonnements... Le pire, c'est qu'il semblait sincèrement y croire, à ses histoires de tambourin et d'« espace-classe » ! On le regardait avec une sorte de pitié affligée, tant on le savait inoffensif, au fond. Pas méchant pour un sou. Un pauvre type usé, en fin de carrière, sans plus. Il n'avait pas vu un élève – pardon, un « apprenant », selon le sabir consacré – depuis belle lurette. Le terme d'« élève » était en effet sévèrement proscrit. L'utiliser dans un devoir vous attirait ipso facto les foudres des autorités pédagogiques.

Les gamins n'étaient pas là pour subir passivement le discours des profs, pour ingurgiter du « par cœur » – quelle horreur ! –, mais pour construire eux-mêmes leur propre savoir. En évoluant à leur aise, à leur guise, dans le fameux « espace-classe », selon un rythme qu'ils devaient s'approprier sans aucune contrainte de l'extérieur. D'où le tambourin, qui scandait la danse du « groupe-classe » pénétrant dans les lieux à l'image d'un rite tribal dont il convenait d'apprendre à décrypter les arcanes. Rien n'était simple. Loin de là.

Un des acolytes préférés de Forney à l'IUFM était un certain Duibour qui, lui, se piquait d'anthropologie. En conjuguant leurs efforts, ils étaient parvenus à former un duo redoutable. Duibour évoquait la relation dominant / dominé quant au choix topographique des « apprenants » face au pédagogue. Se situaient-ils d'emblée : a) près du tableau ? b) loin du tableau ? Cela n'avait rien d'anodin. Il fallait prêter la plus extrême attention à tous ces signes aussi infimes qu'indéchiffrables et que des générations d'enseignants avaient négligés... Duibour appelait à la rescousse quantité d'études connues de lui seul mais qui établissaient la conclusion suivante : l'apprenant-dominant s'installait préférentiellement dans les premiers rangs, près du tableau, pour marquer par sa proximité une sorte de défi, de refus de toute soumission vis-à-vis du pédagogue, tandis que l'apprenant-dominé signifiait une distance de subordination immédiate en se réfugiant au fond de l'espace-classe. Encore que... il fallait s'abstenir de généraliser :

dans d'autres cas, l'apprenant-dominant préférait fuir loin de l'« espace-tableau », posture de méfiance qui ne demandait qu'à être corrigée par un effort relationnel adéquat de la part du pédagogue…

– Cela dit, il faut savoir interpréter sans dogmatisme, avait sagement conclu Duibour quelques secondes avant la fin du cours.

– Si j'ai bien compris, on rabâche là-dessus depuis une heure, et c'est match nul ? avait rétorqué Anna, suscitant un éclat de rire salvateur auprès de ses condisciples, soudain sortis de leur torpeur.

Duibour l'avait toisée en blêmissant. Dès le début du trimestre, elle s'était installée au milieu de la salle, à mi-chemin des premiers et derniers rangs… La saillie d'Anna avait encouragé bien des impertinences. Les questions avaient aussitôt fusé avec une ironie sournoise. Existait-il des études statistiques historiques irréfutables étayant les dires de Duibour à propos de tels comportements ? Les « apprenants » chtis ou auvergnats du temps jadis, rassemblés en blouse et sabots sous la houlette des hussards noirs de la République, d'Hénin-Liétard à Saint-Flour, obéissaient-ils à la règle énoncée par Duibour ? Et plus largement, idem aujourd'hui pour les Inuits ou les Massaï ? Était-ce vraiment une loi universelle ? La classe assoupie s'était définitivement réveillée, ébrouée, hilare, et Duibour, bonhomme, indulgent, avait battu en retraite. Son sourire sardonique n'en disait pas moins : « Ricanez, ricanez, petits crétins, tous autant que vous êtes, on vous verra à l'œuvre quand vous entrerez dans l'arène. Et toi la première, Anna, avec ton visage d'adolescente, tes taches de rousseur, tes fossettes, ta minijupe qui moule ton joli petit cul, rira bien qui rira le dernier quand tu iras chez le toubib quémander ta dose d'antidépresseurs à la fin du premier trimestre… Tu la ramèneras un peu moins avec les Inuits et les Massaï quand tu te seras frottée à la réalité ! »

L'an prochain, ça ne fera pas un pli, songeait Duibour, j'aurai ma dose, une fois de plus : une trentaine d'enfants gâtés qui aspirent à la sécurité de l'emploi via la protection de notre bonne mère l'Éducation nationale et qui se foutront de ma gueule comme d'habitude… Forney, vous n'avez même pas remarqué à quel point ses mains tremblent… un début de Parkinson qu'il cherche à dissimuler avec son tambourin ! Qu'est-ce que vous voulez qu'on vous raconte ? Qu'il faut leur faire ingurgiter par cœur du Victor Hugo, aux apprenants ? Leur faire lire du Balzac, du Zola ? Et puis quoi encore ?! Vous ne savez pas où vous mettez les pieds, au moins, ce pauvre Forney, avec son tambourin et son faux nez, aura-t-il essayé de vous prévenir… Allez un peu au cirque, emmenez-y vos petits frères, vos petites sœurs, et vous comprendrez ce qui vous guette, si vous n'êtes pas complètement bornés.

Les facéties des duettistes Forney et Duibour semblaient bien loin maintenant. Quatre semaines de vacances en Grèce avaient aidé Anna à évacuer ces pitoyables souvenirs. Les plages de sable blanc, les mélodies de rébétiko psalmodiées à la mandoline, la saveur âcre de la *retsina* dégustée dans les gargotes aux murs blancs assaillies par des dizaines de chats faméliques et les couchers de soleil sur la mer Égée.

*

Anna avait donc décidé de procéder à un petit repérage, le 31 août, la veille de la prérentrée de septembre 2005, la première de sa carrière d'enseignante. Un mercredi. Afin de ne pas débarquer en terrain inconnu à l'heure fatidique. Trois semaines auparavant, elle avait reçu un courrier du rectorat l'informant de son affectation. Le collège Pierre-de-Ronsard, à Certigny, dans le 9-3.

À dix heures trente, Loïc, un copain de l'IUFM, passa la prendre au bas de son immeuble, sur les hauteurs de la rue de Belleville. Ça carillonnait à l'église du Jourdain. Des fidèles se rassemblaient déjà pour une messe d'enterrement, s'agglutinant en un maigre troupeau, tandis qu'une kyrielle de SDF tendaient leurs sébiles sur le parvis, certains de rafler la mise. La faune de la cloche, pas fraternelle pour un sou, faisait la chasse aux nouveaux venus qui s'aventuraient dans les parages, prête à virer les resquilleurs.

Loïc l'attendait, garé en double file au volant d'une Clio à la carrosserie cabossée. Anna avait enfilé un jean, un tee-shirt, noué un bandana autour de ses cheveux, chaussé des baskets avachies, et en avant toute vers la terra incognita, Certigny, commune de soixante mille habitants. Elle n'avait pas le permis et encore moins les moyens de s'offrir une voiture dans un avenir proche. Le studio où elle avait installé ses pénates appartenait à une tante qui le lui cédait moyennant un loyer raisonnable et avec les mille trois cents euros qui lui étaient octroyés en guise de salaire, c'était déjà miraculeux de pouvoir se loger dans Paris intra-muros et non dans une lointaine banlieue, comme tant de ses copains de l'IUFM.

– Pilote à copilote, claironna Loïc, cap sur la porte de Pantin ! Après, tu me guides…

Elle étudia le plan qu'elle avait sorti de la boîte à gants. Il fallait prendre un bout du périph', filer sur la N3 en direction de Livry-Gargan et obliquer sur la gauche un peu après. Vers Sevran et Certigny. Plus précisément le quartier des Bleuets, sa cité scolaire qui regroupait presque mille cinq cents élèves avec son collège et son lycée professionnel. Dès le lendemain, elle devrait emprunter le RER à Gare-du-Nord, descendre à la station Sevran-Beaudottes, puis monter à bord d'un bus, le 316 C, qui après un trajet d'une vingtaine de minutes la laisserait devant l'entrée du collège Pierre-de-Ronsard, lieu de son sacerdoce… Tant et si bien que pour arriver en cours à huit heures, elle devrait se lever à six.

– Comme une vaillante petite prolétaire ! avait précisé Loïc.

Lui-même n'était pas mieux loti. Il logeait à Paris chez ses parents, mais avait été affecté au fin fond du 9-4, en bordure de la Seine-et-Marne. Quasiment chez les ruraux.

– On n'est pas les plus malheureux, assura-t-il en s'engageant sur le périph'. Dis-toi bien que ma sœur s'est tapée trois ans dans une école de commerce qui coûtait la peau du cul et total, elle se retrouve en stage dans un hypermarché à contrôler la distribution des yaourts… En stage, avec à peine le RMI, alors tu vois… J'attends qu'elle dégage pour prendre la piaule de bonne qui appartient à mes vieux et c'est pas demain la veille que ça arrivera ! Nous entrerons dans la carrière quand nos aînés n'y seront plus…

*

La circulation étant assez fluide à cette heure de la matinée, ils arrivèrent à Certigny en moins d'une demi-heure. Le vieux village avec son église délabrée, sa rue commerçante anémique et sa mairie à la façade envahie de lierre, semblait avoir été terrassé à la suite d'un Blitzkrieg. Les barres HLM, longues comme un jour sans pain, touchaient presque le presbytère désaffecté depuis belle lurette. En bordure de l'échangeur de l'autoroute tout proche, la zone industrielle regroupait quantité d'entrepôts et de magasins aux enseignes chatoyantes. « Salons Tout Cuir », « Midas », « Leroy-Merlin », « Truffaut » et, planté au beau milieu avec sa toiture en imitation de chaume, un « Buffalo Grill » au jardinet orné d'un bison en polyuréthane.

La ville de Certigny était depuis la nuit des temps – l'an 36 du siècle précédent – gérée par une équipe municipale communiste, aussi les noms des rues et des avenues en portaient-ils les stigmates. Boulevard Marcel-Cachin, carrefour Auguste-Blanqui, avenue Maurice-Thorez et tutti quanti... La cerise sur le gâteau revenait à une certaine place Lénine, où s'épanouissait la carcasse en béton de la médiathèque, dont la silhouette évoquait l'étrave d'un paquebot, sans doute en guise d'invitation au voyage. « La lecture, source d'évasion », proclamait d'ailleurs un calicot aux teintes défraîchies et dont la toile claquait au vent. Tout près, un panneau Decaux juché sur un terre-plein garni de fleurs annonçait, via le défilé répétitif des lettres sur son cadran électronique, une prochaine semaine de solidarité avec la résistance palestinienne – à l'initiative de la municipalité –, ainsi qu'un festival de musique folklorique latino-américaine avec notamment une troupe originaire du Chiapas.

– On y est, murmura Loïc en montrant le carrefour suivant.

Esplanade des Bleuets. Où se tenait un marché. Il se gara derrière une camionnette à auvent à l'abri duquel un moustachu s'époumonait à gonfler des ballons ; il leur donnait des formes d'animaux en les tordant dans tous les sens selon son inspiration, girafes, souris, teckels et autres mickeys aux oreilles démesurées, qu'il tendait aux enfants épatés par sa dextérité, tandis que sa comparse, une solide blonde aux joues cramoisies, encaissait la monnaie en échange de rations de barbe à papa et de chamallows.

La cité scolaire Pierre-de-Ronsard était située juste derrière l'esplanade et entourée d'un petit bois de platanes et de marronniers, dont quelques bogues précoces commençaient à parsemer le bitume. Le vent chassait les premières feuilles flétries.

La cité scolaire Pierre-de-Ronsard ? Protégée par des grilles, évidemment. Une vingtaine de cubes en béton gris de trois étages déjà rongés par la moisissure qui marbrait les façades de taches jaunâtres. Voilà tout ce qu'il y avait à découvrir. Anna haussa les épaules. C'était laid, infiniment triste, mais il faudrait faire avec. Ailleurs, il y avait pire, elle le savait bien. Elle en avait tant vu, durant ses « visites sur le terrain », de ces blocs d'acier et de verre qui n'en finissaient plus de rouiller sur pied, rongés par une sorte de maladie sournoise, une lèpre jaillie du bitume, de ces collèges vermoulus aux salles affligées d'une acoustique lamentable. Et que dire des Algeco guère plus fringants où l'on entassait les « apprenants » par troupeaux de trente, à se geler en hiver et à transpirer plus que de raison quand le soleil s'amusait à cogner sur les toits de tôle dès le mois de mai. Des cages à gosses déjà condamnés à tourner en rond dans leurs réduits, une manière de zoo scolaire, rien de plus. À bien y regarder, la cité Pierre-de-Ronsard de Certigny n'était pas la plus mal lotie.

*

Pour le moment, le véritable spectacle était ailleurs. Loïc prit Anna par le coude pour l'entraîner dans les allées du marché. Ce fut comme un rappel des vacances, un modeste festival d'exotisme. Des effluves de graillon, de brochettes qui grillaient sur des plaques de tôle chauffées à blanc avec des bonbonnes de Butagaz et, quelques mètres plus loin, des parfums d'épices – cumin, muscade, curcuma, safran, cannelle, coriandre, gingembre, origan, réglisse, badiane, citronnelle, curry, vanille, fenugrec –, un ouragan de senteurs qui faisaient presque illusion au sein de ce décorum plutôt sinistre.

L'humanité qui déambulait parmi les étals n'était pas en reste. Boubous et djellabas marchaient à l'unisson. Des femmes parées de leur hidjab, certaines même corsetées des pieds à la tête dans leur burka et le visage grillagé d'un mince treillis opaque, filaient en silence du boucher au maraîcher. On vendait des poissons séchés, des bananes plantains, du piment, des ignames, des patates douces, du manioc, de la semoule, de la viande hallal. Et des fruits dont Anna aurait été incapable de citer le nom. Un peu plus loin, des cassettes de musique de variété arabe et de prêches d'imams répercutés par des ghettoblasters posés à même le sol voisinaient avec des exemplaires du Coran reliés pleine peau, des maquettes de La Mecque avec éclairage à piles et des narguilés pour fumer la chicha.

– C'est quand même très exotique, ton secteur, fit remarquer Loïc avec une pointe de perfidie. Va falloir que tu révises un peu tes cours, enfin… un *chouïa*, si j'ose dire… *Les Fleurs du mal*, ça va pas le faire, vu ta clientèle… Moi, avec mes péquenots, je pourrai toujours tenter *Demain dès l'aube, à l'heure où blanchit la campagne…*

Anna hocha la tête. Au fur et à mesure de leur déambulation dans les allées du marché, une petite cohorte de beurs et beurettes s'était attachée à leurs pas. Douze-treize ans, quinze ans pour les plus âgés. Ils semblaient porter un uniforme – casquette vissée à l'envers sur le crâne, survêt', baskets, Walkman – et se trémoussaient sur un rythme inaudible, mais qui semblait leur pulser un max dans le crâne pour susciter pareils dandinements spasmodiques. Du rap, à n'en pas douter.

Un peu plus loin encore, un autre groupe de jeunes gens, de sexe exclusivement masculin, attira l'attention d'Anna. Ceux-là étaient affublés d'un tout autre uniforme : la *kamis*, la robe d'un blanc irréprochable qui s'arrête à mi-mollet, les Nike dernier cri et le téléphone portable high-tech en pendentif, le haut du crâne ceint d'une calotte de fine dentelle, une amorce de barbe plus ou moins drue allongeant des visages encore marqués par l'acné…

Les amateurs de rap, obnubilés par leur vacarme autiste et agités de mouvements saccadés, abandonnèrent bientôt Anna et Loïc à leurs pérégrinations. Ce ne fut pas le cas du second groupe. Les nouveaux venus faisaient figure de touristes égarés au milieu d'un souk. De quoi alimenter bien des curiosités. Certes, il y avait quelques « visages pâles » parmi les clients du marché – des Turcs pour la plupart. Mais les « blancs » authentiques, de « pure souche » suivant la formule consacrée, ceux-là mêmes que la propagande lepéniste cherchait à affoler et qui habitaient le centre-ville, ne fréquentaient jamais le marché et effectuaient leurs courses à Auchan, à l'autre bout de la commune. Jamais les « gaulois » ne se mêlaient aux « bronzés ».

En toute ingénuité, Anna et Loïc semblaient avoir enfreint une sorte de règle, s'être rendus coupables d'une entorse à la partition ethnique du territoire. La petite troupe de jeunes mâles attifés de la kamis, des salafistes bon teint, leur emboîta le pas à distance. Tranquillement. Histoire de savourer l'attraction. Avec une lueur de défi dans le regard qui s'affirma crescendo. Pour garder contenance, Anna acheta une paire de brochettes à l'étal d'une gargote, en offrit une à Loïc et dégusta la sienne en s'essuyant le menton avec un Kleenex. Elle se rendit alors compte qu'elle portait un tee-shirt plus qu'échancré sous le tissu duquel pointaient ses seins. Les pauvres créatures anonymes et sans visage affligées d'une burka qui croisaient son chemin ne pouvaient réfréner un sursaut d'effroi et effectuaient vite un pas de côté, entraînant dans leur sillage les gosses qui trottinaient derrière elles. Envahie d'une sensation de malaise, Anna se croisa les bras sur la poitrine et décida d'allonger le pas pour quitter le souk. Il fallait bien en convenir, il s'agissait d'une fuite. Loïc la suivit. Idem la petite troupe de barbus à peine sortis de l'adolescence qui n'en pouvaient plus de frimer et retenaient désormais des ricanements discrets en signe de victoire.

Anna ne tarda pas à rejoindre le « vieux village » de Certigny. Là, les barbus s'arrêtèrent soudain à l'orée d'une frontière imperceptible, mais bien réelle. Tout rentrait dans l'ordre. Une petite file d'attente s'était regroupée devant une pâtisserie. Une autre devant une charcuterie. Une matinée ordinaire. La maison de la presse affichait en devanture les résultats du Loto et au comptoir du bar-tabac, les amateurs de turf prenaient l'apéro, pastis, blanc sec et cacahuètes grillées à gogo. Devant la mairie, une poignée de militants du Parti communiste distribuaient vaillamment un tract pour appeler la population à rejoindre un comité destiné à revivifier « la gauche » après la victoire du non au référendum sur la Constitution européenne.

– Édifiant, non ? nota Loïc. Si tu veux, je vais chercher la voiture et je te retrouve ici ?

Ce n'était qu'à trois cents mètres, mais elle préféra accepter la proposition et patienta en attendant son retour. De guerre lasse, elle parcourut la feuille ternie qu'un militant lui tendait sous le nez.

*

Le non, le oui... Anna avait voté oui après bien des engueulades familiales. Ses parents avaient voté non. Lors du précédent repas dominical, Simon, son père, n'avait pas décoléré devant la directive Bolkestein. Anna avait tenu bon.

– Cette Europe-là, c'est tout de même quatre cent cinquante millions de citoyens unis qui proclament que la peine de mort, c'est à jamais fini sur leur territoire ! avait-elle plaidé. Terminée, bannie ! S'il n'y a qu'un seul argument, un seul, à faire valoir, ça mérite de réfléchir, non ? On peut tenir la dragée haute à l'équipe de Bush et aux Chinois en matière de droits de l'homme, tu crois pas ? Les couloirs de la mort au Texas et les exécutions à la sauvette à Pékin en vue de prélever des organes sur les condamnés, ça te dit rien ?

Simon avait perdu son calme pour se lancer dans une grande envolée sur les dégâts sociaux que promettaient les dérives libérales du projet...

– Les plombiers polonais, c'est bien la question ! s'était emportée Anna. On débat des équilibres mondiaux, de l'Europe coincée entre les États-Unis d'une part, les puissances ascendantes d'autre part, la Chine et l'Inde, et tout se focalise sur une histoire de plombiers ? C'est à désespérer !

– Un peu de sang-froid, on se croirait chez Arlette Chabot ! lui avait renvoyé Simon.

Anna avait accepté de se calmer.

– Quoique, quoique…, avait concédé Simon, les Polonais, entre nous, tu es bien placée pour savoir ce que j'en pense, malgré tout ce qu'a apporté Solidarnosc pour venir à bout du bloc stalinien, il ne faudrait pas oublier le reste…

– Je vois pas le rapport avec les plombiers, avait lancé ingénument Anna.

– C'est un argument théorique, ça ? s'était à nouveau énervé Simon. Tu veux qu'on fouille le passé ? Histoire de te rafraîchir la mémoire ?

Judicieuse idée. L'été précédent, Anna était partie en voyage à Cracovie pour assister à un curieux festival de musique klezmer au cœur même de la vieille ville, à seulement une heure de voiture du musée d'Auschwitz. Elle y avait vu des centaines de jeunes Polonais danser et chanter au son des mélodies juives, accompagnées au violon et à l'accordéon, retrouvant ainsi, à tâtons, les chemins de la mémoire, comme à la recherche d'un continent perdu. Elle en revint bouleversée avec, au passage, quelques mots de yiddish glanés en contrebande, quelques refrains qu'elle fredonnait sans en percer tout le sens en dépit de ses nombreuses années d'allemand au lycée et qui, par simple porosité, lui permettaient d'en saisir l'essentiel. *Bei mir bist du shein… oy mame, bin ich farlibt… Pour moi tu es la plus belle… oh maman, je suis amoureuse…* Elle s'était constitué une petite collection des CD de Talila achetés à la Fnac et qui reprenaient ce répertoire avec obstination.

– Alors tu vois ? avait-elle dit à son père.

– Ouais, ouais, d'accord, d'accord, avait-il reconnu, bougon, mais il faut quand même rester vigilant !

*

Vieille habitude. Chaque dimanche midi, les engueulades allaient ainsi bon train. La famille était très « politique » et Anna s'était aguerrie depuis son adolescence à l'art de la polémique… À un argument devait répondre un autre argument. Et pas du pipeau, s'il vous plaît, de préférence on répliquait du tac au tac, souvent dans la mauvaise foi la plus totale mais avec la promesse d'une réconciliation acquise d'emblée en dépit de la violence des vannes qu'on venait d'échanger entre fromage et dessert. Tout un folklore.

Une imposante bibliothèque trônait dans le salon. Une kyrielle de livres, des romans, mais aussi tout un arsenal théorique, dans lequel Anna avait abondamment picoré pour nourrir sa réflexion. De Marx à Naville en passant, en vrac, par Adorno, Hannah Arendt, Jaurès, Walter Benjamin, David Rousset, Soljenitsyne, et quelques autres comparses, pêle-mêle, Aron, Platon, Robespierre ou Montesquieu, qui se seraient interrogés du fond de leur tombe s'ils avaient pu imaginer une telle promiscuité sur leurs étagères Ikea. Toute cette nourriture livresque, copieuse et parfois indigeste, avait structuré la militance familiale depuis plusieurs décennies. Par strates et désillusions successives. De recul en recul. Des promesses de Grand Soir du mitan des années 70 jusqu'aux petits matins blêmes, tel celui du 21 avril 2002, on avait appris à se recroqueviller sur ses modestes certitudes avec la trouille au ventre, on s'était ingénié à renforcer sa carapace jusqu'à en étouffer, à l'instar des mollusques ballottés par de fortes marées et qui ignorent vers quelle grève inhospitalière le flux va les drosser.

*

Mais aujourd'hui, à la veille de la prérentrée scolaire 2005, toutes ces arguties lui semblaient bien lointaines, pour ne pas dire dérisoires. Et notamment le devenir de l'Europe, absent des préoccupations d'Anna en dépit de la gravité indéniable du sujet. La vie, la vraie vie, celle qu'on doit affronter vaille que vaille, sans la protection illusoire de slogans qui ne sont bien souvent que des gris-gris, s'offrait à elle. Ce qu'elle avait vu de Certigny, cette visite furtive qui n'avait duré en tout et pour tout qu'une petite demi-heure, l'emplissait d'inquiétude. Dès le lendemain matin, il faudrait être à la hauteur de la situation, laquelle n'apparaissait, au premier coup d'œil, guère avenante.

Comme promis, Loïc vint la récupérer au volant de sa Clio devant le fronton de la mairie. De l'angle de la rue qui conduisait à ce qu'il fallait bien nommer le souk, les jeunes salafistes continuaient de parader en l'observant. Un garçon d'une quinzaine d'années à peine les avait rejoints et discutait avec eux. Il ne portait pas leur accoutrement, mais une tenue de jogging standard. Sa main droite pendait le long de sa hanche. Une main déformée par l'infirmité. Crispée en extension, le pouce rétracté vers l'intérieur de la paume. Anna eut tout le loisir de l'observer lorsqu'il porta son poignet à son front pour remettre en place une mèche de cheveux rebelle. Les traits de son visage étaient harmonieux et d'une grande douceur. Un des salafistes le prit par l'épaule et lui montra Anna en éclatant de rire. Le garçon hocha la tête, approbateur. Quelques secondes plus tard, la jeune femme ouvrait la portière de la Clio, s'installait sur le siège et s'abstenait de tourner la tête en direction du groupe tandis que la voiture les dépassait.

2

À vingt heures trente, ce même mercredi de septembre 2005, tandis qu'Anna tentait d'effacer les souvenirs pénibles de la matinée en regardant un film des Marx Brothers sur son magnétoscope – *Duck Soup*, son favori –, Richard Verdier, substitut du procureur au tribunal de Bobigny, étudiait une carte de la ville de Certigny et des communes limitrophes dans son bureau de la 4e division du parquet.

De nouveaux voisins étaient venus s'installer la veille dans son immeuble, rue des Envierges, Paris XXe, et, sitôt leur emménagement terminé, ces joyeux drilles s'étaient mis à jouer de la perceuse avec férocité. C'en était à se demander s'il ne s'agissait pas de membres d'une secte d'adorateurs des termites, tant leur ardeur à perforer tout ce qui leur passait sous la main semblait irrépressible. Ils avaient benoîtement scotché un mot d'avertissement dans l'ascenseur, s'excusant à l'avance des nuisances provoquées et tentant dans la foulée d'amadouer les colocataires en faisant miroiter un « pot de l'amitié » dès les travaux terminés… dans une quinzaine de jours environ. « Environ » ? Les salauds, ils promettaient… Richard avait vu passer un piano, un violoncelle, un xylophone et quatre mômes insolents qui mâchonnaient leur chewing-gum en zigzaguant dans le hall de l'immeuble juchés sur des rollers, sans oublier un clébard de race indéterminée. La lippe baveuse, il s'était mis à aboyer et s'était même permis de pisser sur la moquette du palier. Sa maîtresse s'était excusée en évoquant le stress provoqué par le déménagement. La bestiole se nommait Attila. Rien que du bonheur.

Tant et si bien que Richard Verdier s'était résigné à battre en retraite et avait filé jusqu'au palais de justice de Bobigny. Les dossiers en retard s'accumulaient sur son bureau. Les lieux étant déserts à cette heure, il pouvait se permettre de fumer à sa guise, y compris dans le couloir, près du distributeur automatique de café et de friandises. Il n'avait rien mangé depuis le matin et faillit avaler un Mars, mais réfréna sa gourmandise. En quelques heures, les mégots de Gitanes avaient commencé à s'accumuler.

Certigny faisait partie du terrain de chasse du substitut Verdier. Une contrée plutôt giboyeuse ; ça délinquait ferme dans les parages. Son rôle était d'y faire régner l'ordre républicain. Le programme ne manquait pas d'ambition.

La carte de la ville était punaisée sur une des parois de la pièce, un minuscule bureau où Verdier était parvenu à se réfugier alors que l'administration du ministère de la Justice, saisie d'une fureur collectiviste, rassemblait ses ouailles dans des *open spaces*, où chacun se retrouvait comme mis à nu sous le regard impitoyable des collègues. Impossible dans de telles conditions de se curer paisiblement le nez, de se gratter les fesses, bref, de s'abandonner à ces humbles plaisirs corporels auxquels chaque être humain normalement constitué peut prétendre sans outrepasser ses droits. Les syndicats avaient failli devant cette insupportable atteinte à l'intimité. Baste. Dernier des Mohicans bien à l'abri dans sa planque enfumée, Verdier massa ses vertèbres lombaires endolories par un début d'arthrose – la cinquantaine s'annonçait en fanfare – et se planta devant une carte hachurée de zébrures multicolores tracées au Stabilo et dont il était le seul ou presque à même de démêler les mystères.

a) Certigny-Nord. La cité des Grands-Chênes. Un coin tranquille. Le domaine incontesté des frères Lakdaoui. Trois belles crapules, Saïd, Mouloud et Mourad, qui avaient bâti leur bizness grâce au commerce du shit dans les années 90 et qui, aujourd'hui, n'aspiraient qu'à la tranquillité. Mine de rien, ç'avait castagné sec avant que le trio parvienne à tenir le haut du pavé.

La famille Lakdaoui avait acheté une pizzeria, 78, boulevard

Jacques-Duclos, en plein centre-ville, ainsi qu'un garage un peu plus loin, au 13 de la rue Gagarine, et bien malin qui aurait pu préciser d'où venaient et où aboutissaient les pièces détachées. On y voyait transiter des BM, des Mercedes, des Audi en pagaille. Quant à la pizzeria, comme c'était curieux, depuis des années, aucun client ou presque n'y avait réglé sa note en chèque ou par Carte bleue… On y servait lasagnes, carpaccios, portions de gorgonzola et crèmes brûlées à foison, alors que – le moins scrupuleux des observateurs aurait pu en jurer – l'établissement était rigoureusement désert du début du ramadan jusqu'à la fin du week-end de l'Ascension, et plus encore… Deux serveuses y faisaient inlassablement les cent pas entre le bar et la salle ornée d'un aquarium somptueux.

À Noël, les frérots Lakdaoui versaient sans coup férir une jolie obole à la municipalité pour l'animation de la rue commerçante, avec guirlandes et sapins illuminés. Ils ne manquaient jamais de se rendre en grande pompe à l'invitation du maire de Certigny, Bastien Segurel, soixante-quinze ans, qui les recevait la larme à l'œil, et toujours ils lui donnaient l'accolade. Houari Lakdaoui, le grand-père, qui avait personnellement connu Ferhat Abbas, n'avait-il pas été tué d'une rafale de mitraillette lors de l'épouvantable répression de l'insurrection de Sétif en 1945 ? Et Bastien Segurel lui-même, vétéran du Parti, n'avait-il pas dû subir une trépanation suite à une blessure récoltée dans une manif anticolonialiste ? Aujourd'hui, les plaies étaient pansées. La page tournée. L'heure était à la fraternité retrouvée.

Les frères Lakdaoui, dans la cité, tout le monde leur obéissait. Le magot encaissé grâce au shit qu'une armée de petits dealers allait dispatcher tout le long de la ligne du RER jusqu'à Gare-du-Nord permettait à bien des familles de se tenir la tête hors de l'eau. La dose habituelle de RMI, une pincée d'Assedic, la manne des allocs versées par la CAF et ça roulait pépère. La paix sociale, avec des bavures ici et là, inévitablement. Des suicides de temps à autre, de sales histoires de fillettes mariées au bled à moins de douze ans, bref, la routine. De quoi affoler quelques assistantes sociales tout juste sorties de l'école, mais rien de plus…

À tout bien considérer, les Lakdaoui étaient des mafieux vénérés par leur entourage, un rien ventrus, encore que… suivant les renseignements que détenait Verdier, Mourad, le cadet de la fratrie, un peu à l'étroit aux Grands-Chênes, commençait à se sentir pousser des ailes et rêvait d'un destin moins étriqué que celui que lui avaient concocté ses aînés. Classique. Un cousin du bled, qui avait fait l'objet d'un signalement des Stups, un certain Farid, était venu en visite à deux reprises aux Grands-Chênes l'année précédente. Nul ne savait exactement dans quelle branche il opérait. Sur le port d'Alger, il était bien connu comme intermédiaire de certaines sociétés de fret russes dont les cargos accostaient tous les matins les docks de la Ville blanche. S'il n'était pas si difficile de remonter la piste des lasagnes fantômes servis dans la pizzeria familiale, ce serait une autre paire de manches de découvrir ce que mijotaient Mourad et Farid…

*

Le substitut Richard Verdier écrasa un énième mégot de Gitane : bof, RAS sur le secteur. On avait le temps de voir venir. Pour coincer les Lakdaoui, il aurait fallu obtenir le concours actif de l'administration fiscale, laquelle laissait s'enliser les dossiers…

Verdier avait gardé au fond d'un tiroir une note des RG, qui stipulait que *la lutte contre ces trafics peut s'avérer très difficile en raison des risques d'accroissement des tensions que peut générer une application sans faille de la loi républicaine*… On n'aurait su mieux dire.

b) Certigny-Est. La cité des Sablières. Tenue par Boubakar, alias le Magnifique. Un jeune Français d'origine sénégalaise d'à peine vingt-cinq ans qui régnait en maître sur ses quatre barres HLM, façon grand seigneur. Là, il y avait vraiment de quoi se faire du mouron. Son Excellence Boubakar avait nommé des « ministres » chargés de régenter son petit royaume. Trois copains d'école qui, tout comme lui, avaient grandi au cœur de la cité, à l'école primaire Makarenko, et n'avaient pas froid aux yeux. Ils paradaient la journée entière au Balto, le bar-tabac, à siroter du pastis jusqu'à s'en faire péter la sous-ventrière, comme les vieux coloniaux qui jadis avaient soumis leurs ancêtres. Costard d'alpaga et bagouzes à tous les doigts.

Son trip à Boubakar, ce n'était pas le shit, mais le pain de fesse. Toute une armée de petites putains à ses ordres officiait dans les allées du bois de Vincennes ou sur les Maréchaux. Des gamines qu'il faisait venir de Dakar ou de Bamako et qu'il logeait dans des studios de la cité, par paquets de cinq ou six. Il s'était acoquiné avec un certain Dragomir, un flibustier au passé insondable, rescapé des guerres des Balkans. En charge du maintien de l'ordre, il drainait dans son sillage une poignée de zombies tout aussi allumés que lui, cheveux ras, blousons bombers entrouverts sur leurs poitrails, le calibre glissé sous la ceinture, planqué sous le tee-shirt.

La moindre des filles qui renâclait à la tâche aurait eu aussitôt affaire à eux. Hypothèse des plus farfelues : Boubakar dressait son cheptel dans les règles de l'art. Avant de lâcher ses gazelles en pleine nature, il leur imposait une petite semaine de conditionnement supervisée par ledit Dragomir. Viols à répétition et tabassage non stop. De quoi faire réfléchir la plus farouche. Deux précautions valant mieux qu'une, Boubakar s'était en outre adjoint les services d'un marabout, qui promettait aux demoiselles une mort atroce s'il leur prenait d'afficher quelque réticence. Un poil pubien leur était arraché pour être conservé en otage dans une boîte en carton. À la moindre incartade, le marabout extirperait le follicule de son réceptacle et… et alors tout un tas de maladies épouvantables s'abattraient sur les récalcitrantes ! Elles y croyaient dur comme fer.

*

Depuis qu'un véhicule de patrouille avait reçu un parpaing lancé du toit d'un immeuble – bilan, un fonctionnaire tétraplégique qui allait finir son existence dans un centre spécialisé –, les flics ne s'aventuraient plus qu'exceptionnellement dans le secteur, c'était une affaire entendue. Des guetteurs de huit-dix ans, les « choufs », sillonnaient les allées des Sablières et prévenaient aussitôt les ministres de Boubakar par portable en cas d'intrusion suspecte… Même les voitures de civils étaient repérées.

Son Excellence Boubakar menait grand train dans son domaine et, à l'instar des nobliaux du Moyen Âge, entretenait une petite troupe de troubadours, un groupe de rap, Fuck Crew, dont on entendait parfois les hits sur les radios spécialisées. Boubakar avait poussé le bouchon un peu loin : les gamins de la cité avaient à tel point empoisonné la vie des derniers commerçants que ceux-ci avaient fini par battre en retraite, les uns après les autres. Il n'y avait plus ni boulanger, ni épicier aux Sablières et les médecins rechignaient à y effectuer des visites après les nombreux braquages dont ils avaient été victimes. Tant et si bien que ça commençait à grogner dans les cages d'escalier. À mots couverts, évidemment.

Richard Verdier rongeait son frein, attendant que Boubakar le Magnifique commette une bourde. Pour l'heure, impossible de tenter quoi que ce soit contre lui. En cas de contrôle, les gazelles étaient toutes prêtes à jurer qu'elles étaient la cousine d'untel, la sœur d'un autre, la nièce d'un troisième, et feignaient de ne parler qu'un dialecte ésotérique, de telle sorte que ça virait à la farce, avec un interprète qui devait vite déclarer forfait.

À peu de frais, Boubakar était parvenu à se faufiler entre les mailles du filet.

Verdier s'était fait confectionner un poster du bonhomme à partir d'une photo d'identité que les flics lui avaient remise après un contrôle sur l'autoroute. Boubakar pilotait sa BM à 220 chrono, mais son avocat avait arrangé le coup en expliquant qu'il allait porter des médicaments à une petite sœur malade. Scotché sur sa porte de bureau, le poster était soigneusement dissimulé derrière un calendrier pour ne pas provoquer le courroux du procureur et, dans ses moments de désœuvrement, Verdier le criblait de fléchettes. C'était bête, mais ça calmait.

c) Certigny-Ouest, la cité du Moulin. Les flics du commissariat central la surnommaient Médine. Sept mille habitants. En

2001, un imam un peu chaud était venu s'y établir. Un an plus tard, avec le soutien de la municipalité, on y avait inauguré la première mosquée de la ville. À peine six cents mètres carrés, l'ancienne usine de peinture industrielle Gessler. Quantité de coulées suspectes s'étaient infiltrées dans les fissures de la dalle de béton, notamment des diluants frappés d'interdiction depuis l'apparition de cancers chez des ouvriers chargés de les manier… L'entreprise Gessler avait déposé son bilan dans des conditions plus que douteuses, sans jamais être condamnée. Les services sanitaires avaient un peu renâclé avant de délivrer l'autorisation, mais l'imam avait joué de tout son poids auprès du maire. Au moins la future mosquée s'ouvrirait-elle de plain-pied. C'en serait fini de l'« islam des caves », ces réduits indignes dans lesquels les fidèles humiliés devaient se regrouper pour la prière.

Le maire avait prononcé un discours le jour de l'inauguration et toute la population s'était rassemblée pour un grand méchoui lors de la fête de l'Aïd. Tout cela était bel et bon, mais peu à peu la cité tout entière avait subi une sorte de lifting sournois. Les femmes se mirent à sortir voilées. Timidement. L'une après l'autre. Puis par petits groupes qui s'étoffèrent de mois en mois. Les adolescentes suivirent. Les petites filles comme leurs aînées… Au balcon des immeubles, les paraboles fleurirent ; on put capter Al-Jazira, voire Al-Manar, la chaîne du Hezbollah libanais, avant qu'elle ne fût interdite de diffusion en France. Une librairie islamiste ouvrit ses portes à deux pas de la mosquée. Nombre de jeunes garçons de la cité abandonnèrent progressivement l'uniforme 9-3 – survêt', casquette, baskets – pour porter la kamis.

Bastien Segurel comprit qu'il commençait à y avoir un problème quand il lui fut rapporté que dans certaines écoles maternelles des parents débarquaient, furieux, pour interdire que leurs filles dansent la ronde en tenant la main des garçons. C'était *haram*. Impie. Ou quand à l'hôpital intercommunal un père de famille refusa que sa femme fût accouchée par un obstétricien mâle… Sacrilège suprême.

Segurel crut bon de lâcher du lest en accordant des horaires distincts hommes / femmes à la piscine de la ville, le Stade nautique Nelson-Mandela, la fierté de la commune financée grâce à une lourde subvention du conseil général.

*

À moins de deux kilomètres de la cité du Moulin, on franchissait quelques collines agréablement boisées, le parc départemental de la Ferrière, et on quittait Certigny pour entrer dans Vadreuil, la commune limitrophe. Un autre monde. Vadreuil faisait figure d'exception dans le département. De vieilles maisons de pierres meulières entourées de jardins agrémentés de bassins où s'ébattaient canards et poissons rouges et de volières où roucoulaient des colombes. Les petites filles portaient des jupes à carreaux et les petits garçons des blazers bleus pour se rendre au collège-lycée Saint-François. Un havre de tranquillité. Les résidents n'empruntaient jamais le RER. À Vadreuil, on avait toujours « bien voté ». Forcément. Le maire, Guillaume Séchard, un jeune loup qui avait succédé à son père, lequel avait succédé à son grand-père dans la charge, menait sa ville d'une main de fer. Les douze voitures de la police municipale sillonnaient les rues la nuit, des caméras de vidéosurveillance avaient été installées dans tous les lieux publics et toute grand-mère qui traversait la rue pouvait compter sur la main secourable d'un concitoyen prêt à l'accompagner dans ce périple. Il n'y avait pas de délinquance à Vadreuil, hormis quelques cas de violence conjugale, d'inceste ou de captation d'héritage. Chacun se souvenait d'une belle affaire de meurtre d'un couple de vieillards liquidés dans les années 70. Un commerçant parisien avait acheté leur villa en viager et, au bord de la faillite, n'en pouvait plus de leur allonger la monnaie… Rien de plus.

Grâce à un habile découpage de la carte électorale, la dynastie des Séchard était parvenue à envoyer ses rejetons à l'Assemblée. S'il fallait un ratio de cinq mille votants à Certigny pour faire élire un député, quinze cents et des poussières suffisaient à Vadreuil… Du travail d'orfèvre.

Auguste Séchard, l'ancêtre, avait foncé à Londres dès le soir du 18 juin 40, avant de se lancer à l'assaut des bunkers d'Ouistreham à l'aube du 6 juin 44 avec ses copains du commando Kieffer, et sa descendance continuait d'engranger les bénéfices de son courage. Un couillu, l'Auguste. Son petit-fils Guillaume siégeait à la droite de l'hémicycle et ne dédaignait pas de se signaler à l'attention de la presse, une ou deux fois par an, par quelque provocation de bon aloi. Un trop grand laxisme dans l'application de la loi sur l'avortement? La fainéantise légendaire de fonctionnaires toujours prompts à se mettre en grève sous le moindre prétexte? C'était selon. Un métier. Quasiment une vocation.

Cela dit, depuis quelques années Guillaume Séchard se faisait des cheveux blancs. Son fief commençait à pourrir sur pied. La moyenne d'âge de la population ne cessait de croître. Inexorablement, Vadreuil devenait une ville de retraités, un bantoustan du troisième âge. Les héritiers des Trente Glorieuses qui disposaient des fonds suffisants pour devenir propriétaires rechignaient à venir s'établir dans le 9-3, en dépit du savoir-faire du maire. Le nombre de villas inoccupées augmentait. L'encerclement par des tribus hostiles pesait de plus en plus lourd dans les consciences. La peur était mauvaise conseillère malgré les terrains de tennis, les concerts de musique classique programmés par les services culturels de la mairie, le festival folklorique qui rassemblait quantité de troupes au mois de juin, avec binious, vielles et hautbois. De même, la « Semaine des artisans », qui drainait des maîtres pipiers de Saint-Claude, des marchands de sardines estampillées « à l'ancienne » de l'île de Groix et autres esthètes du tripoux aveyronnais, farouches gardiens des recettes du terroir perpétuées de père en fils.

Guillaume en était conscient... En dépit de ses coups de gueule à l'Assemblée, retransmis à la télé et copieusement répercutés dans le bulletin municipal, ça commençait à virer en quenouille. Il avait cru trouver la parade en jouant une carte plus que risquée : la communauté juive, dont quelques membres de la secte des Loubavitchs avaient opéré une petite percée à la Poulardière, un quartier de Vadreuil. Un groupe de familles, puis un autre. Et ainsi de suite. Les Vadreuillois s'étaient peu à peu accoutumés à voir déambuler dans les rues de leur ville ces curieux personnages vêtus de redingotes, coiffés d'un ample chapeau noir et portant de petites tresses torsadées qui leur pendaient aux tempes. La première incursion des Loubavitchs remontait à 2001. En 2002, une synagogue s'était ouverte dans la plus grande discrétion. Puis ç'avait été un premier magasin casher, une boucherie. Bientôt suivie par une supérette. À l'été 2005, la communauté juive de Vadreuil comptait déjà près de deux mille cinq cents membres. Regroupés dans une dizaine de rues qui s'ornaient de branchages lors de la fête de Soukkot, début octobre.

Il ne fallait pas faire la fine bouche. Guillaume Séchard tirait avantage de sa hardiesse : il s'agissait là d'un complément de sang neuf par rapport au flux traditionnel menacé par la contagion gériatrique... Le maire entretenait d'excellentes relations avec le rabbin et ne manquait pas une occasion de lui rappeler que ses ouailles devaient s'inscrire sur les listes électorales, ce qui n'était pas acquis. Il avait néanmoins l'impression qu'un gentleman's agreement s'était établi et qu'il ne tarderait pas à récolter les fruits de ses efforts. D'ores et déjà, les nouveaux venus acquittaient rubis sur l'ongle leurs impôts locaux. Certes, parmi ses administrés, quelques antisémites incurables maugréaient. Guillaume Séchard n'épargnait pas sa peine pour satisfaire ses hôtes. Ainsi, chaque matin, une voiture de la police municipale surveillait le départ des cars scolaires qui emmenaient les enfants loubavitchs à Paris, quelque part dans le fin fond du XIXe arrondissement, où ils allaient étudier. Un jour sans doute, si tout se passait bien, un tel déplacement deviendrait superflu. Une école talmudique ouvrirait ses portes à Vadreuil même.

*

C'était donc avec une certaine perplexité que le substitut Richard Verdier contemplait sa carte du 9-3. Ou plutôt la portion du département dont il avait la charge. Certigny. Un désastre. Il ne se faisait plus d'illusions sur les Grands-Chênes, le Moulin ou les Sablières. Il s'agissait bel et bien de territoires perdus. Il se demandait parfois sincèrement à quoi il servait, quel était son statut social exact, sinon celui de figurer dans une sorte de carnaval qui ne faisait plus rire personne. Son salaire lui permettait de mener une vie correcte, de régler les traites d'une vieille maison nichée dans un hameau déserté de Lozère et dont il s'échinait à restaurer le toit de lauzes tous les étés, à s'en meurtrir le dos, d'où ses premières alertes d'arthrose... De temps à autre, pour ne pas démériter, il lançait une petite opération punitive à l'issue de laquelle étaient coffrés quelques pauvres types, des clampins sans importance, de la piétaille de flags qui revenait toujours plus enragée de ses séjours au mitard, et le train-train reprenait. Les dealers retournaient à leur travail de fourmis et les putes se remettaient au turbin.

Pour la cité du Moulin – « Médine », en jargon flicard –, Verdier croyait savoir que les RG réfléchissaient à une stratégie adaptée pour conserver quelques antennes sur place. La vieille tactique des indics ne donnait plus aucun résultat. Il fallait recruter des collègues au teint basané et les envoyer traîner in situ, voire y vivre. Un poste à profil des plus hypothétiques... Verdier imaginait sans peine que les candidats étaient rares. On pouvait penser – ou espérer – que d'autres « services » s'intéressaient au problème depuis qu'il était acquis que les filières djihadistes enrôlaient des gamins du cru pour les envoyer se faire trouer la paillasse en Afghanistan ou en Irak.

Durant les mornes journées d'hiver, le front appuyé à la vitre dégoulinante de pluie de son bureau, Verdier se prenait à rêver. Un jour ou l'autre, Boubakar le Magnifique, enfermé dans son domaine des Sablières, ferait un accès de claustrophobie et commencerait à lorgner sur le domaine réservé des Lakdaoui. En biznessman averti, il chercherait à diversifier ses activités et à faire main basse sur le commerce prospère des frérots. Les Lakdaoui seraient obligés de riposter, une petite Saint-Valentin de derrière les fagots pourrait bien égayer les parages.

Un autre scénario catastrophe lui venait parfois à l'esprit : une coalition entre les Grands-Chênes et les Sablières, dont la plèbe se mettrait en tête de lancer un assaut sur les coquettes villas de la bonne ville de Vadreuil. Carnage assuré. Guillaume Séchard en ferait un infarctus. Le pied garanti. Mais non… jusqu'à présent, le calme régnait.

Il alluma une énième Gitane et ouvrit le dossier de la Brèche-aux-Loups, une cité située au sud de Certigny et adossée à l'échangeur d'autoroutes. Là, avec un peu de chance, il y avait encore peut-être quelque chose à sauver. Le taux de chômage y était légèrement moins important qu'ailleurs. Nombre d'habitants travaillaient dans le secteur de Garonor, près d'Aulnay, ou à la périphérie de Certigny, dans la zone industrielle. D'autres à l'hôpital psychiatrique Charcot, grand employeur de main-d'œuvre. À la Brèche-aux-Loups, l'aiguille du sismographe s'affolait un peu moins que dans le reste de la commune.

Depuis quelques mois pourtant, la cité était saisie d'un prurit inquiétant. De la belle délinquance autochtone, blanche de peau. Du Français de souche. Ça permettait d'équilibrer le propos dans les rapports qu'il transmettait à sa hiérarchie. Chaque fois qu'il évoquait les turpitudes des frères Lakdaoui, les facéties de Boubakar ou le cauchemar islamiste annoncé au Moulin, certains de ses collègues, affiliés tout comme lui au Syndicat de la magistrature, fronçaient les sourcils et le toisaient d'un œil soupçonneux. Verdier n'aurait-il pas rejoint le camp de la réaction ?

d) Certigny-Sud. Cité de la Brèche-aux-Loups. L'unique secteur qui permettait de garder le moral. Pas pour très longtemps peut-être. Le client se nommait Alain Ceccati. Vingt-cinq ans à peine et déjà chef de gang après un séjour à Fleury-Mérogis à la suite d'un braquage. Une petite frappe qui ne demandait qu'à prendre son envol. Dès sa sortie de prison, il avait jeté son dévolu sur la Brèche. Il s'y était installé dans un studio obtenu grâce à l'aide d'un prêtre-ouvrier qui consacrait son existence à la réinsertion des ex-taulards. Le père Devinard. Alain Ceccati le surnommait le « Verre de Pinard », ce qui faisait bêtement rigoler l'ecclésiastique. Comment un délinquant qui maniait aussi délicatement l'art du contrepet aurait-il pu se révéler foncièrement mauvais ?

En quelques mois, Ceccati s'était parfaitement accoutumé à son nouveau biotope. Il s'y était même épanoui. Tant et si bien qu'aux alentours, les pelouses s'étaient mises à regorger de seringues usagées. La flicaille avait depuis belle lurette baissé les bras devant le commerce du cannabis. Trop, c'était trop. Un flot, une marée impossible à contenir. La fameuse économie parallèle, qui marchait sur ses deux béquilles – le commerce du shit et le recyclage de nombreux objets malencontreusement « tombés du camion » –, ne permettait plus de motiver correctement les personnels. Certes, à l'occasion, on condamnait gaillardement un petit revendeur de barrettes, ou on collait six mois ferme à un imprudent qui s'était bêtement laissé surprendre avec une cinquantaine de lecteurs de DVD à son domicile, mais, pour le reste, plus personne ne se faisait d'illusions.

La floraison des seringues dans les jardins où jouaient les bambins de la maternelle ou de la crèche provoquait encore toutefois un électrochoc tant du côté des riverains que des services spécialisés. La population, pourtant mithridatisée à force de saccages de son quotidien, appelait au secours, dans un dernier sursaut. C'était le cas depuis quelques semaines. Les rapports de police s'empilaient sur le bureau du substitut. À la Brèche, Alain Ceccati était connu comme le loup blanc. D'une HLM à l'autre, chacun savait à quoi s'en tenir.

Le coincer avant qu'il ne provoque des dégâts irréversibles. Qu'à force de laisser-aller on ne lui permette de transformer la cité en une sorte de fort Chabrol dont il deviendrait inexpugnable, à l'instar de Boubakar le Magnifique aux Sablières. Allez, il fallait mettre un bon coup de collier. Richard Verdier, la rage aux tripes, se plongea dans le dossier. Le *Titanic* ne devait pas couler.

3

Le métro. Puis le RER. Gare-du-Nord. La station Sevran-Beaudottes. Une foule aux visages gris. Puis le bus 316 C, un trajet d'une vingtaine de minutes, comme prévu. Cette fois, plus d'échappatoire. À quatorze heures quinze, le 1er septembre, Anna Doblinsky franchit le portail de la cité scolaire Pierre-de-Ronsard. Un peu paumée, avec son petit cartable sous le bras. Un cartable qui ne contenait qu'un bloc-notes et quelques stylos de couleur.

Les collègues attendaient dans la grande salle du gymnase. Sagement assis devant une estrade où trônait monsieur le principal, Jean Seignol, qui ressemblait à s'y méprendre à Michel Galabru. Un vieux de la vieille à la trogne burinée par maints vents et cyclones qui avaient agité son petit monde fleurant bon l'encre Waterman, la poussière de craie et la lampe de rétroprojecteur grillée à force de surchauffe. Un type à qui on ne la faisait plus. Les tempêtes dans un broc de réfectoire, Seignol en avait essuyé plus d'une. Il rangeait les dossiers étalés devant lui en toussotant, attendant que les derniers arrivants aient pris place dans les travées.

Anna s'assit au dernier rang et ne put retenir un sourire en songeant aux théories de son maître Duibour…

Dix minutes plus tard, Seignol s'éclaircit la voix d'un dernier raclement de gorge et prit la parole. Eh bien voilà, les vacances étaient terminées et la nouvelle année scolaire 2005-2006 allait débuter. Mais d'abord quelques mots de bienvenue aux nouveaux TZR[1]. Il les appela à se lever les uns après les autres, afin que

1. Titulaire de zone de remplacement.

chacun fasse connaissance. M. Guibert, le professeur d'anglais, Mme Monteil, l'hispanisante, sans oublier M. Karadja, le surveillant arraché en sureffectif auprès du rectorat – « Ah, c'est qu'on en avait bien besoin ! » –, ni M. Renard, le nouveau directeur de la SEGPA[1], etc., jusqu'au tour d'Anna, qui, à l'appel de son nom, se redressa et sentit ses joues s'empourprer sous les regards qui convergeaient vers elle. Elle faillit saluer, comme au théâtre. Mais s'en abstint.

Seignol passa ensuite à la question des effectifs. En gros, rien de neuf depuis l'année passée. Sinon un afflux de sixièmes imprévu. Une erreur de calcul du rectorat. Résultat, une classe supplémentaire. Puis les emplois du temps : là, ça s'était corsé. Un véritable casse-tête avec l'engorgement dû au fameux problème des cinquièmes A, C et D et de la quatrième F, ainsi que celui des modules de soutien, qu'il avait bien fallu dédoubler. Sinon, comment faire ? Seignol s'excusa d'avoir dû trancher dans le vif. Tout le monde hocha la tête d'un air entendu. Un murmure désapprobateur parcourut l'assemblée : l'air de dire cause toujours, on nous la fait pas.

Il risquait aussi d'y avoir un petit problème avec les manuels de maths – simple retard de livraison qui devrait se résoudre dès le milieu de la semaine suivante. Une bonne nouvelle : la deuxième salle informatique promise était fin prête !

D'une voix monocorde, le principal commenta ensuite les derniers aménagements du règlement intérieur, le problème de la rotation des classes à la cantine, qui avait causé tant de soucis l'année précédente, et quantité d'autres détails tout aussi passionnants. Sans oublier la lecture des dernières directives ministérielles concernant les modifications de programmes, ce qui provoqua quelques gloussements ironiques parmi l'assemblée. Il finit par le rappel à la discipline : à enfoncer dans le crâne des élèves dès la première heure de cours. M. Lambert, le CPE, serait à l'écoute à la moindre alerte. Lambert, un Antillais à la mâchoire carrée, vêtu d'un costume de Tergal anthracite et assis à la droite du maître de

1. Section d'enseignement général et professionnel adapté.

cérémonie, jaillit alors de son siège et confirma d'un coup de menton rageur, qu'il accompagna d'un geste explicite du poignet, actionnant un tournevis imaginaire… avant de se rasseoir.

Anna n'écoutait que d'une oreille. Pendant la prestation de Seignol, qui mine de rien dura près de trois quarts d'heure, elle étudia les visages des collègues qui l'entouraient. Le type assis à côté d'elle, en tenue de jogging, qui bâillait sans vergogne, *L'Équipe* sous le bras, pas besoin de se poser de questions, c'était l'EPS. Le binoclard hirsute qui se grattait le menton, elle le voyait bien matheux. Celui qui griffonnait des croquis de cigognes dans un carnet à spirale, les arts plastiques ? Et la haridelle vêtue d'une robe à carreaux aux teintes criardes ? Elle ressemblait comme une sœur jumelle à la Mlle Lelongbec des sketchs du regretté Fernand Reynaud. Alors c'était quoi, son vice à elle ? La musique ? Non, ça ne pouvait pas être aussi simple. Si chacun s'évertuait à épouser ainsi trait pour trait sa caricature, qu'enseignait donc le quinquagénaire qui s'était assoupi, le menton posé sur la poitrine, les mains croisées sur sa bedaine ? La sophrologie ?

Seignol conclut son exposé en évoquant le « fameux problème » qui avait tant causé de tracas à l'équipe pédagogique lors de la rentrée précédente. D'après ses renseignements, il n'y avait plus rien à craindre de ce côté-là : les hautes autorités préfectorales avaient rencontré les imams des environs dès le mois de juin pour faire le point. Tout serait nickel. Et pour maintenir la pression, le port de la casquette pour les garçons à l'intérieur de l'établissement était toujours strictement prohibé. Le CPE Lambert acquiesça d'un signe de tête.

Après le laïus du principal se tint le pot traditionnel. Des gobelets de plastique blanc emplis de jus d'orange ou de kir étaient disposés en rang d'oignons sur des tables en Formica et voisinaient avec des assiettes en carton garnies de chips. La petite communauté des profs s'ébroua. Le temps des retrouvailles était venu. On échangea des saluts et des commentaires sur les vacances passées. Anna circula de groupe en groupe, un peu perdue, glanant ici une remarque sur le fameux problème du dédoublement des modules de soutien, là un commentaire acerbe à propos de la deuxième salle d'informatique parce que, hein, c'était bien joli tout ça, mais si c'était le même cirque que d'habitude avec la clé de l'armoire des disquettes, on ne voyait pas en quoi ça allait améliorer la situation. Instinctivement, les nouveaux se regroupèrent à l'écart des anciens.

Guibert, l'angliciste, chétif et asthmatique, paraissait assez angoissé. Monteil, l'hispanisante, une rousse accorte qui portait des boucles d'oreilles énormes, tirait sur sa Gitane d'un air entendu. Elle n'en était pas à sa première rentrée, mais déjà à la troisième. Fallait pas se laisser faire avec les emplois du temps. Elle agrippa Anna par le bras et tenta de la gagner à sa cause en lui montrant un feuillet hachuré de rouge et garni de nombreux trous.

– C'est n'importe quoi ! On se tutoie, d'accord ? lança-t-elle de sa voix rauque.

Anna acquiesça. Elle n'avait pas encore ouvert l'enveloppe qui contenait son propre emploi du temps. Pas plus que Guibert. Tous deux obéirent à Monteil et prirent connaissance du quadrillage des semaines qui allait rythmer leur vie jusqu'à la fin du mois de juin. Ce n'était guère brillant. Les dix-huit heures de cours hebdomadaires qu'ils devaient assurer étaient dispersées au petit bonheur, de sorte que leur présence effective au collège pèserait bien plus lourd. Monteil ne décolérait pas.

– C'est toujours la même combine ! Les anciens ont droit à tous les privilèges... Regardez, moi, le mardi, j'ai une troisième de huit à neuf et une quatrième de quatorze à quinze ! Entretemps je fais quoi ? Faut un minimum de solidarité, quoi, merde !

Karadja, le surveillant, se tenait à l'écart. Il n'était pas concerné par le problème. Taciturne, il prit le large en refusant d'un sourire crispé le gobelet de kir que Monteil lui proposait.

– Je parie que vous êtes même pas syndiqués ? reprit celle-ci en se tournant vers Guibert et Anna. Vous débarquez, alors forcément ! On vous a pas prévenus, à l'IUFM ? Pourtant, on fait tout le boulot en amont pour alerter les jeunes collègues. Moi, je suis à la FSU. Si vous voulez, on...

Elle s'interrompit au milieu de sa tirade. L'air compassé, le principal venait à leur rencontre.

– Ah, chers collègues ! J'aurais voulu vous souhaiter personnellement la bienvenue, consacrer à chacun d'entre vous le temps nécessaire, mais à chaque rentrée c'est la même précipitation, les mêmes problèmes de dernière minute... ce n'est que partie remise. Sachez que vous pouvez compter sur mon soutien, surtout n'hésitez pas... en cas de besoin, ma porte vous sera toujours ouverte ! Sincèrement !

Il s'éloigna aussitôt, fuyant comme une anguille pour se glisser à l'abri d'un banc de vétérans qui le happèrent pour l'entretenir de l'affaire assurément complexe du dédoublement des modules de soutien.

Monteil en resta bouche bée, sa feuille d'emploi du temps à la main. À cet instant Ravenel, le principal adjoint, un échalas au front orné d'une vilaine verrue, s'avança vers eux. Nouvelle couche de pommade passée sur le dos des bizuths. Et en avant vers la salle des profs, afin que chacun puisse découvrir son casier et s'en voir délivrer la clé. Tout était prêt. Ravenel était suivi du concierge Bouchereau, un petit moustachu qui frétillait en agitant son gros trousseau d'une main alerte. Anna hérita du casier 47, déjà équipé d'une petite étiquette à son nom, Doblinsky, de même pour Guibert et Monteil.

Les anciens affluèrent bientôt dans le repaire. Machine à café, petite salle annexe, exiguë, réservée aux fumeurs. Les tableaux de liège destinés à épingler les affiches syndicales et les annonces diverses étaient encore vierges. Ça se mit à piailler, à jacasser dans toute la salle. Étourdie par le brouhaha, Anna prit un peu de recul. Guibert, toujours aussi mal à l'aise, semblait danser d'un pied sur l'autre, largué dans ce décor. Monteil avait déjà identifié et alpagué un de ses camarades de la FSU. Elle lui triturait le bouton de veste sur la question des emplois du temps. Le gars semblait embarrassé.

*

La salle des profs... Anna se souvint d'une belle déconnade à l'IUFM, lors d'un devoir de français tournant autour de l'écriture d'une nouvelle, exercice d'une haute tenue pédagogique. Campée devant l'écran de son Mac, elle s'était lancée dans la narration des exploits d'un abominable bolchevik, Iossip Vissarianovitch Saldeprov, une brute vraiment sans pitié qui sévissait au ministère de l'Éducation du peuple et exerçait toute sa hargne contre les « apprenants » sibériens en les forçant à ingurgiter du Tourgueniev par cœur et non pas à construire leur propre savoir tourguéniévien à la simple sueur de leurs fronts de jeunes pionniers rouges, d'où devait fatalement percer le génie. Avec châtiments corporels à la clé en cas de défaillance. Duibour et Forney, qui faisaient partie du jury d'évaluation, n'avaient pas vraiment apprécié…

Parmi tous les présents, un grand type hâlé, aux tempes grisonnantes, la dévisageait, la pipe au bec. Anna avait déjà remarqué sa présence durant l'exposé du principal. Impression de calme, voire d'imperturbabilité. Il approchait la cinquantaine. Son regard exprimait une sorte de désenchantement teinté d'ironie. Il lui sourit avec fatalisme avant de faire un pas dans sa direction, fendant la cohue d'une démarche chaloupée. Face à lui, du haut de son mètre soixante, Anna paraissait minuscule.

– Vidal, maths. On partage les mêmes classes, surtout la troisième B, pas facile, tu verras, c'est moi le prof principal, si tu as besoin d'aide, n'hésite pas, dit-il en lui tendant la main.

Anna la lui serra, heureuse de saisir cette bouée.

– Bienvenue au club, reprit Vidal.

*

Après cette réunion de prérentrée, la cité scolaire Pierre-de-Ronsard de Certigny retrouva toute sa quiétude. Désertée, elle s'assoupit à nouveau. Les feuilles mortes glissaient sous le vent et commençaient à recouvrir le bitume de la cour d'un léger tapis ; les nombreux chats qui y trouvaient d'ordinaire refuge par temps calme reprirent possession de leur domaine. Seignol, son adjoint Ravenel et le CPE Lambert regagnèrent leurs appartements de fonction pour jouir de la dernière soirée de tranquillité jusqu'aux vacances de la Toussaint.

Anna téléphona à son ami Loïc pour recueillir ses premières impressions de son collège Alexandre-Dumas perdu au fin fond du 9-4. Mêmes constatations désabusées, même trouille du lendemain et rires partagés quant à la description des collègues. Enfin elle passa la soirée à peaufiner son premier cours, destiné à sa troisième B, de huit à neuf. Avec un trac fou.

4

Ce jeudi 1er septembre, le substitut Richard Verdier avait rendez-vous à dix-neuf heures avec le commissaire Laroche, de Certigny. En poste dans la ville depuis bientôt cinq ans, celui-ci partageait l'avis de Verdier quant au naufrage ambiant, mais n'avait pas pour autant baissé les bras. Ils se retrouvèrent à l'entrée de la cité du Moulin, près de la façade du Burger Muslim, un fast-food où l'on pouvait se régaler des mêmes friandises que dans n'importe quel McDo ou Quick, mais garanties hallal. Chaque ticket de caisse y était estampillé d'un *Salam aleikoum* de bon aloi. Depuis plusieurs semaines, Laroche s'intéressait à l'établissement. Les frères Lakdaoui, pas plus couillons que d'autres, étaient entrés dans le capital et espéraient ouvrir une sorte de succursale au sein de leur domaine des Grands-Chênes. Après tant d'années à batailler pour se fondre dans la couleur locale, ou prétendue telle, avec leur pizzeria, voilà qu'ils se sentaient comme bercés par la nostalgie des origines. Fallait-il y voir un simple effet de mode, un vague intérêt commercial ou au contraire le signe avant-coureur que le prosélytisme islamiste commençait à porter ses fruits ? Reziane, l'imam qui présidait aux destinées de la mosquée de la cité du Moulin, avait été aperçu à plusieurs reprises en compagnie de l'aîné des Lakdaoui à l'issue de la prière du vendredi. Laroche appréciait moyen.

C'était même pour cette raison qu'il avait tenu à donner rendez-vous au substitut à cet endroit. Pour l'alerter en lui faisant part de la nouvelle. Verdier haussa les épaules. Ce que lui annonçait le commissaire allait dans le sens de la débâcle générale. Pas de quoi s'étonner. Les deux hommes avaient d'autres chats à fouetter.

En l'occurrence une réunion à laquelle ils avaient convié les habitants de la cité de la Brèche-aux-Loups. Du moins ceux qui accepteraient de s'y rendre. Un jeudi soir, ça n'était pas gagné, mais Laroche, qui avait pris langue avec le président de l'Amicale des locataires, assurait que le choix de la date n'était pas de son fait. C'était le président de l'Amicale qui avait décidé. Et c'était lui le demandeur. Quant au lieu, Laroche l'avait soigneusement choisi – une salle associative gérée par un club d'arts martiaux. Une soixantaine de places. Il fallait voir grand…

Une demi-heure plus tard, Laroche et Verdier accueillaient les locataires des HLM de la cité de la Brèche-aux-Loups, qui arrivèrent presque tous ensemble. Une petite quarantaine. Pas si mal. Des gens ordinaires, au visage qui exprimait une profonde lassitude. Ce que jadis on appelait le prolétariat, songea Verdier. Un mot tombé en désuétude, frappé de ringardise, fallait-il croire, à l'instar de « marques » disparues, oubliées, comme le vin des Rochers, la gaine Scandale ou la Boldoflorine, « la bonne tisane pour le foie ». Il en subsistait des traces dans les albums photographiques de Doisneau ou de Willy Ronis que s'arrachaient les « bobos ».

Certains de ces gens étaient arrivés en couple, quelques-uns même avec leurs enfants. Le panel rassemblait tous les âges. Des retraités, des actifs, des chômeurs. Sans ménager sa peine, Sannois, le président de l'Amicale, délégué syndical CGT dans son entrepôt de moquette, était parvenu à les convaincre de sacrifier une de leurs soirées pour discuter de l'avenir de leur cité. Ça n'avait pas été simple. Une quarantaine ! Sannois n'en attendait pas autant. Pour venir à la rencontre du commissaire de police et de ce personnage mystérieux, le substitut du procureur, on voyait bien qu'il leur avait fallu consentir un effort. Timides, gauches, ils ne savaient trop quelle attitude adopter. Écouter ce qu'on avait à leur dire ou se mettre à râler tout de suite ? N'allait-on pas se moquer d'eux une fois de plus ? Les endormir avec des belles phrases à rallonge, comme dans les débats politiques à la télé ? Il y en avait marre et plus que marre.

Le commissaire Laroche prit la parole. Tout le monde savait ce qui se passait à la cité de la Brèche-aux-Loups. L'irruption de la drogue, la valse incessante des clients qui venaient s'y ravitailler, les boîtes aux lettres saccagées, les parties communes squattées par des jeunes gens hargneux qui n'hésitaient pas à cracher sur les résidents… c'est tout juste si l'on pensait encore à leur reprocher de pisser contre les murs. Dernier élément en date : le sabotage délibéré et méthodique de l'éclairage public. Certains soirs, plus un seul lampadaire ne fonctionnait. L'obscurité devenait angoissante. À ce train-là, en décembre, les gosses ne pourraient plus rentrer tranquillement du collège à partir de cinq heures du soir. Nombre d'adultes qui travaillaient avec des horaires décalés ne se sentaient plus en sécurité. Sitôt la nuit venue, la cité tombait sous la coupe des dealers. EDF envoyait régulièrement des réparateurs, mais certains s'étaient retrouvés nez à nez avec des pitbulls et avaient préféré déguerpir.

Les locataires prirent la parole, encouragés par Sannois. Chacun avait son anecdote à raconter. Son lot de petites humiliations à confier. Ils décrivirent leur quotidien d'une voix tremblante, cherchant leurs mots, s'enhardissant peu à peu pour laisser éclater toute leur colère.

– Hein, ça et plus tout le reste, le coût de la vie qui arrête pas d'augmenter, on compte pour quoi, nous ? Si on est des moins que rien, faut le dire tout de suite ! lança une femme, les larmes aux yeux.

De rage, elle martela des poings la table devant laquelle elle était assise. Sannois eut quelque difficulté à rétablir le calme.

– Le fond du problème, vous le connaissez ! conclut-il en s'adressant à Laroche.

Celui-ci acquiesça.

– Oui. Nous savons. Seulement voilà, nous n'avons pas les moyens de quadriller la cité en permanence. Et si nous le faisions, tout recommencerait dès que nous aurions tourné les talons…

Son intervention provoqua un regain de colère. Les invectives fusèrent. Le chef des dealers, tout le monde le connaissait, alors pourquoi n'était-il pas arrêté ? Voilà, c'était dit, la police n'y pouvait rien !

– On ne peut pas dire ça ! protesta Laroche. La police essaie de faire son travail. Mais il faut nous aider. Pour arrêter quelqu'un et pour l'envoyer en prison, il faut des preuves, et des preuves solides, et vous savez pertinemment combien ces gens-là sont habiles. Alors...

– Alors quoi ?

Il marqua un temps d'arrêt.

– Alors, nous avons besoin de témoignages. Des témoignages écrits, irréfutables. Il faut que vous consigniez noir sur blanc ce que vous voyez, qui fait quoi exactement. Qui donne les ordres, qui est le caïd. Sinon, on peut bien foncer chez lui, vous vous doutez qu'on ne trouvera rien !

– Forcément, lança un des locataires, la drogue, elle arrive la nuit et ils la cachent dans les faux plafonds ou dans le local poubelles... Essayez de descendre la vôtre sur le coup de dix heures du soir et vous verrez comment vous serez reçu !

– Total, reprit un autre, qu'est-ce que vous voulez qu'on fasse ? Y a des gens qui mettent tout en vrac en bas des immeubles et, du coup, y a des coins de la cité qui deviennent une vraie décharge, j'ai pas raison, peut-être ?

On salua son intervention par quelques applaudissements.

– Témoigner ? s'écria la femme qui s'était déjà dressée en tapant du poing sur la table. Vous nous prenez pour des andouilles ? Et qu'est-ce qui va se passer après ? J'ai une cousine qui habite en province, sa cité aussi, elle était pourrie par les dealers. Elle a témoigné, grande gueule comme elle est ! Eh ben résultat : on lui a foutu le feu chez elle ! Et elle a été obligée de déménager !

Richard Verdier leva le bras pour demander la parole. Son intervention était très attendue. Il fallait bien justifier les raisons de sa présence, d'une façon ou d'une autre.

– Personne ici, ni monsieur le commissaire ni moi-même, ne vous demande de vous mettre en danger, expliqua-t-il. Il existe un moyen très simple de vous protéger de toutes représailles. Les femmes mariées... Elles peuvent déposer plainte sous leur nom de jeune fille et se faire domicilier au commissariat. C'est imparable. Les caïds ne réussiront jamais à remonter la piste. Et il n'y aura pas de confrontation.

– Même pas avec le truc qu'on voit à la télé dans *Navarro*, là, la glace…

– Le miroir sans tain ? Non ! Je peux vous en donner l'assurance.

Chez *Navarro*, tout finissait par s'arranger dans la bonne humeur après d'habiles retournements de situation concoctés par l'équipe de scénaristes. On frôlait toujours la catastrophe, mais in extremis les méchants étaient toujours punis. Nul doute qu'en un seul épisode le célèbre commissaire aurait réglé le problème de la cité de la Brèche-aux-Loups. Mais dans la réalité, la bonne fée policière ne disposait d'aucune baguette magique.

L'annonce de Verdier provoqua une grande surprise. Un moment de silence. Puis les questions fusèrent. Le nom de jeune fille ? C'était bien vrai ? Des fois que ce soit une entourloupe… Encore une combine pour embobiner le gogo ? Verdier jura que non. Il se fit fort d'adresser le texte de loi auquel il faisait référence à chacun des intéressés qui lui donnerait son nom. Sous pli fermé, avec une enveloppe sans en-tête, et, si la méfiance persistait, le document était consultable à son bureau du palais de justice. En toute confidentialité.

Sannois tenta tant bien que mal de canaliser le flot d'interventions qui suivit. Maintenant, tout le monde se lâchait. Tel soir, tiens, pas plus tard qu'avant-hier, on avait vu la voiture, la « voiture bien connue », suivez mon regard, s'arrêter devant le bâtiment C, tel autre soir, c'était machin qui avait bousillé le lampadaire devant l'escalier du même bâtiment, etc., etc. Les témoignages se bousculaient, mais sans que jamais ne soit mentionné un nom. Ni celui d'Alain Ceccati, ni celui des membres de sa petite bande de malfrats.

– Il faut des noms, des témoignages concordants, insista Verdier. Et les témoignages doivent être écrits. Signés.

– Ouais, c'est bien joli tout ça, risqua un des hommes présents, mais si vous êtes en train de nous dire que c'est en se planquant derrière des noms de jeune fille que ça va marcher, moi, ça me fout les boules, on n'est pas des pédés, alors pourquoi qu'un de ces quatre on se déciderait pas à faire le ménage nous-mêmes ?

Tous ensemble, hein ? Qu'est-ce qu'on attend pour leur en mettre plein la gueule ? On n'a qu'à se procurer des armes ! On est chez nous, oui ou merde ?

Sa tirade tomba à plat, comme un bloc de pierre perforant la surface d'un lac gelé. Les regards se firent fuyants. Chacun contemplait le bout de ses chaussures en maugréant. Sannois, coutumier de ce genre de rencontre et sachant qu'il ne fallait pas se quitter sans une note d'optimisme, se fendit d'une petite conclusion. Ce n'était qu'un début, il ne fallait surtout pas perdre courage, mais se faire confiance, sinon tout était foutu. En vieux poilu du militantisme, il cherchait à remonter le moral des troupes… Ce fut le signal de la dispersion. Sannois serra la main du commissaire, puis celle du substitut, tandis que les autres participants s'éclipsaient en silence.

– C'était bien. Faut de la patience, je crois qu'on va y arriver, dit-il en réprimant un bâillement. Excusez-moi, mais demain, au dépôt, j'embauche à six heures, alors je vais pas trop m'attarder… Ah, au fait, merci, hein !

Il était à peine vingt-deux heures. Verdier et Laroche restèrent seuls, désemparés.

– Vous y croyez, vous ? demanda Laroche.

– Bah, l'espoir fait vivre, non ? soupira Verdier.

Ils regardèrent Sannois s'éloigner vers sa voiture. Des types de cette trempe, ça ne courait plus trop les rues.

5

Le grand jour était enfin arrivé. À huit heures pile, en ce matin du premier vendredi de septembre Anna attendait dans la cour, face à une nuée de gamins qui peinaient à se mettre en rang malgré les gueulantes et les coups de sifflet du principal Seignol et de son adjoint Ravenel. Lambert, le CPE, arpentait le bitume, agitant ses grandes mains pour dessiner de mystérieux cercles dans le vide, tel un général sur le champ de bataille. Peu à peu, la piétaille des « apprenants » se mit en place. Une armée d'ados vêtus flambant neuf qui rejoignaient les travées qui leur étaient assignées, bataillon après bataillon. Pas un bouton de guêtre ne manquait à l'appel. En l'occurrence des lacets de Nike ou d'Adidas. Survêts immaculés à l'avenant. Rien que du neuf, du rutilant. En d'autres temps, on eût dit qu'ils s'étaient habillés en dimanche pour l'occasion… Le signe qu'ils y croyaient un peu, qu'ils tenaient à faire bonne figure.

Brusquement, sous la houlette de Seignol, les troupes s'ébranlèrent. Direction les classes. Bâtiment A, salle F, pour la troisième B d'Anna. Elle trottina derrière la trentaine d'ados qui galopaient à travers les couloirs dans un joyeux bordel. Bousculade. Concert vociférant de « nique ta race », « bouffon » et autres « ta mère la pute ». La clé dans la main, elle dut se maîtriser pour ne pas trop trembler au moment de l'introduire dans la serrure. Ce fut la ruée, dans un vacarme strident de chaises traînées sur le lino. Anna monta sur l'estrade et prit place derrière le bureau. Devant elle, des visages tantôt graves, tantôt hilares, d'une seconde à l'autre. Le round d'observation. Le rapport de force qui s'instaurait. Le calme qui, peu à peu, se faisait dans la salle.

Anna prit une profonde inspiration avant de se livrer à l'exercice de l'appel. L'occasion de dévisager ses ouailles, les unes après les autres. Plutôt bronzées, les ouailles. Une moitié d'Africains, une autre de Maghrébins, au premier coup d'œil. Des Moussa, des Mamadou, des Mohamed, évidemment, des Rachid, des Saïd et des Hamid, des Farida, des Sékou, des Fatoumata, des Salima et des Lakdar. Un Steeve, un Kevin, un Jason, une Samantha…

– Lakdar Abdane…

Anna reconnut soudain celui qui levait la main à l'appel de son nom.

La gauche et non pas la droite. Il s'agissait du garçon qu'elle avait croisé dans le souk en compagnie de la petite bande de salafistes. Elle ne put retenir un tressaillement tandis qu'il soutenait son regard, le sourire aux lèvres.

Elle distribua quelques formulaires administratifs que les « apprenants » se devaient de remplir. Nom, adresse, profession des parents et autres fariboles. Absurde. Comme si l'administration du collège n'était déjà pas suffisamment renseignée à ce sujet depuis leur entrée en sixième, voire depuis la maternelle.

En circulant dans les rangs, elle observa les uns et les autres, chacun s'appliquant à parsemer de ratures et de pâtés les fiches qui lui avaient été confiées. Dans la plupart des cas, les stylos commençaient à fuir et une bonne dose de Corrector ne parvenait pas à endiguer le désastre. Provocation ou maladresse ? Un peu des deux. Impossible à déterminer. Quoique…

Un certain Moussa, grand de près d'un mètre quatre-vingts, se proposa d'autorité pour récolter la moisson sans que personne ne l'ait sollicité. Il prit tout son temps. En vrai mâle dominant, les fesses ceintes d'un baggy qui lui pendait jusqu'à mi-cuisses, le torse enveloppé d'un tee-shirt XXL, il se tortilla de place en place avant de se diriger vers le bureau d'un pas traînant, raclant le sol de la semelle de ses baskets et laissant ainsi au passage admirer son anatomie charnue, ce qui semblait le combler d'aise. Puis, hilare, retroussant les lèvres pour dévoiler une dentition étincelante, il déposa devant Anna un amas de cartons qui n'avaient plus grand rapport avec la chose écrite ; ça dégoulinait de partout et quelques débris de chewing-gums encore baveux poissaient la pile de fiches. Goguenard, avec force soupirs, Moussa mima l'effort de brasser le tout pour redonner un semblant d'ordre à ce galimatias et, sous les gloussements approbateurs de ses congénères, poursuivit consciencieusement son malaxage. Retranchée derrière son bureau, Anna considéra le monceau informe qui venait d'échouer devant elle. Son cœur battait la chamade, autant l'avouer, elle avait le trouillomètre à zéro.

– Non, dit-elle bravement, il faut recommencer.

D'une chiquenaude, elle expédia le tas de cartons dans la corbeille. Sans préjuger de la suite. Banco. Les dés étaient jetés.

– Mais, m'dame, nous on sait pas faiwe ! proclama Moussa en se dandinant d'un pied sur l'autre.

Il forçait le jeu, façon « petit nègre », cultivant ses effets devant ses admirateurs.

– Hein, faut nous app'wend' ! insista-t-il, comme soudain pétri d'humilité. Z'êtes payée pouw' ça ! Pas w'rai ?

Hilarité générale.

– Vous savez très bien faire, rétorqua calmement Anna. Vous allez recommencer.

Nouvelle hilarité. Nouveau concert de gloussements, plus appuyés. Soudain, un bruit incongru, une voix perçante :

– M'dame, y a quelqu'un qu'a pété !

Rires gras. Anna savait pertinemment que tout, tout allait se jouer à cet instant précis. Elle n'avait que sa détermination à offrir en pâture à la meute que s'apprêtait à conduire Moussa.

– Ça suffit, elle a raison ! Vous avez pas honte ?

La classe se figea. La voix était claire, presque cristalline.

Lakdar, l'ado à la main droite meurtrie, s'était levé. Sa silhouette fragile dressée face à Moussa. Ils se dévisagèrent un long moment. Droit dans les yeux. Moussa finit par s'incliner. Même sans son infirmité, il aurait pu aplatir Lakdar d'une simple claque.

– Moussa, t'es nul, ça te regarde, mais du coup, tu nous mets tous dans le même sac ! On va remplir de nouvelles fiches ! annonça Lakdar. C'est moi qui vais les distribuer.

Personne ne contesta. Lakdar semblait jouir d'une autorité

qu'il ne devait pas à sa carrure, mais à un charisme qui intrigua Anna...

Aussitôt dit, aussitôt fait. Moussa, désemparé, réintégra sa place au premier rang et cala sa longue carcasse devant son pupitre, qu'il heurtait de ses genoux. Lakdar s'acquitta de sa tâche dans un silence devenu pesant. De ce fait, Anna put entendre le vacarme qui montait de la salle G, de l'autre côté du couloir, où officiait l'angliciste Guibert, lequel semblait en proie à certaines difficultés...

Tandis que les apprenants remplissaient leurs nouvelles fiches, Anna circula dans les travées. Les mains derrière le dos, le menton en avant. Une posture qu'elle s'efforçait de rendre imposante dans un effort pitoyable. En sortant de sa douche à six heures du matin, elle avait choisi un soutien-gorge très serré, qui contenait fortement sa poitrine assez généreuse. Un vrai corset de grand-mère. À l'inverse, un jean pas trop moulant. Rentre ton cul, se dit-elle, serre les fesses, ils ne te quittent pas des yeux... Elle triturait un bâton de craie qui se brisa entre ses doigts.

– En lettres majuscules, comme c'est indiqué ! précisa-t-elle, soucieuse de poursuivre l'avantage.

Il y eut bien quelques majeurs qui se dressèrent élégamment sur son passage, mais rien de plus. Lakdar tentait de remplir sa fiche avec application. De la main gauche. De toute évidence, il peinait. Son écriture était plus que chaotique.

Anna ramassa les fiches et prit un soin maniaque à les ranger en une pile impeccable sur le bureau.

– Eh bien voilà ! s'écria-t-elle. On y est arrivés, ce n'était pas si compliqué, non ?

Le miracle s'était accompli. Avec l'aide inattendue de Lakdar, elle était parvenue à casser le caïd Moussa, qui menaçait de lui empoisonner la vie jusqu'à la fin de l'année scolaire. Elle consulta sa montre. Une bonne vingtaine de minutes s'était déjà écoulée depuis l'entrée en classe.

Elle se dirigea vers l'armoire qui contenait les manuels, en sortit toute une pile, demanda aux apprenants de les ouvrir à la page 12. Un exercice banal, dont elle n'ignorait pas l'ineptie :

la reproduction d'une affiche de pub d'AOL. Deux ados dépenaillés, l'air profondément las. Et le slogan : « AOL illimité tout compris, 24 euros / mois. Sans engagement de durée. »

Questions : Décrivez les deux personnages. Quel(s) sentiment(s) exprime chaque visage ? Que représente le décor ? À qui s'adresse cette publicité ? Énumérez les caractéristiques du récepteur visé ici : âge, situation familiale et sociale, goûts, buts ?

La classe entière s'épongea le front avant de se mettre à griffonner. Anna détenait la clé du problème, ce qu'il fallait faire comprendre aux apprenants. Tout était indiqué dans le manuel : *La communication est un acte par lequel un individu établit une relation avec un autre, pour transmettre ou échanger des informations, des idées, des émotions, aussi bien par la langue orale ou écrite que par un autre système de signes : gestes, musique, dessins*, etc. Et plus loin : *L'émetteur est celui qui produit le message. Le récepteur est celui qui reçoit et interprète le message de l'émetteur. Le message est constitué de l'ensemble des énoncés échangés par l'émetteur et le récepteur...*

Pas de surprise, au bout d'un quart d'heure à peine, ce fut la débandade.

– M'dame, la vie d'ma mère, c'est vachement dur !

– M'dame, on y arrive pas !

– M'dame, faut qu'j'aille aux toilettes, la vérité...

– T'as qu'à iech dans ton froc, bâââtard ! répliqua une voix presque inaudible.

Éclat de rire général.

– Comment, comment ?! protesta Anna. Des affiches de pub comme celle-là, vous en voyez à tous les coins de rue et tous les soirs à la télé, alors ?

La révolte grondait de nouveau. Moussa jeta son stylo par terre en faisant mine de l'avoir lâché par inadvertance. Il semblait sincèrement épuisé.

– Rendez-moi au moins ce que vous avez écrit, décida Anna en hochant la tête.

Mieux valait s'en tenir à l'avantage acquis plutôt que de tout gâcher par une provocation inutile. Elle ramassa les copies.

– M'dame, ça serait mieux si on faisait un débat, la vérité ! lança Fatoumata, une gamine à la bouille ronde et à la chevelure ornée de perles.

– Un débat ?

– Ouais m'dame, l'année dernière, en quatrième, avec M'dame Jacquemot, on en faisait sans arrêt, des débats...

– Je vois... Passe pour cette fois-ci... De quoi voulez-vous discuter ? concéda Anna.

Sagement assis derrière son pupitre, Lakdar la fixait avec attention. Avec un mélange de bienveillance et de défi. Comme s'il évaluait à sa juste mesure la prestation à laquelle elle se livrait sous ses yeux. Il l'avait aidée au moment fatidique, et de façon magistrale. Espérait-il quelque chose en retour ? Une gratification quelconque ? Briguait-il un statut particulier au sein de la classe ? Mais lequel puisque, en quelques mots, il était déjà parvenu à humilier Moussa ? Quoi qu'il en soit, il semblait attendre qu'Anna se montre à la hauteur de la confiance qu'il avait placée en elle.

Sans qu'elle ait le temps de réfléchir, le harcèlement reprit de plus belle. Un débat, il fallait un débat ! La panacée qui permettait aux « apprenants » de s'exprimer, d'échapper à la toute-puissance de l'enseignant. Libérer leur parole, se mettre à leur écoute et autres billevesées, Anna connaissait le refrain par cœur : on n'avait cessé de le lui seriner à l'IUFM.

– Et de quoi pourrait-on débattre ?

– Ben, d'abord on pourrait faire connaissance, m'dame. Nous, on vous connaît même pas, quoi, moi, c'est Fatoumata, quoi ! On a rempli les fiches et tout, quoi, et vous, faut qu'on sache qui vous êtes, quoi !

– Moi, c'est Mlle Doblinsky ! Enchantée, Fatoumata !

– Ah bon, « mademoiselle », ça veut dire que vous êtes pas mariée, quoi ? Pourquoi ?

Anna s'en voulut de ne pas avoir tourné sept fois sa langue dans sa bouche avant de répondre. Le mal était fait.

– Et vous zzz...allez vous m...ma...arier qu...qu...and ? fit un certain Houari.

– Elle s...sait...p...pas...en...en...co...core ! s'esclaffa Moussa.

– Elle est super bonne pourtant, vas-y ! chuchota une voix anonyme, mais suffisamment forte pour que tout le monde entende.

Rires gras. Moussa, débonnaire, se contorsionna devant son pupitre en mimant la masturbation, genoux écartés. Anna détourna les yeux.

– Eh, m'dame, c'est quoi, vot' religion ?

Anna, stupéfaite, s'avança vers la gamine qui venait de poser la question. Une petite Samira. Toute frêle et nullement gênée de s'être lancée sur ce terrain. Une main de Fatma pendait à son cou, retenue par une chaînette.

– Je… je n'ai pas de religion…

– Ça existe pas, ça, m'dame ! Vous avez bien une religion, quoi, la vérité ! s'obstina Samira. On peut pas vivre sans religion, vas-y !

– Mais si, on peut. Je suis athée. Je pense simplement qu'il n'existe pas de Dieu…

Nouveau silence. De l'autre côté du couloir, dans la salle G, c'était le foutoir total. Guibert devait faire face à une véritable insurrection, à en juger d'après le niveau des décibels.

– Allah, Il existe pas ? Et alors, le Prophète, la bénédiction de Dieu soit sur lui, qu'est-ce que vous en faites ? fulmina un certain Mounir, interloqué. C'est pas bien, ça, m'dame !

Il semblait sincèrement déçu, désolé de constater que cette jeune femme qui lui paraissait après tout assez sympathique venait de bousculer ses certitudes.

– Ouais, sur l'Coran d'La Mecque, on fait pas ça ! clamèrent d'autres voix, approbatrices et nettement plus virulentes. Tout le monde, il a un dieu, sinon où c'est qu'on va ? Sinon, y a personne pour vous aider dans la vie !

– M'dame, vous avez peut-être honte de nous la dire, vot' religion, vous êtes pas feuj, quand même ? risqua une autre voix.

Anna sentit une coulée de sueur glisser le long de ses reins et resta bouchée bée.

– C'est une feuj ! chuchota la même voix qui, quelques instants plus tôt, susurrait qu'elle était « super bonne ».

– Alors, m'dame, vous êtes feuj ou pas ? Faut l'dire ! La vérité !

– Qu'est-ce que vous entendez par « feuj » ? demanda-t-elle calmement.

Samira haussa les épaules, incrédule.

– Ben m'dame, d'où que vous venez, quoi ? Vous connaissez même pas les feujs ? Les juifs, quoi ! Ceux qu'ont toute la thune, quoi !

La bonde était lâchée.

– Ceux qui nous pourrissent la vie ! Nos frères de Palestine et tout, quoi, la vérité !

– Ouais, ceux qui tuent les enfants musulmans !

– Y en a plein, des feujs, à Vadreuil, c'est pas loin d'ici, là-bas, chez eux, c'est pas la misère, comme dans la téci !

– Ouais, les feujs, des fois, ils friment avec leurs chapeaux noirs et tout, mais d'autres fois, ils préfèrent se planquer, style on les remarque même pas... Les coups de vice, ils les connaissent tous par cœur...

Moussa lui-même sortit de son hébétude et mit un point d'honneur à ajouter son grain de sel à ce concert.

– Les feujs, m'dame, ces pourris, dans le temps, ils ont fait l'esclavage avec nos ancêtres, Dieudonné, il l'a dit !

Après cette déferlante, le silence revint. Et la question, lancinante...

– Alors, m'dame, nous, c'qu'on est, ça se voit tout de suite, hein, forcément ! Mais vous, vous êtes feuj ou pas, quoi ?

– Non ! lança Anna, d'une voix qu'elle voulut assurée.

– Doblinsky, c'est pas français, comme M'sieur Vidal ou Seignol, ou Ravenel, alors c'est quoi comme nom, alors ? demanda un petit Abdel, assis au premier rang.

– C'est... d'origine polonaise...

– D'origine ? Ah ouais ? Alors ça veut dire comme immigré, quoi ? reprit Samira, satisfaite. Moi, pour vous dire un exemple, je suis d'origine marocaine...

– Et moi, j'suis suédois ! s'exclama Moussa.

Nouvelle hilarité. La sonnerie de l'interclasse mit fin au supplice. Les « apprenants » se ruèrent vers la sortie. Lakdar quitta les lieux le dernier, son cartable sous le bras gauche. Avant de franchir la porte, il se tourna vers Anna :

– Il ne faut pas leur en vouloir, vous savez, mademoiselle ! dit-il d'une voix douce, posée.

De sa main abîmée, il rajusta la mèche qui lui pendait sur le front, avant de s'éclipser. Anna resta seule, pétrifiée. Elle contempla ses paumes blanchies par la poussière de craie, les frotta contre ses cuisses et essuya les larmes qui coulaient sur ses joues. Puis elle prit le chemin de la salle des profs d'une démarche incertaine.

*

Chacun commentait à sa façon la première escarmouche de cette rentrée. La confrérie des pédagogues se répartissait en deux camps bien distincts. Les durs à cuire qui, une bonne fois pour toutes, grâce à une alchimie relationnelle aux ingrédients mystérieux, véritable formule magique, étaient parvenus à s'imposer, et les autres, qui, à des degrés divers, devaient remonter au créneau à chaque début de cours.

Anna retrouva Guibert près du distributeur de café. Livide.

– Ça s'est pas bien passé du tout, chuchota-t-il. Et toi ?

– Pas trop mal... Tu as un truc, là, sur la manche...

Guibert s'empourpra. Un résidu de crachat. Anna lui tendit un Kleenex.

– Et dans le dos aussi, ajouta Anna. Attends, je vais le faire...

La veste de l'angliciste était parsemée de taches de même nature. Anna les essuya, une à une, épuisant toute sa pochette. Guibert ne savait plus où fuir. Il avait trouvé refuge dans l'angle de la machine à café et s'y renfrognait, rongé par la honte.

– Qu'est-ce que t'as après ? lui demanda Anna.

– La sixième D. Il paraît qu'ils sont plus tranquilles.

– Moi, j'ai un trou de deux heures. Ensuite, j'ai la quatrième C. Je vais rester ici.

Nouvelle sonnerie. La salle des profs se vida en une minute. Anna adressa un petit signe d'encouragement à Guibert, qui suivit bravement le flot. Elle s'assit à une table et commença à compulser les fiches de la troisième B pour y trouver celle de Lakdar. Il habitait au 18, allée des Acacias, cité du Moulin. Né le 16-02-1991. Fils unique. Profession du père : *agent technique*. De la mère : *sans*. Elle passa à celle de Moussa Bokosola, né le 8-09-1988. 63, allée du Lavoir, cité des Sablières. Profession du père : *amployait municipale* (*sic*). Profession de la mère : *X*. Lakdar n'avait jamais redoublé. En revanche, Moussa continuait de moisir au collège à dix-sept ans révolus...

Elle parcourut ensuite les copies de l'exercice qu'elle avait distribué. Et put constater au premier coup d'œil que la moitié au moins des « apprenants » écrivaient en phonétique. Elle s'appuya des deux coudes sur la table, se prit le front entre les mains et ferma les yeux, saisie de vertige. Une main se posa sur son épaule. Elle tressauta. Vidal l'observait, debout derrière elle. Il tira une chaise et s'assit.

– Ç'a été ? demanda-t-il.

Elle raconta, en s'en tenant à l'affrontement entre Lakdar et Moussa et évita d'aborder la suite de l'échange concernant la religion. Vidal l'écouta en hochant la tête.

– L'essentiel, c'est que tu aies réussi à neutraliser Moussa, assura Vidal. Celui-là, on se le coltine depuis quatre ans et quand il aura foutu le camp, ce sera la fête ! Bon courage pour les collègues du LEP ! Note bien, un autre prendra sa place, la relève est déjà assurée ! Moussa est le septième de sa fratrie, attends, donne-moi sa fiche...

Anna la lui confia. Vidal ne put retenir un petit rire de gorge.

– Profession de la mère : *X* ? Pas étonnant. Il ne sait même pas qui est sa mère. Alors sa profession, tu penses... Famille polygame. Le père, éboueur, a cinq épouses. Il en a répudié une, en a repris une autre, la troisième a réussi à se tirer, la quatrième, on ne sait pas, enfin bref, il est même question d'en ajouter une sixième ! Total, il y a douze gosses qui s'entassent dans un F4, complètement paumés, et Moussa n'a jamais su vers laquelle de ces femmes se retourner... c'est triste, hein ? En attendant, toute la fratrie Bokosola a bien pourri la vie du collège... Moussa a déjà fait des tas de conneries, rien de bien grave, mais tout de même. Petits vols, petites bagarres, tu saisis ? Il est suivi par un juge pour enfants. Enfin, pour enfants… tu as vu sa taille ? Le jour de ses dix-huit ans, il aura déjà un joli petit casier. Il voit un éducateur de la PJJ[1] tous les trois ou quatre mois, je crois. Mais le type n'a aucune influence sur lui…

– Et Lakdar ?

– Ah, Lakdar, c'est un cas à part. Hyper intelligent. Un pauvre gamin. Tu as vu sa main ? Une vraie connerie… Au mois de mai dernier, il s'est fracturé le coude en tombant dans l'escalier de son immeuble. Rien de grave, sauf que le plâtre qu'on lui a confectionné en urgence à l'hôpital de Bobigny était trop serré. Ou mal posé. En rentrant de l'hôpital, personne ne s'est sérieusement occupé de lui. Il a pleuré de douleur tout seul dans son coin pendant plus de vingt-quatre heures. Ses doigts étaient devenus violets. C'était le week-end. Son père travaille comme agent technique à l'HP Charcot. En fait, il passe ses journées à trimballer une balayeuse automatique à travers les couloirs… Et au moment où Lakdar a commencé à souffrir, il était de service. Trop crevé pour s'occuper de quoi que ce soit en rentrant du boulot. Bref, un voisin a fini par reconduire Lakdar aux Urgences le dimanche en pleine nuit, mais c'était déjà mal parti. Quand on lui a desserré le plâtre, sa main ne réagissait plus.

– C'est irréversible ? demanda Anna.

– Peut-être pas. Le gamin assure qu'il a rendez-vous chez un chirurgien qui va bientôt réparer tout ça. Sinon… droitier depuis la naissance, tu te rends compte du désastre ? Il essaie un peu d'écrire de la main gauche, mais tu penses… Avant, super doué en dessin. Tu pourras voir ses croquis chez Midol, le prof d'arts plastiques, il les a conservés. En deux coups de crayon, il faisait des merveilles. C'était même ça qui le branchait le plus. Les autres le respectent parce qu'intellectuellement, il est à cent coudées au-dessus d'eux et ils le savent bien ! S'il était né rue Saint-André-des-Arts ou tiens, tout simplement à Vadreuil, à peine à six cents mètres d'ici à vol d'oiseau…

1. Protection judiciaire de la jeunesse.

– Mais on devrait pouvoir faire quelque chose pour lui ! protesta Anna.

– Qu'est-ce que tu veux qu'on fasse ? Tout le monde essaie de l'aider. En maths, il résout tous les problèmes de tête en deux minutes chrono et dicte ses résultats. À l'oral, moyenne, 19 sur 20 ! En français, tu verras, on sent bien qu'il serait capable de bâtir des raisonnements impeccables s'il maîtrisait un peu plus de vocabulaire. Seulement voilà... pour les contrôles, il faut des traces écrites et le temps qu'il retranscrive tout ça de la main gauche... Bref, avec la bande de clampins qui l'entourent, on n'a pas trop le temps de s'apitoyer !

– C'est lamentable...

– Bien sûr... Mais l'essentiel, c'est qu'il t'ait pris à la bonne. T'as vu ? Il suffit qu'il regarde Moussa droit dans les yeux et l'autre abruti s'écrase illico ! Tu l'as mis de ton côté ! Bravo !

– Attends... et sa mère ? demanda Anna. Elle aurait pas pu s'occuper de son fils ? S'il avait si mal quand même...

Vidal grimaça.

– Sujet tabou... Disparue, la mère ! L'assistante sociale du collège a bien essayé de démêler le problème et s'y est cassé les dents. D'après ce qu'on sait, une dépression sévère. Quand elle a accouché de Lakdar, il y a eu des complications et on a dû la charcuter. Une histoire d'utérus, de trompes, je sais pas... bref, les grossesses, pour elle, c'était terminé ! D'après l'assistante sociale, c'est l'origine de sa dépression : son mari lui en a voulu – avoir un seul enfant, ça n'est pas normal ! Il a dû penser que sa virilité en prenait un coup. La maman a connu quelques épisodes délirants, impossible de t'en dire plus. Au bout de quelques années, son mari l'a expédiée en catimini au bled, en Algérie, dans la famille. Quelque part dans les Aurès. La maladie mentale, c'est une source de honte terrible chez ces gens-là...

– Qu'est-ce que tu racontes ? Il n'y a pas que « chez ces gens-là » que je sache ! s'emporta Anna.

Elle avait soigneusement appuyé l'intonation sur le « chez ces gens-là » pour marquer sa désapprobation.

– Non, c'est vrai, mais tout est relatif, tempéra Vidal. Disons que « chez eux », ça prend des proportions encore plus dramatiques qu'ailleurs… Le Dr Freud ne fait pas bon ménage avec le Coran ! D'où tu débarques pour ignorer ça ?

Anna s'en voulut d'avoir sèchement répliqué à Vidal alors qu'il était venu à sa rencontre pour lui apporter son soutien. Il se leva et s'apprêta à rejoindre l'autre extrémité de la salle : le principal Seignol, les bras encombrés de dossiers, venait de lui adresser un signe du menton pour lui demander d'approcher. Vidal esquissa quelques pas dans sa direction, mais se ravisa et revint s'asseoir à côté d'Anna.

– Écoute, il y a quelque chose d'important que je voulais te dire… C'est un peu difficile à aborder. Et il faudrait surtout pas que tu te formalises…

Il parlait à voix basse, visiblement mal à l'aise. Anna fronça les sourcils, méfiante.

– Je t'écoute…

Il hésita encore.

– Voilà… c'est juste pour te rendre service… pour t'éviter des ennuis que je dis ça…

– Que tu dis quoi ?

Cette fois, Anna n'avait pu dissimuler son irritation.

– Ton… ton nom de famille…, poursuivit Vidal en baissant furtivement les yeux.

– Oui ? Doblinsky ? Et alors, si tu arrêtais de tourner autour du pot ?

– Je ne tourne autour de rien du tout. Sache simplement qu'il y a trois ans, en 2002, une fille a débarqué de l'IUFM, comme toi. Toute fraîche, toute pimpante, toute naïve. Rachel Feldman. Elle ne s'est pas méfiée… On a été plusieurs à essayer de l'avertir, pourtant ! Ça n'a pas été vraiment drôle pour elle. Elle n'a pas fini l'année. Voilà.

Vidal avait asséné cette dernière réplique avec une grande froideur. Seignol se montrait plus insistant, se laissant même aller à trépigner pour manifester son impatience. Vidal s'éclipsa pour le rejoindre.

6

À la fin de sa première journée de classe de troisième, Lakdar Abdane regagna à pied la cité du Moulin, où il habitait. Il fallait contourner le collège, puis les bâtiments du LEP et longer la façade toute proche de l'hôpital psychiatrique Charcot longue de plus de cinq cents mètres. Une muraille lugubre, qui n'en finissait plus de rendre l'âme rongée par la décrépitude et que quelques rustines de béton venaient colmater çà et là. Enfin il devait gravir une côte bordée d'entrepôts désaffectés, une friche industrielle. Des tubulures métalliques à l'origine incertaine achevaient d'y rouiller, envahies d'herbes folles. Des fûts de tôle éventrés laissaient encore échapper un jus noirâtre par endroits. Un ancien site de la société de fabrication de peinture Gessler, qui avait déposé son bilan au milieu des années 90. L'usine afférente, située en plein cœur de la cité, abritait maintenant la mosquée…

Lakdar connaissait le territoire par cœur. Malgré les clôtures de barbelés, les gosses des environs venaient y jouer à cache-cache. On se marrait bien à grimper sur les cadavres de Fenwick. Il suffisait de faire vroum-vroum avec la bouche pour s'imaginer que les monstres assoupis allaient s'extraire de la boue pour repartir à la conquête du domaine. En sixième, Lakdar avait dessiné toute une BD à propos de l'usine Gessler. Vingt pages, pas moins de cent vignettes, avec les bulles pour les dialogues. Une sorte de conte avec des fées, des elfes et des sorciers. De l'*heroic fantasy*. Il avait même remporté le premier prix au concours de Certigny. M. Midol, le prof d'arts plastiques, l'avait bien soutenu. Lakdar était monté sur le podium à la mairie pour recevoir le trophée –

un dessin original d'un pro de la BD, un type super connu qui s'était déplacé de Paris exprès pour le rencontrer. Dédicace spéciale Lakdar et tout le tremblement. C'était bien loin, tout ça.

Le terrain vague n'allait plus prospérer très longtemps. La municipalité l'avait préempté et plusieurs projets étaient à l'étude pour le rentabiliser. Un stade ? Un parc comme celui de Vadreuil ? Un quartier de petites maisons individuelles à bas prix subventionnées grâce au plan Borloo ? Nul ne savait.

Lakdar descendit la côte pour entrer dans la cité du Moulin. Il ne cessait de penser à la nouvelle prof de français, cette Mlle Doblinsky. Super belle. Ses yeux, surtout. Bleus. Des comme ça, il ne se rappelait pas en avoir vu. Le reste n'était pas mal non plus, ça, c'était vrai. Djamel avait vraiment été nul de lancer qu'elle était « bonne ». Qu'est-ce que ça voulait dire, des conneries pareilles ? Et Moussa encore plus, en faisant semblant de se tripoter le zob devant elle. C'était pas des choses qui se faisaient si on voulait obtenir le respect. Lakdar s'était interdit de regarder le reste, ou alors à peine. Un peu, oui, forcément, comment faire autrement, quand elle était passée dans les rangs avec son parfum, en agitant ses cheveux ? En principe, on ne devait pas regarder les femmes. Surtout leurs cheveux. À cause de la tentation. C'était pour ça que dans les pays musulmans elles étaient voilées, qu'elles cachaient tout : par pudeur. Surtout leurs cheveux avec le hidjab. À la mosquée, l'imam Reziane l'avait bien expliqué dans ses prêches du vendredi.

Ils étaient nuls, Djamel et Moussa. Djamel, pourtant, il était musulman. Moussa, on pouvait pas lui en vouloir, il était rien du tout. Dans sa famille, on croyait à des trucs débiles, des tas de petits dieux qui habitaient la forêt, il l'avait expliqué en cinquième pendant le cours d'histoire. Même pas honte. La forêt, il n'y en avait pas à Certigny, sauf le parc départemental de la Ferrière, juste avant d'arriver à Vadreuil, chez les feujs. C'était même pas une vraie forêt. Des tas de petits dieux ? N'importe quoi ! Alors qu'il n'y a qu'un Dieu, un seul Dieu, et Mahomet est Son prophète.

Djamel, par contre, en bon musulman, il aurait dû bien se tenir. Mais il arrêtait pas de déconner. La leçon que lui avait administrée l'imam Reziane quatre mois plus tôt n'avait pas suffi. Un vrai scandale. Djamel, il avait plein de DVD pornos, chez lui. Des trucs dingues que son grand frère Bechir avait piqués au Sexorama, où il travaillait comme videur, du côté de la place Pigalle, à Paris, mais maintenant, c'était fini, Bechir, il était mort dans un accident de moto sur le périph'. Les DVD, Djamel les avait montrés à Lakdar et à d'autres gamins de la cité. On voyait des femmes à poil prendre le zob dans la bouche et lécher quand ça se mettait à couler, et des types, tout nus eux aussi, qui tripotaient à plusieurs la même fille, ils en pouvaient plus. Des *gang-bands*, ça s'appelait. C'était terminé, tout ce cirque, heureusement.

L'imam Reziane avait des tas d'oreilles et des yeux qui traînaient partout dans la cité, si bien que ç'avait fini par se savoir. Samir, bâtiment C4, Rostam, C8, Aziz, C9, rôdaient toujours en bande, tous habillés de la même façon. La kamis, la petite calotte de dentelle sur la tête, un exemplaire du Coran à la main, ils étaient attentifs à tout ce qui se passait. Des gars sérieux, super assidus à la mosquée, et pas seulement le vendredi. Ils avaient débarqué chez Djamel par surprise et ç'avait chauffé sérieux. Les DVD, ils avaient fini en bas de l'immeuble, cramés à l'essence avec une prière spéciale dirigée par Samir. Djamel était arrivé au collège le lendemain avec la tête farcie d'ecchymoses. Lakdar avait eu droit à un entretien serré avec l'imam, comme tous les copains qui avaient regardé les DVD. Il avait dû jurer de prévenir la Ligue de la vertu, alias Samir, Rostam et Aziz, au cas où quelqu'un d'autre ferait circuler de telles images *haram*. Lakdar ne savait plus trop que penser. Dans la cité, la plupart des femmes étaient voilées. C'était normal. Du coup, on pouvait pas voir leurs cheveux, ni rien, sauf leurs yeux, comme ceux de Mlle Doblinsky. Les filles de la cité du Moulin qui allaient à Pierre-de-Ronsard, elles étaient pas voilées. Et pourtant, un an auparavant, l'imam avait fait le forcing là-dessus. Il avait expliqué partout que les sœurs devaient protéger leur pudeur au collège.

Quelques pères de famille avaient cédé à ses injonctions. M. Seignol, le principal, s'était pas mal véner. Il n'y avait pas qu'au Moulin, un peu partout en France, et même à Paris, ç'avait été chaud sur la question du foulard, Lakdar s'en souvenait très bien, on le répétait à toutes les infos, sur la Une. Et puis il y avait eu l'histoire des journalistes capturés comme otages en Irak et alors l'imam Reziane avait décidé de calmer le jeu. Dans un de ses prêches, il avait expliqué que tout ça n'était qu'une question de temps, de patience. Les musulmans étaient opprimés depuis si longtemps qu'ils pouvaient bien attendre encore un peu pour vivre leur religion dans toute sa plénitude. Laïcité ou pas, les députés finiraient bien par céder un jour ou l'autre. Les plus remontés, Samir, Rostam, Aziz et toute la bande des salafistes, ne décoléraient pas, mais ils devaient bien en convenir : c'était grâce à l'imam, à sa ténacité, que le maire Bastien Segurel avait craché la thune pour construire la mosquée. Il fallait l'écouter, lui obéir, s'en remettre à sa sagesse. Pas de voile au collège, d'accord, mais les filles ne devaient pas pour autant se sentir autorisées à s'habiller comme des traînées, des tassepés ! Ni jupes, ni robes, ni tee-shirts à manches courtes, elles devaient préserver le maximum de leur corps de tout regard concupiscent, sinon on allait tout droit à la débauche, comme dans les DVD de Djamel. Samir et sa bande ouvraient l'œil.

Lakdar allait régulièrement à la mosquée. Il ne manquait jamais la prière du vendredi soir et faisait ses ablutions de la façon la plus stricte. Là-dessus, il était irréprochable. Mais à dire vrai, ça l'agaçait un peu, les salades de Samir & Cie. Il fallait savoir. Si on voulait être logique, on ne devrait plus du tout aller au collège, où la plupart des profs étaient des femmes – au pif, il y en avait plus de soixante-dix pour cent ! Et les profs, elles portaient des jupes et des robes, se mettaient du parfum et laissaient voir leurs cheveux, comme la dernière en date, Mlle Doblinsky, super belle. On était sans arrêt soumis à la tentation. Alors soit on appliquait la religion, soit pas. Bon, Khadidja, l'épouse du Prophète, au départ, elle était pas musulmane, puisque le Message n'avait pas encore été délivré. Forcément. L'archange Gabriel ne l'avait pas encore révélé à Mahomet… C'était à l'époque du séjour à La Mecque, avec les infidèles qui croyaient à des tas de dieux, des tas d'idoles, comme Moussa avec ses lutins dans la forêt. Le Prophète avait dû fuir à Médine avant d'en venir à bout... Et donc, même le Prophète, au début, il avait pas été le plus fort. Rien n'était simple.

Sans compter que ce qu'on enseignait au collège, c'était parfois douteux. En SVT, par exemple. L'imam Reziane mettait les élèves en garde contre ce qu'on cherchait à leur faire entrer dans le crâne. L'homme descendait du singe, ah bon? première nouvelle! Alors qu'Adam avait été créé par Dieu, même les chrétiens et les juifs étaient d'accord là-dessus... En histoire, c'était encore pire. Le prof, il disait pas toute la vérité concernant l'islam. Ce qui craignait le plus, c'était à propos des feujs. Shoah par-ci, fours crématoires par-là. Toujours à se plaindre, ceux-là, genre ils étaient persécutés depuis des siècles. À ce train-là, Moussa n'avait pas tort de la ramener avec ses grands-pères esclaves. Enfin... pas vraiment les grands-pères, un peu avant encore.

Les feujs de Vadreuil, ils avaient pas vraiment l'air malheureux dans leurs petites maisons en pierre, pas en béton. Ils avaient pas de panne d'ascenseur sans arrêt et les poubelles qui n'étaient ramassées qu'un jour sur quatre comme au Moulin! Même que la police, elle venait escorter leurs cars pour conduire leurs enfants jusque dans leurs écoles spéciales pour feujs. N'importe quoi! C'était comme si les keufs, un jour, ils avaient débarqué au Moulin pour escorter tous les musulmans jusqu'à Pierre-de-Ronsard. Un vrai délire! M. Seignol, il en serait pas revenu!

C'était vraiment très compliqué, tout ça. Samir le salafiste prétendait détenir la solution: un collège islamique! Avec rien que des imams comme profs. Pas une meuf! Et ça aussi, c'était une affaire de patience, disait l'imam Reziane, on y viendrait un jour ou l'autre. En attendant, il fallait bien y aller, au collège, et ensuite au LEP, pour avoir du boulot. Quoique... du boulot... Lakdar n'en connaissait pas beaucoup, des gars du Moulin qui en avaient trouvé. Sauf peut-être Sofiane, bâtiment F, qui travaillait comme vigile à Garonor. Ou Majid, bâtiment G, qui avait monté une société de déménageurs, mais celui-là, il avait quitté la cité, même qu'il s'était marié avec une Française. On ne l'avait plus jamais revu.

À quatorze ans, Lakdar n'épargnait pas sa peine pour essayer de comprendre. Le salafisme? Vivre comme à l'époque des ancêtres, du Prophète et ses compagnons ? C'était bien joli, mais pas avec des baskets Nike et des téléphones portables Nokia, comme Samir et sa bande, fallait être logique ! Sinon, c'était rien que de la frime. Lakdar n'avait pas osé poser la question à l'imam Reziane, mais n'en pensait pas moins. Samir et ses copains, c'étaient rien que des rigolos. Des « baltringues », comme disait Moussa.

*

Lakdar rentra chez lui. Un petit F3 au cinquième étage du bâtiment G. Son père dormait. Il dormait tout le temps en rentrant du travail. C'était crevant, son boulot. Même pendant ses jours de repos, il dormait. De temps en temps, il passait une soirée avec son fils à regarder la télé, mais il n'y avait pas grand-chose qui l'intéressait. Le foot, si, un peu. Quand c'était l'OM qui jouait, d'accord, à la rigueur. Les documentaires animaliers, il aimait bien aussi. Les léopards qui couraient après les impalas, ces gros dégueulasses d'hippopotames qui se prélassaient dans les marécages à semer leurs bouses partout avec des gros « prouts » ou les girafes si élégantes qui galopaient dans la brousse. Sans oublier la *Star Ac'*. Ali mettait la sono à fond, fasciné par les lumières, les paillettes, ça l'amusait, sans que Lakdar comprenne pourquoi.

Quand il n'était pas de service à Charcot, il allait vadrouiller dans le parc de la Ferrière, du côté de Vadreuil. Tout seul. Il y rencontrait des gens qui promenaient leurs chiens. Après, il allait faire une partie de dominos avec des copains, dans un bistrot du centre-ville, loin de la cité. Souvent, à son retour, Lakdar était bien obligé de constater qu'il avait un peu picolé. Du vin rouge. Une petite boukha de temps en temps. Un bon musulman ne buvait pas d'alcool, Lakdar ne l'ignorait pas, mais comment en vouloir à son père ? Depuis qu'il avait expédié sa maman au bled suite à ses problèmes dans la tête, il n'était plus le même homme, c'était limpide. C'était ce que disait la cousine Zora, qui habitait à Saint-Denis où elle tenait un petit salon de coiffure et qu'on voyait juste deux ou trois fois par an, quand elle lançait une invitation. Pour la fête de l'Aïd, par exemple. Ou l'anniversaire de Lakdar. Mais Saint-Denis, c'était assez loin.

Lakdar n'avait que très peu connu sa mère. Une ombre dont il ne conservait que quelques souvenirs fuyants. Des intonations de voix, des chants qu'elle lui susurrait à l'oreille quand il était tout petit. Rien de plus. Une photo posée sur le buffet de la salle à manger. Cherifa Abdane. Un visage fantomatique qui n'évoquait presque plus rien…

*

Ali Abdane allait faire les courses à Auchan une fois par semaine. Il achetait toujours la même chose, un pack de steaks surgelés, du poisson pané en barquettes, des yaourts, diverses conserves de légumes et des tranches d'ananas en boîte, bien sucrées comme les aimait son fils, et d'autres babioles.

En ce soir de rentrée scolaire, Ali Abdane n'avait pas dérogé à ses habitudes. Il avait même amélioré l'ordinaire avec une glace à la vanille pour faire plaisir à son fils. Lakdar mit la table et, tandis que son père prenait sa douche, il fit cuire les steaks surgelés avec des pommes dauphine Findus qu'il plaça dans le four.

– Ça s'est bien passé, l'école ? lui demanda Ali à la fin du repas.

Lakdar raconta. La routine, une nouvelle prof de français. Sympa.

– C'est important, le collège, faut bien apprendre, tu sais ?

Lakdar rassura son père. Il apprenait bien. Du mieux qu'il pouvait.

– T'as pas oublié le rendez-vous du 19 ? demanda Lakdar avec une pointe d'anxiété dans la voix.

– Mais non, j'ai pas oublié. Sois tranquille, j'ai même posé un jour de repos exprès. On partira d'ici très tôt, des fois qu'il y ait des embouteillages, on sait jamais !

Il passa une main affectueuse dans la chevelure de son fils. Une caresse dont il n'avait guère l'habitude. Lakdar engloutit sa glace à la vanille en quelques cuillerées. Puis il se leva pour débarrasser la table. Ali fumait déjà son petit Ninas, comme tous les soirs.

– Je sors, papa, lança Lakdar au moment où son père allumait la télé en bâillant.

Il faisait encore très doux. Lakdar descendit au bas de l'immeuble. Des petits jouaient au foot et, plus loin, des copains qu'il connaissait à peine écoutaient du rap à fond la caisse. Sinik. Diam's. Rohff. Bouba, Larsen, 50 Cent ou Psy 4 de la rime, des trucs *sang pour sang* hip-hop. Moussa avait bien essayé de le brancher là-dessus, déjà en classe de quatrième, il avait bien véner la prof de musique avec Kool Shen, celui qui « niquait le Zénith », comme le proclamaient les affiches de quatre mètres sur trois placardées dans les couloirs du RER. Toute la classe avait dû écouter un CD. Le rap, ça le faisait pas trop kiffer, Lakdar. Au collège, Moussa se trimballait sans arrêt avec *Rap Mag* dans son sac à dos. Une revue super luxe, cinq euros cinquante, rien que ça, avec des tas de photos des *crews* et des meufs en string presque à toutes les pages, ça l'éclatait bien. Sur les photos, les rappeurs arrêtaient pas de tirer la gueule, style au lieu de sourire comme quand on prend une photo normale, eux, ils tapaient la frime, genre ils étaient toujours prêts pour la baston. Super chelou.

*

Un peu plus loin, il croisa Slimane, un grand de vingt-cinq ans. Ils se connaissaient depuis toujours. Lakdar le considérait comme le grand frère qu'il n'avait jamais eu ; depuis son accident, Slimane avait redoublé d'affection envers son cadet et l'invitait souvent à passer chez lui. Bâtiment F, septième étage. Un studio où il vivait tout seul. Auparavant il habitait au bâtiment D avec sa famille, mais il s'en était séparé pour des raisons obscures...

Slimane se tenait soigneusement à l'écart de la bande à Samir, Rostam, Aziz & Cie. Les « salafs », comme il les appelait. Pourtant, c'était un bon musulman. Même l'imam Reziane, Slimane l'aimait pas trop. Un imam de banlieue, forcément... Slimane, il fréquentait la mosquée Abou-Bakr, à Paris, dans le quartier de

Belleville, au métro Couronnes. Une mosquée super réputée. Bien sûr, c'était pas au Moulin qu'on aurait pu en avoir une pareille.

Slimane ne se déguisait pas en compagnon du Prophète, comme Samir et ses copains. Au contraire, il portait toujours un costume impeccable, gris, bien repassé, avec une chemise blanche et des chaussures noires, des mocassins. Parfois même une cravate. Bien coiffé, aussi, et sans barbe. Comme les gaulois. Il garait sa voiture en bas de chez lui et en sortait toujours avec une pile de journaux sous le bras. Il en achetait plein et pas des trucs de oufs, style *Rap Mag*, comme Moussa, ou *Closer* ou *Entrevue*, comme Samira. Non, à force de passer chez lui, Lakdar s'était familiarisé avec une tout autre presse. *Le Monde*, *Libération*, *Le Nouvel Obs*, *Le Point*, *L'Express*, *Al-Watan*... Slimane en avait des piles entières qui s'entassaient en vrac sur la moquette, dans son studio. À part ça, rien d'autre. Juste un lit, une télé avec magnétoscope, deux poufs, un tapis pour la prière et un bureau pour l'ordinateur connecté à Internet.

– Tu montes un peu chez moi ? lui proposa Slimane.

Lakdar ne se fit pas prier. Il adorait aller chez Slimane à cause de l'ordinateur. Il rêvait d'en avoir un pour lui tout seul. Au collège, depuis son accident, pendant les cours de gym dont il était dispensé, il passait son temps au CDI. Il y avait des logiciels de dessin super pointus. Avec la souris, même de la main gauche, on pouvait faire des trucs géants. Chez Slimane, Lakdar se connectait à Internet et naviguait au petit bonheur, fasciné par le PC.

Arrivé chez lui, Slimane tomba la veste et prépara un thé à la menthe. Lakdar s'était déjà installé face à l'ordinateur. Slimane lui posa quelques questions à propos de la rentrée scolaire. Il espérait que son petit protégé travaillerait bien. Le collège Pierre-de-Ronsard, il le connaissait par cœur. M. Seignol, le CPE Lambert, Ravenel et toute la compagnie... Il y avait bien déconné, Slimane. Pire que Moussa, peut-être. M. Vidal se souvenait encore de lui. Quand il en parlait, il levait les yeux au ciel.

– Fais pas comme moi j'ai fait, disait souvent Slimane. Apprends, apprends autant que tu peux, on a besoin de gens qui en ont dans la tête, on a besoin de savants !

Lakdar ne comprenait pas trop le sens de ce « on ». Sans doute Slimane parlait-il des gens de la cité et ça c'était vrai, son père le répétait sans arrêt, pas plus tard que tout à l'heure : si on voulait s'en sortir, il fallait travailler dur à l'école. C'était bien pour ça que Lakdar se montrait toujours très poli avec les profs, même qu'il se mettait en colère quand les autres se conduisaient trop mal, comme il avait fait le matin même avec Mlle Doblinsky. Cela dit, il saisissait parfaitement l'allusion au passé de Slimane : connerie sur connerie, vols à l'étalage à Auchan, rodéos avec les voitures volées... Total : les keufs l'avaient pas loupé, paf, deux ans ferme à Fleury-Mérogis. Slimane en était revenu transformé. Assagi. Apaisé, même. Depuis, il avait trouvé un boulot. Lequel exactement, Lakdar n'en savait rien. Slimane n'aimait pas en parler.

– Un boulot, quoi ! disait-il simplement.

Mais il avait suffisamment de thune pour payer son studio, sa voiture, ses costumes et son ordinateur.

Slimane servit le thé, s'assit sur un des poufs et invita son hôte à le rejoindre. Il était d'humeur plutôt joyeuse.

– Les nouvelles sont bonnes, Lakdar, très bonnes !

Il lui montra les journaux qu'il venait de rapporter.

– Regarde, Lakdar !

Le jeune garçon parcourut la coupure que Slimane brandissait sous ses yeux. *Le Monde*. Un journal super sérieux. Au CDI, la documentaliste, Mlle Sanchez, une grosse qui portait des robes à fleurs et se maquillait n'importe comment, encourageait les élèves à le lire, mais personne ne le faisait.

Al-Qaida revendique les attentats du 7 juillet à Londres dans une vidéo diffusée sur Al-Jazira... De cette tuerie sauvage commise au nom du djihad contre le réseau de métro et d'autobus de la capitale, les Britanniques garderont également en mémoire cette vidéo posthume, diffusée le 1er septembre par la chaîne qatariote Al-Jazira, dans laquelle le chef de la cellule, Mohammed Sidique Khan, explique son geste : « Vos gouvernements élus démocratiquement continuent de commettre des atrocités contre le peuple [musulman] à travers le monde. Leur soutien vous rend directement responsables exactement comme je le suis de protéger et de venger mes frères et sœurs musulmans[1]. »

Lakdar se souvenait bien de l'annonce des attentats de Londres. Ce soir-là, en rentrant de son travail, son père était très en colère. Malgré sa fatigue, il était resté tard à regarder la télé, en zappant sur toutes les chaînes, jusqu'au *Soir 3*, après minuit.

– Voilà, voilà ! Ça arrive, c'est tout près d'ici ! s'était-il emporté. Je te dis que ça arrive, Lakdar ! Ça se rapproche !

Son fils n'avait pas compris pourquoi il semblait si énervé, à serrer ainsi les mâchoires et à crisper les poings.

– En Algérie, chez nous, on s'est pas méfiés, et on a regretté, ensuite, ah oui ! Pour regretter, on a regretté, mais c'était foutu...

« En Algérie, chez nous ? » Non, décidément, Lakdar ne comprenait pas. Il avait toujours vécu à la cité du Moulin et l'Algérie, il n'y avait jamais mis les pieds. Ali Abdane s'y était rendu la dernière fois un an plus tôt, pour rendre visite à sa femme. Pendant qu'il était au bled, Lakdar avait été hébergé chez la cousine Zora, à Saint-Denis. Un bon souvenir. La cousine Zora l'avait bien chouchouté. Les gâteaux au miel et les cornes de gazelle, elle savait super bien les préparer.

– Ça, tu comprends, Lakdar, poursuivit Slimane en agitant la coupure, c'est un message que nous adresse l'émir Ayman Al-Zawahiri... Lis un peu plus loin.

Lakdar s'exécuta.

« Nous vous avons averti à plusieurs reprises et nous réitérons aujourd'hui notre avertissement... Nous transférons la bataille sur la terre ennemie. » De la même manière que l'alliance « arrogante des croisés » a « fait couler des fleuves de sang dans nos pays, nous ferons exploser des volcans de colère dans les siens »...

– Bien envoyé, non ? ricana Slimane. « Des volcans de colère » ! Voilà comment il faut leur parler ! Pour qu'ils commencent à avoir

1. Extrait de l'article de Marc Roche, *Le Monde*, 3 septembre 2005.

vraiment la trouille, pour que la peur change de camp ! Les Anglais, les Espagnols, et bientôt, *Inch Allah*, les Français ! Qu'est-ce que tu en penses ?

Lakdar ne savait pas trop. Slimane vint face à lui et le tint par les épaules en le regardant droit dans les yeux.

– C'est fini de courber la tête, Lakdar. Maintenant, nous, les musulmans, on va riposter ! Partout on opprime nos frères, en Palestine, en Irak, en Tchétchénie… Ça a assez duré, on va rendre coup pour coup !

Jamais Lakdar n'avait vu son ami aussi exalté. Slimane le lâcha pour gagner la fenêtre de son studio. De là, on voyait toute la cité du Moulin, même les lueurs des enseignes publicitaires du Buffalo Grill, de Truffaut et de Midas, qui clignotaient dans la nuit. Les phares des voitures, minuscules lucioles filant sur l'échangeur de l'autoroute, contournant Vadreuil, vers Paris. Le visage de Slimane se crispa dans une grimace de dégoût.

– Regarde où on nous a condamnés à vivre ! Est-ce que c'est digne ?

– Mais… qui c'est Al-Zawahiri ? demanda timidement Lakdar.

– Tu ne te souviens pas ? Le cheikh Oussama ?

Lakdar se souvenait. À l'époque, en 2001, il venait tout juste d'entrer en CM2, à l'école Makarenko. À peine l'année scolaire venait-elle de commencer que ç'avait chauffé partout au Moulin après le 11 septembre. Un climat de fête. Son père lui avait interdit de descendre dans les allées de la cité. Des petits groupes de collégiens, voire d'écoliers, circulaient d'immeuble en immeuble en criant « Ben Laden ! Ben Laden ! », Samir, Rostam et Aziz au premier rang. À l'époque, ils ne portaient pas encore la kamis, simplement des survêts, des sweats à capuche, comme tout le monde. Le lendemain, les infos de TF1 n'avaient pas parlé de la cité, mais de tas d'autres quartiers où les gens avaient fait la fête, super heureux d'avoir vu les tours réduites en poussière, bien fait pour les Américains ! Même à Paris, du côté de Barbès ! Oui, Lakdar se souvenait bien.

– Eh bien, reprit Slimane, Al-Zawahiri, c'est le compagnon du cheikh Oussama ! Ils peuvent toujours s'accrocher, les juifs et les croisés, avec leurs hélicoptères et leurs satellites-espions, jamais ils réussiront à les capturer ! Ils sont parvenus à se mettre bien à l'abri et aujourd'hui encore, grâce à Dieu, ils nous indiquent la voie à suivre !

Slimane était bien trop remonté pour s'arrêter en si bon chemin. En servant une nouvelle tasse de thé à la menthe, il poussa un profond soupir. Et adressa un clin d'œil complice à son cadet. L'heure était aux confidences.

– Tu sais, murmura-t-il, à Fleury, j'ai beaucoup appris ! Beaucoup, vraiment ! La zonzon, de deux choses l'une : soit ça te nique pour toujours, soit ça t'aide à rebondir. Ça dépend qui tu y rencontres. Moi, j'ai eu de la chance… j'ai fait la connaissance de quelqu'un de bien, de très bien. Un ami ! Un vrai musulman ! Il m'a ouvert les yeux…

Lakdar avala une gorgée de thé, impressionné, prêt à écouter la suite. Mais Slimane arrêta là ses confidences à propos de cette mystérieuse rencontre. Lakdar le sentit hésitant. Il n'insista pas.

– Tu es un garçon intelligent, Lakdar… Est-ce que tu veux ouvrir les yeux, toi aussi ? reprit Slimane après un long moment de silence.

Lakdar haussa les épaules, oui, bon, pourquoi pas ? Apprendre, il ne demandait que ça depuis qu'il était tout petit ! C'était important, son père le lui avait suffisamment répété.

Slimane fronça les sourcils et son front se creusa de rides dans une expression presque douloureuse.

– Tu vois, Lakdar, le plus terrible, c'est qu'on ne parle même pas l'arabe. Nos parents le parlent, nous l'avons toujours entendu chez nous, dans nos familles, nous comprenons la plupart des mots, mais si nous voulons nous-mêmes employer cette langue, celle de nos ancêtres, la parole se bloque dans notre gorge. On nous a dépossédés de nos racines. Je n'avais pas compris ça avant de tomber en zonzon. Mais maintenant, si.

Oui, Lakdar était bien obligé d'en convenir. Et parfois, c'était franchement frustrant. Quand il allait avec son père chez la cousine Zora, s'ils ne voulaient pas qu'il saisisse ce qui se disait sur sa mère Cherifa et sa vie au bled, tous les problèmes qu'elle avait dans la tête, ils se mettaient à tchatcher en arabe à toute vitesse en filant dans la cuisine. En moins de trente secondes, Lakdar, tout seul à la table de la salle à manger, perdait le fil du discours et, au comble de la gêne, piquait du nez dans son assiette. Tout ce qu'il avait réussi à comprendre, à force, c'était que Zora n'était pas du tout d'accord pour que Cherifa reste au bled. Ce qu'elle voulait, c'était qu'elle revienne en France, où on pourrait bien mieux la soigner. Ce qui mettait Ali dans des rages folles.

– C'est ça ! Comme les dingues à Charcot, avec leurs couches et la bave qui leur coule de la bouche, quelle honte ! rétorquait-il, furieux.

Chaque fois, c'était la même salade. Si bien que Lakdar, sans jamais oser en parler à son père, en était venu à penser que sa mère, là-bas, au bled, bavait et portait des couches…

Slimane avait raison. De l'arabe, Lakdar n'en appréhendait que l'essentiel, le sens général d'une conversation, mais était incapable d'articuler lui-même la moindre phrase. En retour, Ali, lui, parlait un français très approximatif… Souvent, c'était son fils qui remplissait les papiers administratifs. C'était mal foutu, tout ça, à bien y réfléchir. Pas mal foutu, non : injuste.

– Il faut réapprendre, reprit Slimane. Ce sera difficile, mais un jour, on saura de nouveau. Aujourd'hui, on peut commencer. Les mots, Lakdar, c'est très important. Tu vois, dans le monde, il y a le *dâr al-islam*, le domaine gouverné par la *charia*, la loi de Dieu. Il s'oppose au *dâr al-koufr*, le domaine de l'impiété, de la mécréance ! Celui des juifs et des croisés, les Français compris. Le *dâr al-sohl*, c'est un peu comme ici. Soi-disant, on peut vivre en paix, comme si on avait signé un traité. Mais c'est pas vrai, Lakdar ! On peut pas être de bons musulmans dans un pays pareil, la preuve, tu vois, nos sœurs, on leur interdit de porter le foulard, on respecte même pas leur pudeur ! C'est ça, l'oppression, Lakdar ! Alors la France, il faut la considérer comme *dâr al-harb* ! Ce qui veut dire qu'il est licite, suivant le Coran, d'y mener le *Djihad*…

Djihad, ce mot-là, Lakdar le connaissait. En cours d'histoire, on en avait parlé. Les conquêtes du prophète Mahomet, la bénédiction de Dieu soit sur Lui ! Et les informations à la télé. Les images des attentats.

– En Palestine, nos frères mènent le Djihad contre les juifs. Ils n'ont pas le choix des armes. En face, ils ont des tanks et des avions, mais ça ne fait rien. Nos frères se sacrifient, ils se transforment en martyrs, tu sais bien ça, Lakdar ? Il n'y a pas d'autre solution pour arracher la tumeur de l'entité sioniste, ajouta Slimane.

Dans la cité du Moulin, c'était vrai, personne les aimait, les feujs. On disait que c'étaient tous des richards, comme ceux de Vadreuil. Des feujs, Lakdar n'en avait pas personnellement connu. Juste Mlle Feldman, une prof d'histoire, une grande blonde qui était arrivée à Pierre-de-Ronsard trois ans plus tôt, quand il était encore en sixième. Mais elle avait pas été sa prof à lui, elle avait les quatrièmes C et les cinquièmes D. À première vue, elle semblait plutôt gentille, Mlle Feldman. Et puis en cours, il y avait eu une embrouille avec un cinquième D, qui exactement, Lakdar ne se rappelait pas son nom, il n'était même pas certain qu'il habitait au Moulin. Une embrouille à propos des feujs, fours crématoires et compagnie.

Mlle Feldman, elle avait pas supporté, et du coup, ça s'était su partout à Pierre-de-Ronsard que c'en était une, de feuj. Et ç'avait pas mal chauffé pour elle. D'abord, elle s'était fait cracher dessus dans la cour de récré, ensuite, deux ou trois fois, son armoire avec ses manuels avait pris feu dans sa classe et, comme si ça suffisait pas, dans le couloir, il y avait eu des bombages avec des croix style Hitler et *Nique les feujs* tracés à la peinture rouge. Sans compter sa voiture qui avait eu les pneus crevés. Mlle Feldman, elle était plutôt du genre têtu, mais, à la rentrée des vacances de Pâques, on avait appris qu'elle était partie dans un autre collège. On savait pas trop. Bref, elle était plus là.

– La Palestine, reprit Slimane, c'est la question centrale, mais il faut frapper partout ailleurs les alliés des juifs, les croisés... tous ceux qui envoient des soldats en Irak pour exterminer nos frères ! Tu vois, après l'attentat à Madrid, les Espagnols, ils ont tout de suite compris : leurs soldats qu'ils avaient envoyés en Irak, ils les ont vite enlevés. Les Anglais, eux, ils sont plus obstinés. Il faudra les frapper encore plus fort, comme à Londres... Deux fois, trois fois, dix fois si c'est nécessaire !

Lakdar hocha la tête, un peu décontenancé… Ça se bousculait un peu dans sa cervelle. *Dâr al-islam*, *dâr al-koufr*, le cheikh Oussama, la Palestine, les prêches de l'imam Reziane, les Anglais obstinés, l'entité sioniste, les salafistes, les feujs comme Mlle Feldman, ceux de Vadreuil… autant d'éléments d'un puzzle qu'il avait du mal à assembler.

– Mais Samir et ses copains, c'est des bons musulmans, eux aussi ? demanda-t-il.

À maintes reprises, Samir, Aziz et Rostam avaient tenté de le convaincre de porter lui aussi la kamis. Surtout après l'épisode des DVD pornos chez Djamel. N'importe quoi ! Au collège, M. Seignol, il aurait pas supporté. Même l'imam Reziane les avait calmés en leur disant que c'était bien trop tôt, qu'on verrait plus tard, que c'était une affaire d'adultes, qu'il ne fallait pas provoquer. Déjà que ç'avait été le scandale avec le hidjab pour les sœurs, alors c'était pas la peine d'en rajouter. Samir et ses copains, ils étaient un peu à côté de la plaque, il fallait bien le reconnaître. Ils travaillaient à la librairie qui s'était ouverte au Moulin. Là, il y avait un peu de boulot. Toute la journée, ils passaient leur temps à vendre des livres, des corans, des recueils de hadiths, de fatwas, des CD et des cassettes de chants religieux. Et des tas d'autres trucs, des kamis, des hidjabs, forcément, mais aussi des petites reproductions de La Mecque en plastique qui clignotaient avec des piles, des tapis de prière, des dattes confites, des bâtonnets de khôl, etc.

– De bons musulmans, Samir et sa bande ? répéta Slimane en haussant les épaules, indulgent. Bien sûr, si tu veux… ils font de leur mieux. Ils sont sincères. Enfin… (À cet instant, Slimane se garda de toute intonation méprisante envers ceux qu'il surnommait d'ordinaire les « salafs ».) Ou plutôt, ils croient faire de leur mieux. À leur façon, ils mènent le Djihad. Mais tu vois, Lakdar, il y a bien des façons de le mener. S'afficher, c'est une chose. Se révolter par l'apparence, pourquoi pas ? Montrer aux mécréants qu'on ne leur cède rien, qu'on refuse leur mode de vie, c'est bien. Mais il y a mieux à faire, avec l'aide de Dieu, beaucoup mieux.

Lakdar, fatigué après sa journée de rentrée scolaire, ne put retenir un bâillement.

– Et ta main ? lui demanda affectueusement Slimane.

– J'ai rendez-vous avec un chirurgien à l'hôpital Trousseau, carrément à Paris, sérieux, il va m'opérer et après, ça ira bien !

– Tant mieux, tant mieux... Dis-moi, tu veux que je te prête une cassette ? Tu pourras la regarder, c'est vraiment très instructif...

Lakdar fronça les sourcils. Des emmerdes avec les DVD, il en avait déjà eu assez comme ça. Slimane était au courant de toute l'affaire et éclata de rire. Non, cette fois, il n'y avait rien à craindre.

– Rassure-toi, dit-il, il n'y a rien d'illicite... C'est un film, un feuilleton télé, de nos frères libanais, le Hezbollah, tu as déjà entendu parler ?

Lakdar confirma. La télé. Les flashs d'infos où on voyait les combattants défiler en rangs serrés en piétinant ou en brûlant le drapeau...

– Oui, le drapeau de l'entité sioniste... Le drapeau juif, Lakdar ! Regarde, et après, tu me diras ce que tu en as pensé... Ah, fais attention, n'en parle pas à ton père ! Tu regarderas la cassette quand il sera à son travail, d'accord ?

Lakdar s'étonna. Pourquoi ne pas en parler à son père ? Slimane hésita un long moment avant de répondre.

– D'après ce que je sais, ton père n'est pas vraiment un bon musulman, Lakdar... Ça n'est pas de ta faute à toi, tu n'y es pour rien, mais enfin... mieux vaut que ça reste entre nous !

Lakdar s'empourpra. Son père, un mauvais musulman ? Il allait souvent à la mosquée, pas toutes les semaines, c'est vrai, mais il suivait scrupuleusement le jeûne du ramadan, même que ça n'était pas facile avec son travail chez les fous à Charcot, surtout en été, quand il faisait chaud, toute la journée à passer la balayeuse automatique dans les couloirs ! Du matin au soir sans rien manger, sans rien boire...

La cousine Zora, elle, la religion, elle s'en foutait. Dans son salon de coiffure, elle portait même une blouse transparente super limite et quand elle passait en pleine lumière on voyait bien son soutien-gorge et sa culotte à travers, des trucs tout noirs avec de la dentelle. Lakdar, la dernière fois qu'il était allé chez elle, il s'était senti tout drôle, à la regarder comme ça. La cousine Zora, elle était vraiment belle et quand elle lui passait la main dans les cheveux, il ne pouvait réprimer un petit frisson en essayant de pas trop penser aux DVD de Djamel, mais c'était pas facile. Elle l'embrassait sur le front, elle sentait bon avec tous ses parfums spécials de meuf, un peu comme Mlle Doblinsky. C'était bien obligé, les parfums, avec les clientes, sinon, autant le fermer tout de suite, son salon de coiffure... Bon, fallait pas en faire toute une histoire, quand même. Zora, elle faisait un peu comme les Français avec la religion, style Noël avec la bûche et la crèche, le sapin et tout le bazar, mais le reste du temps, elle s'en tapait. La fête de l'Aïd, ça oui, « histoire de marquer le coup », mais le ramadan, non, pas question de rester un mois complet à se priver, voilà ce qu'elle disait.

– Je ne voulais pas te blesser, reprit Slimane. Ce qu'on raconte un peu partout dans la cité, c'est simplement que, parfois, ton père se laisse un peu aller.

– Il boit un peu de boukha avec ses copains, concéda Lakdar, honteux.

Heureusement, ni Samir et sa bande, ni Slimane n'étaient au courant de la façon dont s'habillait Zora, sinon, ç'aurait encore fait des salades.

– Il n'y a pas que ça, Lakdar, il n'y a pas que ça...

– Quoi d'autre, alors ?

– On en reparlera une autre fois... Je t'assure, t'en fais pas, ça reste entre nous. Allez, maintenant, il faut que tu me laisses. Ce soir, j'ai du travail. Tiens, prends la cassette ! Et ne la prête à personne !

Slimane s'était levé, avait tendu le bras vers une pile de boîtiers VHS et en avait confié un au jeune garçon. Celui-ci quitta le studio sans ajouter un mot et, quelques instants plus tard, se retrouva au pied de l'immeuble.

*

Les copains qui écoutaient du rap étaient toujours regroupés autour de leur ghettoblaster, branché à fond la caisse.

Ça fait peur quand tu sais qu'ta femme te trompe
Et qu'au bout du compte tu dois t'servir d'une pompe,
Briser les liens du mariage…
Ça fait peur quand ça sent la bouteille d'gaz,
Quand tes potes te gazent,
Ou ton patron te dégage,
Là où ça coupe des gorges,
La où ça s'engage,
Là où les blocs se forgent avec la rage,
Ça fait peur de mettre le nez dans la coke,
Ou se manger un coup de lame dans les côtes…
Peur ! Peur ! Comme une chienne qui tombe en cloque.
Peur ! Peur !
Quand tu dois t'servir du Glock[1].
Peur ! Peur ! Quand tu dois poucave ton pote…
Ou quand le gosse qui vient d'naître
C'est pas l'tien,
Mais çui d'c't'enculé d'sa race…
Peur ! Peur !
Comme une chienne qui tombe en cloque.
Peur ! Peur ! Quand tu dois t'servir du Glock…

Samat. Un des *crews* préférés de Moussa. Pas la peine de s'attarder. Sa cassette sous le bras, Lakdar fila jusque chez lui. L'ascenseur étant encore en panne, il dut gravir les cinq étages à pied. Au quatrième, ces connards de Fontanet, les seuls gaulois de tout l'immeuble, un couple de poivrots, avaient balancé leurs ordures sur le palier. Il allait encore falloir gueuler, mais bon…

Ali Abdane s'était déjà endormi et ronflait paisiblement.

Un quartier de lune éclairait faiblement la chambre en grand

1. Glock : pistolet automatique.

désordre. Lakdar resta plus d'une minute à observer le visage souriant de son père, captif du sommeil. Prisonnier de ses rêves comme il l'était du reste : de son travail à l'HP, de sa fatigue perpétuelle, des regards un peu troubles qu'il lançait vers les hanches de la cousine Zora. Lakdar en eut le cœur serré.

Pour la première fois de toute son existence, il eut pitié de lui. C'était un sentiment très désagréable, la pitié. Mais était-ce réellement un sentiment ? Plutôt une impression poisseuse dont on cherchait à se débarrasser au plus vite. Lakdar ne put réprimer un frisson. Il se dirigea vers la cuisine et prépara le café qu'Ali avalait chaque matin. Puis il alla dans sa chambre et planqua la cassette de Slimane sous son matelas avant de s'étendre sur son lit. Il faisait chaud, aussi avait-il laissé la fenêtre entrouverte. Les échos étouffés du hit de rap que les copains passaient en boucle montaient jusqu'à lui.

Peur ! Peur !
Comme une chienne qui tombe en cloque.
Peur ! Peur ! Quand tu dois t'servir du Glock...

Agacé, il se leva pour fermer la fenêtre et se recoucha. Allongé sur le dos, les yeux clos, il vit défiler le visage de Mlle Doblinsky, la blouse transparente de la cousine Zora et des tas d'autres images plutôt zarbis.

7

Comme promis, le Dr Debard reçut Viviane Rochas et son fils Adrien le 8 septembre à dix heures. Adrien n'avait rien cédé quant à son look et se présenta devant le psychiatre avec son accoutrement habituel. Gothique à souhait. Vêtu de cuir, engoncé dans un lourd manteau en dépit de la température plus que clémente. Le visage maquillé de blanc et les ongles soigneusement vernis de noir, mais tout sourire. En signe de bonne volonté, il lui offrit même un petit porte-clés en forme de chauve-souris, ce qui amusa Debard.

Ce dernier demanda à Viviane Rochas de le laisser seul avec son fils. Quand elle eut quitté la pièce, le médecin fit pivoter doucement son fauteuil de droite à gauche, se croisa les mains sous le menton, fronça les sourcils et laissa s'écouler une bonne minute avant de s'adresser au jeune homme, qui bâillait tant et plus.

– Alors, Adrien, d'après ce que dit ta mère, ça ne va pas trop fort ? demanda-t-il en agitant le porte-clés entre ses doigts.

– C'est des bêtises… ça va plutôt même mieux. J'aime pas le soleil, alors juillet et août, ç'a été assez pénible. J'attends l'hiver, c'est mieux pour moi.

– Ta mère m'a expliqué que tu passes toutes tes journées enfermé dans ta chambre avec les volets tirés…

– Oui, ça m'aide pour la concentration intellectuelle.

– Tes histoires d'anatomie, c'est ça ?

– Oui ! Elle devrait être contente que je m'intéresse à quelque chose, non ?

– C'est un point de vue. Qu'est-ce que t'en penses, toi ?

– Rien…

Debard feuilleta le dossier du jeune Rochas. Un cas de schizophrénie banal, de toute évidence. Lors de son séjour dans le service, il n'avait cessé de s'agiter, toujours poursuivi par des « Êtres Impurs ». Notamment par celui qu'il appelait « la Chimère », un corps féminin monstrueux, protéiforme, qu'il passait des journées entières à dessiner sous ses multiples facettes. Les neuroleptiques l'avaient calmé. D'où sa sortie rapide et son passage en hôpital de jour. Qui n'avait pas été un franc succès, mais Debard restait optimiste. On pouvait raisonnablement espérer une certaine stabilisation de son état. Simple question de temps. La guérison, c'était une autre affaire. Sur le long terme, Adrien connaîtrait sans doute une existence chaotique, mais son environnement familial lui garantissait un confort matériel dont bien d'autres patients ne pourraient jamais bénéficier. Il y avait des priorités dans les admissions et, sans que jamais ce soit explicitement avoué, la dimension sociale du problème orientait bien des choix thérapeutiques. C'était ainsi. Debard ne pouvait pas refaire le monde…

Il referma le dossier. Nouveau silence. Nouveau bâillement d'Adrien.

– C'est elle qui déconne. Elle est sans arrêt à me poursuivre, lança-t-il soudain en se curant le nez.

– Elle ? La Chimère ? suggéra Debard.

– Mais non, la vioque ! Ma mère, quoi ! Ma môman ! Depuis que mon père a foutu le camp, elle sait plus où elle en est. Elle supporte pas qu'il l'ait larguée pour une minette qui travaille à son cabinet. Depuis des années, il la baisait plus, je les ai entendus en parler un soir. C'est vieux, ça ; c'est quand j'étais en quatrième, encore un bon petit collégien qui travaillait bien en classe pour devenir architecte, comme son pôpa… Alors vous pensez, quand elle a appris qu'il se tapait son assistante, ça a fait plutôt désordre !

Il ne put contenir le fou rire qui le gagnait. Debard se rencogna dans son silence.

– C'est elle qui devrait voir un psy, vous comprenez ? reprit soudain Adrien, d'un ton posé. Dépression plus plus plus… Avec tous les médicaments qu'elle s'enfile, ça l'abrutit, et elle compense par la bouffe ! Vous avez vu comment elle a grossi ? Ce matin, avant de venir ici, je vous jure, elle a changé trois fois de tenue pour que vous voyez pas ses bourrelets… Du coup, elle s'agite, elle me lâche plus la grappe, c'est moi qui trinque ! Vous savez, j'ai beaucoup réfléchi. Je sais bien que je suis malade. Mais le mieux à faire, c'est de me donner du temps. Et surtout de me foutre la paix ! Je peux pas m'occuper de ma mère. Je suis trop pris par mes études.

Debard hocha la tête. Rassuré autant qu'on pouvait l'être. La passion récente pour l'anatomie que manifestait le jeune homme ne lui disait rien qui vaille – sans doute une séquelle de son délire à propos de « la Chimère », mais dans l'ensemble, son discours restait assez construit et le « diagnostic » qu'il pointait quant à l'état mental de Viviane Rochas ne manquait, hélas, pas de pertinence. C'était toute la famille qu'il aurait été nécessaire d'entendre. Et notamment le père. Mais il ne fallait pas rêver.

Debard demanda à Adrien d'aller attendre dans le couloir et fit entrer Viviane.

– Alors ? demanda celle-ci d'un ton angoissé.

– Alors… je ne pense pas, mais vraiment pas, que votre fils doive être de nouveau hospitalisé. Certes, c'est difficile, désagréable. Je le conçois. Il s'agit d'un cap à passer.

– Il… il reste à la maison avec moi ?

– Oui. Pour le moment, c'est la meilleure solution. Nous lui avons prescrit des médicaments, veillez à ce qu'il les prenne. Notre prochain rendez-vous a déjà été fixé, dans un mois, n'est-ce pas ? Ou plutôt vers le début novembre ?

Il vérifia. C'était bien au début novembre. Viviane Rochas hocha doucement la tête, puis elle lissa les plis de son tee-shirt et de sa jupe. Effectivement, remarqua le psychiatre, il y avait bien des bourrelets.

Elle prit une profonde inspiration avant de laisser éclater sa colère. Debard encaissa avec placidité. Il connaissait la chanson par cœur. Les psys qui ne comprenaient rien à rien, qui se contrefoutaient de la détresse des familles, qui se gobergeaient à ressasser leur discours abscons, qui…

– Vous savez, finit-elle par lancer à la fin de sa tirade, vous feriez mieux de vous méfier. J'ai adhéré à l'Unafam [1]. Ils recensent tous les cas de négligence thérapeutique et ce qu'ils rapportent est tout simplement atterrant !

– Libre à vous de chercher conseil là où bon vous semble, madame Rochas, mais laissez-moi vous dire que dans le cas de votre fils, encore une fois, il ne s'agit que d'une question de patience. Et d'autre part…

– D'autre part ?

– Pour ce qui vous concerne… est-ce que vous consultez ? Il me semble évident que vous avez besoin d'un soutien. Si vous acceptiez, si vous admettiez la nécessité d'une telle démarche, je pourrais, le cas échéant, vous aiguiller vers un confrère…

Viviane Rochas se recroquevilla sur sa chaise, sidérée.

– Ah oui ? Qu'est-ce que vous insinuez ? Que c'est moi qui suis folle, c'est ça ? articula Viviane, le souffle court.

– Ai-je dit ça ? protesta Debard d'un ton assez détaché.

– Mon fils se déguise en vampire, il a décapité son chien et son chat, il est obsédé par… par les carotides, les jugulaires, il… il fouille dans les poubelles à la recherche de… de mes Tampax, oui, monsieur, parfaitement, enfin bref, j'en passe, et c'est moi qui suis folle ?

Elle bondit soudain de son siège, toutes griffes dehors.

– Reprenez-vous, madame Rochas. La colère est mauvaise conseillère !

– Ah oui ? Vous avez fait dix ans d'études pour me débiter des banalités pareilles ? Je peux vous en citer des tas d'autres… « Pierre qui roule n'amasse pas mousse », « le cordonnier est toujours le plus mal chaussé »… Vous vous foutez de moi ?

Face à cette charge, Debard répliqua par sa tactique favorite : le silence. Viviane Rochas se mit à l'abreuver d'insultes et saisit même un cendrier en onyx sur le bureau. Elle faillit bien le lui jeter au visage, mais parvint à se maîtriser in extremis avant de quitter la pièce à reculons, livide. Debard la suivit. Adrien atten-

1. Union nationale des associations de familles et d'amis de malades mentaux.

dait dans le couloir, sagement assis dans un fauteuil. Il avait dû entendre les éclats de voix en provenance du bureau et adressa un regard lourd de sous-entendus au médecin. Puis il hocha la tête, accablé, s'avança vers sa mère et lui prit affectueusement le bras pour la soutenir. Ils firent un pas de côté pour éviter l'employé en blouse grise qui passait une balayeuse automatique sur le lino.

– Allons, allons, courage, courage, maman… tout finira par s'arranger, lui assura-t-il d'une voix très douce. Merci, docteur ! Merci…

Debard les regarda s'éloigner, soudés l'un à l'autre, avant de revenir dans son bureau pour y griffonner quelques notes. Elles concernaient plus la mère que le fils.

8

La première semaine de septembre fila à toute vitesse. Anna Doblinsky en sortit épuisée, mais rassurée. Le baptême du feu s'était somme toute bien passé. Les petits de sixième C étaient assez turbulents, mais plutôt gentils. Pas de problèmes avec les cinquièmes. Quant aux troisièmes, la capitulation de Moussa devant Lakdar durant la première heure de cours avait continué de produire ses effets durant les séances suivantes.

Les points négatifs ? L'emploi du temps : Monteil ne s'était pas trompée. Un vrai gruyère. Notamment la dernière heure de la semaine, de dix-sept à dix-huit, avec les troisièmes B. Au bout de leur marathon hebdomadaire, ils étaient incapables du moindre effort de concentration. Il fallait se résigner à faire garderie, rien de plus. Ce serait donc l'heure des « débats » tant prisés, ou peut-être d'un « atelier théâtre », mais plus tard dans l'année, quand elle aurait la situation bien en main…

Les points positifs ? Tous les jours, à l'exception du jeudi, elle avait trouvé des collègues qui habitaient Paris et pouvaient lui éviter le voyage en bus et RER. Notamment Vidal, qui logeait près des Buttes-Chaumont et s'était proposé de passer la prendre à la porte des Lilas.

Il y avait eu un moment assez comique, celui de la rencontre avec M. Saliesse, prof de français lui aussi, son tuteur pédagogique. Il était chargé de la conseiller et de veiller sur ses premiers pas dans le métier. Après quinze ans de carrière, son expérience pouvait l'y autoriser. Mais Saliesse appartenait à l'espèce des Duibour et autres Forney. Pas méchant pour un sou, lui non plus, il était l'auteur d'un projet dit « CARGO » : Concevoir-Animer-Réguler-Généraliser-Ouvrir ! Il en parlait avec enthousiasme. Dans une de ses classes, il « accompagnait une expérience dans un cadre de transversalité », et la recommandait chaudement à sa jeune collègue. Anna comprit confusément qu'il s'agissait de créer une chorégraphie sur les fables de La Fontaine.

– Tu vois, lui asséna-t-il d'un air pénétré, il faut briser les carcans ; jouer à la fois sur le registre moteur et sur celui de la communication. Les collègues d'EPS, d'arts plastiques et de musique marchent à fond avec moi. Il faut créer des synergies, et surtout, surtout, apprendre des élèves ! Ils ont beaucoup, beaucoup à nous apporter ! À leur contact, je m'enrichis tous les jours… Il faut instaurer une relation d'égalité et pas d'autorité avec eux. Bien sûr, je ne dis pas que c'est facile, mais c'est l'objectif à ne jamais perdre des yeux !

Anna acquiesça poliment. Saliesse manœuvrait pour être muté à l'IUFM en tant que formateur et l'avoua sans détour. Il estimait, avec un brin d'amertume, que ses capacités étaient sous-utilisées. En dépit de ses nombreuses démarches, les hautes autorités administratives n'avaient pas satisfait sa juste demande.

– Mais comment secouer toute cette lourde machine ? soupira-t-il.

Anna compatit. Sautant du coq à l'âne, elle l'interrogea à propos du cas de Lakdar Abdane. De sa main droite paralysée, qui l'empêchait d'écrire. Que pouvait-elle faire pour l'aider ?

Saliesse plissa le front dans un effort de réflexion aussi intense que sincère. Puis il claqua la langue en signe de perplexité.

– Lakdar Abdane, tu dis ? Là… là, c'est un problème médical, assurément…

– Oui, assurément, confirma Anna.

– Alors… heu… il faut en parler avec l'infirmière, ou le médecin scolaire.

– Ah oui, bien sûr, merci du conseil…

*

Dans le tumulte de cette première semaine, nouveaux visages à reconnaître et autant de noms à mémoriser par dizaines, un véritable casse-tête, elle n'avait eu que très peu de temps à consacrer à Lakdar. Durant les trois cours qui avaient suivi l'heure inaugurale, il avait manifesté la meilleure volonté pour participer, répondre aux questions, tancer Moussa quand celui-ci se laissait aller à ses facéties habituelles.

Elle croyait avoir définitivement gagné. Les deux garçons se donnaient en spectacle dans une sorte de numéro de clowns bien réglé qui amusait gentiment la galerie. Moussa jouait l'Auguste, toujours prêt à trébucher sur ses godasses à rallonge – en l'occurrence son baggy qui entravait sa marche et ses Nike aux lacets défaits –, et Lakdar en Monsieur Loyal le rappelait à l'ordre pour lui faire cesser son tour de piste au moment opportun. Le pitoyable Moussa s'en montrait satisfait, trop heureux d'avoir trouvé un rôle à sa mesure. Une contenance.

Les deux garçons se livraient à un jeu de séduction devant la classe entière, mais surtout face à « la prof ». Le rituel semblait solidement installé. Fatoumata, Abdel, Mounir, Aïcha et toute la bande n'étaient pas dupes, mais bon, avec Mlle Doblinsky, juré sur le Coran d'La Mecque, c'était « respect ».

*

Le dimanche 11 septembre, à neuf heures, Anna se rendit chez ses parents, boulevard Voltaire. Il s'agissait de sacrifier à un tout autre rituel. Une fois l'an, l'oncle Hershel prenait l'avion à Tel-Aviv pour venir rendre visite à la famille. Un ténébreux, l'oncle Hershel. Anna ne l'avait que très peu connu. Elle n'avait que six ans quand il avait émigré en Israël. Un personnage lointain de son enfance. Depuis, il était devenu chirurgien orthopédiste à l'hôpital Hadassah de Jérusalem. Durant toute leur adolescence, lui et son frère Simon, le père d'Anna, avaient entretenu des rapports conflictuels. Inscrit au lycée Charlemagne en maths sup', Hershel avait rejoint le Bétar, un mouvement de jeunesse sioniste fortement marqué à droite, tandis que Simon s'était laissé séduire par le chant des sirènes gauchistes solidement implantées dans leur fief du lycée Voltaire et sa classe de khâgne. En toute logique, les chemins des deux frères avaient inexorablement divergé. Tandis que l'un manifestait pour la cause des juifs d'URSS, auxquels la dictature brejnévienne refusait des visas d'émigration vers la Terre promise, l'autre soutenait la « juste lutte du peuple palestinien ». De quoi se fâcher, mais à cette époque, il en était ainsi dans maintes familles…

Face à Hershel, Simon bénéficiait d'un avantage stratégique : les parents, Aaron et Perla Doblinsky. Deux militants bundistes qui avaient fui la Pologne à la fin des années 30 pour se réfugier à Paris. Un répit de courte durée. Durant la guerre, ils s'étaient lancés à corps perdu dans la lutte clandestine et, après mille péripéties, s'étaient retrouvés hébétés, libres, à la fin des hostilités. Des héros modestes, humbles, dont aucun livre d'histoire n'avait jamais retenu le nom. Condamnés à végéter dans un petit atelier de confection de la rue de Turenne (il fallait bien gagner sa vie maintenant qu'on avait sauvé sa peau), un atelier qui faisait également office d'appartement. Le soir, pour dresser le couvert, on débarrassait la longue table où l'on avait découpé le tissu pendant la journée. Le premier fils était né en 1950. Et trois ans plus tard, *Mazel tov*, un second bébé, tout rose, de presque quatre kilos : Simon !

Aaron et Perla Doblinsky ne voulaient pas entendre parler de l'État d'Israël, tout juste proclamé en 1948. Un petit État de rien du tout, quelques milliers de kilomètres carrés à peine, pour tout dire un mouchoir de poche, alors que c'était l'humanité entière qu'il fallait libérer. Ils croyaient à la fraternité socialiste, à l'homme nouveau, à l'entente universelle entre les peuples. Et d'ailleurs, il avait fallu expulser manu militari quelques centaines de milliers de Palestiniens pour parvenir à ce résultat discutable. Le carnage de Deir Yassin, un village arabe dont les habitants furent massacrés, en témoignait.

Aaron et Perla avaient élevé leurs deux fils dans cette croyance, leur parlant un mauvais français, un français désastreux. Ce n'était vraiment pas la langue de Voltaire, encore moins celle de Molière, qu'on entendait autour de la table familiale, mais un mélange de polonais, de yiddish et d'argot parisien. Une bouillie. Hershel, le fils aîné, traumatisé par ce désastre, s'était réfugié dans l'abstraction mathématique avant de bifurquer vers la médecine. Plus obstiné, son frère Simon avait méthodiquement creusé le problème. Du bric-à-brac linguistique dans lequel il avait baigné dès le berceau il avait fait son miel pour trouver refuge dans la langue de Racine et de Corneille. Une manière de revanche... Depuis plus de vingt ans, il officiait en classe préparatoire à Louis-le-Grand. À l'exception de quelques jurons, d'un ou deux proverbes, il avait totalement oublié le yiddish et le polonais.

Le jour où Hershel avait annoncé à ses parents qu'il partait vivre en Israël, Simon s'était gardé de toute remarque sarcastique. Depuis, le temps avait fait son œuvre et les deux frères avaient appris à se respecter. Ce qui n'interdisait pas de violentes prises de bec à chaque retrouvailles.

*

En septembre 1985, le deuxième dimanche du mois, Aaron et Perla s'étaient donné la mort en ingérant des barbituriques. Un geste mûrement réfléchi. Ils avaient laissé une lettre à leurs deux fils. Ils étaient vieux, très vieux, sentaient peu à peu leur corps les trahir et ne tenaient pas à connaître une fin dégradante. Perla commençait à être victime de trous de mémoire angoissants et Aaron peinait à monter le moindre escalier, essoufflé au premier effort. Ils avaient pris la décision en commun, paisiblement, avec l'inestimable consolation de partir ensemble, main dans la main. Aucun des amis de leur jeunesse n'avait connu ce privilège.

Et depuis, chaque année, le deuxième dimanche de septembre, Hershel venait retrouver son frère Simon pour aller se recueillir sur leur tombe au cimetière de Bagneux. Anna et sa mère les accompagnaient. Ce n'était pas un rendez-vous marqué par la tristesse, Aaron et Perla l'avaient bien recommandé dans leur lettre d'adieu. Les deux frères s'efforçaient d'exaucer ce vœu. Ils restaient quelques instants devant la sépulture, épaule contre épaule, sans dire un mot. Puis on reprenait la voiture pour aller déjeuner chez Goldenberg, rue des Rosiers. Cou farci, *gefilte fish* et gâteau au fromage, comme les préparait jadis Perla dans sa minuscule cuisine de la rue de Turenne. À la fin du repas, on vidait un verre de vodka au poivre en s'écriant *Lech'aïm!*

À la vie!

Anna n'avait que quatre ans lors du suicide de ses grands-parents, dont elle ne conservait qu'une image très confuse. Deux visages auréolés de blanc, des mains caressantes, des voix très douces, rien de plus. Mais depuis, elle n'avait jamais manqué le rendez-vous de septembre. Hershel n'ayant pas d'enfants, elle se trouvait ipso facto investie d'une sorte de mission mémorielle, son père et son oncle lui transmettant un flambeau invisible, mais lourd à porter. Si un jour elle-même avait des enfants, chaque premier dimanche du mois de septembre, elle les emmènerait au cimetière de Bagneux...

Ce dimanche-là, à la table de chez Goldenberg, Simon et Hershel évitèrent soigneusement les sujets qui fâchent. Anna connaissait le discours par cœur, d'un côté comme de l'autre. La situation en Israël, les « Territoires » toujours occupés, le mur de séparation, l'abominable général Sharon, ce criminel de guerre responsable des massacres de Sabra et Chatila, etc. Simon aurait eu la dent dure en évoquant tous ces faits. Et, réciproquement, Hershel n'aurait pas été à court d'arguments: la montée inexorable des islamistes du Hamas, les attentats-suicides, le chaos qui commençait à régner dans la bande de Gaza après l'évacuation des colons, l'incurie totale de l'Autorité palestinienne, la corruption qui la minait, les bandes mafieuses qui s'affrontaient en pleine rue, etc.

Aujourd'hui, les deux frères n'étaient pas d'humeur belliqueuse. La conversation s'orienta donc sur la grande nouvelle: les débuts professionnels d'Anna. Simon était catastrophé. Il avait espéré que sa fille préparerait l'agrégation au lieu d'aller échouer à l'IUFM, mais après ses années de fac Anna ne souhaitait qu'une chose: se frotter à la réalité et, accessoirement, quitter, enfin, le cocon familial pourtant assez douillet.

Elle raconta sa première semaine à Pierre-de-Ronsard, nourrissant son récit d'anecdotes drolatiques : Seignol et sa conférence d'accueil, la ténébreuse affaire du dédoublement des modules de soutien, les récriminations de la harpie Monteil, le CPE Lambert et ses gesticulations guerrières, le sabir du tuteur pédagogique Saliesse… Elle passa toutefois sous silence le cas du prof d'anglais, qui était sorti de ce premier round totalement sonné. Anna se révéla très douée pour mimer les attitudes de chacun des protagonistes qu'elle mettait en scène. Un petit théâtre à elle toute seule. Hershel, en dépit de sa nature plutôt austère, ne put s'empêcher de rire aux éclats à plusieurs reprises. Simon appréciait moins. L'idée que sa fille fût lâchée dans cette arène, où elle risquait de se faire tailler en charpie, l'inquiétait. Entre Pierre-de-Ronsard et Louis-le-Grand, où il avait creusé sa tanière, il y avait un gouffre – celui qui séparait le 9-3 du Quartier latin.

Au fil de sa narration, Anna avait évoqué l'affrontement Moussa / Lakdar et sa conclusion heureuse. Sa première confrontation avec l'adversité, une véritable bataille, à trente contre une…

– Même si ç'avait mal tourné, précisa-t-elle, un rien présomptueuse, je n'aurais pas cédé !

Sa naïveté agaça Simon, qui se garda bien de le faire remarquer. Hershel avait tiqué en écoutant Anna décrire l'infirmité de Lakdar.

– Tu peux me montrer avec ta main comment est la sienne ? demanda-t-il.

Anna imita la crispation, poignet et doigts en extension, les deuxièmes phalanges fléchies.

– Comme ça, voilà, enfin, à peu près…

– La « griffe » du syndrome de Volkmann, annonça Hershel. Il n'a pas eu de chance, ton Lakdar ! Une fracture du coude, sans doute de la palette humérale, un plâtre trop serré, c'est ça ?

– En gros, oui, c'est ce qu'on m'a raconté…

– De nos jours, on ne devrait plus voir ce genre de pathologie, c'est une vraie bavure médicale, un défaut de surveillance impardonnable… une affection neurologique qui se caractérise par la rétraction des muscles fléchisseurs des doigts… une atteinte des nerfs qui mobilisent les muscles de l'avant-bras à la suite d'une ischémie… une diminution de leur vascularisation, tu comprends ? La main se cyanose, la douleur monte, ce sont les signes d'alerte habituels. Si on n'intervient pas très vite, pour ne pas dire en urgence, les conséquences sont catastrophiques.

– Mais… ça peut s'opérer ?

– Non ! Je viens de te le dire ! La « griffe » est définitive. L'infirmité est installée à vie…

Hershel semblait catégorique. Il eût été absurde de mettre sa parole en doute. Anna encaissa la nouvelle, accablée. Il était déjà quinze heures passées. À chacun de ses séjours à Paris, Hershel profitait de l'occasion pour rendre visite à quelques confrères avant de reprendre l'avion pour Tel-Aviv. Un jour ou deux, jamais plus. Il avait toujours refusé d'être hébergé chez son frère. Il fallut quitter la table de chez Goldenberg et se retrouver pour quelques effusions sur le trottoir de la rue des Rosiers avant de se séparer.

Hershel embrassa son frère, sa belle-sœur, puis serra Anna dans ses bras. Il lui caressa les cheveux avec tendresse et déposa un baiser sur son front.

– Viens passer quelques jours avec moi, murmura-t-il à son oreille. Depuis le temps que je te le propose…

Anna le lui promit du bout des lèvres. Elle avait toujours différé le rendez-vous avec ce personnage énigmatique, si distant et à la fois si proche, tout en sachant que tôt ou tard elle devrait s'y confronter. L'an prochain à Jérusalem ? Pourquoi pas ? L'oncle s'éloigna pour monter dans un taxi.

Simon Doblinsky prit le bras de sa fille pour faire quelques pas avec elle en direction de la rue de Rivoli.

– Ça va vraiment bien ? lui demanda-t-il, un peu inquiet. Tu ne nous as pas raconté de salades, au moins ? Ça s'est réellement bien passé, cette première semaine ?

– Mais bien sûr que non ! protesta Anna. Enfin… bien sûr que si, ça s'est très bien passé, voilà, c'est tout !

La question était à double sens. Piégée, comme d'habitude. Simon était très doué pour semer des embuscades à chaque coin de phrase.

– Bon, d'accord, du moment que tu le dis, conclut-il, conciliant.

Ils se quittèrent près du métro Saint-Paul. Anna continua à pied en direction de la Bastille.

« Alors, m'dame, vous êtes feuj ou pas ? Faut l'dire ! La vérité ! » La voix obsédante de la petite Samira accompagna ses pas tout au long du trajet.

9

Viviane Rochas n'avait pas brandi la menace à la légère face à Debard. Elle avait effectivement pris contact avec l'Unafam et participait à des groupes de parole qui réunissaient des parents désemparés par la conduite délirante d'un proche, enfant ou conjoint. Chacun y évoquait ses problèmes et faisait part de son désarroi. Lors d'une réunion, le 15 septembre en fin d'après-midi, elle raconta en détail sa dernière entrevue avec le psychiatre. Les participants hochèrent la tête, approbateurs. Plus d'un avait une histoire comparable en réserve.

– Vous savez ce qu'on a osé me dire, à moi ? confia une femme au visage émacié et labouré de tics. Mon fils était au plus mal, vraiment. J'ai supplié qu'il reste hospitalisé. Eh bien non : « Vous nous le ramènerez quand il se sera vraiment enfoncé » ! Voilà. Qu'est-ce qu'ils voulaient de plus ? Il n'était pas déjà assez « enfoncé » comme ça ? Huit jours après, il est mort. Il était sorti dans la rue en pleine nuit et un camion l'a percuté.

– C'est toujours la même rengaine, ajouta un autre participant. « La demande doit émaner du patient » et pas de l'entourage ! Moi, ma fille a agressé une de ses amies à coups de couteau. Alors là, oui, on a accepté de la reprendre dans le service. On m'a expliqué que jusqu'alors « il n'y avait pas eu de passage à l'acte » et que « son état clinique ne permettait pas d'évaluer avec suffisamment de certitude la dangerosité éventuelle... ». Textuellement !

– Moi, c'est l'inverse, expliqua un sexagénaire engoncé dans un costume bien trop étroit pour sa corpulence. (Il ne cessait de s'éponger le front avec des Kleenex qu'il enfournait dans ses poches, une fois trempés de sueur.) Mon épouse a basculé il y a plus de quinze ans. Psychose maniaco-dépressive. « Bipolaire », comme on dit aujourd'hui. Du jour au lendemain. Je me suis toujours battu pour la garder à la maison, même dans les moments les plus difficiles. Elle est bien mieux auprès de moi qu'à l'hôpital. Nous avions un magasin, une maison de campagne, qu'il a bien fallu vendre... Je ne la quitte presque jamais. C'est ma vie entière que je lui consacre. C'est très très difficile, surtout dans ses phases d'excitation.

Autant de cas, autant d'anecdotes aussi pathétiques les unes que les autres. Viviane, accablée, trouvait malgré tout un réconfort à l'écoute de toutes ces détresses. Elle se sentait un peu moins seule. Maigre consolation. On échangeait des adresses e-mails, des numéros de téléphone, on promettait de s'entraider en cas de crise grave, plus grave encore.

En sortant de la réunion au siège de l'association, elle fila à un rendez-vous fixé avec son mari. Un bar du Quartier latin. C'était un peu pervers de la part de Maxime d'avoir choisi cet endroit pour la retrouver. C'est là qu'ils s'étaient connus au printemps 1985. Le coup de foudre, sitôt le premier regard échangé. Adrien était né dans l'année qui avait suivi.

Maxime attendait sa femme devant un bourbon, une cigarette aux lèvres. Ils ne s'étaient pas vus depuis plus d'un mois et, dès son entrée dans la salle, il remarqua au premier coup d'œil qu'elle avait encore grossi. Viviane vint s'asseoir face à lui, livide. Elle lui raconta la réunion, le dernier rendez-vous avec le psychiatre.

– Je t'assure que ça ne peut plus durer, il faut que tu m'aides, murmura-t-elle en refoulant ses sanglots.

Ils n'en étaient pas à leur premier échange de cette nature. Maxime leva les yeux au ciel, déjà à cran, mais s'efforça de garder son calme. Viviane aussi. Elle avait ravalé son humiliation d'avoir été délaissée pour une maîtresse bien plus jeune qu'elle. L'heure n'était plus à la rancœur, à la jalousie. Elle ne pensait qu'à son fils.

– Tu devrais venir le voir...

– Quand je viens, c'est pire, tu le sais bien !

Sur ce point, Maxime avait raison. Depuis son départ du

domicile conjugal, Adrien profitait de ses rares visites pour donner libre cours à sa sauvagerie. Il provoquait ses parents par des remarques obscènes, évoquait avec cruauté les kilos emmagasinés par sa mère, questionnait Maxime à propos des performances érotiques de sa nouvelle compagne. Un cauchemar. Maxime avait failli craquer à plus d'une reprise quand son rejeton lui demandait si Élodie, sa maîtresse, était bonne en levrette... Un vrai miracle qu'il ne l'ait pas tabassé.

– Écoute, Viviane, tu as raison, au moins sur un point. Il faut en sortir. Je n'en peux plus de t'entendre pleurnicher au téléphone. D'une part, les psychiatres savent ce qu'ils font, c'est leur métier. Aussi surprenantes que puissent paraître certaines de leurs décisions, il faut les respecter. Ton histoire d'association, ça ne vaut pas un clou ; d'après ce que tu décris, c'est un peu comme les Alcooliques anonymes. On se retrouve tous ensemble pour se tenir chaud, mais la vraie bataille est individuelle. Tout seul devant sa bouteille. Et pour nous, c'est la même chose. Alors cesse de voir tous ces gens, ça ne peut pas t'aider de mariner dans un tel jus... D'autre part, Adrien t'épuise ? OK ! Si tu n'en peux plus, si ce... Debard ne te convient pas, on peut toujours placer Adrien ailleurs. Des cliniques privées, spécialisées pour ados déconnants, il en existe à la pelle et tu sais bien que ce n'est pas une question d'argent ! S'il faut casquer, je casque... On l'envoie à la campagne, à la mer ou à la montagne, et crois-moi, en quelques semaines, il remettra les pieds sur terre !

– Des « ados déconnants » ? Est-ce que tu te rends compte de ce que tu dis ? s'étrangla-t-elle. Il est malade... ma-la-de ! Et c'est ton fils !

Maxime haussa les épaules. Il n'était jamais vraiment parvenu à prendre la prétendue maladie d'Adrien au sérieux. Le look gothique, les histoires de Chimère, de vampires, tout ce folklore, à bien y réfléchir, lui paraissait un numéro de frime assez poussé. Rien de plus. La mise à mort de Nestor et Poupette ? Une provocation de plus. De quoi monter un petit cran au-dessus et foutre le bordel dans la famille. Objectif atteint, d'ailleurs. La preuve.

– C'est notre histoire, enfin... la mienne avec Élodie, qui le perturbe, reprit-il. D'un certain point de vue, je le comprends. Les filles, ça l'a toujours effrayé. Je parie qu'il est encore puceau, alors tu penses… On l'a élevé dans un nid bien trop confortable. Tiens, l'autre jour, sur je ne sais plus quelle chaîne, j'ai regardé une de ces émissions à la con, de la téléréalité… Une bande de petits merdeux, exactement comme le nôtre, figure-toi qu'ils signent une sorte de contrat moral avec une association qui les expédie au fin fond des Vosges. En pleine forêt. Ils dorment sous la tente, à la dure, ils coupent du bois, ils observent les animaux à la jumelle, mais le principal, c'est que pendant trois semaines ils sont totalement coupés de leur milieu habituel. Plus le droit de fumer un joint, ni d'écouter leur musique de tarés, le shit et les baladeurs sont confisqués dès le premier jour. Fouille à corps, ambiance militaro ! Et ça marche. Si on confiait Adrien à ces gens-là, je te parie tout ce que tu veux que ses histoires de vampires, ce serait réglé ! La pédagogie du coup de pied dans le cul, parfois, c'est efficace !

Viviane hocha la tête, anéantie. Maxime vida son verre et consulta sa montre.

– Je t'en supplie, écoute-moi encore, l'implora Viviane.

– Non, on ne va pas recommencer ! Cette conversation, je la connais par cœur ! C'est toi qui vas écouter ! Dans trois mois, j'aurai cinquante-quatre ans. Et toi, petite veinarde, seulement quarante-quatre ! J'ai bossé tant et plus, toujours le nez dans le guidon, j'ai pas arrêté. Il me reste quoi à espérer ? Dix ans de vie à peu près satisfaisante ? Après…

Il laissa sa phrase en suspens. Viviane tenta de lui prendre la main, en vain. Il alluma une autre cigarette et dispersa les premières volutes de fumée en agitant les doigts.

– Bon, j'espère que tu comprends, reprit-il. Je refuse qu'Adrien me pourrisse l'existence, point barre. Tu peux juger que c'est égoïste, me considérer comme le dernier des salauds, ça ne changera rien. Si Adrien veut venir me voir, il est libre ; il a mon adresse. Pour le reste, c'est toi qui décides.

Il se leva, esquissa une caresse sur la joue de Viviane, qui déposa un baiser dans sa paume, puis se dirigea vers la sortie. Dès qu'il eut disparu, elle s'essuya la bouche, mortifiée de n'avoir pu résister à cette pulsion servile.

*

1) Plans superficiels, régions sus-aponévrotiques et lame superficielle du fascia cervical.
2) Plan musculo-aponévrotique infra-hyoïdien et lame prétrachéale du fascia cervical.
3) Couche cellulo-adipeuse et ganglionnaire sous-aponévrotique, corps thyroïde, plan veineux.
4) Conduit pharyngo-œsophagien, artères carotides commune et externe, nerfs IX, X, XII et laryngé récurrent.
5) Tronc sympathique cervical, vaisseaux subclaviers, artère thyroïdienne inférieure.

Adrien Rochas ne désarmait pas. Petit à petit, à force de répéter, de ressasser, ça finissait par lui rentrer dans le crâne. Pas facile, mais ça valait le coup de se donner du mal.

Pharynx et œsophage en arrière sont recouverts par la gaine viscérale.
Elle contient aussi les nerfs laryngés récurrents et les ganglions qui les accompagnent : à droite, le nerf laryngé récurrent longe le bord de l'œsophage, dans l'angle que celui-ci forme avec la trachée. À gauche, il monte sur la partie latérale de la face antérieure de l'œsophage qui déborde la trachée à gauche. Il rencontre au pôle inférieur de la thyroïde l'artère thyroïdienne inférieure et passe le plus souvent entre ses branches terminales ou derrière elles. Sur toute la hauteur du corps thyroïde, le paquet vasculo-nerveux est en grande partie caché derrière le lobe latéral de la glande.

Sa mère était sortie totalement sonnée du rendez-vous avec le psy. À ramasser à la petite cuiller. Rétamée. Bien fait pour sa gueule ! Il était assuré d'avoir la paix pour au moins six semaines. Elle ne pensait même plus à lui faire avaler ses neuroleptiques. De toute façon, les cachets de Largactil, il les planquait sous sa langue avant d'aller les recracher dans les toilettes. Il se sentait soulagé. Terminées, les conneries. La vioque passait tout son temps à chialer devant sa télé et à s'empiffrer de gâteaux au chocolat avec une couche de crème Chantilly par-dessus. À ce train-là, elle ne tarderait pas à faire exploser ses gros nichons et son cul bourré de cellulite…

Ce qui l'inquiétait, c'est que les Êtres Impurs étaient revenus. Certains ricanaient des heures durant, cachés sous son lit. La Chimère, elle, rôdait dans le jardin. Il l'entendait gratter contre les volets de sa chambre dès la nuit tombée. Tôt ou tard, fatalement, elle s'enhardirait et tenterait d'entrer en forçant le passage. Elle était dotée de pouvoirs surnaturels. Si elle trouvait le moindre interstice par où se faufiler, elle s'immiscerait dans la chambre. Il avait déniché un rouleau de Rubafix et avait soigneusement obturé tout le pourtour de la fenêtre. Sage précaution, mais le sang qui coulait sans cesse de la vulve de la Chimère recélait des sucs qui devaient pouvoir dissoudre le Rubafix. Il convenait de se préparer à se défendre de façon plus conséquente. L'appentis où étaient rangés les outils de jardinage, c'était de ce côté-là qu'il fallait chercher la solution. Aux grands maux les grands remèdes. Il savait où se trouvaient les clés de l'appentis. Le hic, c'est qu'il ne pourrait s'y rendre que la prochaine nuit de pleine lune, soit le 18 septembre, le seul soir où les pouvoirs maléfiques de la Chimère seraient suspendus, annihilés par les Forces Supérieures…

10

Le collège Pierre-de-Ronsard avait pris son rythme de croisière, tel un navire filant sur l'océan. Certes, ce n'était pas une élégante frégate des siècles passés, élancée toutes voiles dehors et cinglant hardiment sous les alizés vers des destinations incertaines ! On pensait plutôt à un cargo pansu, dont la salle des machines empestait le gas-oil et qui préférait s'en tenir à un cabotage tranquille au plus près des côtes, histoire de ne pas se faire emporter par la tempête. Pour tous ceux qui étaient du voyage, du capitaine au moindre des matelots, l'essentiel était de ne pas attraper le mal de mer et encore moins de basculer par-dessus le bastingage. Pour ce faire, Anna avait appris à repérer toutes les balises, les feux d'alerte qui parsemaient la route, à pactiser avec les vigies, les quartiers-maîtres et autres enseignes de vaisseau…

De Seignol, il n'y avait aucune aide à attendre. Retranché dans le carré des officiers, sachant que jamais il ne serait nommé amiral, il brassait sa paperasse en donnant l'impression qu'il allait s'y noyer. Son adjoint Ravenel, cramponné au gaillard d'avant, scrutait l'horizon de la cour de récré en guettant ardemment un cap perdu dans les brumes, tout là-bas, loin, très loin : celui du départ à la retraite. Seul le CPE Lambert arpentait vaillamment le pont du navire, s'aventurant même jusqu'aux coursives, voire la salle des machines, jamais avare de gueulantes ni de coups de sifflet. Il ne lui manquait qu'une jambe de bois, un sabre à la ceinture et un perroquet juché sur l'épaule pour qu'on le prenne au sérieux. Qui sait, ses nuits étaient-elles agitées de rêves déraisonnables lors desquels il voyait son collège s'arracher hardiment de ses racines, échapper à sa gangue de béton, pour fendre les flots adverses et tracer tout droit la route vers sa Caraïbe natale, ses plages bordées de flamboyants et de bougainvillées ? Un poster des îles n'ornait-il pas son bureau, coincé entre un tableau de l'emploi du temps garni de petites fiches cartonnées multicolores et un récapitulatif des consignes à suivre en cas d'incendie ?

*

Anna somnolait dans la salle des profs, entre deux cours, un paquet de copies répandu devant elle. La machine à café, déjà déréglée, crachotait en continu un jus fétide qui empestait le brûlé. Dans le coin fumeurs, les gobelets de plastique blanc gisaient dans les cendriers, transpercés de trous aux bordures noirâtres, ceux des cigarettes qui les avaient éventrés de part en part ; la cendre des mégots débordait jusque sur la moquette. En quelques jours à peine, comme un chiendent, les affiches syndicales avaient repris possession des tableaux de liège destinés à les accueillir. Harcelée à chaque récré par l'hispanisante Monteil, Anna avait adhéré à la FSU en réglant d'un coup d'un seul un an de timbres de cotisation. Au diable l'avarice, mieux valait capituler avec les honneurs avant même de livrer bataille. Des rabatteurs d'écuries concurrentes tournoyaient sans cesse autour des novices, les serres prêtes à se rétracter sur la moindre proie. Monteil, son carnet à souches à la main, avait bien failli s'étrangler d'émerveillement, persuadée que sa jeune collègue était une recrue de choc. Grâce à elle, l'ambiance à Pierre-de-Ronsard allait vite virer lutte de classes, ça ne faisait pas un pli, il suffisait d'attendre les consignes de la fédé pour déclencher les hostilités et ce n'étaient pas les motifs qui manquaient avec les restrictions budgétaires concoctées Rue de Grenelle. L'angliciste Guibert se réfugiait là où il pouvait pour aspirer sa Ventoline. La vie allait son cours.

Inévitablement, à la suite de son adhésion à la FSU, dont la nouvelle s'était répandue, Anna fut abordée dans la cour de récré par Darbois, un collègue d'histoire-géo qui vendait sous le manteau *L'Étincelle*, le journal de la minuscule Alliance révolutionnaire communiste, d'obédience trotskiste. Une curiosité qui valait le détour. Aux yeux de Darbois, Arlette Laguiller et son compère Besancenot n'étaient que des sociaux-traîtres, tout juste bons à cirer les pompes de la bourgeoisie. Rien de moins. La FSU, pas la peine d'en parler. C'était du pareil au même, une soi-disant centrale syndicale, molle du genou, dirigée par des bureaucrates à l'affût de prébendes honteuses, de postes de permanents bien planqués, grassement rémunérés, on avait déjà vu ça des tas de fois dans la longue et douloureuse histoire du mouvement ouvrier, ponctuée de tant de tragédies, de massacres. La Monteil, Darbois la tenait à l'œil, à la moindre incartade, il allait lui tailler un beau costard, du genre dont on ne se relève pas. Les collègues n'étaient pas si naïfs, au moment crucial, celui de l'inéluctable affrontement avec le principal Seignol, ce représentant de l'État bourgeois, Monteil finirait bien par tomber le masque. Celui des capitulards.

La dialectique de Darbois donnait le vertige.

– Tu comprends, Anna, il faut y voir clair, sans se voiler la face, asséna-t-il en lissant sa barbiche et en rajustant ses binocles rondes. Ici, à Certigny, toi comme moi, nous ne sommes que des fonctionnaires coloniaux. Oui, je sais... ça peut te choquer, mais c'est la vérité. Les banlieues où on parque les immigrés, c'est quoi, exactement ? D'où viennent nos élèves ? Du Maghreb, d'Afrique noire, à quatre-vingt-quinze pour cent ! T'as pas besoin d'un dessin, t'as vu tes classes ? Rien n'a changé depuis cinquante ans ! On les traite comme des indigènes ! Avant, on leur envoyait la troupe, on les mitraillait à la moindre révolte, aujourd'hui, c'est des bataillons d'éducateurs, de flics de la BAC[1], d'assistantes sociales et d'agents de l'ANPE qu'on leur expédie ! Où est la différence ? Un jour, ils prendront leur revanche, contre nous, puisque nous sommes du mauvais côté ! Et ils auront raison ! Tant pis pour la couleur de notre peau, Anna ! Si on peut les aider à progresser dans cette direction, pourquoi s'en priver ? C'est même notre

1. Brigade anticriminalité.

devoir, ça va dans le sens de la révolution mondiale ! Alors, *L'Étincelle*, tu me l'achètes ?

Deux euros, le sacrifice n'était pas démesuré. Anna fouilla ses poches à la recherche de la pièce salvatrice. La sonnerie de reprise des cours venait de retentir. Darbois, persuadé d'avoir marqué un point, ne tarda pas à déguerpir, son cartable sous le bras.

*

Le cas de Lakdar continuait de la préoccuper. Elle s'était rendue à l'infirmerie, mais n'avait pu glaner aucune information supplémentaire. Quant au médecin scolaire, sa prochaine visite n'aurait lieu qu'après les vacances de Noël. En classe, le jeune garçon faisait de son mieux, incapable de rédiger plus de trois mots de sa main gauche, en grosses lettres capitales. Lors du premier contrôle de grammaire, il faudrait penser à un QCM, qui lui permettrait de venir à bout de l'exercice en traçant de simples croix devant les réponses choisies, ce que Vidal pratiquait en maths. Pour la géométrie, en revanche… C'était d'autant plus rageant que Lakdar était bien le seul à posséder le niveau requis.

En quelques heures passées avec chacune de ses classes, Anna n'avait pas tardé à prendre toute la mesure du problème. En sixième, plus de la moitié des « apprenants » ne savaient pas lire correctement et déchiffraient avec une lenteur désespérante. À peine étaient-ils arrivés à la fin du deuxième paragraphe qu'ils avaient déjà oublié le premier. L'autre moitié de la classe manifestait une capacité de concentration qui n'excédait pas quelques minutes. Il n'y avait d'autre solution que de papillonner de l'un à l'autre, saisir le bon moment pour présenter une notion… Sur une heure de cours, si l'on soustrayait la phase d'installation, interminable, les différents rappels à l'ordre, les précieux instants gaspillés à chercher ses affaires, les manuels, quand ils n'avaient pas été oubliés à la maison, le temps réellement rentable se réduisait comme une peau de chagrin. Un bon cours était celui lors duquel n'avait éclaté aucune bagarre, auquel cas le calme définitif était impossible à rétablir ; une vague d'agressivité continuait d'agiter la classe, avec jurons en sourdine, des raclements de pieds, curieuse propension des stylos à tomber sur le sol... Dans ces conditions, comment s'occuper prioritairement de Lakdar ? Vidal avait raison, Anna se souvenait de ses paroles : « Avec la bande de clampins qui l'entourent, on n'a pas trop le temps de s'apitoyer ! » Des mots en apparence très durs, mais frappés au coin du bon sens. À plusieurs reprises, Lakdar avait évoqué son opération prochaine, plein d'espoir, et prenait donc son mal en patience. Anna ne pouvait s'empêcher de songer au diagnostic posé à distance par son oncle Hershel et espérait, contre toute raison, qu'il s'était trompé.

Les autres ? Les filles étaient accros à la lecture de revues racoleuses, *Closer*, *Choc*, *Public* ou *Entrevue*. On y collectait des ragots concernant les stars. La grande affaire du début septembre concernait le mannequin Kate Moss, pincée par des paparazzi en train de sniffer un rail de coke.

– C'est injuste, m'dame, quoi, on a pas le droit de briser sa carrière !

Tel était l'avis de Samira, avec laquelle Fatoumata était en total désaccord. Elles en parlaient partout, dans les couloirs, dans la cour... en classe, aussi, hélas.

Grand succès également, les vacances de l'actrice Jessica Alba avec son compagnon Cash Warren, à Hawaï. Ou encore la mésaventure du comique Michaël Youn qui s'était fait surprendre par d'autres paparazzi dans les rues de Los Angeles la main glissée dans la culotte de sa petite amie Elsa Pataky, alors qu'on annonçait la sortie de son prochain film... Ou le dossier beauté – « Comment avoir des jambes de rêve » –, avec Naomi Campbell. À propos de jambes, celles de Jennifer Lopez étaient assurées à quatre cents millions de dollars, alors que celles de Jamie Lee Curtis ou d'Angie Everhart ne l'étaient que pour un million. De son côté, Ely, la Québécoise de la *Star Ac'*, déclarait de façon péremptoire qu'elle ne sortirait jamais avec Grégoire. Les questions fusaient en plein cours, au beau milieu d'un exercice de grammaire.

– M'dame, qui c'est que vous préférez à la *Star Ac'* ? Pour qui c'est que vous allez voter ?

– M'dame, vous le trouvez mignon, vous, Grégoire ?

– M'dame, elle a tort, Ely, parce que son vrai copain, Kevin, lui, il l'aime vraiment...

– M'dame, l'année dernière, pour qui c'est que vous avez voté à *La Ferme Célébrités* ?

Etc. Encore les filles recherchaient-elles une sorte de complicité féminine avec Anna, à l'évocation de ce monde de paillettes. Les garçons, c'était différent. Le rap venait en premier au hit-parade de leurs préoccupations. En dépit des menaces du CPE Lambert, ils coiffaient sans vergogne leurs écouteurs en plein cours. Le foot, également. Ainsi que les émissions salaces de Skyrock ponctuées des recommandations graveleuses des animateurs sous prétexte de conseiller les jeunes auditeurs à propos de leur sexualité. Les jeux vidéo, sur la GameCube. Ou encore le *fight*, dont Moussa était très friand. Le *fight*, des combats d'une brutalité inouïe qui n'avaient rien à voir avec les arts martiaux ni même la boxe, mais bien plus avec les affrontements de gladiateurs. Pas de règles, la cogne à l'état brut. Une sauvagerie disponible en DVD dans toutes les bonnes maisons de la presse.

En ce début du mois de septembre 2005, le seul écho du monde qui avait ému la classe, entre deux pubs, deux clips de rap, deux matchs de foot et la rencontre sur le ring de *fight* Foster vs Kupitea, les idoles de Moussa, ce fut bien le cyclone Katrina. La Louisiane dévastée. À la fin de la maudite heure du vendredi après-midi, de dix-sept à dix-huit, Anna relâcha un peu la pression pour laisser ses élèves organiser un « débat ». Bien mal lui en prit.

Djamel ouvrit le bal en affirmant qu'Allah avait puni l'Amérique à cause de la guerre que les juifs et les croisés menaient contre les frères irakiens ! Moussa sursauta, indigné. La télé, il l'avait bien regardée. C'étaient ses frères noirs à lui, les pauvres, les descendants d'esclaves, qui souffraient le plus, alors quoi, Allah, Il en voulait aux blacks ? Fallait le dire tout de suite ! À ce train-là, c'était peut-être aussi Allah qui avait foutu le feu dans les immeubles parisiens durant l'été, où des tas de familles africaines avaient crevé brûlées vives ? Partout, pas seulement en Louisiane, les blacks n'en finissaient plus de dérouiller ! Même que les crocodiles, ils avaient envahi les rues de La Nouvelle-Orléans pour s'attaquer aux survivants, Moussa l'avait bien lu dans *Choc* avec les photos et tout ! Djamel, il allait se faire pécho dans pas longtemps s'il continuait à raconter ses conneries de baltringue ! Il avait pas une chance, ça serait pire que Foster vs Kupitea et même que Hogan vs Hunsaker ! Fatoumata, qui n'avait pas la langue dans sa poche, était bien d'accord même si elle ne connaissait ni Foster, ni Hunsaker, ni versus ! En moins d'une minute, les « apprenants » d'origine africaine, pourtant musulmans dans bien des cas, s'étaient dressés face aux Maghrébins qui, même s'ils n'étaient pas trop certains d'avoir raison, soutenaient Djamel.

Anna fut épouvantée d'avoir, bien malgré elle, déclenché un conflit ethnique sous prétexte de « débattre ». Lakdar intervint avec calme. Il ne comprenait pas où Djamel avait entendu dire de telles choses, certainement pas à la mosquée de la cité du Moulin. Jamais l'imam Reziane n'avait expliqué ça. Djamel s'empêtra dans une argumentation foireuse. Il finit par capituler, les bras croisés, les yeux rivés sur le bout de ses baskets. La sonnerie mit fin à l'échange. Ce fut la ruée habituelle dans le couloir. Quelques cris, l'écho d'un choc contre un mur, la voix étranglée de Djamel et enfin, enfin, enfin le début du week-end…

11

Le 17 septembre au matin, un samedi, le commissaire Laroche, en poste à Certigny, se permit de joindre le substitut du procureur Richard Verdier sur son portable. Pour lui annoncer une nouvelle des plus intéressantes. La façade de la pizzeria des frères Lakdaoui, au 78, boulevard Jacques-Duclos, avait été plastiquée durant la nuit. En plein centre-ville. Les dégâts étaient sérieux. L'incendie s'était étendu jusqu'aux poubelles avant de gagner les cuisines. L'explosion avait eu lieu vers les trois heures du matin. Une voiture de patrouille de police était aussitôt arrivée sur les lieux, avant même les pompiers. Les frères Lakdaoui – Saïd, Mouloud et Mourad – vivaient dans un immeuble attenant, chacun avec sa petite famille. Ils s'étaient retrouvés dans la rue en robe de chambre et pyjama pour évaluer la situation. Avec les épouses et la marmaille au balcon. Le vacarme avait réveillé tout le voisinage, mais les frérots firent preuve d'assez d'autorité pour que tout le monde regagne sagement ses pénates.

Les Lakdaoui se targuaient d'avoir toujours entretenu d'excellentes relations avec la police. Aussi accueillirent-ils avec la plus grande courtoisie les premiers OPJ dépêchés sur les lieux. Lesquels OPJ se montrèrent plutôt circonspects et firent appel aux spécialistes de l'Identité judiciaire pour procéder aux relevés habituels. Le résultat ne se fit pas attendre.

– C'était du TATP, triacétone-triperoxyde, annonça le commissaire Laroche dès que Verdier l'eut rejoint dans son bureau, en début de matinée. Un explosif particulièrement instable dont la recette circule sur le Net. Fréquemment utilisé au Moyen-Orient par le tout-venant des excités du Djihad. Vous vous souvenez, Richard Reid, le dingue qui voulait faire sauter un avion avec une charge planquée dans ses baskets ? Eh bien, c'était le même cocktail ! Et les récents attentats de Londres, idem... Dans le cas de nos amis Lakdaoui, il s'agissait d'une charge légère, bien calculée pour provoquer des dégâts, mais pas trop ! Sinon, la pizzeria aurait volé en éclats...

– Donc, du travail de pro ! acquiesça Verdier.

– Je viens juste de recevoir le fax du labo, approuva Laroche en le lui tendant. Les Lakdaoui ont porté plainte, évidemment... Ils m'ont déclaré qu'ils faisaient totalement confiance à la justice et à la police pour retrouver « les auteurs de cette lâche agression »...

Il avait acheté des croissants et servit le café.

– Qu'est-ce que vous en pensez ? demanda Verdier.

– Notre ami Boubakar qui s'énerve ? risqua Laroche. Un petit avertissement adressé aux Lakdaoui, histoire de leur signifier que le partage du territoire va obéir à de nouvelles règles ? Finie la paix entre les Grands-Chênes et les Sablières ?

– Peut-être, mais d'après ce que vous venez de m'annoncer, le TATP, ce n'est pas trop dans sa panoplie, à Boubakar... Trop sophistiqué ! S'il avait voulu s'en prendre aux Lakdaoui, il leur aurait expédié deux ou trois grenades, son porte-flingue Dragomir doit bien en avoir rapporté quelques-unes du pays ! Sur le fond, je n'y crois pas. Pour le moment, Boubakar est bien trop au chaud dans son territoire pour se lancer à l'aventure. Non, il y a autre chose.

Laroche hocha la tête, approbateur.

Il appréciait beaucoup le substitut Verdier. Depuis le début de leurs relations, ils avaient appris à se connaître, à s'apprivoiser mutuellement. Bien des magistrats du parquet se tenaient soigneusement à l'écart du terrain, alors que rien ne le leur interdisait. Ce n'était pas le cas de Verdier. Il ne répugnait pas au contact de la flicaille, bien au contraire. Un type précieux.

– Alors qui ?

– *Wait and see...*, conclut Verdier en se brûlant les lèvres à sa tasse de café, qu'il renversa.

– Je vous en sers un autre, proposa Laroche. Ma femme l'achète dans une petite boutique près de la Bastille, c'est du pur arabica !

Les deux hommes en restèrent là.

*

Le soir même, dans une allée du bois de Vincennes, en bordure du zoo, un camping-car où officiaient deux filles de l'armée des petites putes à la solde de Boubakar le Magnifique s'envola en fumée. Une simple bouteille incendiaire lancée à la volée contre la carrosserie. La camionnette s'embrasa en quelques secondes, mais les gamines en réchappèrent avec des brûlures superficielles.

Le substitut Verdier découpa l'entrefilet paru dans *Le Parisien* le lendemain matin. L'affaire était entre les mains du parquet du Val-de-Marne. Nul doute qu'elle n'aille très vite s'enliser dans la procédure. Plus personne ne savait pour quels réseaux travaillaient les centaines de prostituées africaines qui tapinaient chaque soir avenue de Gravelle ou près du lac Daumesnil. Une pelote inextricable à démêler. Le Magnifique n'était qu'un parmi bien d'autres à exploiter le filon.

S'il s'agissait d'une vengeance des Lakdaoui, ça devenait intéressant puisque cela démontrait que la petite sauterie à la pizzeria était bien signée Boubakar… mais comment en être certain ?

*

L'entrevue eut lieu dès le surlendemain. Saïd Lakdaoui, l'aîné du clan, avait pris les choses en main. Pourquoi perdre du temps ? C'était Mouloud, son frère cadet, qui avait réglé les détails. Envoyer des émissaires, réceptionner les messages, juger de leur contenu, pas de portable, surtout pas de portable, rien que des Post-It, des gamins qui avaient parcouru à scooter la distance entre les Sablières et les Grands-Chênes, à peine deux kilomètres. Une dizaine d'allers et retours avant que tout le monde se mette d'accord.

Boubakar rencontra Saïd, seul à seul, en terrain neutre, au Capricorne, un modeste restaurant ouvrier situé au bord du canal de l'Ourcq, en face de l'écluse de Sevran. Loin, bien loin de leurs territoires respectifs. Dragomir et Mouloud Lakdaoui faisaient les cent pas non loin de là en se tenant soigneusement à distance l'un de l'autre. Mouloud avait la pétoche – la réputation de Dragomir l'impressionnait. La main droite dans la poche de son blouson, il serrait la crosse de son revolver, dont il ne s'était pas servi depuis belle lurette. À cinquante ans passés, Mouloud ne rêvait que de tranquillité, il avait amassé un magot suffisant pour se faire construire une villa au bled, près de Tlemcen, le berceau de la famille, ses enfants fréquentaient une excellente école privée à Vadreuil et voilà que les emmerdes revenaient comme au temps de sa jeunesse ? De quoi avoir le blues.

Attablés au fond de la salle, les deux caïds se dévisageaient avec méfiance, furieux l'un comme l'autre, indifférents aux senteurs de graillon en provenance de la cuisine. Autour d'eux, les convives en salopette mastiquaient sagement leur hachis Parmentier, sans leur prêter la moindre attention.

Les deux hommes formaient pourtant un curieux couple. Saïd, le cheveu ras, raide comme un piquet dans son costume à veston croisé, ses cent kilos boudinés sous la flanelle ; Boubakar, élancé comme un puma, sapé sportswear, un petit piercing en diamant planté dans chaque narine, un autre à la paupière droite et la tignasse abondante, façon rasta.

– Si le feu avait grimpé jusqu'à chez nous, on aurait pu mourir cramés ! siffla Saïd.

– Cool, man ! Moi, j'ai failli perdre deux de mes gazelles… c'est pas bien, ça, cousin ! rétorqua Boubakar.

Saïd haussa les épaules, avec un rictus amer. Les deux gamines s'en étaient tirées sans dommage et de toute façon, dans le cas contraire, Boubakar aurait pu les remplacer d'un simple claquement de doigts. Tandis que la pizzeria… la remettre en état serait beaucoup plus long. Et ça risquait de coûter un max, vu que l'assurance allait peut-être pinailler sur l'origine du sinistre – Saïd n'était pas certain d'avoir vérifié le contrat, coché la bonne clause.

– C'est pas moi…, déclara Boubakar, la main sur le cœur, chaque doigt orné d'une bague en or massif. Je peux te le jurer, cousin !

Saïd détestait cette manie des Africains d'affubler du titre de cousin le premier venu. D'autant plus qu'il ne se considérait pas comme le premier venu.

– Qu'est-ce que tu veux que je vienne t'emmerder aux Grands-Chênes ? J'ai mon bizness peinard aux Sablières, pourquoi que j'essaierais de te pourrir la vie, cousin ? insista Boubakar. Chacun chez soi, et on nique tous les autres… Tiens, tu veux que je te dise ? Les keufs, en ce moment, ils se branlent à mort sur la Brèche-aux-Loups, là-bas, y a un taré qui arrose le secteur à l'héro, un gaulois qu'est sorti de zonzon y a pas longtemps, d'après ce qu'on m'a rapporté. Tant pis pour lui. Il va se récolter tous les emmerdes ! Toi et moi, Saïd, on est des sages, moi, avec mes putes, c'est vieux comme le monde, et ça cessera jamais, toi avec le shit, pareil, même si y a des députés qui veulent le vendre dans les bars-tabacs, ton chichon… Alors, qu'est-ce qu'on risque ?

Saïd se gratta la tête, perplexe. Boubakar le titillait. La perspective, lointaine, de la légalisation du cannabis lui donnait des sueurs froides. Certes, si la tuile survenait, il resterait encore le garage, toutes les berlines volées à droite à gauche et qui filaient vers le Maghreb via les navires de la SNCM, mais c'était un trafic bien plus compliqué à maquiller que les bénéfices du deal. Il fallait encore quelques années de labeur, trois, quatre, pas plus, avant que toute la prolifique famille Lakdaoui ne soit définitivement à l'abri du besoin.

– Saïd, arrête de déconner et réfléchis un peu. Pourquoi est-ce qu'on serait ennemis ?

Le ton de grande sincérité de Boubakar fit mouche. Mais surtout ses arguments, parfaitement rationnels. Le reste, c'était peau de balle, Saïd n'aurait jamais aveuglément fait confiance à un Sénégalais. Les princes de la tchatche, tous des menteurs, c'était bien connu.

– Y a quand même une ordure qu'a essayé de me tordre les couilles ! grinça Saïd.

– Yes, man, y a une embrouille quelque part, approuva Boubakar. Mais où, je sais pas ! Si j'entends parler, juré, je t'avertis ! Mais t'en prends plus jamais à mes petites gazelles, sinon…

Saïd acquiesça. Les deux malfrats se levèrent pour se serrer la main. Au-dehors, Dragomir et Mouloud n'étaient pas encore prêts pour de telles effusions.

12

Lakdar avait respecté les consignes de Slimane. Il avait regardé la cassette, longue de quatre heures, durant l'absence de son père. C'était un vrai truc de ouf. Le problème, c'était que le film était en arabe, sous-titré anglais, si bien que Lakdar n'avait presque rien compris des dialogues, juste le sens général, comme dans les discussions entre son père et la cousine Zora. En cours d'anglais, depuis la sixième, avec Mme Courtois ou M. Léger, c'était tout le temps le cirque, alors pour apprendre correctement... De plus, la cassette était d'assez mauvaise qualité : de temps à autre, l'écran se couvrait de zébrures, ça prenait parfois cinq minutes avant que l'image ne se stabilise de nouveau.

Le film racontait l'histoire de la famille Rothschild, des feujs super riches. Si Lakdar avait bien suivi, c'étaient eux qui étaient à l'origine de l'« entité sioniste », comme disait Slimane. On les voyait bien, les feujs, avec leurs redingotes noires et leurs chapeaux. Ils passaient leur temps à chuchoter dans leur coin, toujours en douce, avec leurs gros nez et leurs mains crochues. Ils maniaient des tas de billets de banque. Ce qui l'impressionna le plus fut une sorte de cérémonie rituelle. Là, il avait bien compris le dialogue. *We need the blood of a Christian child...* Il repassa l'extrait à trois reprises pour vérifier qu'il ne s'était pas trompé. Le reste était moins clair, mais si les feujs avaient besoin du sang d'un enfant, c'était pour préparer un gâteau qu'ils mangeaient entre eux. Il y avait aussi une scène de torture, une sorte de tribunal présidé par des rabbins... Lakdar avait fait de son mieux, tout un mercredi après-midi, à être super attentif devant la télé, mais bon, l'ensemble demeurait assez obscur.

Il l'avoua sans détour à Slimane lors de leur rencontre suivante, en bas de la cité. Slimane invita son jeune ami à le suivre chez lui.

– Tu vois, lui dit-il, ce que tu as vu, c'est un feuilleton, un simple feuilleton, qu'on peut regarder en toute liberté en Syrie, au Liban… des millions de nos frères ont pu le voir. En France, c'est défendu.

Il lui désigna les paraboles qui fleurissaient sur les fenêtres alentour.

– La chaîne qui le diffusait, Al-Manar, a été interdite en France. Pourquoi, à ton avis ? Parce que les juifs l'ont décidé. Ils sont tout-puissants. Partout dans le monde. Bush et sa clique sont à leurs ordres et le gouvernement français aussi, la preuve !

– Mais c'est rien qu'un feuilleton ? s'inquiéta Lakdar.

– Oui, mais un feuilleton qui dit la vérité ! Ça raconte l'Histoire. Un peu, si tu veux, comme *Napoléon* avec Christian Clavier sur TF1, tu as vu, ça aussi ? C'est la vraie Histoire, Lakdar…

Lakdar avait regardé *Napoléon* – à cause de Christian Clavier, justement. Tous les copains s'étaient bien poilés avec *Les Visiteurs*, la marade totale, le fameux Jacquouille la Fripouille, *c'est quoi, ce binz ? Okayyy !* Mais dans *Napoléon*, Christian Clavier, il déconnait pas du tout. Moussa avait été super déçu, mais bon, il devait bien comprendre que là, c'était un sujet historique, on en avait parlé en classe avec Mme Louvrel qui avait expliqué que ça donnait une vision de l'époque, mais que ça ne remplaçait pas la lecture d'un bon manuel.

– Les juifs, ils prennent vraiment le sang des enfants pour faire leurs gâteaux ? insista-t-il, soucieux.

– Quand leur religion le leur ordonne, oui, Lakdar. C'est la vérité…

– C'est dingue, quand même… J'ai du mal à le croire ! Tiens, les feujs de Vadreuil, par exemple, ils font pas ça quand même ?

– Qu'est-ce qui est dingue, Lakdar ? Tu t'intéresses aux JT, tu me l'as dit. Tu les as vus, les juifs de l'entité sioniste, comment ils tirent à la mitrailleuse sur les enfants palestiniens, alors tu crois qu'ils hésiteraient à utiliser du sang pour leurs cérémonies rituelles ?

Lakdar hocha la tête, bousculé par l'argument. Il pensait à Mlle Feldman, la prof qui avait dû dégager du collège. Il la voyait quand même assez mal manger du gâteau au sang.

– Avec les juifs, il faut toujours se méfier, Lakdar… Depuis le temps qu'ils gouvernent le monde en secret, ils ont appris à endormir la méfiance des autres.

Slimane se leva, fouilla dans sa bibliothèque, en sortit deux petites brochures et les tendit à Lakdar.

– Tiens, ça, c'est en français, tu pourras tout suivre, précisa-t-il.

La première s'intitulait *Protocoles des Sages de Sion*, avec comme sous-titre : *Texte complet conforme à l'original adopté par le Congrès sioniste réuni à Bâle en 1897*. La seconde avait pour titre *Le Manifeste (judéo-nazi) d'Ariel Sharon, ou Les origines du génocide actuel des Palestiniens.*

– Lis, et reviens en discuter avec moi… tout y est dit. C'est la même chose que le feuilleton. Un garçon comme toi ne va pas reculer devant la lecture, hein ? Moi, tu vois, il a fallu que j'attende d'aller en zonzon pour m'intéresser aux livres…

Lakdar acquiesça.

*

Le 18 septembre, Slimane Benaissa se rendit à Paris de très bonne heure. Il avait rendez-vous près de la mosquée Abou-Bakr, dans un bistrot du boulevard de Belleville, à deux pas de la station de métro Couronnes. Un homme l'attendait au fond de la salle, près d'un juke-box cacochyme qui diffusait de la variété arabe, des chansons d'Oum Kalsoum, de Farid el-Atrache… Slimane ne connaissait pas son vrai nom, juste un pseudonyme passe-partout : Wahid. Un type d'une trentaine d'années. Slimane avait fait sa connaissance à sa sortie de prison, par l'intermédiaire d'un ex-codétenu, Djibril, celui-là même qui lui avait tant appris alors qu'à Fleury-Mérogis ils se morfondaient dans la cellule ou dans la cour de promenade. Depuis, Djibril avait disparu de la circulation. « Il faut se quitter, Slimane, lui avait-il dit. Je suis très surveillé. À l'extérieur, on ne doit pas nous voir ensemble, ce serait très imprudent. »

Slimane était parfaitement disposé à obéir. Depuis qu'il avait été gagné à la Cause, il savait pertinemment que toute question était mal venue. À sa levée d'écrou, Djibril lui avait fourni le contact avec Wahid. La vie de Slimane en avait été bouleversée.

Il se dirigea droit vers son mentor, assis devant un café. Wahid non seulement parlait couramment l'arabe, mais le lisait. Un magazine était étalé sur la table. Slimane était incapable d'en déchiffrer la moindre ligne – et en avait honte.

– Alors ? demanda doucement Wahid.

– C'est fait, annonça Slimane, le sourire aux lèvres.

L'attentat contre la pizzeria des Lakdaoui n'avait certes pas mobilisé l'attention des titres nationaux. Il déplia soigneusement une coupure de journal, un hebdo qui couvrait le 9-3… L'incendie, « d'origine criminelle », était relaté sur une petite colonne, entre deux pubs pour Midas et Auchan et les derniers résultats de l'équipe de hand-ball de Certigny. Wahid la parcourut d'un simple coup d'œil.

– Tu es sûr de ton affaire ? demanda-t-il.

– Écoute, Wahid, les Lakdaoui, je les connais depuis que je suis tout gosse. C'est des pourris, je te dis. Ils vont cracher, ça fait pas de doute. On leur a collé la trouille au cul et le pire de tout, c'est qu'ils savent même pas d'où ça vient. Il suffit de leur expliquer que si jamais ils déconnent, ça va chauffer pour eux au bled ! Ils se sont fait construire des baraques, là-bas ! Ils espèrent qu'ils vont se la couler douce au soleil, une bonne retraite et tout, alors que le peuple crève la dalle… Rien qu'à l'idée que tout ça pourrait gicler comme leur pizzeria de merde, ils vont les avoir à zéro ! Même si c'est rien que de la frime, la menace suffira !

Wahid touilla consciencieusement le fond de sa tasse de café et suça sa cuiller, pensif. L'argent était le nerf de la guerre. Il fallait en trouver, coûte que coûte, par n'importe quel moyen. Les consignes étaient claires. Chaque groupe de la nébuleuse devait se débrouiller par ses propres moyens, inutile d'espérer une aide extérieure. Ce n'était qu'avec une extrême réticence que Wahid avait confié les explosifs à Slimane. Une bonne recrue qu'il convenait de manier avec prudence. Un chien fou qui ne demandait qu'à s'assagir et son séjour derrière les barreaux l'y avait déjà grandement aidé. Les matons racistes avaient appliqué leur pédagogie habituelle, humiliations répétées, fouilles à corps avec un doigt enfoncé dans l'anus et séjours au mitard. De précieux auxiliaires, on ne les remercierait jamais assez.

Pour l'heure, les caisses étaient vides. Wahid donna son aval.

– Prends contact, mais sois prudent, très prudent…

– C'est gagné d'avance, assura Slimane, péremptoire. Et dis-moi… quand c'est qu'on va réellement passer à l'action ?

– Quand le moment sera venu ! Djibril ne t'a pas enseigné que la patience était la première vertu du combattant ?

Wahid lui en imposait avec son calme, sa placidité et surtout les mots qu'il employait, une langue très châtiée. Il parlait bien mieux le français que tous les gaulois que Slimane avait côtoyés, hormis ses profs.

Slimane s'éclipsa, fou de joie. Il commençait à faire ses preuves. *La patience est la première vertu du combattant…* Une belle sentence à replacer plus tard au cours d'une conversation. Le genre de truc qui en jette un max. Son moral était au beau fixe. Wahid ne lui avait-il pas confié la responsabilité de l'opération contre les Lakdaoui ? Une idée qu'il lui avait soumise et qui n'avait pas suscité beaucoup d'enthousiasme au départ. Peu à peu, Wahid s'était laissé fléchir. Au point de confier à son adjoint un petit pain d'explosif. Puisé dans les réserves du groupe.

Cinq minutes plus tard, Wahid quitta à son tour le bistrot, non par l'entrée principale, mais par une courette qui permettait d'accéder aux WC. De là, il gagna un couloir, puis un autre, et encore un autre, qui l'amenèrent bien loin du boulevard de Belleville, dans un entrelacs de passages déserts. Personne n'aurait pu l'y suivre. Le b-a-ba de la clandestinité. Dix ans auparavant, Wahid avait connu les geôles égyptiennes, où l'on torturait sans vergogne, et il ne tenait pas à rééditer l'expérience, même avec l'aide d'Allah, le Tout-Puissant, le Miséricordieux… Certes, la France était un pays démocratique, en cas de pépin, un bon avocat pouvait vous tirer d'affaire en débusquant des failles de procédure, mais les rumeurs persistantes à propos des prisons clandestines de la CIA méritaient d'être prises au sérieux.

13

Le 18 septembre tombait un dimanche, ce qui contraria Adrien Rochas. Sa conne de mère allait encore passer toute la soirée à regarder ses feuilletons débiles à la télé au lieu de se coucher vers dix heures, comme le restant de la semaine. Viviane Rochas travaillait au musée du Louvre, où elle s'occupait de divers programmes destinés à accueillir des chercheurs de toutes disciplines intéressés par les collections, si bien que pour arriver à son bureau vers neuf heures trente, elle devait quitter Vadreuil dès huit heures, la seule façon d'éviter les embouteillages sur le périphérique.

Le dimanche soir, sur M6, en seconde partie de soirée, on diffusait *Nip / Tuck*, une série américaine avec comme héros deux chirurgiens plasticiens, des bellâtres qui taillaient dans la bidoche, réparaient sans coup férir des visages esquintés, effaçaient des cicatrices disgracieuses en deux coups de bistouri. À part ça, pour pimenter l'intrigue, ils avaient des tas d'emmerdes avec leurs mômes, leurs femmes, et surtout un transsexuel sadique qui leur pourrissait l'existence. Un vrai tissu de conneries… Au cours de l'un des épisodes, Adrien avait relevé une énormité à propos des carotides et des jugulaires. Un schéma d'anatomie archinul, alors que lui-même se donnait tant de mal pour apprendre. C'était se moquer du monde, ne témoigner aucun respect envers les gens qui étudiaient sans relâche. Mais bon, pourquoi s'énerver, après tout, pourquoi ne pas faire preuve d'indulgence ? Les Forces Supérieures recommandaient la mansuétude envers les créatures faibles. La vioque fantasmait sans doute sur ses héros pour oublier sa cellulite et ses gros nichons, la pauvre… Si ça lui donnait un peu d'espoir pour échapper à sa vie de merde, pourquoi pas ?

Adrien tourna en rond dans sa chambre jusqu'à minuit passé. Après *Nip/Tuck*, il y avait encore les infos sur LCI. Et le générique de la météo. Interminable. Enfin, il perçut les bruits dans la salle de bains, le ronronnement de la brosse à dents électrique, la chasse d'eau tirée. Puis le silence. Tout était calme. La vioque avait avalé sa ration habituelle de Temesta. Encore quelques minutes de patience. Il entendit ses ronflements en passant devant sa chambre.

En cette nuit de pleine lune, les pouvoirs de la Chimère étaient suspendus. Les Êtres Impurs se terraient dans leurs misérables catacombes. Adrien salua les Forces Supérieures qui autorisaient cette trêve et se glissa au-dehors. L'appentis se trouvait à quinze mètres de l'entrée de la maison, juste derrière le saule pleureur. Adrien scruta le ciel, le gros œil rond et blanc de la lune, magnifique, les rares nuages qui semblaient s'excuser de leur présence en filant sous le vent. La voie était libre. Il s'était muni d'une lampe torche pour fouiller à son aise dans l'appentis. Un quart d'heure plus tard, il fut de retour dans sa chambre. Mission accomplie. Cette fois, si la Chimère avait l'audace de s'infiltrer jusqu'à lui, elle trouverait à qui parler.

14

Le 19 septembre, Lakdar Abdane avait rendez-vous à l'hôpital Trousseau, à Paris. Son père l'y accompagna, comme prévu. Ils arrivèrent en avance, à neuf heures, alors que la consultation ne commençait qu'une demi-heure plus tard. Ils furent reçus par un certain Pr Viannet, patron du service d'orthopédie. Un grand type chauve, très maigre, dans la soixantaine, qui semblait flotter dans sa blouse blanche. Il n'était pas seul. Une pléiade de jeunes médecins l'entouraient en lui témoignant toute leur déférence par maints petits signes. Ali Abdane et son fils s'assirent face à lui. Le professeur commença par feuilleter le dossier transmis par l'hôpital de Bobigny – une énorme enveloppe de papier kraft barrée de différents tampons, qui contenait les radios, les comptes rendus de consultations, les résultats de divers examens.

– Hon… hon…, marmonna-t-il en fronçant les sourcils. C'est arrivé au mois de mai dernier… Tu as glissé dans l'escalier ?

– Oui, monsieur, confirma Lakdar.

– On t'a posé un plâtre et vingt-quatre heures plus tard, un dimanche soir, tu as eu très mal et on t'a remmené aux Urgences ? En pleine nuit ?

– J'étais pas là, j'étais de service de week-end, je…, tenta de préciser Ali Abdane.

– Viens un peu par ici, Lakdar, qu'on voie ça de plus près, poursuivit Viannet en ignorant la remarque du père.

Il invita le jeune garçon à s'asseoir sur une table d'examen et retroussa la manche droite de son sweat, un tout neuf que Lakdar avait choisi exprès pour l'occasion. Le Pr Viannet palpa doucement l'avant-bras, la main inerte, piqua la peau à différents endroits à l'aide d'une aiguille.

– Tu sens quelque chose, Lakdar ? demanda-t-il.

– Rien, monsieur... Ça fait pas mal, enfin, ça fait plus mal...

Viannet esquissa un pâle sourire. Un des médecins s'empara des radios et les accrocha sur le négatoscope. Viannet s'en approcha et livra ses commentaires. La fracture de la palette humérale avait été correctement réduite. Le cal de cicatrisation en témoignait. Pour le reste...

– Oui, oui, oui..., murmura-t-il.

Il se détourna de l'écran pour fixer Lakdar.

– Alors, monsieur, quand est-ce que vous allez m'opérer ? demanda celui-ci.

Viannet lui ébouriffa les cheveux d'une caresse affectueuse, puis il regagna sa place derrière son bureau. Les internes présents hochèrent la tête à l'unisson.

– T'opérer, Lakdar, mais pourquoi ?

– Ben, pour que ma main elle redevienne comme avant !

– Comme avant...

Viannet évita le regard du gamin et se tourna vers son père. Ali Abdane le dévisageait avec bienveillance, prêt à prendre date pour l'opération. Viannet ferma les yeux un court instant, puis se tourna de nouveau vers le fils.

– Écoute, mon garçon, je vais te parler franchement. Il faut que tu comprennes que c'est fini, que tu ne retrouveras plus jamais ta main. Tu dois être courageux. Je ne sais pas ce qu'on t'a raconté à Bobigny, mais la vérité, c'est que tu es définitivement paralysé. On ne peut pas t'opérer, ça ne servirait à rien.

Les larmes perlèrent aux paupières d'Ali Abdane avant même qu'elles ne coulent sur les joues de son fils.

– C'est pas vrai ? balbutia-t-il.

– Hélas si, monsieur Abdane. Votre fils n'a pas eu de chance. Une très vilaine fracture. La fatalité.

– Et le dessin, alors ?

– Le dessin ? demanda le Pr Viannet, surpris.

– Je suis super doué en dessin, tous mes profs me l'ont dit, sanglota Lakdar. Même qu'en sixième j'ai gagné un premier prix à un concours de BD ! C'est ce que je veux faire plus tard !

Le garçon s'effondra, secoué de hoquets. Ali Abdane le prit dans ses bras. Une longue plainte s'échappa de la gorge de Lakdar. Il se redressa, desserra l'étau des bras de son père et se mit à frapper tout ce qui se trouvait à sa portée. Sa main inerte ballottait en tous sens, au risque de se blesser. Les étudiants le laissèrent s'agiter, désemparés, sans oser intervenir. Une nouvelle fois, Ali le prit dans ses bras. Lakdar, vaincu, se réfugia contre sa poitrine pour laisser éclater toute sa détresse.

– Papa, papa, c'est pas juste, c'est pas juste…

Et toujours la main inerte, qui tournoyait dans le vide, comme pour souligner l'absurdité de la situation. Ali Abdane murmura quelques paroles de réconfort. En arabe. En français, il eût été incapable de trouver les mots apaisants.

Pour ce qui concernait Viannet, le sentiment d'affection, sincère, qu'il avait ressenti envers Lakdar s'était brusquement tari. Au quotidien, il voyait défiler tant de gosses qui étaient bien plus à plaindre Il avait épuisé sa petite réserve de pitié et devait passer au dossier suivant. Il griffonna quelques notes sur un ordonnancier. Une infirmière reconduisit Ali Abdane et son fils dans le couloir.

– C'est au médecin scolaire de débrouiller la situation, de lui trouver un établissement adapté, éventuellement…, soupira Viannet face à ses étudiants. Voilà un cas à méditer.

*

En sortant de l'hôpital Trousseau, Lakdar et Ali remontèrent à pied l'avenue Arnold-Netter en direction de Nation, où était garée la voiture. Lakdar avançait d'une démarche saccadée, sa main infirme glissée dans celle de son père. Le regard exorbité. Le souffle court. Ali ne savait quoi lui dire. Il proposa d'aller manger une glace dans une des brasseries de la place. Lakdar refusa.

*

Dès la fin de sa consultation, deux heures plus tard, Viannet, seul, débarrassé de ses internes, décrocha rageusement son téléphone et joignit l'hôpital de Bobigny. Il lui fallut patienter avant d'obtenir le confrère à même de le renseigner. Viannet ne décolérait pas.

– Vous vous rendez compte ? Ce gosse se traîne depuis le mois de mai avec une main définitivement paralysée et il y a chez vous quelqu'un qui a eu le culot de lui faire croire que ça pouvait s'arranger ! Qui a osé l'aiguiller jusqu'à ma consultation ? De qui se moque-t-on ? Qui a eu la lâcheté de ne pas lui avouer la vérité ? Qui a osé s'en débarrasser d'une façon aussi indigne ? Quand on commet des bourdes pareilles, on a au moins l'honnêteté d'assumer les conséquences ! C'était à vous de lui faire face, droit dans les yeux, et de lui annoncer la vérité !

Son interlocuteur bafouilla de maigres excuses. L'interne qui avait confectionné le plâtre était novice, et épuisé après une longue garde. La suite se résumait à un défaut de surveillance et le fléau habituel, un engorgement des Urgences, plus de trois heures d'attente quand le jeune Abdane s'y était présenté. Un enchaînement de circonstances misérables, qui risquait bien de bousiller la vie d'un gosse.

– Les Urgences saturées ?! s'emporta Viannet. Et dire que le premier généraliste venu aurait été à même de fendre le plâtre avec n'importe quel outil à sa portée et de stopper ainsi l'ischémie… Ce sont de pauvres gens. L'idée de vous traîner devant la justice ne leur viendra sans doute même pas à l'esprit. Si d'aventure c'était le cas, ne comptez pas sur mon soutien !

15

– M'dame, vous avez vu Gwen, de *L'Île de la tentation*? Elle dit que c'est pas parce qu'elle aime les mecs un peu machos qu'elle est soumise, c'est possible, ça? lança Fatoumata en délaissant son exercice de grammaire à la dixième minute de cours.

Elle brandissait *Entrevue* en montrant une photo très dénudée de ladite Gwen. Anna eut toutes les peines du monde à lui confisquer la revue et à la persuader de se remettre au travail. Cinq minutes plus tard, ce fut au tour de Moussa de solliciter son avis à propos des derniers logiciels de « baston » qu'il avait découverts. *America's Army*, qui permettait au joueur de s'identifier à un GI s'immisçant dans les décombres d'une ville ennemie, et, par une symétrie du plus bel effet, *Tinyurl*, un jeu de kamikaze dont l'objectif était de se faire exploser au meilleur moment pour obtenir un maximum de victimes. Dans les deux cas, décompte des points automatique… Moussa eut la prudence de se pencher derechef sur son exercice avant qu'Anna ne lui pique son magazine, qu'il enfouit sous son tee-shirt.

Elle était inquiète. Lakdar ne s'était pas présenté en classe depuis plus d'une semaine. Ses copains ignoraient pourquoi. Dans la cité, personne ne l'avait aperçu. À l'heure de la cantine, elle se rendit au bureau du CPE à la recherche de renseignements. Lambert fut incapable de lui en fournir. Selon le règlement, il avait déjà envoyé un courrier au domicile afin de signaler les absences, sans obtenir de réponse. En le quittant, elle gagna la salle des profs, où Vidal corrigeait un paquet de copies, pour lui faire part de son désarroi.

– Il m'avait parlé d'un rendez-vous à l'hôpital. Et de mon côté, je me suis renseignée… la paralysie de sa main, c'est bien irréversible, expliqua-t-elle.

– Je comprends que ça te peine. Lakdar est un gamin très attachant, mais je crains que tu ne puisses faire grand-chose pour lui… ni aucun d'entre nous, d'ailleurs ! Il y a plus de sept cents élèves au collège et autant au LEP. C'est une machine énorme et elle doit tourner. Si tu veux un bon conseil, ne t'attarde pas sur des cas individuels, tu risques de dépenser une énergie folle pour un résultat proche du zéro… Tiens tes classes, fais ton boulot du mieux que tu le peux, et ne culpabilise surtout pas. Des Lakdar, il y en a beaucoup qui vont rester sur le carreau et dis-toi bien que ce n'est pas toi qui en seras responsable ! Tu n'es qu'une petite prof stagiaire, pas une assistante sociale…

Une nouvelle fois, des paroles très dures. Mais bien plus précieuses que les âneries que débitait le « tuteur » Saliesse. Anna s'abstint de protester. La sonnerie de la reprise des cours retentit. Elle avait encore un trou dans son emploi du temps. Elle ouvrit son cartable et se lança dans la correction de l'exercice de grammaire des troisièmes B. Dans un recoin de la salle, Guibert rêvassait. Il allait mal, c'était un secret de Polichinelle. Il n'y avait pas grand monde qui lui adressait la parole, comme si chacun craignait de pâtir de sa présence, comme si sa faiblesse risquait d'être contagieuse…

La veille encore, il avait quitté sa salle de classe le dos de son veston couvert de crachats avant de s'enfermer longuement dans les toilettes pour réparer les dégâts. Quand il en était sorti, les regards s'étaient détournés. Tous savaient à quoi s'en tenir. Les élèves avaient bien repéré le plus vulnérable des adultes auxquels ils avaient à se confronter et se défoulaient sur lui. Pour l'heure, Guibert ne se plaignait pas et encaissait avec un stoïcisme certain. Pour que la machine tourne, il fallait aussi des soupapes. Le trop-plein de vapeur accumulé devait s'évacuer quelque part…

*

Plusieurs jours durant, du matin au soir, Lakdar resta prostré seul dans sa chambre, au grand désarroi de son père. Chaque fois qu'il rentrait du travail, il le retrouvait allongé sur son lit, le regard rivé au plafond, mutique, abattu. Le jeune garçon refusait de parler et se retournait contre le mur à la moindre question. Si bien qu'Ali se résigna à appeler au secours la cousine Zora.

Laquelle était déjà au courant du diagnostic implacable posé par le Pr Viannet. Elle avait beaucoup d'affection pour Lakdar, mais du haut de ses vingt-trois ans, ne tenait pas à endosser des responsabilités familiales écrasantes en se laissant piéger dans un rôle de mère de substitution. Son salon de coiffure lui occasionnait d'énormes soucis. Elle projetait des travaux pour l'agrandir, envisageait d'embaucher une manucure en sus des trois employées qui travaillaient déjà sous sa direction. Les prises de bec habituelles qui l'opposaient à Ali chaque fois qu'était évoqué le sort de Rachida, la mère de Lakdar, lui donnaient la migraine. Jamais il n'avait écouté ses conseils, jamais il n'avait envisagé de se ranger à son avis pour rapatrier sa femme d'Algérie et la faire soigner correctement. Lors de sa dernière visite, peu avant l'accident de Lakdar, ç'avait même carrément tourné au vinaigre. Zora filait le parfait amour avec un jeune homme rencontré aux Antilles, lors d'un séjour en club de vacances. Sans pour autant évoquer le mariage… si bien qu'Ali soupçonnait qu'il y avait anguille sous roche.

– C'est qui ? Ne me dis quand même pas que c'est un… enfin, c'est pas un Français, au moins ? demanda-t-il d'un ton très agressif. Tu sais bien comment ils nous traitent ?

La question provoqua la colère de Zora, qui ne supportait pas que son cousin prétende régenter sa vie, qu'il émette le moindre avis sur la façon dont elle la menait. Surtout dans ces termes.

– Je suis française, Lakdar est français, alors je ne vois pas où est le problème !

Pas besoin d'en dire plus. Ali leva la main, menaçant. Il lança quelques insultes bien senties, insinuant qu'elle était la honte de la famille, pas étonnant qu'elle ait mal tourné, à s'habiller comme elle le faisait, à tortiller des hanches de façon totalement impudique, et autres fariboles.

Zora lâcha la bonde de sa colère, les larmes au bord des yeux, prête à lui déballer ses quatre vérités. Elle au moins, elle s'en sortait ; elle avait monté son salon en contractant un prêt à la banque et pris des risques au lieu de rester à végéter dans un boulot minable. Rien désormais ne pouvait l'arrêter.

– Ça suffit, c'est trop facile, tu comprends ! poursuivit-elle, ulcérée. Oui, trop facile de rester toujours à se plaindre, à se lamenter, à répéter sans cesse *Inch Allah* en attendant que ça se passe, que ça te tombe tout cuit du ciel ! Il faut travailler, et dur ! Personne ne t'aidera, sauf toi-même ! N'écoute pas ton père, Lakdar, il a tout raté !

Après une telle tirade, impossible de chercher l'apaisement. Elle claqua la porte. Lakdar resta seul face à son père. Ce fut la première fois qu'il le vit pleurer.

– C'est pas grave, papa, c'est pas grave, murmura-t-il.

– Je t'ai toujours dit qu'il fallait bien travailler à l'école... C'est vrai, ça, quand même, je suis pas un menteur, hein ? protesta faiblement Ali.

C'était un dimanche. Lakdar se réfugia dans sa chambre. Ali sortit pour aller faire sa partie de dominos avec les copains.

*

Zora accepta de revenir. Ils prirent place autour de la table de la salle à manger. Lakdar avec sa main droite étalée sur la toile cirée, le regard toujours aussi vide, toujours aussi absent, Ali penaud en raison de sa conduite passée envers sa cousine.

Zora caressa les doigts inertes et froids de son neveu.

– Tu ne peux pas rester comme ça enfermé ici, lui dit-elle. Il faut retourner au collège. Tu n'as pas le choix. Tu dois t'exercer à devenir gaucher, ça sera très difficile, mais tu n'as pas le choix. Tu sais, à côté de chez moi, il y a un garçon de ton âge, il n'a pas eu de chance, lui non plus. Renversé par une voiture ; maintenant, il est en fauteuil roulant. Toi au moins, tu peux marcher, courir, aller à la piscine...

Lakdar haussa les épaules. Il s'attendait à ce genre d'arguments.

Zora comprit qu'il ne servait à rien de s'aventurer plus avant sur ce terrain.

– Écoute, reprit-elle, en ce moment, j'ai des gros soucis d'argent avec les travaux pour mon salon, mais dès que ça se sera calmé, je te jure que je t'offrirai un ordinateur, un PC. Tu sais, il y a des très bons logiciels de dessin...

Lakdar haussa de nouveau les épaules. Mais avec un pâle petit sourire. Zora lui passa la main dans les cheveux. Les doigts écartés, en partant du front pour arriver à la nuque. Il en ressentit le frisson habituel, quelque chose de profondément troublant, de délicieux.

Il fallut encore plus d'une heure d'une discussion acharnée avant que Lakdar accepte d'obéir. Tantôt il se renfrognait, pleurait, séchait ses larmes d'un revers de manche, évitait le regard de la jeune femme d'un air buté, tantôt il inclinait la tête d'un côté, de l'autre, indécis, tout près de céder, avant de se rétracter à nouveau.

– Tu promets de retourner au collège ?

Il capitula enfin. Ali bredouilla quelques paroles de remerciement, puis se lança dans des explications confuses. À l'hôpital Charcot, un infirmier qu'il connaissait un peu lui avait expliqué qu'il ne fallait pas en rester là, que les médecins qui s'étaient occupés de Lakdar avaient peut-être commis une erreur et que ça valait le coup d'essayer d'en savoir plus...

– Un procès pour faute médicale ? demanda Zora, qui comprit au quart de tour. Tu ne te rends pas compte, Ali ! Les médecins sont beaucoup plus forts que toi... L'hôpital a des avocats à sa disposition et il faudrait en payer un, de ton côté, pour les contrer. Ça coûte très très cher ! Sans être sûr de gagner ! Et ça prendrait des années et des années...

Ali baissa les yeux. Il n'avait pas le moindre euro d'économie devant lui. Entre le loyer, l'électricité, la nourriture, l'entretien de Lakdar et les mandats qu'il expédiait tous les mois en Algérie pour dédommager la belle-sœur qui s'occupait de Rachida, son compte était toujours proche du rouge. On le lui répétait tous les samedis, quand il allait retirer un peu de liquide au guichet de la poste. Zora le savait pertinemment. Lakdar n'avait rien perdu de l'échange.

– Si y a pas d'argent pour payer, y en a pas. T'es bouché, papa ? lança-t-il d'une voix ferme, où pointaient la colère et la honte. Zora te l'a dit : elle a beaucoup de soucis avec son salon, alors on peut rien lui demander, ça se fait pas !

– Donnez-moi quand même les papiers de l'hôpital, soupira Zora.

Elle les feuilleta rapidement. Les radios lors de l'admission à l'hôpital de Bobigny, le plâtre posé par un certain Dr Haddad, l'interne qui avait signé le bulletin de sortie, le retour de Lakdar aux Urgences vingt-quatre heures plus tard, la pose d'un nouveau plâtre et enfin le compte rendu du rendez-vous avec le Pr Viannet. Elle enfourna le tout dans son sac et sortit. De la fenêtre de sa chambre, Lakdar la vit monter à bord de sa Clio garée juste en bas de l'immeuble.

Peu après, Ali Abdane enfila son veston et s'éclipsa pour sa sempiternelle partie de dominos.

16

Chez les frères Lakdaoui, le conseil de famille du 22 septembre fut très animé. Les travaux de réfection de la pizzeria étaient toujours en cours et menaçaient de durer encore quelques semaines. L'expert de l'assurance pinaillait, si bien que la compagnie renâclait à indemniser le sinistre. Le contrat excluait tout dommage résultant de « troubles à l'ordre public ou acte de guerre et / ou de terrorisme », alinéa 3 du paragraphe D, un truc écrit en tout petit en bas de la page 7.

Putain de sa race d'expert, si on faisait gaffe à des trucs pareils ! Une vraie saloperie d'enculage de mouche.

– La mouche, elle s'est tortillée au mauvais moment, et total, nous, on a mal au zob ! ricana amèrement Mourad, le benjamin de la fratrie, toujours le mot pour rire.

Il se curait tranquillement le nez en se balançant sur son fauteuil. Assurance ou pas, le patriarche Saïd avait déjà tranché, dans sa grande sagesse : c'était oui. Inutile de prendre le moindre risque. On était dans la merde, alors pas la peine de chercher à jouer aux cons, à ce jeu-là, on finissait toujours par gagner. Mouloud s'était peu à peu rangé à son avis, malgré quelques velléités de révolte. Il l'avait mauvaise. Les boules. Des années de boulot acharné pour bâtir une belle entreprise familiale et voilà que tout risquait de s'écrouler. Il n'avait toujours pas digéré son petit numéro de cow-boy dans le bois de Vincennes, et encore moins la promenade sur les berges du canal de l'Ourcq en compagnie de ce fêlé de Dragomir.

Les trois frères étaient réunis dans la grande salle de la pizzeria.

Rideau baissé. Les poissons folâtraient dans l'aquarium, un mastodonte de près de quatre mètres de long qui courait de la cheminée jusqu'à la porte à tambour de l'entrée. Depuis l'attentat, personne ne s'en était occupé, si bien que les vitres se couvraient d'algues noires. Un vrai gâchis. Yasmina, la murène, la diva du bassin, risquait d'en crever. Au grand chagrin de Mourad. L'aquarium, c'était sa trouvaille à lui perso, depuis un voyage sous les tropiques. Il s'était adonné aux joies du snorkeling dans les eaux turquoise des Bahamas. La déco de la pizzeria, il en avait toujours fait son affaire, sa marotte, dès l'inauguration. Il voulait quelque chose de classieux, d'irréprochable. Les colonnes en imitation marbre, la fontaine à la japonaise, la panoplie d'outils agricoles importés de Sicile suspendus sur les murs de crépi, c'était aussi son idée.

– Je vous assure qu'on n'a pas le choix, répéta fermement Saïd.

Il avait éprouvé les plus grandes difficultés à calmer ses deux frères, qui brandissaient des menaces de vengeance tous azimuts. À Certigny, on les avait toujours craints, respectés. Les temps changeaient.

– À quoi ça a servi d'avoir arrosé la municipalité ? s'entêta Mouloud. D'avoir fait ami-ami avec le maire ? On a banqué jusqu'à plus soif, non ?

– T'as eu tort de faire confiance à Boubakar, c'est un vrai pourri, renchérit Mourad. Au bout du compte, y a aucune preuve que ça soye pas lui… Et avec l'imam du Moulin, on a été plus que réglo… On a même pris des parts dans le Burger Muslim, alors, quoi, merde !

Saïd, indifférent à ces jérémiades, manipulait imperturbablement les billets étalés devant lui. Liasse après liasse. Quarante-cinq mille euros au total. En coupures de dix, ainsi qu'on le lui avait ordonné. En tas bien rangés et entourés d'élastiques. Il était en bras de chemise et de larges auréoles de sueur marquaient ses aisselles.

– Trente bâtons… ça me troue le cul ! siffla Mouloud, les yeux exorbités devant les piles qui n'en finissaient plus de grossir.

Saïd fourra la totalité de la somme dans une pochette en skaï achetée à Auchan. Discrète au possible. Les consignes étaient précises. Alors qu'il refermait soigneusement le zip, Mourad ne put retenir un dernier geste de colère et abattit une main sur la sacoche. Ils se toisèrent du regard durant près d'une minute. Mouloud ne savait trop dans quel camp basculer. Son jeune frère finit par s'incliner, mais, l'espace d'un instant, l'aîné des Lakdaoui sentit que la situation risquait de lui échapper. Décidément, c'était bien la fin d'une époque…

– Vous avez pas pigé ? Vous regardez un peu la télé de temps en temps ? Vous savez de quoi ils sont capables, ces mecs-là ? Vous voulez qu'on retrouve un de vos gosses dans une décharge avec les tripes à l'air ? C'est fini, on vend tout, la pizzeria, l'immeuble, le garage, et on fout le camp !

Saïd épongea la sueur qui coulait sur son visage, son cou. La serviette en papier en fut aussi imprégnée que si elle était restée cinq minutes sous la pluie.

– Et on fait quoi ? demanda Mourad.

– On essaie de se faire oublier !

Mourad n'avait pas encore abdiqué.

– On va pas baisser notre froc quand même, maugréa-t-il.

Saïd lui saisit la nuque à pleines paumes et attira son visage contre le sien. Ils se faisaient face, haleine contre haleine. Saïd accentua la pression. Un véritable étau. Du temps de sa jeunesse, à peine débarqué d'Algérie, il avait un peu catché sur le ring, à la salle Wagram. Il lui en restait quelques atouts. C'était l'époque de ses dix-huit ans, celle du Bourreau de Béthune, de l'Ange blanc, des carrures, des noms maintenant oubliés, passés à la trappe.

Dans ces années-là, celles de l'Algérie encore française, entre Barbès et Belleville, et aussi du côté des bidonvilles de Nanterre, y avait pas que le Bourreau de Béthune qui cherchait la castagne. Entre les gars du FLN et leurs adversaires du MNA, ça chicorait dur, et à coups de lame. Saïd Lakdaoui avait appris à tracer son chemin dans ce milieu de dingues pour aboutir aux Grands-Chênes, où il avait fait venir ses deux frères. En fait des demi-frères, ils étaient nés de mères différentes, ce qui expliquait leur différence d'âge. À soixante-cinq ans passés, Saïd ne se sentait plus trop d'attaque pour repartir au combat. La fatigue…

– Ils savent tout, je vous dis, reprit-il, le shit, les bagnoles qu'on maquille. Mais ça, c'est rien ; dans leur lettre, y a aussi le nom de chacun de vos gosses, l'adresse de l'école où ils vont à Vadreuil, les magasins où vos femmes achètent leurs fringues, sans oublier la photo de la petite salope qui se fait tringler par M. Mouloud tous les mardis, quand il va au Gym Club de Vadreuil ; il paraît qu'elle est mineure, mille balles que ça te coûte à chaque fois, hein, Mouloud ? J'ai même pas cherché à vérifier. Ça fait des semaines et des semaines qu'ils matent tout ce qu'on fait… alors trente plaques pour être peinards, c'est quasiment cadeau, vu ? Sinon, ils promettent de nous poursuivre jusqu'au bled ! C'est ce qu'ils disent dans leur lettre… et y a pas de raison de les prendre pour des guignols !

Il relâcha l'étreinte sur le cou de son frère. Mourad recula d'une ruade, apoplectique. Vaincu. Mouloud n'était pas à la fête. Coralie… il aurait jamais cru ça de sa part. Elle lui avait juré qu'elle avait plus de seize ans. Il l'aidait un peu, puisque son père était au chômage. Normal, n'importe qui en aurait fait autant. Leur petite affaire, ça se passait dans les cabines du sauna. Personne les avait jamais dérangés. Mouloud avait la conscience tranquille, capote à tous les coups ; il s'était jamais laissé piéger, sauf une fois, la première, mais ensuite, non. Il aimait trop sa femme pour la mettre en danger. Fallait pas déconner. Coralie l'avait balancé, ça, c'était dur à encaisser.

– Total, on dégage, et vite, précisa Saïd. On va tous aller s'installer chez le cousin Mahmoud, à Marseille. C'est déjà réglé. Il a la place pour tous nous héberger. On déménage. Certigny, c'est fini.

Saïd suait l'angoisse par tous les pores de sa peau de vieux truand. Dans le passé, il avait maintes fois fait preuve de courage mais, à cet instant, sa couenne empestait la trouille. Une odeur qui ne trompe pas. Les deux jeunots comprirent enfin toute l'étendue de la menace.

– Mais au bled, ça bouge pas mal. Bouteflika a promis la réconciliation nationale, risqua Mourad. Les barbus vont bien finir par se calmer ! On peut essayer de gagner du temps, non ?

Durant les sinistres années 90, les victimes des GIA s'étaient comptées par dizaines de milliers, égorgées au coin des routes et, dans certains cas, les intestins disposés comme des guirlandes sur les arbres alentour. Une poignée d'émirs, reclus dans leurs maquis, continuaient de faire régner une terreur sporadique. Saïd n'était pas dupe.

– Réconciliation ? Macache ! éructa-t-il. Ces mecs-là, ils font la guerre, tu sais pas encore ? Dans la guerre, on négocie une trêve, on se prive pas de ruser et quand l'adversaire croit que c'est gagné, on le nique tranquille !

Vertigineuse perspective. Mourad et Mouloud n'avaient lu ni Clausewitz ni Sun Tse, mais l'argument porta.

– C'est ça, la vérité ! Avec les barbus, tu te retrouves un beau matin avec le sourire kabyle et les glaouis enfoncés dans la bouche, ça date pas d'hier comme méthode ! Et puis arrêtez de me bassiner avec ce qui se passe chez nous, c'est partout que c'est le bordel. En Égypte ou au Maroc, les barbus, ça grouille dans tous les coins… sans parler du Moulin !

*

Slimane Benaissa n'en crut pas ses yeux quand il vit Saïd Lakdaoui s'avancer sagement dans les allées du parc départemental de la Ferrière, sa sacoche en skaï sous le bras. Un lundi après-midi. Le parc était désert, hormis une classe de primaires qui gambadaient derrière un ballon sous la direction d'un prof de gym et de rares fanas du vélo qui remontaient la piste cyclable qui longeait le canal de l'Ourcq. Slimane avait lui-même revêtu un jogging et effectuait des mouvements d'assouplissement sur une pelouse couverte de feuilles mortes. Un peu plus loin, deux jeunes Asiatiques très jolies jouaient au ping-pong sur une des tables en béton mises à la disposition du public. Leurs jupettes se soulevaient en cadence et laissaient voir leurs fesses rebondies.

En d'autres temps, Saïd eût apprécié le spectacle, mais pour l'heure, il obéit en tout point aux consignes qui lui avaient été transmises. Il se dirigea vers les cabines de WC dressées tout près de là, pénétra dans la première et déposa sa sacoche en hauteur, sur le réservoir de la chasse d'eau. Après quoi il tourna les talons et marcha d'un pas vif, sans se retourner. Les consignes, encore. Il obliqua à droite entre les bosquets pour s'éloigner de la berge du canal. Les consignes, toujours. Ses frères l'attendaient dans une voiture garée sur le parking d'un entrepôt, à proximité de la nationale 3. Avant de monter à bord, il essuya rageusement ses larmes du revers de la manche de son veston. Jamais il n'avait connu une telle humiliation. À son âge, ça pesait lourd.

17

Peu après la réunion des locataires de la Brèche-aux-Loups, Richard Verdier avait eu un long entretien avec son supérieur hiérarchique, le procureur en personne. Il lui avait exposé la situation sans omettre aucun détail : l'arrogance des dealers qui avaient pris possession de la cité, l'exaspération des résidents, l'urgence d'agir enfin, si on ne voulait pas que cette portion du territoire bascule, comme tant d'autres, dans un no man's land de désespérance. Au bout du compte, en dépit de toute l'éloquence déployée par Verdier et le commissaire Laroche, seul Sannois, le président de l'Amicale, avait accepté de montrer l'exemple. Son épouse était venue déposer au commissariat sous son nom de jeune fille, Émilie Blavet. Unique témoignage. Le fiasco. Il en fallait bien plus pour coincer la petite pègre qui s'était rendue maîtresse des lieux.

– Dites-moi franchement votre sentiment, Verdier…

– Franchement ?

– Allez-y, je vous écoute…

– C'est très simple, j'ai honte. Quand je vois le visage de ce type, ce… Sannois, oui, j'ai honte, c'est aussi simple que ça. Il a accepté de placer toute sa confiance en nous, si on le déçoit… Des Sannois, il y en a des milliers, qui encaissent en silence. Le jour où ils se réveilleront, leur colère sera incontrôlable.

– Alors ?

– Alors il faut planifier une opération sur la Brèche-aux-Loups. Ce qui suppose des moyens, des moyens assez lourds. Une surveillance musclée dans une première étape, et quand les preuves matérielles seront réunies, on fonce.

Le procureur s'accorda un moment de réflexion.

Il n'avait été nommé à ce poste que quelques mois auparavant. La ville de Certigny était un oursin vénéneux que tous ses prédécesseurs s'étaient bien gardés de tripoter au risque de s'y blesser les doigts. Un enjeu hautement surveillé. Une municipalité communiste qui sombrait doucement, mais sûrement. Une survivance de la fameuse ceinture rouge. Un anachronisme. Qu'elle vienne à couler et bien des équilibres politiques départementaux s'en trouveraient modifiés.

Les hyènes furetaient déjà dans la savane, l'odorat affolé par la pestilence.

– Bien, allez-y, Verdier, conclut le procureur. Ah, au fait… le portrait de ce petit voyou dans votre bureau, celui qui vous sert de cible dans vos moments de désœuvrement, vous me suivez ? Vous me le faites disparaître, n'est-ce pas ? Ce genre de facéties n'est pas digne d'un magistrat. Les excités de la BAC, passe encore, je comprendrais, mais vous, Verdier… est-ce bien raisonnable ?

Le substitut fila à travers les couloirs du palais de justice, fou de joie. La trogne du sinistre Boubakar, transpercée de part en part de centaines de coups de fléchettes, lui importait peu. En temps venu, il resterait tout de même à découvrir l'identité du petit malin, parmi tous ses collègues, qui s'était permis de le balancer. Sans doute Magnan, qui avait hérité du secteur de Vadreuil et ne savait donc à quoi occuper ses journées.

Richard Verdier téléphona au commissaire Laroche pour mettre au point la stratégie à adopter. Une telle opération dépassait de très loin la logistique dont disposait Laroche : la brigade des stupéfiants serait évidemment en première ligne, mais le concours du commissaire, le « régional de l'étape », était indispensable.

*

Ils se virent le lendemain en compagnie de Phan Hong, le représentant de ladite brigade. Un Vietnamien qui ne dépassait pas le mètre soixante et qui, curieusement, s'exprimait avec un accent marseillais. Les mystères de l'intégration. Phan Hong ne payait pas de mine avec ses petits yeux bridés, ses mains minuscules et sa démarche féline. En apparence inoffensif. Dès le premier contact, Verdier ne s'y laissa pas tromper.

Les trois hommes se retrouvèrent autour d'un plan de la cité de la Brèche-aux-Loups, qu'ils quadrillèrent en plusieurs secteurs. Préparation toute militaire. Phan Hong n'en était pas à sa première expérience de ce genre et paraissait maîtriser son sujet.

– C'est comme le ténia : si on veut réellement éradiquer, il faut éliminer la tête du réseau, avec toutes les preuves matérielles, sinon, ça repousse. Il faut cinquante personnels en permanence autour de la cité, jour et nuit, et ce pendant au moins trois semaines... Cinquante, avec les congés et les repos, en fait, ça veut dire beaucoup plus, précisa-t-il. C'est une opération très très coûteuse. On n'a donc pas le droit à l'erreur. Plus le matériel, les voitures, les écoutes...

Il était hors de question d'investir la cité et d'y installer des policiers, même en civil. Le moindre promeneur étranger aurait aussitôt attiré l'attention, même en tenant en laisse un innocent toutou. La seule solution : une surveillance implacable, à distance, le relevé des voitures qui entraient et sortaient, avec l'objectif, au moment voulu, de coincer les clients la main dans le sac, face à face avec les dealers, à l'occasion d'une importante transaction.

Phan Hong demanda à Laroche où il pourrait installer ses guetteurs équipés de jumelles à infrarouge, la nuit, période de pleine activité pour les dealers.

– La zone commerciale. Elle borde la cité, proposa Laroche. Les entrepôts Leroy-Merlin, Midas et compagnie...

Des bâtiments d'à peine trois étages, qui ne permettraient d'observer les immeubles de la Brèche-aux-Loups qu'en contreplongée et encore, sous un angle défavorable, d'après le plan. De plus, l'incursion des guetteurs intriguerait fatalement les employés. Le bouche à oreille ou le téléphone arabe risquait de poser des problèmes. Ce n'était pas une situation idéale. À éliminer.

– Il y a un grand chantier à proximité, côté ouest, à huit cents mètres, fit remarquer Verdier en pointant l'index sur la carte. La municipalité construit une tour de bureaux en zone franchisée… Le maire espère attirer un peu d'emplois tertiaires. Ce qui est loin d'être gagné.

La carcasse de béton et de ferraille se dressait déjà sur douze niveaux et, au total, une vingtaine étaient prévus.

– Ça, c'est mieux, acquiesça Phan Hong. Huit cents mètres, ça baigne. Les jumelles portent bien. Bon, récapitulons… Le chantier, OK ! Et à la sortie sud de la cité, une station-service ; on peut y poster des gars sans trop de risques, histoire de bien baliser le trafic. Et au nord… rien ?

– Si ! Le parc de la Ferrière. Désert la nuit, précisa Verdier. Un club de passionnés d'astronomie y organise fréquemment des séances d'observation quand le ciel n'est pas trop plombé par la pollution. Il y a un monticule qui offre une vue très dégagée sur la cité. De là, on aperçoit très bien les immeubles de la Brèche. Six cents mètres à peine.

– Des putes dans le parc ?

– Non ! Enfin, pas jusqu'à présent, Dieu merci, répondit Laroche en levant les yeux au ciel.

Boubakar, en fin stratège, lui avait épargné ce tourment. Il préférait exercer son bizness loin de l'endroit où il avait installé ses pénates.

– Dommage ! On aurait pu planquer dans une camionnette… un petit camping-car tranquille, rien de plus discret, reprit Phan Hong, déçu. J'ai déjà fait le coup ailleurs. Bon, tant pis, on se débrouillera avec ce qu'on a. Monsieur le substitut, raisonnablement, on peut commencer dans une quinzaine, le temps de regrouper les effectifs et de procéder aux premiers repérages…

*

En faisant sa tournée habituelle à travers les avenues de la ville, le 26 septembre, Laroche faillit bien emboutir une fourgonnette 4L antédiluvienne qui le précédait sur le boulevard Jacques-Duclos. Au numéro 78, un grand panneau installé par la principale agence immobilière de la ville indiquait que la pizzeria des Lakdaoui était mise en vente, ainsi que l'immeuble attenant. Sidéré, le commissaire écrasa la pédale de frein juste à temps, pilant à deux centimètres à peine du pare-chocs d'un plombier en vadrouille.

18

Lakdar était revenu. Amaigri. Pâle. Taciturne. Dans la cour de récréation, il se tenait éloigné des autres, de leurs bousculades incessantes, de leurs disputes. La main droite perpétuellement glissée dans la poche de son survêt'. Anna l'observait depuis une des fenêtres de la salle des profs, son gobelet de café à la main. L'ambiance était morose.

Octobre. Le mois du ramadan venait de commencer. Ce qui n'annonçait rien de bon. Plus de la moitié des élèves observaient scrupuleusement le jeûne, du lever au coucher du soleil. La confrérie des pédagogues savait à quoi s'en tenir : en fin de matinée, l'énervement commençait à monter, suivi d'une totale apathie jusqu'en milieu d'après-midi, avant un nouveau pic d'excitation pendant les derniers cours de la journée. Rendement zéro. Quatre semaines quasi perdues. Les années précédentes, quelques profs, dont Vidal, avaient tenté de réagir, en expliquant textes à l'appui que le Coran autorisait bien des exceptions à la règle et qu'à douze ans, voire un peu plus, les organismes juvéniles réclamaient leur ration de calories tout au long de la journée. Mais du fond de sa mosquée, l'imam Reziane, dont l'influence ne cessait de croître, avait lancé une contre-offensive et il avait bien fallu baisser les bras. Le principal Seignol se retranchait dans la forteresse de son bureau, invoquant l'absence de consignes ministérielles.

*

Lakdar était donc revenu. Lui aussi respectait le jeûne. Durant les cours, il s'installait au fond de la classe. Par moments, moulu de fatigue, il ne pouvait s'empêcher de bâiller. Le reste du temps, il s'accrochait, s'efforçait de participer, de répondre aux questions, mais à l'instant fatidique, celui où il fallait écrire, il s'évadait dans ses rêves et fixait les nuages derrière les vitres constellées de traces de crachats.

Il en allait ainsi dans toutes les matières ou presque. En arts plastiques, il s'effondrait, la tête enfouie entre ses bras croisés dès le début de l'heure, et dormait. Il n'y avait que l'anglais pour le sortir de sa torpeur. Là, il donnait toute sa mesure d'élève potentiellement brillant. Le reste du temps, la routine du collège le condamnait à dériver vers la marginalité.

Révoltée par ce gâchis, Anna parvint à provoquer une réunion pédagogique – un midi en salle des profs, entre la fin de la cantine et la reprise des cours à treize heures trente. Elle espérait beaucoup de la rencontre, mais dut déchanter. La collègue d'arts plastiques était en arrêt maladie, le prof d'EPS avait déclaré forfait puisque, ipso facto, Lakdar était dispensé et donc il ne voyait pas en quoi il aurait pu être concerné, la prof de techno était en stage, le jeudi l'enseignante de musique n'était pas là, l'angliciste idem, etc., si bien qu'elle se retrouva avec Vidal, maths, et Darbois, histoire-géo, plus Mlle Dormont, SVT. Et l'infirmière, Roselyne. Soit à cinq près du distributeur de café qu'on venait de réparer et qui ne dégageait plus ses odeurs de brûlé.

– On ne peut pas en rester là avec Lakdar, il a besoin d'aide, plaida Anna.

– Du point de vue administratif, la situation est complètement bloquée, expliqua Roselyne. J'ai adressé un compte rendu au médecin scolaire – une photocopie des résultats de sa consultation à l'hôpital Trousseau. Je lui ai téléphoné, il m'a expliqué qu'il faudrait le faire passer devant une commission départementale pour le diriger vers un centre spécialisé, mais ça risque de prendre du temps. La prochaine session de la commission aura lieu vers février, à peu près. Peut-être même que pour lui ce sera Pâques, le temps de l'inscrire, tu vois le cirque, ils ont déjà plein de dossiers en attente.

– Un centre spécialisé ?

– Ben oui, pour handicapés… il est handicapé, Lakdar, non ?

– Pas vraiment, enfin… bon, d'accord, peut-être, admit Anna, mais on est en octobre. Alors en attendant février ou la saint-glinglin, qu'est-ce qu'on fait ? On va pas le laisser moisir au fond de la classe ?

– C'est dingue, cette incapacité de l'institution à faire face à la détresse, ricana Darbois. C'est super simple pourtant, vous voyez pas ? C'est juste une question de moyens, de crédits… Si on se démerdait bien, on pourrait faire monter la mayonnaise autour du cas Abdane, dénoncer tout le fonctionnement du système à partir d'un petit exemple bien concret, et foutre un bon bordel !

– Le « cas Abdane » ? l'interrompit sèchement Anna. Il s'appelle Lakdar, je te rappelle !

Darbois s'empourpra.

– C'est une question cruciale, mine de rien, s'entêta-t-il. On est bien conditionnés, tous autant qu'on est, à perdre de vue les enjeux les plus politiques de tous les problèmes quotidiens…

– Allez, allez, ça va, ça va, Darbois. Tu vas pas nous la jouer Potemkine, hein ?! trancha Vidal. Le système, il a bon dos, mais là, on a tous notre part de responsabilité, Anna a raison.

*

Dans l'après-midi qui suivit, Anna et Vidal se retrouvèrent face au principal Seignol, qui bougonna. L'exposé de la situation le laissa perplexe. Vidal avait usé de toute son influence de vétéran à Pierre-de-Ronsard pour obtenir une entrevue à l'arraché. Ce qui n'était pas une mince performance.

– Bon, bon, alors Abdane, on résume, toussota Seignol, au fait, au fait ! Qu'est-ce que vous proposez, parce que moi… je suis débordé ! D'un point de vue légal, il est soumis à l'obligation scolaire puisqu'il n'a pas encore seize ans. Donc, je suis tenu de l'admettre dans l'établissement, vous me suivez, mademoiselle Doblinsky ? La commission départementale pour les éclopés, je les connais, ceux-là. Jamais pressés et, en attendant, c'est sur moi que ça retombe ! Ah ça, c'est facile ! Pour dénicher le lampiste, ils sont forts, très très forts ! L'an dernier, on a eu un cas au LEP, en section menuiserie, un accident avec une scie sauteuse, une horreur, hein, vous vous souvenez, Vidal ? Bref, je vous épargne les détails... Alors, mademoiselle Doblinsky ? Abdane Lakdar ! Troisième B, si je ne m'abuse ? Où en êtes-vous avec lui ? Pas de problème de discipline, au moins ?

*

– Bon, t'as pigé, maintenant ? lui demanda gentiment Vidal dès qu'ils eurent quitté le bureau de Seignol.

– Je crains que oui, avoua Anna. Merci de la leçon !

Une nuée de gamins se ruèrent hors du bâtiment F en se battant à coups de cartables et disparurent dans les secondes qui suivirent, comme un vol d'étourneaux.

– Allez, je récupère mes affaires et je te raccompagne chez toi, proposa Vidal.

Il s'éclipsa, laissant Anna seule au milieu de l'étendue déserte. La nuit commençait à tomber et une pluie fine, poisseuse, inondait le bitume. Soudain, tel un ludion qui se serait échappé de sa fiole, Seignol traversa la cour au pas de charge, suivi de son adjoint Ravenel et du CPE Lambert. Bravant l'intempérie, ils trottinaient vers une destination incertaine, d'épais dossiers sous les bras. Le concierge Bouchereau les pistait à la trace, furetant dans leur sillage, avec sa grosse moustache de chien ratier, sa blouse hors d'âge, son volumineux trousseau de clés à la main.

Les quatre cavaliers de l'Apocalypse, version Tex Avery.

*

Le bon sens l'emporta. Puisque Lakdar devait fatalement réapprendre à écrire de la main gauche, mieux valait lui aménager un emploi du temps ad hoc. À tout prendre, il était préférable qu'il manque quelques semaines de cours pour acquérir cette nouvelle compétence, dont il aurait besoin tout au long de sa vie.

L'obligation scolaire lui imposait d'être présent au collège, mais pas forcément en cours. Seignol avait consenti à fermer les yeux sur cette petite entorse au règlement. Lakdar accepta de s'installer au CDI pour remplir des pages et des pages de copies d'un tracé plus que maladroit. De toute façon, il n'avait pas le choix. Vidal et Anna lui préparèrent quelques exercices afin qu'il ne perde pas tout à fait pied dans les matières principales. Il ne restait plus qu'à attendre l'avis de la fameuse commission départementale en espérant que, d'ici là, il aurait réussi à devenir gaucher et à échapper à une orientation qui ne prendrait pas en compte ses capacités…

Il passait donc le plus clair de ses journées sous la surveillance affectueuse de la documentaliste, Mlle Sanchez, qui lui proposait des brownies qu'elle confectionnait elle-même et qu'il refusait pour cause de ramadan. Des heures durant, il noircissait ses pages avec abnégation. L'exercice était épuisant. Il ne cessait d'accumuler ratures et pâtés, gémissait de rage, déchirait ses feuilles avant de se remettre vaillamment à l'ouvrage. Quand vraiment il n'en pouvait plus, Mlle Sanchez le laissait s'installer devant un des ordinateurs et surfer sur Internet.

*

L'absence de Lakdar eut des répercussions prévisibles sur la classe de troisième B. Depuis le « débat » catastrophique à propos du cyclone Katrina, Moussa s'était senti pousser des ailes et jouait de nouveau au caïd. Mais, au lieu de diriger son agressivité envers Anna, il tourmentait le pauvre Djamel, qui n'était pas de taille à lui résister. Il lui faisait payer cher ses élucubrations selon lesquelles Allah le Tout-Puissant, le Miséricordieux, avait noyé la Louisiane sous le déluge afin de punir l'Amérique de son agression contre l'Irak, entraînant ainsi la mort de milliers de ses frères blacks, dont il avait vu les cadavres flotter ventre en l'air dans les eaux putrides du Mississippi, sur TF1. Qui l'eût cru ? À sa façon, le rustique Moussa accédait à un embryon de conscience politique…

Djamel s'asseyait dans un recoin de la classe, inaccessible à son tortionnaire, ce qui ne l'empêchait pas d'encaisser une baffe par-ci par-là lors des déplacements intempestifs de Moussa à travers la salle, sous le moindre prétexte. Tantôt il s'agissait d'aller chercher une gomme, la sienne étant « tombée en panne » (*sic*), tantôt il s'empressait d'aider Anna à distribuer des photocopies et au passage sa main voltigeait. Djamel courbait la tête, soumis. Les autres élèves se montraient apparemment indifférents à ce petit jeu. Toutefois, quand Anna laissait traîner une oreille indiscrète dans les couloirs pour saisir quelques bribes de leurs conversations, elle les entendait évoquer le conflit avec passion. La confusion la plus totale régnait dans les esprits. Moussa s'acharnait contre un musulman, ça, c'était pas bien, mais d'un autre côté, Djamel, il avait pas le droit d'insulter les blacks, et justement, dans la classe, il y en avait, des blacks musulmans, même si lui, Moussa, il l'était pas, musulman, alors c'était vraiment compliqué de s'y retrouver… Le tout entrecoupé de commentaires sur la dernière émission de la *Star Ac'*, les secrets de beauté de Gwyneth Paltrow ou la joie de Britney Spears, si fière d'être une jeune maman avec son petit Sean Preston. Sans oublier Joey Starr, le *gangsta guy*, lui aussi récent papa d'un petit Mathis ! « Papa *fashion* habillera très certainement son fiston en Com8, la marque de fringues, à la fois *streetwear* et classe, créée par Joey », affirmait le reporter de *Public*, visiblement bien informé.

Un matin, Djamel arriva en classe groggy et passa le plus clair de son temps à somnoler. Moussa savourait son triomphe. À la fin de l'heure, Anna proposa à Djamel de l'accompagner jusqu'à l'infirmerie, mais il refusa, prétextant un simple mal de tête. Pendant la récréation, elle observa la cour depuis son poste de vigie en salle des profs. Lakdar et Djamel s'étaient isolés au fond de la cour, assis sur les marches qui menaient au gymnase. À quelques mètres de là, Moussa se dandinait sur un air de rap, entouré du cercle habituel de ses petites groupies surexcitées.

*

Djamel n'en pouvait plus. Chez lui, au Moulin, il s'était fait tabasser par les salafs Samir, Rostam et Aziz, la brigade de la

Vertu, à cause de l'affaire des DVD pornos. Depuis, il était devenu un bon musulman et voilà que maintenant c'était Moussa qui le guettait tous les matins sur le chemin du collège pour lui péter la gueule? Et tout ça parce que pendant un cours il avait évoqué la vengeance d'Allah le Clément, le Miséricordieux, justement contre les ennemis des musulmans? Il avait cru bien faire et total, il s'était encore planté. Lakdar le rassura du mieux qu'il put.

La sonnerie de la fin de récré ne tarda pas à retentir. Djamel regagna les rangs et Lakdar se dirigea vers le CDI. Tout occupé à son petit numéro de frime, Moussa avait pourtant bien remarqué que son souffre-douleur était allé chercher un peu de réconfort auprès de son vieil ennemi Lakdar.

*

Lakdar… Ils se connaissaient depuis la sixième et avaient appris à grandir ensemble. En dépit d'intenses efforts de réflexion, Moussa n'avait jamais au juste compris pourquoi il le redoutait tant. Ils n'étaient pas opposés l'un à l'autre dans une rivalité de mâles, Moussa étant d'avance certain de son succès auprès du petit cheptel des copines de classe qui se pâmaient à chacune de ses exhibitions. Et d'ailleurs, certaines avaient déjà pu vérifier que de ce point de vue il assurait un max. Si quelqu'un en doutait, il avait qu'à demander à Diorobo, une grande de la seconde D, au LEP, la vérité! Elle avait bien dégusté, la salope, le soir où il l'avait coincée dans le terrain vague où on allait construire la tour des bureaux, du côté de la cité de la Brèche-aux-Loups. Lakdar en était encore à mater les DVD pornos de ce bouffon de Djamel, alors que Moussa, lui, il était déjà passé à l'action, et plus d'une fois.

Non, il y avait autre chose… une dimension plus sournoise que la force physique, que l'assurance sexuelle, avec ce qu'elle permettait de frime et autorisait d'arrogance. La parole? Le langage. Oui, c'était peut-être ça. Tant que Moussa se contentait de psalmodier les textes anémiques de ses hits de rap, pas de problème. Mais dès qu'il s'agissait d'exprimer un sentiment un tant soit peu subtil, une idée qui nécessitait un minimum d'abstraction, c'était la débâcle. Les mots lui manquaient. Ils ne se présentaient jamais au rendez-vous, alors que dans la bouche de Lakdar tout semblait venir avec le plus grand naturel. En définitive, si Lakdar impressionnait tant Moussa, c'était parce que d'une certaine façon, confusément, il appartenait au camp ennemi, celui des beaux parleurs. Comme ce gros porc de Seignol, qui l'avait déjà inscrit en orientation chaudronnerie pour l'année de seconde. Chaudronnerie, c'était nul de chez nul, la poubelle du LEP.

L'exemple de Lakdar lui renvoyait comme en miroir l'image de son incapacité à nouer des relations sociales autres que celles basées sur l'exercice de la force. La preuve, il était parvenu à établir une complicité immédiate avec Mlle Doblinsky, dès les premières minutes de cours. Un simple échange de regards, un sourire partagé, il n'en fallait pas plus. Moussa ne l'avait pas oublié. La prof, c'était vrai, elle était super bonne, et Moussa se la serait bien faite. Il lui aurait bien astiqué la teuche pareil que la salope Diorobo, mais il aurait surtout bien voulu que Mlle Doblinsky le regarde comme elle avait regardé Lakdar. Rien qu'une fois. Avec bienveillance et tendresse. Tout ce dont il avait toujours été privé. Pas la peine de rêver, ça arriverait jamais. Moussa, il était tout juste bon à faire le guignol, ou à semer la terreur. Au choix. Rien d'autre. C'était ça, la différence entre lui et Lakdar. Quelque chose de profondément injuste et qui lui collait à la peau comme un sortilège, un envoûtement, un de ces tours de vice à la con des marabouts que lui racontait son père, et il y croyait dur comme fer, le daron. Sauf qu'on n'était pas dans la forêt équatoriale au Bénin, mais à Certigny, dans le 9-3.

Quoi qu'il en soit, Moussa craignait Lakdar autant qu'il le détestait. Et il avait trouvé un bon moyen de le défier en s'en prenant à Djamel.

19

Confortablement allongé sur un vaste lit couvert de draps de satin mauve, la nuque calée sur un oreiller, Boubakar le Magnifique fumait son pétard en écoutant un air de Papa Wemba. L'après-midi était très chargé. Salif, le chanteur du groupe de rap Fuck Crew, qu'il subventionnait, lui avait demandé audience à propos d'une histoire de thune, pour l'enregistrement de leur prochain CD. Salif, Boubakar commençait à en avoir ras-le-bol. À son avis, il ne travaillait pas assez ses lyrics, c'était pas très pro, son bizness. Sans pour autant avoir lu son compatriote Senghor, le Magnifique se piquait de poésie et surveillait attentivement la production du groupe. Ses activités de mécène lui donnaient bien du souci.

Ensuite, il y avait la famille Traoré, du bâtiment G, qui elle aussi venait réclamer l'aumône. Le petit dernier avait bien déconné et s'était retrouvé en zonzon après une série de vols à Auchan ; les Traoré ne disposaient pas du moindre euro pour régler les honoraires d'un avocat.

Plus un gros conflit de voisinage au bâtiment C, signalé par ses « ministres », qui, cramponnés au comptoir du Balto, recevaient les doléances de la population de la cité. Et d'autres broutilles.

Pour l'heure, Boubakar se donnait du bon temps, en caressant la tête de deux de ses petites gazelles occupées à le sucer. En bon professionnel, il tenait à tester lui-même la qualité avant de lâcher la marchandise au bois de Vincennes. Elles étaient assez douées, l'une comme l'autre. Elles s'appliquaient. Chacune son petit coup de langue, alternativement. Deux gamines bien méritantes qu'il ne regrettait pas d'avoir achetées à un Camerounais avec qui il était en cheville.

On frappa à la porte de la chambre, trois coups courts, deux coups longs. Dragomir. Ce n'était pas dans ses habitudes de venir déranger comme ça, à l'improviste. Il y avait donc une raison sérieuse. Boubakar lui cria d'entrer tout en encourageant ses gazelles à poursuivre la manœuvre d'une petite tape sur la nuque. Elles arrivaient tout près du but et, avant même que Dragomir n'ait eu le temps de s'asseoir dans un fauteuil, ce fut chose faite. Le Magnifique émit un râle de contentement et remonta son jean. Le nouveau venu lorgnait avec insistance sur les deux filles. De ce côté-là, il avait des manies un peu curieuses, Dragomir. Une blessure au bassin récoltée durant les conflits qui avaient agité son pays lui avait laissé de mystérieuses séquelles à propos desquelles il préférait rester discret... Si bien qu'il avait un peu tendance à abîmer le cheptel, impossible de le réfréner. C'était parfait pour la période de dressage, mais à la longue, ça devenait gênant.

Les deux filles s'éclipsèrent. Boubakar ralluma son pétard. La nouvelle que venait lui annoncer son second le plongea dans la perplexité : tout le clan Lakdaoui avait déménagé ? Les trois frérots et leurs familles étaient montés à bord de leurs BM, tandis qu'une société spécialisée embarquait leurs meubles dans deux gros camions ? Au 78 du boulevard Jacques-Duclos, c'était le désert.

Incrédule, Boubakar se gratta pensivement la tête. En clair, ça signifiait que la cité des Grands-Chênes délivrée de ses parrains était à prendre. Si Saïd et toute sa smala avaient préféré déguerpir en toute hâte à la suite de l'incendie de leur pizzeria, c'est qu'ils avaient vraiment la trouille. Pourtant, Saïd, même vieillissant, n'était pas du genre à faire dans son froc. L'auteur de l'attentat était donc un type plus que sérieux. Le fêlé qui arrosait d'héro le secteur de la Brèche-aux-Loups ? Possible. Boubakar avait pris ses renseignements. Dragomir avait fait du bon boulot. Ce type, un certain Ceccati, était dangereux. S'il avait décidé de lancer une OPA sur les Grands-Chênes, un jour ou l'autre, il pourrait bien s'aviser de convoiter les Sablières. Ceux qui dealaient l'héro n'obéissaient à aucune règle. Des vrais nazes, des fous furieux. Il y avait encore un cran au-dessous, le crack et bientôt le crystal – ou *ya ba* –, une saloperie en provenance des States et qui rendait accro dès la première prise. Pas cool du tout.

Depuis des années, Boubakar était parvenu à dissuader les keufs de venir fouiner dans ses affaires et avait fait régner la paix à Certigny en bonne entente avec le clan Lakdaoui, mais si la guerre avec Ceccati devait éclater, il y aurait fatalement quelques éclaboussures.

Il en était là de ses réflexions géostratégiques quand un de ses ministres se signala à son attention pour l'avertir que la famille Traoré était arrivée. Le Magnifique quitta sa chambre et descendit au salon, à l'étage inférieur. Il avait fait percer le plancher entre le cinquième et le sixième étage pour aménager un duplex. Ç'avait coûté bonbon, mais le résultat en jetait un max… Intimidés, les membres de la famille Traoré ne s'y trompèrent pas. On ne leur avait pas menti. Ils avaient bien frappé à la bonne porte.

Boubakar était déterminé à prendre soin de la population des Sablières. Avec toutes les petites bêtises dont s'était rendue responsable la jeune génération, la vie y était devenue difficile. Il fallait mettre un peu d'ordre, convaincre quelques commerçants de revenir s'installer dans la cité. À trop négliger ce genre de détails, on s'exposait aux ennuis.

20

Ce fut un joggeur qui découvrit la tête, vers sept heures du matin, le 10 octobre, dans le parc départemental de la Ferrière. Celle d'une femme d'une quarantaine d'années. Les yeux écarquillés, la bouche tordue dans une grimace affreuse, un filet de sang à la commissure des lèvres. Tranchée au niveau des premières cervicales, elle reposait sur une souche d'arbre. Les corbeaux commençaient à s'y intéresser. L'oreille droite en avait déjà fait les frais.

Le hasard est souvent facétieux. Le joggeur travaillait dans une maison de production audiovisuelle spécialisée dans les effets spéciaux, et crut tout d'abord qu'il s'agissait d'un gag, d'une mise en scène, un canular de ses copains de boulot. Un de ces masques de caoutchouc qu'on peut acheter dans n'importe quel magasin de farces et attrapes et qu'il aurait suffi de rembourrer avec de la mousse pour donner l'illusion du volume. À cette heure de la matinée, en plein brouillard, c'était l'enfance de l'art. Depuis des années, il quittait son pavillon de Vadreuil à six heures trente pile chaque jour de la semaine et effectuait toujours le même parcours en petites foulées à travers le parc, de Vadreuil à Certigny et retour, si bien que la scénographie n'aurait pas été trop difficile à organiser. À la boîte, on déconnait pas mal, déformation professionnelle oblige. Les secrétaires stagiaires étaient les victimes toutes désignées de ce genre de galéjades. Un doigt sectionné net dans le lavabo des toilettes, une flaque de vomissure étalée sur la photocopieuse, un bel étron baveux déposé sur un dossier hyper urgent et c'était la rigolade assurée. Le fin du fin consistait à photographier le visage de la victime au moment fatidique pour capter sa réaction à chaud. Les meilleurs clichés étaient affichés dans le bureau du patron, en guise de trophées destinés à prouver aux clients l'efficacité du service, la qualité de la prestation.

L'objectif avait été atteint. Dans un premier temps, le joggeur ne put retenir un hoquet de terreur, puis il se ressaisit et, d'un coup de pied nonchalant, shoota dans la tête. Mort de rire.

Quand il la vit rebondir lourdement avec un son mat et en abandonnant des caillots de sang sur le gravier de l'allée, il sentit son estomac se soulever.

– Eh, les gars, déconnez pas ! s'écria-t-il. Si vous êtes là, faut le dire…

La tête poursuivit sa route chaotique avant de s'immobiliser en butant contre le socle d'une corbeille à papier. Le joggeur dut se rendre à l'évidence : ils n'étaient pas là, « les gars ». Il n'y avait personne. Il poussa un long hurlement avant de vomir.

*

Le substitut Magnan arriva sur les lieux une heure et demie plus tard. La brigade criminelle avait déjà bouclé le secteur et procédé aux premières investigations après avoir entouré toute la zone de rubans en plastique jaune. La tête reposait encore près de la corbeille, couchée sur le côté, la joue gauche appuyée contre le sol. On l'avait photographiée sous tous les angles. Les flics de base du commissariat de Vadreuil tenaient les badauds à distance. Le premier moment de stupeur passé, le joggeur avait recouvré son sang-froid pour donner l'alerte à l'aide de son téléphone portable. D'autres promeneurs avaient vu la tête eux aussi et s'en étaient approchés, tout aussi horrifiés.

Tous avaient été dirigés vers une voiture de la brigade pour qu'on y recueille leurs précieux témoignages. Avec la plus extrême méticulosité, on releva les empreintes de pas alentour, on ramassa quelques papiers gras, on fouilla les taillis, dans l'espoir incertain d'y trouver un indice. Le substitut Magnan suivait les opérations plutôt qu'il ne les dirigeait. Il s'était approché de la tête, un court instant, un mouchoir plaqué sur le bas du visage, le cœur au bord des lèvres. En milieu de matinée, un des spécialistes de l'Identité judiciaire enfourna la tête dans une housse avant de la conduire à la morgue, afin qu'entre les mains d'un médecin légiste elle livre les secrets qu'elle recélait peut-être. La principale difficulté, c'était que l'on n'avait aucune idée de l'identité de la victime. Il allait falloir attendre les déclarations de disparition à venir, consulter celles déjà existantes en espérant un recoupement. La publication d'une photo dans la presse était évidemment exclue…

*

Le mystère ne tarda guère à s'éclaircir. Quand Viviane Rochas rentra de son travail, vers dix-huit heures, elle monta jusqu'à la chambre de son fils et trouva Adrien sagement assis en tailleur sur son lit. Totalement nu. Son visage, labouré de traces de griffures, rayonnait de sérénité. Son torse portait les mêmes lacérations, les mêmes croûtes sanguinolentes. Comme s'il avait été agressé par un chat furieux. La fenêtre de sa chambre, celle-là même dont il avait obturé le pourtour avec du Rubafix, était grande ouverte et un filet de vent froid balayait la pièce.

– Maintenant, tout va aller très bien, maman, proclama Adrien d'une voix forte, assurée, c'est terminé, je me suis débarrassé de la Chimère… Ça a été très difficile, mais j'ai réussi. Nous nous sommes battus, elle et moi. Les Forces Supérieures m'ont accordé la victoire. Tu peux être fière de ton fils, je n'ai pas démérité.

Il tourna le visage de côté pour lui désigner la fenêtre. Viviane s'y rendit. Elle sentit ses genoux flageoler, un voile noir commencer à obscurcir son regard, manqua de s'évanouir, mais s'accrocha, les mains crispées sur le vantail. Elle aspira l'air à grandes goulées, à plusieurs reprises, avant de se décider à ouvrir les yeux, une nouvelle fois. La chambre d'Adrien donnait sur le jardin du pavillon voisin, celui de Mlle Nordon. Un corps de femme totalement dénudé, et décapité, était assis dans la balancelle, cuisses largement écartées, bras reposant sur des coussins. Un objet de forme indéterminée, que Viviane Rochas ne parvint pas à identifier à cette distance d'environ quinze mètres, était enfoncé entre ses cuisses.

*

Interrogé dans les locaux de la brigade criminelle, au palais de justice de Bobigny, le jeune homme répéta son credo habituel. Les Êtres Impurs, la Chimère, tout son pitoyable petit monde fantasmagorique... Il se déclarait totalement apaisé. À présent, il n'avait plus à étudier l'anatomie du cou. Après lui avoir tranché la tête à l'aide d'une scie égoïne, il avait longuement scruté le corps sanguinolent de la Chimère, qui venait gratter contre la fenêtre de sa chambre toutes les nuits depuis de longs mois. Carotides, jugulaires et autres plans musculo-aponévrotiques infra-hyoïdiens ou lame prétrachéale du fascia cervical, tout cela n'avait plus aucun secret pour lui. Une seule séance de travaux pratiques s'était révélée bien plus efficace que toutes les heures interminables qu'il avait consacrées à l'étude des planches anatomiques. S'il avait su, si les Forces Supérieures lui avaient donné leur aval bien plus tôt, il aurait réglé le problème depuis longtemps. Cela dit, le principal, c'était d'y être parvenu. À présent qu'il avait réussi son épreuve initiatique, il allait pouvoir entamer un dialogue des plus constructifs avec les Forces Supérieures. L'étape suivante consistait à être admis dans le Grand Cénacle. Pour cela, il lui faudrait encore beaucoup de patience, de courage et d'abnégation.

*

Les OPJ chargés de l'interroger l'écoutèrent, consternés. Le scénario de l'assassinat ne fut guère compliqué à reconstituer, tant Adrien se montrait disposé à coopérer, ivre de fierté après avoir accompli son exploit.

Il avait escaladé le mur qui séparait les deux pavillons, s'était introduit chez sa voisine peu après minuit par la porte qui s'ouvrait sur le jardin et qu'elle ne fermait jamais à clé. Pourquoi l'aurait-elle fait? Le mur qui bordait le pavillon, face à la rue, était garni de tessons de bouteilles, et cela lui paraissait une protection suffisamment dissuasive, de même que le portail équipé d'une alarme électronique... Adrien l'avait surprise dans sa salle de bains, en chemise de nuit, alors qu'elle s'apprêtait à se coucher. Mlle Nordon était une toute petite chose d'à peine cinquante kilos. Professeur de violon. Les habitants de Vadreuil étaient habitués à la voir sillonner les rues de la ville quand elle se rendait chez ses élèves, son étui de cuir à la forme si caractéristique sous le bras.

Adrien lui avait tout d'abord asséné quelques coups de poing en pleine poitrine. Sa nuque avait heurté le rebord de la baignoire, si bien qu'elle s'était aussitôt évanouie. Adrien l'avait alors dévêtue, soigneusement, respectueusement, sans déchirer la chemise de nuit – à ce stade du rituel, les injonctions des Forces Supérieures étaient formelles, toute violence était à proscrire. Même au cours de la lutte la plus acharnée contre la Chimère, celui qui voulait accéder au Grand Cénacle devait lui témoigner son respect. Et là, une fois qu'il la vit nue, allongée sur le carrelage de la salle de bains, Adrien fut pris d'une peur panique et se mit à trembler convulsivement. Il avait méticuleusement tout préparé, la scie égoïne, le sac qui devait servir à transporter la tête, en omettant toutefois un détail de première importance... Au cours du combat avec la Chimère, ce qui était le plus à redouter, c'était son sexe, cette vulve par laquelle s'écoulait le sang, un sang qui recélait des sucs mortifères. Des jugulaires et des carotides, il n'y avait rien à craindre, par ces vaisseaux si nobles qu'il allait bientôt mettre à nu s'écoulerait un nectar des plus purs, des plus délicats, dont il pourrait se délecter. Mais de la fente qui s'ouvrait entre les cuisses de la créature pouvait surgir une menace fatale. Il parvint à dominer sa peur, maîtrisa les tremblements qui agitaient ses mains, et improvisa. Il saisit un flacon de parfum sur une étagère, *Dior J'adore*, une bouteille piriforme munie d'un bouchon sphérique, et d'une forte poussée l'enfonça dans l'orifice maudit. Désormais colmaté. La douleur tira Mlle Nordon de son évanouissement. Peu importait qu'elle se fût réveillée, à présent la Chimère était privée de tous ses pouvoirs. Adrien se mit au travail.

*

Son récit fut corroboré par les éléments recueillis sur place par les enquêteurs. La victime était morte dans sa salle de bains. Sans aucun doute avait-elle eu tout le temps de comprendre ce qui lui arrivait. Elle s'était défendue avec l'énergie du désespoir, les blessures d'Adrien en témoignaient. La scie égoïne lui avait entaillé la gorge de part en part, très progressivement, à chacune de ses allées et venues, avant de venir effleurer puis trancher le plan vertébral. Une souffrance difficilement imaginable. Le sang s'était répandu par flots entiers dans la salle de bains, puis, durant le transport du corps, dans l'escalier, l'entrée du pavillon et le jardin. Après avoir installé sa victime sur la balancelle, Adrien s'était enfui avec la tête, escaladant le mur mitoyen du pavillon de ses parents. Il avait couru *comme un fou* dans les rues de Vadreuil, jusqu'au parc de la Ferrière, pour y déposer son trophée, en hommage aux Forces Supérieures.

Il ne lui restait plus qu'à rentrer chez lui pour goûter un repos bien mérité. Il se dévêtit, enfouit ses vêtements déchirés et souillés de sang sous son lit, se glissa sous les couvertures et ferma les yeux…

*

Contre toute attente, Viviane Rochas fit front avec calme et détermination. Le chagrin, la détresse, le désespoir, ce serait pour plus tard. Pour l'heure, seule la colère dominait. Entendue par le substitut Magnan, elle le prévint qu'elle allait accorder autant d'interviews qu'on lui en demanderait. La nouvelle de la découverte des restes macabres avait déjà fait le tour de toutes les rédactions et les journalistes se pressaient sur le parvis du palais de justice…

Magnan s'étonna du fait qu'Adrien avait pris l'habitude de quitter le domicile familial pour se livrer à de mystérieuses expéditions nocturnes, avant de rentrer au bercail au petit matin, sans que sa mère s'en inquiète. Viviane toisa le substitut avec indulgence.

D'une part, son fils était majeur et donc libre de ses allées et venues, d'autre part, s'il existait une sonnette d'alarme, elle l'avait tirée, et depuis belle lurette. Mais on ne l'avait pas écoutée. Des nuits blanches à guetter le retour de son fils, elle en avait passé plus d'une... Mais ce soir-là, elle avait dormi, profondément.

Était-ce parce que Adrien avait deviné que la dose de somnifères ingurgitée était plus forte que d'habitude qu'il s'était senti encouragé à laisser se déchaîner toute la violence qui couvait sous son crâne depuis si longtemps ? Non... À bien y réfléchir, à un tel degré de folie, cette nuit-là ou une autre, la veille ou le lendemain, ça n'avait aucun sens. Le matin, avant de partir au travail, Viviane n'avait rien remarqué d'anormal. Après avoir entrouvert la porte de la chambre de son fils avec d'infinies précautions et s'être assurée de sa présence, elle avait rebroussé chemin.

Maxime Rochas, en revanche, s'effondra dès qu'il apprit la nouvelle. Il demanda à voir son fils, ce qui lui fut refusé. Le jeune homme devait subir une longue expertise qui déterminerait son degré de responsabilité. Avec, comme issue, la prison ou l'hôpital psychiatrique. En dépit du caractère totalement délirant de ses explications, il n'en restait pas moins qu'il avait froidement prémédité son acte, et non pas agi dans un moment de pure excitation... Pour l'heure, il devait rester isolé de ses proches.

Comme elle en avait brandi la menace, Viviane répondit aux questions des journalistes qui la guettaient à sa sortie du palais de justice. Elle avait même préparé une petite allocution concernant l'histoire d'Adrien, ses démêlés avec le psychiatre Debard et le refus de celui-ci d'interner le jeune homme. Ce qui aurait sauvé la vie de Mlle Nordon, affirma-t-elle. Quittant le palais de justice, la colonne des voitures de presse se rendit aussitôt à l'hôpital Charcot et, à son tour, Debard dut se soumettre à l'exercice. On l'interpella en lui rapportant l'accusation lancée par la mère d'Adrien, mais Debard ne se laissa pas démonter.

– Le psychiatre se trouve parfois dans des situations où il n'y a pas eu de passage à l'acte et où l'état mental clinique de la personne ne permet pas d'évaluer avec suffisamment de certitude sa dangerosité éventuelle, asséna-t-il. C'est tout le nœud du problème : si l'on est trop sécuritaire, on réalise des internements abusifs ; si l'on est trop libéral, on ne prévient pas la dangerosité, je l'admets. Je rappellerai que la psychiatrie existe dans un but thérapeutique, et non pour faire régner l'ordre…

La séance dura près d'une demi-heure et à aucun moment il ne se trouva déstabilisé.

Dans la soirée courut une détestable rumeur. Des photos de la tête de Mlle Nordon, prises dans le parc de la Ferrière, circulaient dans les rues de Certigny. L'explication la plus plausible était qu'un promeneur équipé d'un simple téléphone portable n'avait pu résister à la tentation…

21

Dès le lendemain, l'affaire Nordon-Rochas se trouva au centre de toutes les conversations à Pierre-de-Ronsard. Aussi bien en salle des profs que dans la cour de récréation, on ne parlait que de cela. La proximité du lieu de la découverte de la tête tranchée, ainsi que celle de l'hôpital Charcot, renforçait le sentiment de trouble… Chez les élèves, la tendance était à la surexcitation, chacun évoquant ses souvenirs de films gore, tels que *Massacre à la tronçonneuse*, *Cannibal Holocaust* ou le plus récent, *Saw*. C'était à qui raconterait le passage le plus croustillant. Chez les enseignants régnaient consternation et effroi. La nouvelle était à la une des quotidiens. Assis dans un recoin de la salle des profs, seul Darbois hochait la tête avec satisfaction en parcourant l'article de *Libé*.

– Formidable, dit-il en interpellant Anna, un rejeton de bourgeois, un petit blanc bien français, qui fréquentait un lycée de curés, ça c'est exemplaire. Ce sera plus difficile de nous intoxiquer avec les statistiques de la délinquance qui stigmatisent les populations immigrées ! Couper le cou à sa voisine, c'est quand même autre chose que des vols à l'étalage à Auchan… Et en plus, ça s'est passé à Vadreuil ! Ce sale réac de Séchard doit être à la fête ! Sa belle police municipale, elle lui a servi à rien ! T'es pas d'accord ?

Anna se garda bien de répondre. Elle avait assisté à quelques prestations télévisuelles du député-maire de Vadreuil et ne nourrissait aucune tendresse à son égard, mais pour le reste, l'argumentation lui paraissait assez vaseuse.

– Ah, au fait, il faudra qu'on trouve un moment pour discuter avec Saliesse, reprit Darbois, j'ai un projet pédagogique à te proposer, ça me botterait bien de bosser avec toi... C'est vrai, on est atomisés dans nos classes, on se croise à peine en salle des profs, cinq minutes par-ci par-là, on n'a jamais le temps d'apprendre à se connaître, c'est nul!

Était-ce un plan drague? Le sourire mi-enjôleur mi-attendri de Darbois pouvait le laisser supposer. Anna le redouta. La sonnerie retentit, annonçant un nouveau round. Les heures qui suivirent furent assez électriques. Jusqu'à la fin de la matinée, il fut quasiment impossible de travailler. L'énervement atteignit son pic aux environs de midi, quand l'appétit commençait à croître, alors que la plupart des élèves savaient qu'il leur faudrait patienter jusqu'au soir pour avaler la première nourriture.

Avant de filer au self, Anna passa au CDI pour rendre visite à Lakdar. Il rêvassait dans un coin de la salle, près des ordinateurs, le regard perdu dans le vague, seul. Devant lui étaient étalées plusieurs feuilles de copies froissées ou déchirées.

– Ça va, Lakdar? lui demanda-t-elle. Je t'ai apporté un exercice de grammaire, tu n'as qu'à souligner en bleu les compléments circonstanciels, en vert les compléments d'objet, et ainsi de suite, comme c'est indiqué...

– Non, ça va pas, répondit le garçon, sans même regarder la fiche polycopiée. J'y arrive pas...

Il défroissa une des feuilles et montra les gribouillis qu'il y avait tracés. Le résultat était pitoyable.

– Évidemment que tu n'y arrives pas! Ça va prendre du temps, beaucoup de temps, et en plus ce doit être très fatigant, mais encore une fois, tu n'as pas le choix...

– Même si je réussis à écrire un peu, de toute façon, je pourrai plus jamais dessiner comme avant... C'est fini. Je le sais bien. À l'hôpital, c'est des vrais salauds, ils auraient dû me dire la vérité tout de suite, au lieu de me laisser espérer... c'est ça le pire!

Anna n'eut pas la force de lui mentir.

– Tu es encore très jeune, reprit-elle. Il y a beaucoup de choses qui peuvent t'intéresser et auxquelles tu n'as même pas encore pensé... Et puis je vais te dire... avec ce qui t'arrive, tu dois travailler encore plus, avec ta tête, puisqu'un métier manuel, ça ne te conviendra pas !

Lakdar haussa les épaules. Dans la classe, il était parmi les rares qui pouvaient espérer une orientation en seconde générale, et ne pas terminer en LEP.

– Ce que je voulais, c'était être dessinateur, faire des BD. Celui qu'est venu, quand j'ai eu le prix, en sixième, il m'avait dit que j'étais super doué.

Sa voix s'était brisée et les larmes commençaient à couler. Anna s'apprêta à lui caresser la tête, mais retint son geste.

– Écoute, fais l'exercice de grammaire, et ne te décourage pas... M. Vidal va t'apporter un questionnaire de maths.

Elle s'en voulut de n'avoir rien de plus enthousiasmant à lui dire, s'éloigna et s'approcha du bureau de la documentaliste. Lui parlant à voix basse, elle demanda comment se passaient les journées...

– Moi, j'ai peur pour lui, expliqua Mlle Sanchez. Par moments il s'acharne, on voit bien qu'il est motivé, et puis tout d'un coup il s'effondre, déchire tout ce qu'il a fait et il peut passer un après-midi entier comme ça, à fixer les nuages. Ou à pleurer. Il ne parle à personne, ne me demande rien, et je n'ose pas aller le déranger. De temps en temps, il lit, mais rarement. Vous ne croyez pas qu'il devrait voir un médecin ? La dépression, ça existe aussi chez les enfants... Sans compter qu'il ne mange rien de la journée, ça n'arrange pas les choses, même si c'est provisoire...

Mlle Sanchez, avec ses rondeurs et les gâteaux qu'elle offrait à ses protégés, était très maternante. L'observance du jeûne lui fendait le cœur. À propos du psy, elle avait sans doute raison, mais se trompait sur un point : Lakdar n'était plus un enfant. On pouvait certes mobiliser la psychologue scolaire, qui partageait son temps entre plusieurs établissements et, selon les dires de Vidal, n'était pas d'une compétence flamboyante. C'était à la famille d'effectuer les démarches au cas où une prise en charge s'avérerait nécessaire. Et là, on retombait sur un os. Le père dépassé par la situation, la mère absente...

*

Arrivée au self, Anna prit son plateau et commença à faire la queue. Darbois et Saliesse n'hésitèrent pas à resquiller pour la rejoindre. Elle avait déjà oublié le fameux projet pédagogique... Ils la suivirent jusqu'à une table qui venait de se libérer. La conversation s'engagea entre deux bouchées de céleri rémoulade.

– Voilà, c'est un projet assez ambitieux, mais je suis certain qu'il te plaira! attaqua Darbois.

– Et qui rentre parfaitement dans le cadre CARGO, concevoir-animer-réguler-généraliser-ouvrir! renchérit Saliesse, qui se plaisait à répéter la formule, la régurgitant sans cesse pour mieux la ruminer.

– C'est pour la classe de cinquième qu'on a en commun, reprit Darbois. Tu sais qu'en histoire-géo il y a le monde arabo-musulman au programme? Alors voilà: je suis en contact avec un collège palestinien, à Naplouse. Là-bas, à l'initiative d'un architecte de la ville, les enfants collectent les portes de maisons détruites par l'armée israélienne pour les peindre, les décorer, les photographier. L'idée, c'est d'établir une correspondance avec eux et de faire photographier des portes d'ici, à Certigny, voire d'en collecter nous aussi, tu sais au centre-ville, il y a des tas de vieux immeubles qu'on rénove. On pourrait peindre les portes qu'on remplace, pourquoi pas, et les exposer dans le hall du collège! Il faut élargir, bien sûr, avec des visites à l'Institut du monde arabe, des films – je suis encore à la phase de rédaction du projet et toutes les idées sont les bienvenues. Ça cadre avec l'esprit du programme: exprimer sa solidarité avec les enfants victimes d'un conflit et privés de liberté de circulation. Or la solidarité participe de l'éducation à la citoyenneté...

– Le projet s'inscrit dans une totale transversalité, ajouta Saliesse. Histoire-géo, ça va de soi, arts plastiques, éventuellement musique et, au premier chef, français, pour structurer toute la correspondance. Mais ça ne peut fonctionner que si tous les collègues sont motivés...

Anna resta stupéfaite. Elle saisit une tranche de pain, en détacha la mie et commença à en rouler une petite boulette, à la pétrir entre ses doigts, avec calme. Il lui fallut près d'une minute pour se concentrer, mûrir sa réponse, en se gardant bien de céder à la colère. Darbois et Saliesse l'observaient. Curieux. Bienveillants. Impatients.

– Et d'une, dit-elle, je ne vois pas très bien le rapport entre Naplouse et Certigny, les maisons détruites par Tsahal et les immeubles qu'on se contente de rénover ici. Rien, zéro, aucune comparaison possible. Et de deux, ça me paraît franchement dangereux de jouer sur ce registre-là. Nos élèves captent des images à la télé, sans réellement en comprendre le sens, ils voient des gamins de leur âge lancer des pierres contre des tanks, fatalement, ils s'identifient à eux, ça leur paraît plutôt héroïque. Mais franchement, Darbois, est-ce que tu peux me dire combien d'entre eux seraient capables de situer la Palestine sur une carte ? Ce genre de projet, s'il devait aboutir, ne servirait qu'à leur embrouiller l'esprit encore un peu plus, à les persuader que leur cité c'est une sorte de Palestine à domicile. Ils se sentent suffisamment condamnés à l'échec pour qu'on s'abstienne de leur proposer un modèle de substitution, totalement désastreux, ce qui ne pourrait que les tirer en arrière. Sur quels tanks pourraient-ils lancer des pierres ? Ici, à Certigny, la vie n'est certes pas facile, mais excuse-moi, je pense sincèrement qu'ils sont bien mieux lotis que les gamins de Naplouse, de Ramallah, de Tulkarem ou de Jenine ! Ils ont encore quelques chances de s'en tirer, pas beaucoup, je te l'accorde, encore faudrait-il qu'ils puissent s'en saisir. Sans compter que, depuis mon arrivée, j'ai entendu parler de l'imam de la cité du Moulin, il suffit de laisser traîner ses oreilles dans les couloirs... tu vois ce que je veux dire ? Ton idée, ça revient à jouer avec le feu, à importer le conflit jusqu'ici en confortant les élèves dans un discours qu'ils entendent suffisamment par ailleurs, sans les outils intellectuels pour le décrypter. Je refuse catégoriquement de participer à ce projet.

Darbois accusa le coup. Saliesse eut l'air sincèrement désolé.

– Notre collègue Darbois doit être inspecté vers le mois de mars, plaida-t-il sans trop de conviction. Mener à bien un tel projet l'aiderait beaucoup...

– J'ai dit non ! rétorqua sèchement Anna.

Elle se leva, saisit son plateau-repas presque intact et quitta le self. Darbois et Saliesse la regardèrent s'éloigner.

– Bon, ne te laisse pas décourager, il faut composer avec les envies des uns, des autres, c'est une question de patience…, conclut Saliesse.

Darbois quitta lui aussi le self, songeur. Avant de regagner la salle des profs, il arpenta la cour de récré en grillant une cigarette Au cours de la discussion, Doblinsky avait commis une sorte de lapsus, des plus intéressants. Alors qu'il avait évoqué « l'armée israélienne », un terme assez neutre au demeurant, elle, elle avait dit « Tsahal ». Un hasard ? Et alors que Darbois s'était contenté de mentionner Naplouse, elle avait complété la carte, celle qu'ignoraient les élèves, réputés incultes, en y ajoutant Ramallah, Tulkarem. Et Jenine.

« Jeningrad », ainsi que l'avait rebaptisée son journal *L'Étincelle* depuis les « raids sionistes » menés en 2002, en riposte aux attentats kamikazes. Y compris au sein du petit groupe de militants qui animaient l'Alliance révolutionnaire communiste, pourtant insoupçonnables de toute indulgence à l'égard des « criminels aux ordres de Sharon », la formule avait fait l'objet d'un débat assez hargneux. Darbois avait quelque peu étudié l'Histoire, c'était après tout son métier. De la bataille de Stalingrad, il n'ignorait aucun détail. Un million de soldats soviétiques y étaient tombés. Dans ces conditions, comparer ce carnage sans équivalent avec les affrontements de Jenine – cinquante morts du côté palestinien, une vingtaine chez les Israéliens – n'était-ce pas un peu indécent, eu égard à la mythologie qui faisait vibrer le groupe de l'ARC ? Certes oui. Mais la formule de propagande sonnait tellement clair qu'il eût été stupide de s'en priver. Stalingrad / Jeningrad ! L'occasion était trop belle. Une manchette en caractères gras à la une du journal. Darbois, récemment coopté au comité central du groupuscule, avait voté en ce sens.

Parmi bien des jeunes lecteurs de *L'Étincelle*, Stalingrad n'était toutefois qu'une station de métro parmi tant d'autres, comme Jaurès, Voltaire, Victor-Hugo… Ou encore Porte-des-Lilas.

22

Lakdar n'avait pas aperçu son ami Slimane Benaissa depuis plusieurs jours. Il était habitué à ses absences aussi fréquentes qu'inexpliquées. Slimane disparaissait sans prévenir, à cause de son travail. En rentrant du collège, par contre, Lakdar rencontra Djamel dans les allées de la cité du Moulin. Très agité, Djamel. Le prof de gym était absent, si bien qu'il était sorti très tôt, vers quinze heures, alors que Lakdar avait végété au CDI jusqu'à dix-sept heures, comme tous les soirs. Avec des mines de conspirateur, Djamel l'attira dans un local poubelles, pas très loin de l'immeuble où il habitait.

– Faut que tu voies ça, c'est trop ! assura-t-il, très remonté.

Lakdar se méfiait, mais il se laissa entraîner dans le réduit faiblement éclairé par un néon et fleurant bon la pourriture. Quelques gamins, huit-dix ans, y étaient accroupis au milieu des déchets et contemplaient un jeu de photographies jaillies d'une imprimante, et qui, à en juger d'après leur état plutôt défraîchi, avaient déjà circulé de main en main… Les clichés étaient de très mauvaise qualité, ce qui renforçait au contraire leur caractère totalement horrifique, comme une garantie d'authenticité. On y voyait, sous différentes facettes, la tête de Mlle Nordon, gisant près de la corbeille à papier où l'avait expédiée le joggeur à la suite de son shoot malencontreux.

Les gosses se les repassaient, chacun apportant son commentaire. Lakdar les observa à son tour, longuement. Fasciné lui aussi. Ne pouvant réprimer un frisson.

– C'est pas d'la balle, la vie de ma mère, c'est des vraies ! lança un des gamins. La meuf, elle a dérouillé… Le keum, il se l'est bien donnée, avec elle !

Lakdar lui arracha les photos pour les regarder à nouveau. Avec le même sentiment, un mélange de dégoût, de répulsion, d'irrésistible attirance, aussi. Difficile de démêler ces impressions contradictoires. Il avait bien du mal à faire le tri. Ils restèrent ainsi un long quart d'heure, accroupis en cercle. Silencieux. Soudain, comprenant intuitivement qu'il valait mieux en rester là, Lakdar entraîna Djamel à sa suite, abandonnant les petits qui persistaient à s'exciter sur leurs misérables trophées.

*

Ils firent quelques pas dans les allées de la cité. Ce qui lui pourrissait la vie, à Djamel, c'est qu'il s'en sortait plus, de son embrouille avec Moussa. De jour en jour, ça s'aggravait. Djamel ne pensait plus qu'à ça. C'était pire que relou. Moussa ne le cognait pas au visage, mais dans les côtes, ou lui expédiait des coups de pied dans les tibias. Dans les vestiaires du gymnase, le prof de gym s'était un peu étonné de découvrir tant de bleus sur son corps, mais Djamel l'avait rassuré en lui expliquant que c'était au karaté qu'il récoltait tous ces hématomes. Le prof n'avait pas cherché à vérifier si oui ou non le jeune garçon fréquentait bien un club attitré. Il n'ignorait pas que son grand frère Bechir avait décroché sa ceinture noire et faisait figure de modèle pour son cadet, le jeune Djamel… D'autre part, nombre d'élèves étaient à ce point obnubilés par les performances des adeptes du *fight* qu'il n'y avait pas lieu d'être trop surpris si certains poussaient le bouchon un peu loin. On prétendait çà et là, mais sans certitude, que des combats sauvages, avec paris à la clé, se déroulaient dans les parkings souterrains de la cité des Grands-Chênes. Dans ces conditions, comment s'étonner ?

– Faut que tu lui parles, toi, il t'écoute ! supplia Djamel.

Lakdar promit d'aller voir Moussa dès le lendemain.

– Quand même, reprit Djamel, la photo de la tête de la meuf, ça t'a pas fait tout drôle, à toi ?

Lakdar, encore sous le choc, se contenta d'acquiescer. Il était arrivé au bas de son immeuble.

– T'as promis, hein ? lui rappela Djamel, en le poursuivant jusque dans le hall.

Enfin parvenu dans sa chambre, Lakdar tira de sous son matelas les brochures que lui avait prêtées Slimane. Il les avait déjà lues in extenso. À deux reprises. Les feujs, c'étaient vraiment des drôles de pourris. Ceux de l'ancien temps, comme les Rothschild, et ceux d'aujourd'hui, avec leur général Sharon qui faisait tirer à la mitrailleuse sur les enfants palestiniens. Finalement, ce qu'on disait partout dans la cité, c'était vrai. Même si des feujs, y en avait qui semblaient sympas, comme Mlle Feldman, c'était une raison de plus pour s'en méfier, ne pas se laisser embobiner. Les feujs, c'étaient les rois de l'arnaque, sournois, vicieux et toujours prêts à comploter. Il cacha soigneusement les brochures, heureux de la confiance que Slimane lui avait témoignée. C'était pas en cours d'histoire qu'on lui aurait dit la vérité. Tous des menteurs, les profs. Et même à la mosquée, l'imam Reziane, il restait prudent. Il fallait bien écouter ses prêches, saisir toutes les allusions qu'ils contenaient quand il parlait des feujs qui opprimaient la Palestine. Mais l'imam Reziane, il y allait pas carrément, comme les gens qui avaient écrit les brochures. Ah oui, tant qu'il s'agissait d'envoyer Samir et toute la brigade de la Vertu pour casser la gueule à Djamel après le coup des DVD pornos, là il frimait, l'imam Reziane, mais devant les feujs, il se dégonflait !

*

Ce soir-là, son père assurait son service à l'hôpital jusqu'à vingt-deux heures. Lakdar dîna seul, devant la télé. Aux infos de TF1, l'essentiel du journal fut consacré à la guerre en Irak. On parla d'attentats, de corps mutilés, avec des images à propos desquelles le présentateur précisa qu'elles étaient « déconseillées aux jeunes téléspectateurs ». Dans la mémoire de Lakdar, elles se superposèrent aux photos de la tête tranchée qu'il avait eu tout le loisir d'observer dans le local poubelles, avec les petits. Et aussi aux sévices infligés aux musulmans dans la prison d'Abou-Grahib. La soldate Lynndie England était condamnée à trois ans de prison à la suite des humiliations qu'elle avait fait subir aux détenus, l'un d'eux ayant notamment été promené à l'aide d'une laisse pour chien…

En fin de journal, il fut question de l'affaire Adrien Rochas. Les experts psychiatres polémiquaient. Les uns affirmaient qu'il s'agissait d'un exemple de schizophrénie hélas banale – un mot dont Lakdar ne comprit pas le sens –, auquel cas le jeune homme suivant l'article L 122-1 du Code pénal n'était pas accessible à une sanction ; d'autres insistaient sur la préméditation et, sans contredire ouvertement leurs confrères, laissaient entendre que sous certaines conditions il pourrait bien relever d'une cour d'assises…

À la suite des infos, ce fut le quart d'heure du tirage du Loto. Lakdar aimait bien voir les boules numérotées tournoyer dans leur sphère translucide avant que l'une d'entre elles n'en sorte, saisie en gros plan par la caméra. Son père, il y jouait de temps en temps, au Loto. Il cochait sa date de naissance à lui, Lakdar, sur la grille. 16-02-1991. Mais il n'avait jamais rien gagné. Les millions que les gagnants empochaient, cette thune énorme, c'était pas pour la famille Abdane. Les feujs, Rothschild & Cie, ils avaient pas besoin de gagner au Loto, la thune, ils l'avaient toujours partagée entre eux.

Après avoir soigneusement débarrassé la table, Lakdar retourna dans sa chambre. Il commença par chercher *schizophrénie* dans le dictionnaire. Pas facile à piger, ça renvoyait à d'autres mots tout aussi incompréhensibles : *psychose, autistique, pensée hermétique, neurotransmetteurs…* À croire qu'ils le faisaient exprès, ceux qui rédigeaient le dico. Au lieu d'aider, ils embrouillaient la tête encore un peu plus. Il abandonna son Larousse, un gros super lourd que lui avait offert la cousine Zora pour ses dix ans.

Puis il ouvrit le grand classeur qui contenait ses plus beaux dessins et l'exemplaire de la BD qui lui avait valu le premier prix avec les félicitations du jury. Il les feuilleta lentement et fut soudain pris d'un accès de pleurs irrépressible. Il lacéra le tout à l'aide d'un cutter, avec une rage méthodique. Au bout de quelques minutes, il ne resta plus que de la charpie, un misérable amas de confettis. Lakdar se retrouva essoufflé, assis en tailleur sur le parquet au beau milieu de ce désastre. Il ne regrettait pas son geste. D'une façon ou d'une autre, il fallait rompre avec le passé. L'avenir ? Du haut de ses quatorze petites années, Lakdar ne savait plus ce que cela signifiait. Lentement, il cogna sa main paralysée contre le rebord métallique de son lit. Une fois, deux fois, dix fois. Puis de plus en plus vite, de plus en plus fort. La douleur irradia jusqu'à sa poitrine. Ses doigts devinrent violacés ; de petites plaques de peau se détachèrent du dos de la main, comme des cloques après une brûlure. Il se calma. Il aurait fallu la trancher, cette main qui ne servirait plus à rien. Si les docteurs n'étaient pas capables de lui redonner vie, au moins pouvaient-ils l'en débarrasser ? Ce serait mieux d'effacer ce souvenir, cette relique qui n'en finissait plus de le narguer, et qu'il portait désormais tel un fardeau.

23

Ce n'était pas une rumeur. Le substitut Magnan en obtint la confirmation via un rapport qui aboutit sur son bureau dès le surlendemain de la mise à mort de Mlle Nordon. Un petit malin s'était amusé à photographier la tête dans le parc de la Ferrière, avant de dispatcher des copies de ses clichés aux quatre vents. Une banale patrouille de police découvrit le pot aux roses en procédant à un contrôle de routine à proximité des Sablières. Le genre d'exercice qui contribue grandement à améliorer les relations entre la police et les jeunes des quartiers : fouille à corps, mains plaquées sur le capot du véhicule, échange d'insultes et autres réjouissances du même tonneau. Outre quelques résidus de résine de cannabis trouvés au fond d'une poche de son blouson, l'un des individus interpellés détenait une photocopie de la tête tranchée, pliée en quatre et couverte de taches. Interrogé au commissariat, il se lança dans des explications des plus laborieuses, selon lesquelles il l'avait ramassée par hasard près d'un Abribus...

A priori, il était totalement impossible de remonter la piste, mais le plaisantin à l'origine de cette sinistre farce fut pourtant rapidement identifié. Son chef de service à Auchan avait découvert tout un jeu de photos dans son vestiaire. Un teigneux, le chef de service. Jugulaire, jugulaire ! Les vols étaient de plus en plus nombreux dans les rayons de l'hypermarché et il s'était senti autorisé à mener quelques petites perquisitions sauvages dans les placards où les employés rangeaient leurs affaires personnelles. Le coupable était employé au service informatique et parcourait le parc de la Ferrière en VTT très tôt le matin, plusieurs fois par semaine. Il avait accès aux ordinateurs maison ainsi qu'aux photocopieuses… ç'avait été un jeu d'enfant pour lui de transférer les clichés de son portable sur la mémoire d'une des bécanes du magasin et d'extraire un paquet de copies de l'imprimante. Un employé modèle à part ça, mais qui venait ipso facto de ruiner la prodigieuse carrière qui lui était promise à l'issue de son CDD de six mois. Interrogé, il avait été incapable d'expliquer les raisons de son geste. L'occasion qui s'était présentée de briller auprès des copains, un brin de vantardise, la satisfaction de détenir un sacré scoop… L'idée de négocier son butin auprès de quelques journaux crapoteux spécialisés dans ce genre de commerce macabre ne lui était même pas venue à l'esprit. Le crétin basique, brut de décoffrage. Les quelques copies qu'il avait fait circuler autour de lui avaient été à leur tour dupliquées, jusqu'à essaimer dans toute la ville et au-delà…

*

Le substitut Magnan pérorait dans la cafétéria du palais de justice, un des clichés à la main. Un groupe de stagiaires de l'École nationale de la magistrature, arrivés le matin même, l'entourait, jeunes gens et jeunes filles avides de confidences et de commentaires. Magnan s'attribua le beau rôle dans la résolution du mystère, alors qu'il n'y était strictement pour rien. La pauvre Mlle Nordon, au visage figé dans un rictus d'extrême souffrance, produisait son effet. Magnan se lança dans une petite improvisation érudite, voire pédante, sur la fonction de ce type de documents.

– Le spectacle de la mise à mort traverse toutes les cultures et sa représentation n'a jamais manqué d'amateurs enthousiastes, expliqua-t-il devant un auditoire attentif. Songez à Robert François Damiens, ce pauvre bougre accusé d'avoir administré un léger coup de couteau à Louis XV. Son exécution attira une foule considérable, la plèbe piétinant dans la poussière, tandis que la noblesse avait loué à prix d'or les fenêtres les mieux placées pour admirer le supplice… Les souffrances du condamné emportèrent l'adhésion enthousiaste du peuple, et maints spectateurs en ressentirent une grande excitation sexuelle... Je vous renvoie au *Musée des supplices*, de Roland Villeneuve. Eh bien, il y est consigné que tandis que Damiens hurlait sous la torture, à quelques pas de là, des demoiselles de l'aristocratie, penchées à leur balcon, se faisaient prendre a tergo ! De même, Casanova, dans ses *Mémoires*, relate que le comte Tiretta de Trévise besogna par le même orifice – et à quatre reprises, sacrebleu ! – une dame penchée à sa fenêtre et qui contemplait l'exécution... Dans ces conditions, retrouver de telles images dans les rues d'une cité comme celle des Sablières n'a rien de vraiment étonnant. C'est quand même autrement plus émoustillant que leur *Star Ac'* ! On glose beaucoup à propos des *snuff movies*, ces films qui montreraient une mise à mort en direct, mais aucune police n'a réussi à en saisir un seul exemplaire... Est-ce une légende ? On ne sait ! Pourquoi n'existeraient-ils pas ? Depuis la nuit des temps, comme je viens de vous l'expliquer, la représentation de la torture fascine les pervers, et le pervers peut sommeiller en chacun de nous, ne l'oublions pas... Avez-vous vu le film de Pasolini, *Salò o le 120 giornate di Sodoma*, librement adapté de l'œuvre du divin Marquis ? Non ? Eh bien dans ce long-métrage, rien n'est épargné au spectateur, et la mise en scène, ultraréaliste, finit par susciter un profond sentiment de trouble, de telle sorte que, pardonnez-moi une certaine crudité, surtout vous, mesdemoiselles, cette pornographie, puisqu'il faut bien la qualifier ainsi...

*

Un gobelet de café tiède à la main, Verdier l'observait à distance. Magnan poursuivit son babillage, parvenant à arracher quelques gloussements complices à ses futurs collègues. Verdier était préoccupé par d'autres festivités. Selon les dernières informations, la surveillance autour de la Brèche-aux-Loups se mettait doucement en place.

24

Lakdar tint parole. Au début de la récré de la matinée, il quitta le CDI, la main droite plongée dans la poche de son survêt', traversa la cour et se dirigea vers le groupe au centre duquel se dandinait Moussa, toujours branché sur sa planète rap. Djamel se tenait prudemment à l'abri, près de l'entrée de la salle des profs. Sur un simple claquement de doigts du caïd, la petite cour de ses frétillantes admiratrices se volatilisa.

Moussa se retrouva seul face à Lakdar. Qui lui parla doucement et lui enjoignit de laisser Djamel tranquille.

– Ah ouais, c'est les reubeus qui font la loi, maintenant? Vas-y, t'es plus dans la classe, alors j'm'en bats les couilles! Dégage! répliqua Moussa, hors de lui.

De toutes ses forces, il gifla Lakdar, qui tomba à la renverse, sonné. Un surveillant accourut aussitôt, mais reçut un solide coup de genou dans l'entrejambe alors qu'il tentait de ceinturer Moussa. Vidal, qui traversait la cour à cet instant, fonça droit sur lui et parvint à le maîtriser en lui rabattant les bras dans le dos alors qu'il s'apprêtait à tabasser Lakdar.

Moussa éructa quelques borborygmes rageurs, mais se laissa traîner jusqu'au bureau du CPE Lambert. Le concours de celui-ci ne fut pas superflu pour décider le trublion à prendre place sur une chaise et accepter de se calmer. Pendant ce temps, un surveillant avait accompagné Lakdar à l'infirmerie. Rien de grave, en dépit du caractère spectaculaire de sa chute sur le bitume de la cour. Cette fois, le principal Seignol en convint, il était hors de question de fermer les yeux. L'élève Bokosola, bénéficiaire de nombre d'indulgences passées, avait un petit peu trop tiré sur la corde. Rosser un de ses condisciples, passe encore, mais agresser un surveillant, ça ne pouvait être toléré. Un conseil de discipline fut programmé pour la première semaine de la rentrée scolaire. En attendant les vacances de la Toussaint, Moussa était exclu. Seignol ne doutait pas que la communauté éducative approuverait cette mesure provisoire.

Anna n'apprit l'affaire que le lendemain. Le jour de l'incident, elle était en stage à l'IUFM pour une première réunion de bilan des TZR. Elle fila aussitôt voir Lakdar au CDI. Toujours aussi déprimé devant ses feuilles noircies de gribouillis. Il y en avait bien moins que les jours précédents. De toute évidence, il lâchait prise. Il refusa de répondre aux questions d'Anna, à propos de l'altercation qui l'avait opposé à Moussa et des nouvelles blessures qu'il portait à sa main droite, enrobée de pansements. Mlle Sanchez n'en savait pas plus.

Anna ressentit un lâche soulagement à l'annonce du conseil de discipline. Nul doute qu'il allait déboucher sur une exclusion définitive. Le fragile équilibre d'autorité qu'elle était parvenue à instaurer face à la classe de troisième B était peu à peu remis en cause suite à l'absence de Lakdar. Moussa la toisait fréquemment avec un regard ironique, voire cruel, comme s'il tenait à souligner que la trêve était rompue et qu'elle ne tarderait pas à s'en apercevoir, prenant ainsi un plaisir sadique à faire durer le suspense.

*

Depuis la rentrée de septembre, Anna avait appris à s'endurcir. Il n'en allait pas de même pour le pauvre Guibert, lequel venait de déclarer forfait. Un congé maladie d'un mois… Anna l'avait souvent croisé dans les couloirs, les épaules voûtées, la mine lugubre, épuisé de se faire persécuter par les bandes d'ados qu'il devait affronter dans l'enceinte de sa classe, dans l'espoir insensé de leur transmettre quelques rudiments d'anglais.

La nouvelle du conseil de discipline irritait Darbois. Au self, il se glissa à côté d'Anna et commenta la bagarre, à laquelle il n'avait assisté que de très loin.

– Bokosola est un cas difficile, c'est évident, concéda-t-il en la poursuivant jusqu'à sa table. Mais il faudrait manifester un peu plus de prudence à son égard. Le rejeter du collège, c'est le pousser encore un peu plus vers la marginalité. Au conseil, tous les collègues auront envie de se défouler, ça ne va pas faire un pli. Soit dit entre nous, c'est vrai qu'il est chiant.

Anna était bien d'accord mais n'entrevoyait pas la moindre solution alternative.

– On protège les plus faibles contre les plus forts, c'est le b-a-ba, si Moussa ne veut pas respecter les règles de la vie en collectivité, tant pis pour lui !

– On croirait entendre Vidal... En un mois, ça y est, tu es déjà entrée dans le moule ! soupira Darbois. Mais attention, je me garde bien de juger, Moussa est vraiment pénible, surtout vis-à-vis des collègues femmes. Quoique, avec Monteil, en espagnol, il se tiendrait plutôt à carreau... va savoir pourquoi ! Il ne comprend rien de rien, mais au moins il s'écrase.

De temps à autre, Darbois savait oublier son catéchisme pour adopter un ton plus serein, revenant ainsi au simple bon sens. Anna laissa passer, penchée sur son assiette. Le menu du jour n'était guère affriolant, l'éternel céleri rémoulade et un steak haché rabougri accompagné de frites molles. Darbois repoussa son plateau, se contentant de picorer quelques grains de raisin en guise de dessert.

– Tu sais, j'ai pas mal réfléchi pour le projet pédagogique, reprit-il en allumant une cigarette.

– Très bien ! J'espère qu'on ne sera pas fâchés...

Il souffla voluptueusement la fumée de la première bouffée, les yeux mi-clos.

– Je devrais arrêter, mais j'y arrive pas, même avec les patchs ou les pastilles à sucer, c'est con ! Bon... pour en revenir au projet, je ne t'en veux pas. Naplouse... C'est vrai que j'ai des positions politiques assez nettes à ce sujet, ce n'est un secret pour personne. J'ai réalisé à quel point ça a pu te choquer, j'admets ton point de vue, il y a un côté peut-être complètement irrationnel, ou sentimental, je ne sais pas comment appeler ça, mais que je suis prêt à prendre en compte.

– Pardon ?

– Ben oui, quoi ! Tu t'appelles Doblinsky, alors c'est pas facile pour toi, forcément. J'aurais dû y penser avant. Je te présente mes excuses.

La sonnerie de son portable retentit à cet instant. Darbois s'éclipsa en attrapant son plateau-repas d'une main, l'autre vissée contre son oreille. Anna resta figée de stupéfaction, sa fourchette à la main. Les quelques frites qu'elle y avait embrochées pendouillaient lamentablement.

Elle se souvint de l'avertissement feutré que lui avait adressé Vidal, quelques semaines plus tôt, à propos de son patronyme. Et du calvaire enduré par cette Rachel Feldman, contrainte de fuir le collège, trois ans auparavant, à la suite des bombages *Nique les feujs* tracés dans les couloirs…

*

Anna avait toujours entretenu un rapport complexe avec sa judéité. Elle n'était certes pas croyante, et détestait même les fanatiques religieux, ceux-là mêmes qui s'étaient fait expulser de leurs colonies, à Gaza, mais continuaient de semer leur venin en Cisjordanie.

Chez ses parents, quand elle était encore petite fille, on ne célébrait pas les fêtes traditionnelles. À Yom Kippour, Rosh Ha-Shana, il régnait pourtant une curieuse ambiance à la maison. Son père s'enfermait dans son bureau, sa mère s'absentait, Anna restait seule, avec une sensation de manque, d'abandon. Au collège, puis au lycée, ses copines lui racontaient les dîners qui réunissaient toute la famille. Le seul rendez-vous que Simon tenait à préserver était celui de Pessah. La Pâque juive. La sortie des Hébreux hors d'Égypte, la liberté retrouvée après un long esclavage. Le rituel était réduit à sa plus simple expression. Quelques herbes amères en souvenir de la souffrance passée et un peu de miel pour savourer le bonheur d'être libre. Chez les grands-parents, Aaron et Perla, on n'en faisait guère plus. L'oncle Hershel ? Anna respectait son parcours, sa redécouverte de la religion, sa décision de partir vivre en Israël. Sans le considérer comme un modèle, loin de là…

Toutes ces subtilités échappaient bien évidemment à un Darbois…

25

La cousine Zora tint sa promesse. Elle se rendit à l'hôpital de Bobigny pour y rencontrer le patron du service d'orthopédie où avait été soigné Lakdar. À force d'acharnement, bousculant pour les remonter, les uns après les autres, tous les échelons de la hiérarchie, elle était parvenue à forcer la porte d'un certain Pr Sandoval. Pour un bref entretien d'à peine dix minutes. Sandoval se souvenait parfaitement des sévères remontrances de son confrère Viannet, de l'hôpital Trousseau, à propos du dossier Abdane. Un véritable désastre. Le genre de tuile dont on se croit préservé et qui finit toujours par vous dégringoler sur la tête, quoi qu'il advienne. Sandoval fit face, bravement. Décidé à couvrir l'interne Salomon Haddad qui avait si mal confectionné le plâtre du jeune Abdane. C'était à l'hôpital de faire face à ses responsabilités, pas à un jeune médecin par ailleurs très bien noté. Avant de recevoir Zora, Sandoval avait consulté le récapitulatif des gardes du mois de mai 2005. Haddad n'avait pas eu de chance. Au moment de la relève de sa garde, le soir du 28, le confrère qui devait lui succéder avait déclaré forfait. Un lumbago récolté à la suite du déménagement d'une armoire, chez ses parents. Des aléas inévitables dans toute gestion du personnel. Un hôpital était *aussi* une entreprise, on le répétait suffisamment lors des réunions présidées par les administratifs… Haddad avait vaillamment assuré la suite, malgré le manque de sommeil. Si bien que lorsque Lakdar Abdane avait été admis à la consultation, il accusait déjà plus de vingt-quatre heures de présence dans le service. Même le plus borné, le plus obtus des juges ne pourrait pas ne pas en tenir compte.

Une histoire lamentable. Une accumulation de petites maladresses, pas trop graves considérées séparément, mais dont l'addition s'était révélée dramatique. Comme toujours lors de la survenue d'un syndrome de Volkmann. Et quand, dans la nuit du 29 au 30 mai, Lakdar avait été ramené aux Urgences, se tordant de douleur, avec ses doigts violacés, l'interne Haddad n'était plus là. Alors lui en vouloir, s'acharner contre lui, cela semblait bien injuste. Sans même parler de la responsabilité de la famille, des proches, enfin de ce père, qui ne s'était pas ému des souffrances de son fils dans les heures qui avaient suivi la pose du plâtre. Si la réaction avait été plus prompte, on aurait levé la contention, soulagé l'ischémie… Ce n'était tout de même pas de la responsabilité d'Haddad si un gosse de quatorze ans s'était retrouvé livré à lui-même dans un moment aussi critique ! Les Urgences étaient en permanence assaillies, surtout la nuit, de familles d'origine immigrée qui y amenaient leurs rejetons pour de petits bobos, tout simplement parce qu'elles n'avaient pas les moyens de régler une consultation de SOS Médecins… On les acceptait, le moyen de faire autrement ? Avec à la clé une charge de travail insensée, Haddad était bien placé pour le savoir.

Le seul point sur lequel Sandoval ne se sentait pas trop à l'aise concernait la suite des événements, soit du 1er au 30 juin, les consultations auxquelles s'était rendu Lakdar Abdane, accompagné de son père Ali. Trois au total. Salomon Haddad n'y avait pas pris part. À sa décharge. Il avait même oublié les péripéties de la nuit du 28 mai, tant ce soir-là il avait réparé de membres fracturés, suturé de plaies, prescrit des antalgiques, posé de perfusions, de cathéters, et aussi contresigné d'avis de décès.

Par la suite, un jeune chef de clinique, affolé par la situation, s'était senti autorisé à aiguiller Lakdar vers une consultation d'orthopédie infantile hautement spécialisée comme celle du Pr Viannet dans l'espoir de se défausser du dossier, alors même qu'il n'ignorait rien de l'état du jeune Abdane. Et de ses séquelles irrémédiables. Il était bien trop tard pour procéder à une intervention avec allongement des muscles et transplantation tendineuse, le protocole habituel préconisé dans ce genre de pathologie. Au point où en était arrivé Lakdar, aucun chirurgien, si habile fût-il, si grande fût sa renommée, telle celle de Viannet, n'aurait pu réparer les dégâts.

*

Sandoval reçut donc Zora Abdane. Très jolie femme. Jambes impeccablement galbées. Belle frimousse. Avec un brin d'agressivité bien pardonnable dès le début de l'entretien. Elle s'était un peu renseignée à propos du syndrome de Volkmann, probablement en consultant un des sites Internet de vulgarisation médicale qui permettent à tout un chacun de défricher un terrain des plus touffus. Malgré son désir de protéger l'interne Haddad, Sandoval laissa d'emblée entendre à mi-mot à son interlocutrice que oui, il y avait bien eu faute. Inutile de finasser, n'importe quel avocat spécialisé dans ce genre de dossiers n'aurait aucun mal à le démontrer, alors autant ne pas perdre de temps.

L'absence de pugnacité du médecin, qui paraissait bien las, prit Zora au dépourvu.

– Si vous entamez une procédure, sachez qu'elle sera longue, très très longue..., expliqua-t-il. Vous pouvez, enfin, votre petit cousin peut espérer obtenir des indemnités, et au vu du dommage subi, la main droite, n'est-ce pas, elles seront sans doute assez importantes. Il n'en reste pas moins que Lakdar ne guérira jamais. C'est totalement exclu. Les années qui viennent sont cruciales pour lui, comme pour tous les gamins de son âge, me direz-vous, mais encore plus pour lui. D'après ce que j'ai appris, ses résultats scolaires ne sont pas mauvais ?

Il reprit le couplet habituel sur la nécessité de redémarrer à zéro en apprenant à écrire de la main gauche... Zora le quitta, déstabilisée. Elle s'était promis d'effectuer cette démarche pour le principe, persuadée de se heurter à un mur. En cas d'échec, elle aurait eu la conscience tranquille et aurait pu faire face à Lakdar avec sérénité. À présent, le résultat était à l'opposé. Il y avait bel et bien une bataille à mener. Impossible de mentir à son cousin. Même s'il fallait attendre des années pour obtenir réparation, l'objectif n'était pas hors de portée.

*

En quittant l'hôpital, Zora traversa la moitié du département à bord de sa Clio pour se rendre à Certigny. Il était encore très tôt dans l'après-midi. Elle se présenta au portail du collège, fut reçue par le concierge Bouchereau et demanda à voir Lakdar. Bouchereau, tout d'abord décontenancé par une demande aussi inhabituelle, lissa longuement sa copieuse moustache, en chassa les brins de tabac Caporal Export qui y nichaient d'ordinaire, puis en référa à son supérieur hiérarchique, à savoir le CPE Lambert, lequel, après mûre réflexion, autorisa la visiteuse à se rendre au CDI, sous la surveillance du même Bouchereau. Une entorse au règlement. La fiche d'Abdane ne comportait en effet pas le nom de sa cousine Zora parmi les personnes autorisées à récupérer l'élève à la sortie de l'établissement, en cas d'urgence. En était-ce un ? C'est qu'il ne fallait pas prendre l'affaire à la légère, le bulletin de liaison syndical des CPE signalait le cas d'un père divorcé qui était venu kidnapper son fils en pleine classe, une sombre affaire qui avait récemment agité les collègues du département du Gard. Lambert décida de fermer les yeux. On ne pouvait tout de même pas se tenir sans arrêt sur le pied de guerre, sinon, autant déclarer forfait. Le brave Bouchereau ouvrirait l'œil. Et le bon.

Zora embrassa Lakdar et lui résuma en quelques phrases le résultat de ses démarches. Mlle Sanchez avait pris soin de faire le vide autour d'eux en priant un groupe qui squattait le coin des ordinateurs de déguerpir. La nouvelle laissa Lakdar indifférent. De la thune ? Ah oui ? Quelle importance ? Zora venait de lui confirmer, une fois de plus, qu'il n'y avait aucun espoir de retrouver une main valide. L'argument selon lequel l'argent qu'on pourrait arracher à l'hôpital lui servirait plus tard, pour payer des études supérieures au cas où il décrocherait son bac, lui parut bien inconsistant. La perspective était si lointaine, si abstraite…

Zora répéta les paroles qu'elle avait recueillies de la bouche de Sandoval. L'interne épuisé après une garde interminable, la panique aux Urgences, une succession de maladresses, bref, la fatalité… Elle expliqua qu'elle allait sans tarder contacter un avocat, entamer la procédure. Il lui faudrait y consacrer quelques économies, rogner sur le budget des travaux pour son salon de coiffure… Lakdar réalisait-il qu'elle se sacrifiait pour lui ? Bien sûr, il n'était pas si bête. Il n'avait plus envie de pleurer. Zora s'aperçut alors que sa main était recouverte de pansements. Il lui avoua sa crise de rage de la veille au soir, la séance d'automutilation qu'il s'était infligée. Elle lui fit jurer de ne plus jamais recommencer. Il jura. Sur le Coran.

26

Moussa n'était pas décidé à passer l'éponge sur une telle humiliation. Deux petits reubeus qui s'étaient permis de le défier, et voilà qu'il allait se retrouver viré du collège, avec l'éducateur de la PJJ qui lui prendrait encore la tête avec sa tchatche, le juge qui menacerait de lui pourrir la vie, toute la ronde des emmerdes qui allait recommencer ! Alors quitte à galérer, autant y aller à fond. Le soir même, il guetta Djamel à la sortie du collège et lui administra une belle raclée. Et cette fois-ci, pas de précautions, terminés les coups de pied dans les tibias, ou dans les côtes, histoire de camoufler les dégâts. Dans la gueule, direct. La vraie baston. Le tour de Lakdar viendrait plus tard. Quant à cette salope de Doblinsky, un jour, elle comprendrait sa douleur.

Y en avait ras le bol que ce soit toujours les blacks qui se bouffent toute la merde. Moussa avait gardé en mémoire l'expédition vengeresse de l'année scolaire précédente, en mars 2005. Tous les petits lycéens des quartiers de richards qui étaient partis en manif du côté de la Bastille, à Paris. De tous les coins du 9-3, on s'était donné le mot pour monter dans le RER. De cité en cité, ça n'avait pas fait un pli. Et ça avait déboulé sec, à plus d'un millier, toutes les bandes de La Courneuve, de Saint-Denis, de Montfermeil, de Sevran, d'Aulnay ou de Certigny, en plein milieu de la manif des bolos. Des petits gaulois bien gentils qui voulaient faire de bonnes études et tout, c'est sûr que ce qui les attendait, c'était pas la section chaudronnerie au LEP Pierre-de-Ronsard ! La teuf, ça avait été la teuf. À la Bastille, Moussa, il avait kiffé grave. Les bolos, ils chialaient en appelant leurs mères quand on les bastonnait pour taxer leurs portables ou leurs i.Pod. Et leurs petites meufs, bien sapées, look top fashion, elles en pouvaient plus de gueuler quand on leur chopait les nibards ! Un truc d'enfer, même que les keufs ils avaient été surpris, ils en revenaient pas.

Leur manif de nazes, aux bolos, elle avait été vite terminée ! Niquée direct ! Ça, c'était sûr, dès que les blacks commençaient à redresser la tête, tout le monde balisait, là-dessus, Dieudonné il avait bien raison. Le plan esclavage, fallait plus trop y compter.

*

Djamel n'osait presque plus sortir de chez lui. Il sécha le collège les derniers jours avant les vacances de la Toussaint. Son visage couvert d'ecchymoses faisait peine à voir. Ses parents ne se formalisèrent pas. Bien avant lui, son grand frère Bechir était souvent rentré au bercail dans un tel état. Des bagarres de gosses, rien de plus. Et d'ailleurs, c'était ainsi que Bechir s'était endurci et avait trouvé une place de videur au Sexorama de la place Pigalle, un vrai travail où il ne se salissait pas les mains et ne courbait pas l'échine sous les ordres d'un cheffaillon raciste, comme le daron, sur ses chantiers... Ceinture noire de karaté, il était, Bechir, et ça, c'était mieux que tous les diplômes pour obtenir le respect ! Manque de chance, il s'était tué à moto sur le périph'. Bon, du moment que Djamel ne s'était pas attiré les foudres de l'imam comme dans l'affaire des DVD pornos, mieux valait fermer les yeux. Les courriers du CPE Lambert, Djamel les piquait dans la boîte aux lettres, il n'y avait rien à craindre de ce côté-là, les vieux ne s'apercevraient de rien. En fin de trimestre, ils regardaient vaguement le bulletin, et de toute façon ils y pigeaient que dalle. Pour eux, du moment que leur fils fréquentait le collège, tout allait bien.

Inquiet, Lakdar vint lui rendre visite. Djamel vivait dans la terreur de retourner à Pierre-de-Ronsard. Moussa était bien déchaîné, super véner, et ça n'était pas la perspective du conseil de discipline qui allait le calmer. Le collège, il en avait plus rien à secouer. Encore moins de la suite, l'orientation en section chaudronnerie pour l'année suivante, il y irait jamais. Son projet, c'était de monter un *crew*, une bande de rappeurs, et de se faire un max de thune avec les CD vendus et les clips qui passeraient en boucle sur MTV. Avec des petites meufs en string auxquelles il roulerait des pelles sur le capot de sa BM, comme Parisa, la Baby Girl du mois dans *Groove*! Une Thaïlandaise canon, mensurations 85-63-90 ! La classe ! Il arrêtait pas de le répéter dans la cour de récré en exhibant sa photographie sur papier glacé.

Lakdar tenta de rassurer son copain à l'aide de quelques arguments pour le moins hasardeux. Et d'un, Moussa allait se faire virer, et de deux, il vivait aux Sablières, pas au Moulin, alors il faudrait vraiment qu'il soit ouf pour se lever le matin et faire le trajet jusqu'à Ronsard rien que pour lui casser la gueule encore un coup ! Djamel ne voulait rien entendre. Moussa le terrorisait. Il fallait chercher une protection efficace, n'importe laquelle. L'idée germa dans la cervelle de Lakdar. Puisqu'il s'agissait en quelque sorte d'un différend d'ordre religieux, on pouvait escompter obtenir une aide du côté de Samir, Aziz et toute la petite bande des salafistes. La proposition séduisit Djamel, qui se laissa entraîner jusqu'à la librairie que tenait Samir.

L'accueil fut des plus froids. Samir était assis derrière la caisse, à écouter une cassette de chants du ramadan. La famille Meguerba ? Il l'avait définitivement classée parmi les mauvais éléments de la cité du Moulin. Le grand frère Bechir tombé dans la débauche, Djamel qui suivait son exemple, il y avait beaucoup mieux à faire que de perdre son temps avec une telle engeance. Lakdar se fit insistant et déploya tous les trésors de sa modeste éloquence pour convaincre son interlocuteur de la gravité de la situation. Samir se laissa fléchir. Il abandonna la caisse à son second, Aziz, et s'en alla rendre visite à l'imam Reziane, qui occupait un logement situé à quelques blocs d'immeubles de la librairie.

Il en revint trois quarts d'heure plus tard, le visage fermé, les lèvres plissées dans une moue de mépris. Le verdict était formel, définitif. L'imam ne voulait pas entendre parler de bagarres entre bandes d'adolescents, on savait très bien à quel point cela pouvait dégénérer, par conséquent, il était hors de question de se laisser piéger dans un conflit potentiel entre les Sablières et le Moulin. Que Djamel Meguerba fasse sincèrement acte de repentance pour ses égarements passés, et alors, sans nul doute, Allah le Clément, le Miséricordieux, lui viendrait en aide. Lakdar se risqua à expliquer qu'il ne s'agissait pas de bande, mais de Moussa, et de lui seul, rien n'y fit. Samir lui enjoignit de quitter les lieux. Les deux gamins rebroussèrent chemin, piteux.

27

Il était déjà tard, et Lakdar rompit le jeûne en avalant quelques gâteaux au miel qu'on vendait un peu partout dans la cité sur des tréteaux dressés en bas des immeubles. Slimane était revenu. Lakdar aperçut sa voiture, garée sur le parking.

Il sonna à la porte de son studio, les brochures sur les feujs camouflées dans un sac Auchan, pour plus de discrétion. L'œilleton pivota à plusieurs reprises avant que la porte s'ouvre. Slimane l'accueillit avec chaleur. Il semblait pourtant très occupé, très agité. Lakdar brûlait de lui confier sa détresse, sa main définitivement paralysée, le procès qu'allait intenter la cousine Zora, et les autres soucis, la galère endurée par son copain Djamel... Mais Slimane, nerveux, les yeux rougis par la fatigue, n'était guère disposé à l'écouter. Il prépara un thé, comme à chacune des visites du jeune garçon, et s'isola de longues minutes dans la salle de bains après que la sonnerie de son portable eut retenti. Durant toute la conversation, Slimane parla à voix basse, si bien que Lakdar ne put rien entendre de ce qui se disait. Après quoi, ils s'assirent tous deux, sur les poufs, au beau milieu du salon, près du tapis de prière enroulé et posé contre un mur. Slimane paraissait plus détendu.

– Ça avance, ça avance..., murmura-t-il. Tu te souviens, à Bali, au début du mois, les combattants de l'islam ont frappé, et bien frappé! Vingt-huit morts, ces chiens de touristes qui se prélassent sur les plages, avec leurs femmes à demi nues, de vraies putains... Et tous les jours, en Irak, les commandos d'Abou Moussab Al-Zarkaoui, que Dieu lui accorde Son salut et Sa bénédiction, font régner la terreur chez l'ennemi américain… et encore mieux, chez nous, en Algérie, le GSPC refuse la trêve de Bouteflika, sa soi-disant « réconciliation nationale », il peut toujours se l'accrocher où je pense… ce n'est rien d'autre qu'un valet aux ordres des Français ! Partout en Algérie, nos frères sont traqués dans les maquis par son armée, un jour ou l'autre il paiera, lui et toute sa clique !

GSPC ? Lakdar ignorait totalement la signification de ce sigle. Il posa la question.

– Groupe salafiste pour la prédication et le combat…, précisa Slimane.

– Des salafistes, s'étonna Lakdar, comme Samir, Aziz et les autres ?

– Ah non, Lakdar, crois-moi, ceux-là, ce sont des vrais combattants, pas des frimeurs, des clowns qui se contentent de se déguiser…, répondit Slimane avec indulgence. Depuis des années, ils n'ont pas déposé les armes, et ils vont porter le Djihad jusqu'ici… leur émir Abdelmalek Droukdal l'a déclaré, juré ! La France est au premier rang parmi leurs cibles ! Ils rejoignent le camp du Djihad international… Et il n'y a pas que ça, si Dieu le veut, nos frères iraniens auront bientôt la bombe atomique, tu entends, Lakdar, la bombe atomique ! Les Pakistanais l'ont déjà, mais ils sont inféodés aux Américains et aux juifs… les Iraniens, ça va être tout autre chose ! *Inch Allah*, nous allons vaincre, Lakdar !

Lakdar était un peu perdu. Voilà que les salafistes devenaient respectables, alors qu'il les méprisait, suite à la défection de Samir dans le différend qui l'opposait à Moussa. La réalité était décidément bien plus complexe qu'on ne pouvait le croire à première vue. Slimane était d'un précieux secours pour défricher tous ces mystères.

– Ne parle pas de tout ça avec ton père, reprit ce dernier. On l'a souvent entendu cracher sur les moudjahidin, dans les bistrots où il va picoler…

Lakdar hocha la tête, intimidé. Ainsi, ce que Slimane lui reprochait, ce n'était pas de siroter de la boukha avec ses copains durant leurs parties de dominos, comme il l'avait cru, non, c'était bien plus grave. À présent, il comprenait le sens de ses récriminations quand Ali se laissait aller à bougonner tout seul devant la télé, notamment après les attentats de Londres ou de Madrid. Lakdar se souvenait parfaitement de ses paroles, même si sur le moment il n'en avait pas perçu toute la signification… *Ça se rapproche, Lakdar, ça a commencé comme ça, chez nous, on s'est pas méfiés, et quand on a compris, il était trop tard, c'est la guerre qui recommence, pas celle contre les Français, pour l'indépendance, non, Lakdar, la guerre entre nous, Algériens contre Algériens…* Lakdar sentit ses joues s'empourprer.

– N'aie pas honte, reprit Slimane, tu n'es pas responsable de sa conduite, ce n'est rien qu'un ivrogne, et l'important, c'est que toi, tu sois un bon musulman ! Mais méfie-toi de lui, on ne sait jamais… il y a des signes qui ne trompent pas !

Lakdar garda le silence et but son thé à petites gorgées. Slimane semblait perdu dans ses pensées. Lakdar lui montra le sac Auchan qui contenait les brochures qu'il lui avait prêtées. Il les lui rendait, impeccables, pas abîmées, même pas cornées aux pages qui lui avaient semblé les plus chargées de sens. Slimane le dévisagea avec une gravité soudaine.

– Je peux te faire confiance ? demanda-t-il.

Lakdar se sentit humilié par la question. Il aurait fait n'importe quoi pour mériter l'estime de Slimane, qui savait tant de choses et avait la gentillesse de les lui faire partager, lui ouvrant ainsi les yeux sur la complexité du monde. L'idée qu'un soupçon de défiance persistait, envers et contre tout, lui était totalement insupportable. Slimane perçut son trouble. Il se leva et vint étreindre l'épaule du jeune garçon dans un geste de complicité virile.

– Je le savais…, murmura-t-il. Tu es un peu comme mon petit frère, Lakdar, et j'aurais aimé que tu le sois vraiment. Écoute, je vais te montrer quelque chose, mais il ne faudra en parler à personne. Tu as compris qui sont les juifs, maintenant… Il faut que tu apprennes comment on doit les traiter ! Ils méritent rien d'autre !

Il partit fouiller dans le fatras de documents qui encombraient la pièce et en extirpa une cassette VHS. Qu'il enclencha dans son magnétoscope. Le document était de mauvaise qualité. Sans doute repiqué, dupliqué à maintes reprises. À force, il avait perdu de sa brillance, de sa netteté. Slimane se rapprocha de Lakdar tandis que les premières images commençaient à défiler. Il lui passa affectueusement un bras autour des épaules.

– Regarde bien, petit frère, regarde bien..., murmura-t-il, la bouche plaquée contre son oreille.

Un homme accoutré d'un survêtement grossier, de couleur orange, à l'imitation de celui des détenus de Guantanamo que l'on voyait à la télé, était assis dans une pièce nue. Un homme encore assez jeune, une quarantaine d'années peut-être. Les yeux bandés, les mains et les pieds entravés par des menottes. Un flash puissant éclairait la scène. Le prisonnier sembla effrayé par les bruits qui venaient de troubler le silence de sa cellule. On lui arracha son bandeau et il fut aveuglé par la lumière crue qui inondait la pièce. Ils étaient trois, vêtus de treillis camouflés, porteurs d'une cagoule. L'un d'eux saisit le prisonnier par les cheveux et le força à regarder la caméra, droit devant lui. Il lui tordait violemment la tête en arrière, lui arrachant un rictus de souffrance.

– Dis ce que tu es, ordonna-t-il.

Le prisonnier articula quelques paroles incompréhensibles. Le tortionnaire le gifla pour l'encourager à répéter.

– Tu as oublié ? Pourtant la dernière fois, tu avais bien appris ta leçon, alors récite-la !

– Je suis juif, je viens du côté de ma mère d'une famille de sionistes, mon père est juif, ma mère est juive, je suis juif...

Il s'exprimait en anglais alors que les questions étaient posées en arabe. Lakdar n'eut aucun mal à saisir, tant le dialogue était rudimentaire.

– *I am a Jew, my father is a Jew, my mother is a Jew... I am a Jew... I am a sionist ! My family is sionist !*

– Dis pourquoi tu vas mourir !

– Parce que je suis un espion... *Because I am a spy... a sionist spy...*

– OK, tu as tout compris... *you have understand... no problem ! You have children ?*

– Yes, a son, and a daughter… very young, two and three years old…

– OK, you are a Jewish spy… and two children, small Jewish children… And now, you're going to die! And soon, your children will die too…

L'homme qui menait l'interrogatoire se redressa et sortit un long coutelas de son treillis. Ses acolytes immobilisèrent le prisonnier qui commençait à se débattre. Tous trois fixaient la caméra qui zoomait sur le moindre de leurs gestes. Le coutelas s'approcha du cou du prisonnier et commença à entamer les chairs. La tâche n'était pas aussi simple qu'il y paraissait. Une simple poussée n'y suffisait pas, il fallut s'y reprendre à plusieurs reprises.

Lakdar fixait l'écran du téléviseur, le souffle court. Le supplice dura plus d'une minute avant que la tête de l'espion sioniste fût enfin détachée du tronc. Des gerbes de sang fusèrent sur les murs, les uniformes des tortionnaires, le sol carrelé de blanc. Le chef finit par brandir la tête du supplicié devant l'objectif, en la tenant par les cheveux. L'espion sioniste décapité continuait de cligner des yeux, la bouche animée de mouvements saccadés, comme s'il avait voulu délivrer un ultime message, à jamais captif de sa gorge béante.

La cassette arrivait en bout de course et se bloqua.

– Il… il était déjà mort, enfin, tout de suite ? demanda Lakdar après un long moment de silence.

– J'espère que non, ricana Slimane, tu veux qu'on se la repasse ? Allez, je la remets !

Il actionna les touches du magnétoscope. La bande se dévida une deuxième fois. Le coutelas qui entamait les chairs, le sang qui jaillissait, la supplique muette échappée de la bouche du condamné… Slimane se rassasiait de ce spectacle et cherchait à faire partager son exaltation. Lakdar, en dépit de toute sa bonne volonté, resta pétrifié, incapable de formuler la moindre parole.

– Ça fait plutôt zarbi, hein ? reprit Slimane. C'est un juif, petit frère, un feuj, n'oublie jamais ! Il peut toujours appeler son père, sa mère, il a payé pour tous les crimes de sa putain de sale race… Celui-là, on l'a pécho et il a bien morflé !

Emporté par la haine, Slimane venait de retrouver les accents de la cité ou de son séjour à Fleury-Mérogis. Il se reprit, soudain calmé.

– Tu la veux, la cassette? proposa-t-il. Je te la donne... Tu sais, il faut la regarder bien plus qu'on ne l'a fait... dix fois, vingt fois, et alors tu t'habitues. Tu regardes ça de plus en plus cool, tu comprends le sens profond du Djihad, tu comprends que la pitié, c'est nul, c'est comme si tu te retrouvais devant les commandos de Sharon, et alors t'as envie de les éclater, sinon, c'est eux qui vont te niquer.

À cet instant, Slimane marqua une courte pause.

– Mais ce qu'ils n'ont pas compris, c'est que nous, nous aimons la mort autant qu'ils aiment la vie! Et c'est ça qui nous rend invincibles, ajouta-t-il, les yeux mi-clos, comme pour mieux savourer les mots qu'il venait de prononcer.

Lakdar était abasourdi. La violence des images était telle qu'il sentit des coulées de sueur lui glacer le dos. Ce n'était pas si désagréable, c'était beaucoup plus compliqué, mystérieux, un sentiment très trouble, qu'il n'avait jamais éprouvé jusqu'alors. Il avait bien compris qu'il ne s'agissait pas de « cinéma », comme dans *Cannibal Holocaust*, ou *Saw*... l'espion sioniste avait été réellement exécuté, sans trucage, sans artifice. Le couteau était vrai, le sang était vrai, la tête séparée du tronc idem, avec les grimaces spasmodiques qui continuaient d'agiter le visage du supplicié. Comme les photos de la prof de violon de Vadreuil. Sauf que là, on voyait avant, pendant, et après... En direct.

Le silence, de nouveau. Slimane fixait Lakdar avec bienveillance, attentif à ses réactions.

– Mais toi... toi, tu le fais, le Djihad? demanda timidement le jeune garçon.

Les allées et venues incessantes de Slimane, ses disparitions fréquentes, ce boulot mystérieux à propos duquel il restait si évasif, et surtout son comportement profondément modifié depuis sa sortie de prison, ses costumes de gaulois, discrets et élégants, sa voiture, tous ces journaux qu'il passait tant de temps à lire, la passion de l'islam qui l'animait, sans oublier son mépris pour la bande des salafs de la cité, Samir & Cie, ces bouffons qui passaient leur temps à se prélasser dans leur librairie alors qu'ils n'étaient même pas foutus de protéger Djamel, leur frère musulman, tout cela dessinait un tableau qui ne laissait pas le moindre doute.

– Le Djihad? À ma façon, oui..., confirma Slimane. Mais je ne peux pas trop t'en parler.

Lakdar n'en éprouva que plus d'admiration envers son aîné. Même s'il ne saisissait pas tout ce que Slimane tentait de lui faire comprendre, il restait un point essentiel : lui au moins, il ne se laissait pas humilier, il redressait la tête. Pas comme son père, qui n'en pouvait plus de pousser sa balayeuse automatique dans les couloirs de Charcot et de picoler pour oublier le néant de sa vie. D'un autre côté, Slimane ne passait pas son temps à parler de thune, comme la cousine Zora, bien gentille, d'accord, mais entre les travaux de son salon de coiffure, ses vacances aux Antilles qui coûtaient un max et ses histoires d'avocat, « un lourd sacrifice », elle arrêtait pas de se prendre la tête avec ça. Non, Slimane, au contraire, il parlait des vrais problèmes, des souffrances réelles des musulmans, en Palestine ou en Irak, et de ceux qui résistaient, comme en Iran. Il voyait plus large, beaucoup plus large. Il s'en était sorti, de la merde. Et sans travailler au collège, même si, en revanche, il encourageait Lakdar à bien étudier.

– Et si je voulais le faire, moi aussi, le Djihad?

– Tu es trop jeune...

– En Palestine, c'est les petits qui jettent des pierres contre les tanks sionistes !

– Ici, en France, il y a mieux à faire que de jeter des pierres, Lakdar, beaucoup mieux...

Slimane plissa le front dans un effort de réflexion.

– La patience est la première vertu du combattant ! reprit-il, d'un ton sentencieux. Si Dieu le veut, nous en reparlerons un jour, d'ici quelques années ! La lutte sera longue, très longue... Je compte sur toi, petit frère, nous avons besoin de savants, je te l'ai déjà dit. Alors continue d'apprendre !

Ce soir-là, Lakdar rentra chez lui sans se poser de questions sur le « nous ». Même plus la peine. Il avait compris. L'affaire était entendue. Si Slimane avait besoin de lui, Lakdar saurait désormais se rendre utile. Et ce n'était pas le moindre des réconforts que de sentir qu'on pouvait servir une cause. Quelque chose qui vous dépassait, qui faisait oublier tout le reste ! La misère de la cité, sa mère Rachida enfermée quelque part au bled, la compagnie de tous les nullards analphabètes qu'il était bien obligé de côtoyer au collège… sa main paralysée, un peu, aussi. Pas tout à fait, mais quand même.

Petit frère, Slimane l'avait appelé petit frère ! Un cadeau inestimable. Jamais il n'en avait reçu de si précieux. En rentrant chez lui, il se répéta la formule *petit frère, petit frère, petit frère*, comme un sésame qui allait lui ouvrir la porte d'une existence enfin digne.

« La patience est la première vertu du combattant !… Abou Moussab Al-Zarkaoui !… La lutte sera longue, très longue !… L'émir Abdelmalek Droukdal !… Nous aimons la mort autant qu'ils aiment la vie ! »

Djamel, il allait être complètement scié.

28

Le 22 octobre, les vacances de la Toussaint arrivèrent enfin. Anna était éreintée. La tension nerveuse accumulée depuis la rentrée l'avait laissée sans forces. Elle passa deux journées entières à traîner dans son studio en pyjama, se laissant aller à une douce hébétude, après d'interminables grasses matinées... Ce n'était pas désagréable, mais cette apathie ne faisait que renforcer sa morosité. Elle traversait une période de solitude, affective autant que sexuelle, sans toutefois trop en souffrir. Elle était d'humeur volontiers cyclothymique et s'y était accoutumée. Pour tenir le choc depuis la rentrée de septembre, elle avait dû mobiliser toutes ses ressources afin de ne pas céder au découragement. L'idée d'avoir à endurer un tel quotidien pour des années et des années, voire toute une carrière, la plongeait dans la perplexité. Certes, après avoir acquis les points nécessaires au barème, elle pourrait briguer un poste mieux protégé que celui de Pierre-de-Ronsard, ce que l'administration rectorale ne manquait pas de faire valoir à la piétaille qu'elle expédiait en ZEP sans la moindre expérience du métier...

Il n'en restait pas moins que sa vie professionnelle se résumerait à tenter d'inculquer quelques rudiments de grammaire, d'orthographe ou de syntaxe à des « apprenants » qui, pour la plupart, ne comprenaient strictement rien à la portée de l'enjeu et n'adhéraient donc pas au projet. Il fallait se convaincre que tout cela avait un sens. Pour dix Moussa, il restait toujours un Lakdar. La fenêtre de tir était exiguë, mais existait bel et bien.

Au fil de longues promenades dans Paris, elle se persuada que la déprime sournoise qui la guettait n'était qu'un rite de passage, un mauvais virage à négocier, rien d'autre que l'entrée dans l'âge adulte, la fuite hors du cocon familial, la confrontation avec l'adversité. Il n'y avait rien à regretter. Inutile de regarder en arrière, de se laisser aller à la nostalgie. Les cours à la Sorbonne, les glaces à l'italienne place Saint-Michel, les balades nonchalantes le long des quais de la Seine jusqu'à la pointe de l'île Saint-Louis, c'était fini. Cela s'appelait le passé, un mot en apparence anodin, dont elle allait devoir apprendre à savourer toute l'amertume.

*

Le 27, son père l'invita à visiter l'expo *Mélancolie, génie et folie en Occident*, aux Galeries nationales du Grand Palais. Ils déambulèrent dans les salles, devant le *Saint Jean endormi* de Martin Hoffmann, *L'Ange du foyer* de Max Ernst, le *Portrait du docteur Gachet* de Van Gogh, *Le Malade d'amour* de George Grosz ou le *Cinéma à New York* d'Edward Hopper. Autant de rappels du mal étrange et pernicieux. Anna fut grandement impressionnée par une sculpture de Ron Mueck, *Big Man*, une troublante composition hyperréaliste en résine de polyester. Un colosse nu, chauve et bedonnant de deux mètres de haut, recroquevillé dans un coin de mur, la tête appuyée contre sa main gauche, l'avant-bras droit replié comme pour protéger sa poitrine, le regard d'une noirceur intense, que venait souligner la moue profondément désabusée qui figeait son visage. Effrayant de prime abord, mais à force de scruter ses traits, on ne pouvait s'empêcher de ressentir une profonde empathie à son égard. La souffrance qu'il exprimait était si intense, si communicative, qu'Anna sentit sa gorge se nouer. Elle tourna les talons.

En quittant le Grand Palais, Simon Doblinsky entraîna sa fille en bas des Champs-Élysées, vers la Concorde. Ils marchèrent côte à côte, tout d'abord silencieux, puis Simon se risqua à poser quelques questions sur ses premières semaines de collège. La prestation d'Anna, tout en dérision, lors de la dernière visite de l'oncle Hershel, ne l'avait pas convaincu. Une chose était de singer les collègues, de saisir leurs travers, d'imiter leurs petites manies, c'en était une autre de faire front devant des élèves aussi incultes que déchaînés. Rien à voir avec les joyeux chahuts de potaches qu'il avait lui-même connus lors de sa jeunesse… À se montrer cruel, voire sadique, vis-à-vis de tel ou tel prof, on n'en perdait pas moins les repères essentiels, la culture si précieuse que dispensait l'institution, le code des valeurs avec lequel il était autorisé de louvoyer, mais que le plus ardent des déconneurs n'aurait jamais remis en cause sur le fond. Dans les fastueuses années 70, nombre de ses amis ne s'étaient pas privés de crier haro sur la « culture bourgeoise », mais tous sortaient de Normale sup'. Posture arrogante, simple privilège de nantis.

Anna répondit aux questions de son père avec sincérité. Oui, c'était dur, très dur même. La violence qui régnait au collège, dans la cour de récré comme dans les couloirs, les incidents à répétition en classe, les bagarres incessantes, le niveau effarant des élèves après tant d'années de scolarité, les trois cents mots de vocabulaire dont ils disposaient, en comptant large, le néant culturel, l'agressivité à fleur de peau, la détresse sous-jacente, l'océan de misère dans lequel ils surnageaient, oui, c'était dur, très dur. Ce n'était pas réellement un travail de prof. Anna ne savait comment le qualifier. En quelques phrases, elle dressa un portrait de Moussa. Du désastre Moussa. Il était arrivé en bout de course, la tête farcie de rêves qui lui resteraient à jamais inaccessibles. Le collège l'avait doucement amené au bord du gouffre. Dans quelques mois, il y basculerait. Cependant elle ne cacha pas sa satisfaction de le voir exclu.

– C'est lui ou moi, confia-t-elle. Il faut qu'il dégage, au conseil de discipline, je ne vais pas me gêner. Aucune échappatoire. J'essaie de me protéger, on ne peut pas me le reprocher, ce gamin, c'est une plaie, une véritable plaie… Un seul élément comme lui et toute une classe se retrouve foutue !

– Fais bien attention, si tu tiens ce genre de propos au mauvais moment, devant un mauvais public, on va te soupçonner d'être une affreuse réactionnaire, voire te taxer de racisme, la prévint Simon avec une pointe de malice.

Il caressa la joue de sa fille avant de l'embrasser. Il sentait bien qu'elle ne lui avait pas tout dit, mais se refusa à l'importuner davantage. Ils se séparèrent. Simon acheta *Le Monde* à un kiosque de la place de la Concorde. Le quotidien titrait sur les dernières frasques du régime iranien, qui multipliait les signes de radicalisation. Dans un discours qui ne devait rien à l'improvisation, mais au contraire à une provocation sciemment réfléchie, le président Ahmadinejad appelait à rayer l'État hébreu de la carte. *Quiconque reconnaît Israël brûlera au feu de la fureur de la oumma musulmane*, avait-il déclaré. Le dessin de Plantu le caricaturait entouré de mollahs, avec une maquette de centrale nucléaire entre les mains, et un brassard sur lequel la croix gammée des nazis était remplacée par le pictogramme atomique…

Simon pâlit, secoua la tête, incrédule, plia le journal et le glissa dans la poche de son veston.

Anna avait poursuivi son chemin à pied, à travers les jardins des Tuileries. Aux abords du Louvre, alertée par la manchette, elle acheta à son tour le journal.

29

L'équipe du commissaire Phan Hong avait commencé à tisser sa toile autour de la Brèche-aux-Loups et ce n'était pas une sinécure. Les difficultés inhérentes à la topographie, l'impossibilité absolue de pénétrer dans la cité elle-même sous peine de mettre la puce à l'oreille des dealers menés par Alain Ceccati et, d'après les informations transmises par les collègues des RG, un curieux climat de nervosité qui régnait dans les communes alentour, sans trop qu'on sache pourquoi... Des signes presque imperceptibles, que seuls quelques vieux briscards rompus aux subtilités du terrain étaient à même de ressentir, de façon quasi épidermique. Des signes qui n'annonçaient rien de bon.

*

Le 26 octobre, Verdier fit le point avec Phan Hong dans son bureau du palais de justice, débarrassé du portrait de Boubakar sur injonction de son supérieur hiérarchique. Les premiers rapports étaient positifs. Phan Hong avait identifié les nombreuses voitures qui venaient rôder près de la cité, surtout les soirs de fin de semaine. Elles arrivaient par l'autoroute ou la N3 et se garaient aux alentours. De là, les clients se dirigeaient à pied vers le bâtiment C de la Brèche-aux-Loups et gagnaient le quatrième étage. Ceccati avait en quelque sorte réquisitionné un deux-pièces dont l'Office HLM s'était désintéressé, et qui se trouvait à l'abandon. L'ascenseur était perpétuellement en panne, méticuleusement saboté, si bien que la société chargée de la maintenance avait déclaré forfait.

– Ceccati a carrément installé un guichet…, une sorte de tréteau, comme un théâtre de marionnettes, c'est incroyable, expliqua Phan Hong, et ça défile toute la nuit. Une vraie supérette ! L'entrée de l'escalier est filtrée par toute une escouade de petites frappes, prêtes à écarter les curieux, mais des curieux, il n'y en a pas. Les locataires se terrent chez eux dès la nuit tombée. La livraison de la came s'effectue à bord de voitures volées et maquillées, impossible d'en isoler une, les plaques d'immatriculation sont régulièrement changées. Pas la peine de chercher de ce côté-là. Pour réaliser un bon flag, la seule technique viable, c'est de pénétrer sans se faire repérer dans un appartement situé à l'étage supérieur, d'y incruster une équipe et de leur tomber sur le râble au moment opportun. Il y en a un de libre, j'ai vérifié auprès de l'Office. Tout se jouera en une minute à peine. Avec une deuxième escouade qui arrivera en sens inverse, du rez-de-chaussée, pour couper toute possibilité de retraite… Pas facile, il y a des issues de secours partout, au moins sur ce point-là, les architectes ont bien fait leur boulot. Ce qui veut dire qu'il nous faudra une bonne centaine d'intervenants pour boucler correctement tout le bloc d'immeubles. Qui devront investir la cité en un temps record et foncer droit sur la cible. Quand je donnerai l'ordre de passer à l'action ce sera la panique et toute la difficulté consistera à laisser filer les clients pour se concentrer sur Ceccati et son équipe… il faut les choper avec la marchandise et tout le fric liquide qu'ils auront récolté, rafler le maximum de preuves. Sinon, on va droit au plantage.

Phan Hong déploya le plan de l'immeuble qu'il s'était procuré auprès de l'Office HLM. Il avait hachuré de rouge le deux-pièces où officiait Ceccati, de vert l'escalier qui y menait, et de bleu les issues de secours. Il étala une série de photos du chef de gang et de ses sbires. Certaines de très mauvaise qualité, prises au téléobjectif, de nuit. D'autres, plus satisfaisantes. Verdier en eut l'eau à la bouche. En un seul week-end, c'étaient plusieurs centaines de clients qui venaient se fournir à la Brèche. Le bénéfice était considérable. Avec, à la clé, quelques overdoses. Des gamins qui crèveraient illico, d'autres qui se shooteraient à l'aide de seringues infectées et connaîtraient une agonie étalée sur des années, minés par l'hépatite ou le VIH.

– Gonflé, le mec, reprit le commissaire, il a abandonné le deal de rue pour passer à la vitesse supérieure. Il n'est pas le seul, c'est de plus en plus fréquent.

Verdier lui demanda comment il comptait infiltrer son petit commando dans l'appartement situé à l'étage au-dessus de celui où officiait Ceccati.

– On débarque en hélico ! répondit Phan Hong en éclatant de rire. On se les fait à la *Apocalypse Now*, ça aura de la gueule !

Le petit Vietnamien se mit à fredonner l'air de la *Chevauchée des Walkyries* et à agiter les bras pour imiter le mouvement des pales, ce qui ne manquait pas de sel. Il chantait faux, mais son évocation de l'hélico avait de quoi réjouir.

– Non... sérieusement, d'après nos constatations, vers les cinq heures du mat', reprit-il, tout ce petit monde est fatigué après une longue nuit de labeur. Alors ça roupille, la vigilance se relâche. C'est le moment idéal pour la percée. Mes gars, cinq ou six, pas plus, se présenteront à l'entrée de l'immeuble, un par un, tranquilles, mais s'ils croisent un seul chouf encore réveillé, c'est foutu... Il faut tabler sur un coup de bol. C'est la grande inconnue. Après, ils devront patienter toute une journée et une grande partie de la soirée dans leur planque. Avec un ravitaillement minimum. Et si ça vous intéresse, monsieur le substitut, pour entrer dans les détails très concrets, pas question d'utiliser les toilettes, en tout cas, de tirer la chasse, à cause du bruit... ça n'a l'air de rien, mais ça compte.

Verdier hocha la tête, impressionné. En homme d'expérience, Phan Hong affichait une certaine sérénité. Il replia méthodiquement ses plans, rangea sa galerie de portraits.

– Et les armes ? demanda Verdier.

– Ils en détiennent, c'est sûr, et ils sont déterminés à s'en servir. Mais en leur fonçant dessus à l'improviste, on aura l'avantage. Il faut y aller carrément, avec les projecteurs, les sirènes, le grand cirque, qu'ils sentent tout de suite qu'on a la maîtrise du terrain et qu'ils n'ont aucune chance de s'en sortir. Généralement, ça apaise.

En échange de ce plan de bataille, Verdier n'avait pas grand-chose à offrir à Phan Hong. Il s'était adressé à l'administration pénitentiaire dans le but de savoir qui Ceccati avait côtoyé durant son séjour à Fleury-Mérogis. Quel caïd de la dope il avait bien pu croiser en cellule ou dans la cour de promenade pour réussir un début de carrière aussi spectaculaire, en quelques mois à peine. Un réseau dont il aurait repris le flambeau, recueilli l'héritage, perpétué la tradition... Les contacts, la filière de fournisseurs... Sans résultats. Ses courriers s'étaient perdus dans les sables mouvants de la bureaucratie. Il n'y avait pas de raisons de désespérer, mais l'attente risquait de durer. Phan Hong ne lui en tint pas rigueur.

– Dites-moi, je pourrais, éventuellement, venir vous accompagner, une nuit ? risqua Verdier, presque avec timidité.

– Vous, un magistrat ? s'étonna le commissaire. Après tout, pourquoi pas ?

*

Le soir même, peu après vingt-trois heures, Richard Verdier, cornaqué par un membre de l'équipe, une très jeune femme aux allures de lycéenne, à la chevelure tressée en couettes et vêtue d'un duffel-coat, pénétra dans le chantier de construction de la tour de bureaux qui offrait une vue appréciable sur la cité de la Brèche-aux-Loups. Il avait enfilé une parka, chaussé des Pataugas et se sentait un peu ridicule. Il dut piétiner dans la boue, puis gravir un à un les étages menant au poste d'observation, en prenant garde de ne pas déraper sur les marches de béton nu couvertes de détritus. La fille qui le guidait portait une minuscule lampe frontale à diodes. Un filet de lumière bleutée éclairait leurs pas. L'escalier s'interrompit brusquement, face à un pan de parpaings. Verdier dut prendre son élan et opérer un rétablissement pour accéder au poste de guet proprement dit, une plate-forme hérissée de tiges de ferraille située au dernier niveau. Son arthrose se rappela à son bon souvenir, comme pour souligner que ce genre d'expédition n'était plus trop de son âge. Il faisait assez clair, un gros quartier de lune baignait cette portion de la ville d'une pâleur laiteuse.

Phan Hong et quatre de ses équipiers étaient déjà assis à même le sol, autour du trépied d'une paire de jumelles à infrarouge. Ils cassaient la croûte, un sandwich chacun, une bouteille d'eau minérale circulant de l'un à l'autre. Un cinquième se tenait à genoux, les yeux rivés au viseur. La fille qui avait conduit Verdier jusque-là s'éloigna de quelques pas. Il la vit se tortiller en baissant son jean et s'accroupir derrière un amas de planches. Il détourna le regard, par pur réflexe. Elle rejoignit le groupe en sifflotant, après s'être soulagée.

– Ça arrive, ça arrive, c'est bonnard ! s'écria le type qui observait à la jumelle, soudain excité.

Phan Hong se leva et vint lui succéder. Il hocha la tête, satisfait, avant d'inviter Verdier à jeter à son tour un coup d'œil dans le viseur. Le substitut ne se fit pas prier. Le spectacle était réjouissant. On distinguait nettement l'appartement où se déroulait le deal. Ceccati en retrait, un de ses adjoints qui distribuait la came, un autre qui empochait le fric, un troisième qui le récupérait pour disparaître dans la seconde pièce. Il attachait les billets récoltés à l'aide d'élastiques, tel un paisible petit commerçant dans son arrière-boutique.

– Pas mal, non ? gloussa Phan Hong.

Un de ses adjoints se hâta de mastiquer les dernières bouchées de son sandwich, ouvrit un gros sac et en sortit un appareil photo à téléobjectif. Un véritable monstre. Il se cala au jugé sur la visée des jumelles et commença à mitrailler, accroupi, les coudes en appui sur ses genoux écartés. Du travail d'artiste.

– Impressionnant, chuchota Verdier. Mais... on en a déjà assez pour les coincer ?

– A priori oui, acquiesça le commissaire, mais il y en a deux ou trois qu'on n'a pas encore identifiés... Et puis, lancer l'opération maintenant, non, je le sens pas. Ils sont bien installés dans leur routine, certains de leur impunité, on va les laisser s'enliser encore un peu. Je le sens pas, c'est tout ! Faites-moi confiance, c'est juste une question de feeling.

Verdier s'en remit à l'avis de l'expert... Il n'en était pas moins inquiet.

– Les types qui gardent le chantier, ils pourraient vous repérer, non ? demanda-t-il. Les nouvelles circulent vite !

– Le risque zéro n'existe pas. Bon. Les deux pochetrons qui roupillent dans leur guérite, il faudrait vraiment qu'on ait la poisse pour qu'ils nous emmerdent ! assura Phan Hong.

Il se mit à pleuvoir. Verdier rabattit la capuche de sa parka sur sa tête.

– Je vous raccompagne, monsieur le substitut, proposa le commissaire.

Verdier le suivit. Avant de partir, il se retourna et vit ses adjoints installer une toile de tente rudimentaire, une simple bâche de plastique posée sur les tiges métalliques qui se dressaient sur la dalle de béton. Ils s'y abritèrent, silencieux, patients, obstinés, stoïques.

30

Le 26 octobre, un attentat kamikaze revendiqué par le Djihad islamique endeuilla Hadéra, une cité proche de la Méditerranée, à une cinquantaine de kilomètres au nord de Tel-Aviv. Cinq morts et vingt-six blessés dont certains grièvement atteints. L'auteur, Hassan Abou Zeid, était originaire d'un bourg de Cisjordanie, proche de Jenine…

Le jeudi 27 octobre, vers dix-sept heures trente, à Livry-Gargan, à quelques kilomètres de Certigny, trois adolescents de Clichy-sous-Bois, coursés par la police dans des circonstances obscures, mais suffisamment effrayés pour trouver la force d'escalader un mur de deux mètres de hauteur, se réfugièrent dans l'enceinte d'un transformateur d'EDF. Deux y trouvèrent la mort, électrocutés, Bouna et Zyed, le troisième, Metin, survécut, gravement brûlé. À dix-huit heures douze, une coupure de courant frappa les villes alentour, sans que quiconque ne réalise que l'incident était dû à la mort des deux jeunes garçons. Au commissariat de Livry-Gargan, où l'on interrogeait les amis des trois gamins, les écrans des ordinateurs s'éteignirent brusquement…

La ville de Clichy connut une première nuit d'émeute le 27, une deuxième le 28, une troisième le 29. Nombre de voitures brûlèrent. Affrontements « sporadiques » entre la police et des « bandes de jeunes » révoltés par les propos du ministre de l'Intérieur qui avait évoqué un cambriolage auquel auraient pris part Bouna, Zyed et Metin, avant de corriger le tir en affirmant qu'ils n'avaient pas été « physiquement » poursuivis. De même, le vendredi, le Premier ministre affirma qu'il s'agissait bien de cambrioleurs…

*

Au mois de juin précédent, un enfant d'une dizaine d'années avait été tué dans la cité des 4000 de La Courneuve, à sept kilomètres de Certigny. C'était un dimanche matin, le jour de la Fête des pères. Le petit voulait offrir un cadeau à son papa, alors il était descendu en bas de son immeuble pour laver sa voiture, bien la briquer afin que la carrosserie resplendisse, comme neuve. Il serait fier de lui, son papa... En chemin, il croisa quelques malfrats qui venaient régler leurs comptes à coups de revolver, en plein jour, au pied des barres de la cité. Une balle perdue, dans la tête du petit...

Le ministre de l'Intérieur s'était aussitôt rendu sur place et avait promis de nettoyer la cité au Kärcher, de la débarrasser des caïds qui y régnaient en maîtres. Le 25 octobre, le même ministre de l'Intérieur s'était livré à un « exercice de communication » en débarquant de nuit, dûment escorté de caméras, sur la dalle d'Argenteuil. Le cortège avait été pris à partie par une foule qui l'insulta et commença à le caillasser. Le ministre, aussitôt couvert par ses gardes du corps équipés de mallettes antiprojectiles, et interpellé par un riverain qui lui demandait s'il pouvait espérer être délivré de cette « racaille », saisit le premier micro qui passait à sa portée et confirma du tac au tac, que oui, il allait « débarrasser les habitants de cette racaille ». *Kärcher, racaille,* des mots qui allaient peser lourd dans les événements à venir.

*

Le samedi 29 octobre, une manifestation silencieuse défila dans les rues de Clichy-sous-Bois. En première ligne, au coude à coude, ceux qu'il était convenu de nommer les « grands frères » arboraient un tee-shirt orné des lettres « morts pour rien », en hommage à Bouna et Zyed.

À l'autre bout du monde, à New Delhi, le même jour, un attentat revendiqué par l'Islami Inquilabi Mahaz, le « Groupe révolutionnaire islamique », causa soixante et un morts et cent quatre-vingt-huit blessés. L'objectif de ces fanatiques était d'amener l'Inde à retirer ses troupes du Cachemire, dans le conflit qui l'opposait au Pakistan… Sur le même continent, le tremblement de terre du 8 octobre avait tué cinquante mille personnes, soixante-quinze mille autres étant blessées, huit cent mille se retrouvant sans abri. La communauté internationale, dûment mobilisée après le tsunami de l'année précédente, mais désormais avare de générosité, tardait à réagir. À l'approche de l'hiver, une catastrophe humanitaire de très grande ampleur était pourtant à craindre.

Anna Doblinsky suivait l'actualité sur LCI en préparant ses cours pour la seconde partie du trimestre. Les flashs se succédaient d'heure en heure, chacun apportant son lot de mauvaises nouvelles. Assise à son bureau, elle éprouvait quelque peine à se concentrer, tant ses petites préoccupations « pédagogiques » lui paraissaient dérisoires.

31

Le dimanche 30 octobre, peu après vingt et une heures, la cité du Moulin de Certigny connut une agitation inhabituelle. Depuis la mort de Bouna et Zyed, le jeudi précédent, la tension y était vive, comme dans toutes les communes du 9-3, et bien au-delà… Lakdar traînait en bas de la barre d'immeubles, avec les copains. Rien d'intéressant à la télé. Ils étaient tout un groupe d'ados à commenter les derniers événements. À écouter du rap. Ol Kainry et Dany Dan.

Je ne suis qu'un parmi des millions
Un loup parmi les loups,
Un parmi des millions,
Un fou parmi les fous
Métropolitain et fier de l'être,
Souvent frisé, j'l'avoue
Et souvent vraiment stressé par mes sous
J'garde ma casquette tout l'temps baissée jusqu'aux joues
J'aime aller dans les clubs et danser jusqu'au jour,
Taguer sous les tours !
Draguer sous les tours !
Flinguer sous les tours !
Mais bon faut bosser tous les jours !
Même s'ils réussissent, les escrocs,
Ceux qu'ont beaucoup d' bol,
Le sang des innocents coule,
J'ai besoin d'une boussole !

*

Depuis trois nuits, la ville de Clichy-sous-Bois vivait au rythme de l'émeute. Flinguer sous les tours ? Travaux pratiques grandeur nature ! Et soudain, la nouvelle se répandit d'immeuble en immeuble, de cage d'escalier en cage d'escalier à la cité du Moulin. À Clichy, les CRS avaient tiré des grenades à l'intérieur de la mosquée, durant la prière du soir ! Bâtards ! La rumeur de plusieurs morts, notamment de femmes étouffées par les gaz, commença à circuler. Ce fut la ruée. Tous ceux qui avaient les moyens de filer vers Clichy, quitte à s'entasser à sept ou huit dans une voiture ou à trois sur un scooter, s'y rendirent.

*

Lakdar participa à l'équipée. Son copain Djamel avait enfourché une vieille mob' ayant jadis appartenu à son frère, et qui avait accepté de démarrer. Elle gisait abandonnée dans une cave du bâtiment F, mais depuis plusieurs semaines Djamel l'avait bichonnée du mieux qu'il pouvait, sans l'aide de personne. Rien que lui tout seul, à faire fonctionner sa cervelle dans la bataille avec cette saloperie de mob' super destroy ! Les mains dans le cambouis, Djamel oubliait un peu, un tout petit peu, les coups que Moussa lui envoyait dans la gueule. Il se voyait déjà en mécano génial, sur les circuits de course, félicité par les pilotes des bolides. C'était son rêve à lui, Djamel Meguerba, comme la BD pour son pote Lakdar. Il ne ratait jamais une retransmission de course de Formule 1 ou les 24 Heures du Mans, à la télé.

Depuis qu'il était tout gosse, cet univers le fascinait, il se sentait en parfaite osmose avec l'excitation de la compétition. Les gestes saccadés – hyper précis, réglés au quart de seconde chrono – qu'effectuaient les assistants chaque fois qu'une voiture se présentait au stand, pour changer un pneu, emplir le réservoir, faisaient battre son cœur à cent pulsations / minute. C'était son univers à lui, Meguerba Djamel. Du haut de ses quatorze ans, il estimait que ce n'était pas trop demander que d'accéder à ce milieu de seigneurs. Il était prêt à faire ses preuves, à trimer dur pour y parvenir. Au collège, il l'avait souvent dit au prof de techno, mais ce connard de gros bouffon, il avait répliqué que pour aller sur le circuit des 24 Heures du Mans, il fallait un bac pro, dans un lycée hyper sélectif et que lui Djamel, il avait pas tout à fait la pointure, enfin, pour le moment, au vu de ses résultats, quoique ça pouvait s'améliorer, fallait pas désespérer des fois qu'il y ait un miracle… C'est ce qu'on lui répétait à chaque conseil de classe depuis la sixième. Bonjour les encouragements.

La mob' pourrie, Djamel, il en avait graissé la chaîne, nettoyé le pot d'échappement, regonflé les pneus, récuré le carburateur, changé la bougie, huilé les câbles de frein, tant et si bien qu'il avait réussi à remettre l'épave d'aplomb. Certes, ce n'était pas la flamboyante Honda 750 que pilotait son frère Bechir en rentrant du Sexorama de la place Pigalle. Il n'en restait plus rien, de celle-là, broyée sur le périph', et Bechir avec, mais bon, Djamel, il n'était pas si nul que ça, la preuve, il s'était bien démerdé, tout de même. Pour le passage en seconde, il espérait être orienté en section mécanique, la voie royale, seulement voilà, à Pierre-de-Ronsard, il n'y avait que chaudronnerie, maçonnerie, menuiserie et employé de collectivité, autant dire larbin dans les cuisines des restos, rien que des trucs de baltringues.

Il l'avait donc retapée, la 50 cm^3 Suzuki qui rouillait de vieillesse dans la cave. La selle partait en lambeaux, mais Djamel l'avait rafistolée avec du sparadrap, il avait même dégoté deux rétroviseurs qu'il était parvenu à fixer de part et d'autre du guidon. Trois litres de mélange dans le réservoir, et c'était parti. Les deux gamins filèrent vers Clichy, à peine six kilomètres, là où les keufs avaient osé s'attaquer à une mosquée.

*

Sur place, ça chauffait pas mal. Les CRS faisaient face à de petits groupes très mobiles, qui les harcelaient à l'aide de tous les projectiles qui leur tombaient sous la main. On n'y voyait pas grand-chose, à vrai dire. Les flammes lancées par les cocktails Molotov, les éclats des grenades, les phares des camions de pompiers qui se précipitaient pour éteindre les incendies allumés çà et là... Ça puait à mort, on chialait à cause des lacrymos, et en plus, fallait faire gaffe à pas déraper sur les flaques d'huile qui parsemaient le bitume ! Un vrai plan de ouf !

Cramponné derrière Djamel, le bras gauche lui enserrant le torse, Lakdar engrangeait toutes les images qui défilaient sous ses yeux. La mosquée, impossible de s'en approcher. Djamel pilotait sa petite Suzuki avec dextérité, se faufilant parmi les divers obstacles qui se présentaient à lui, les évitant les uns après les autres. La poignée vissée dans le coin, à fond les manettes, il zigzaguait au petit bonheur la chance, de carrefour en carrefour, évitant tantôt un barrage dressé par les bleus, tantôt un tas de pneus enflammés par les émeutiers. Il dérapa devant un camion de pompiers qu'une nuée d'assaillants avaient pris pour cible et qui se retrouvait bombardé à coups de boules de pétanque. Les vitres volèrent en éclats, la sirène eut beau mugir, rien ne pouvait calmer l'assaut. Les pompiers reculèrent. Les keufs prirent le relais. Ils avançaient au pas cadencé, en rangs compacts, frappant leur bouclier de plexiglas à coups de matraque, bom-bom-bom, bom-bom-bom, des bruits sourds, comme dans les films de gladiateurs, et, mine de rien, ça foutait sacrément la pétoche. La mob' dérapa à quelques pas d'un barrage.

– Palestine ! Palestine ! hurla Djamel en redressant son guidon.

Il en revenait pas, Djamel, c'était comme sur TF1 ! Aux infos ! PPDA qui commentait les images. La vérité !

– On nique votre race de bâtards !

Djamel, il parvenait pas à se calmer.

Il donna un coup d'accélérateur pour se dégager dans un virage à quatre-vingt-dix degrés. La petite Suzuki obéit gaillardement, au quart de tour.

*

Vers trois heures du matin, les deux copains furent de retour à la cité du Moulin. Étourdis par l'aventure. Des morts, y en avait pas, c'était juste un bruit qui avait couru, mais des morts il aurait pu y en avoir, c'était ça qui comptait. Ces pourris de keufs, attaquer une mosquée à la grenade, ils se croyaient tout permis! N'importe quoi... Les musulmans, on les respectait jamais, alors voilà le résultat, Guantanamo, les martyrs de Palestine, les tortures à la prison d'Abou-Grahib, les frères tchétchènes massacrés, tous ceux que les régimes pourris vendus aux juifs envoyaient en prison, comme en Égypte, et en Algérie, avec l'armée de Bouteflika qui traquait les vaillants moudjahidin dans le maquis, sans oublier les Irakiens humiliés jour après jour par ces enculés d'Américains, et maintenant la mosquée de Clichy-sous-Bois, ça commençait à bien faire! Lakdar en avait le tournis. Finalement, son daron, il avait pas si tort, en disant que *ça se rapprochait.* Sauf qu'avec ses conneries, il était passé dans le camp adverse, celui des ennemis de l'islam. Pas étonnant, avec tout ce qu'il picolait. Slimane, il avait bien raison, y a des signes qui trompent pas.

*

Ce soir-là, Ali Abdane grommela quelques paroles de remontrances quand son fils regagna le domicile en pleine nuit, mais sans trop de conviction. Épuisé comme d'habitude, tenant à peine debout et l'haleine plus que chargée. De toute façon, Lakdar n'était plus disposé à lui obéir. La veille, il avait fouillé sa chambre et était tombé sur des revues pornos planquées sous son matelas. Des trucs dégueulasses, avec des meufs à poil qui écartaient leur teuche avec les doigts, pas étonnant après ça s'il matait le cul de la cousine Zora. Comme quoi, les DVD à Djamel, fallait pas en faire tout un plat, si même les adultes ils s'y mettaient!

Une loque pareille, ça méritait pas le respect, fallait bien en être conscient. Lakdar se sentait abandonné. Un père poivrot, une mère givrée, dingue de chez dingue, là-bas, au bled, avec ses couches et la bave qui lui dégoulinait de la bouche, une cousine prête à se mettre à la colle avec un gaulois – pourquoi pas un feuj, tant qu'on y était ? – et sa main droite bien niquée, c'était vraiment pas de bol.

De quoi avoir la haine.

32

Montfermeil, Aulnay, Bondy, Sevran, Tremblay, Le Blanc-Mesnil, l'incendie se répandait de cité en cité, de jour en jour, ou plutôt une nuit après l'autre. Et bien au-delà du 9-3, à Mantes-la-Jolie, Argenteuil, Villiers-le-Bel et Goussainville, pour ne s'en tenir qu'à la région parisienne. L'épidémie gagnait inexorablement la province. La grippe aviaire, quant à elle, était encore confinée dans des territoires bien plus exotiques.

Au palais de justice de Bobigny, la moisson était abondante, on expédiait le tout-venant de la racaille, petits casseurs, petits incendiaires, à l'abattage. Les sessions se tenaient jusqu'en nocturne. Les peines de prison ferme pleuvaient dru. Richard Verdier avait eu la chance de ne pas être d'audience durant les derniers jours d'octobre. Son collègue Magnan s'y collait mollement. La plèbe qui défilait devant lui bénéficiait de sa clémence. Il se sentait soudain pétri d'humanité, ému par tant de détresse, réclamait la sanction minimale… Et pourtant, les faits étaient là. Les avocats commis d'office ne savaient plus quel article du Code pénal appeler à la rescousse durant leurs plaidoiries, qui n'excédaient pas les cinq minutes. Quelles circonstances atténuantes invoquer pour un prévenu qui avait caillassé un camion de pompiers, mis le feu à un tas de poubelles au risque de faire flamber tout un immeuble, balancé un parpaing depuis le dernier étage d'une tour, qu'importait la cible ? Magnan louvoyait. Une équipe de France 3 l'avait interviewé et il leur avait servi la comptine des jeunes irresponsables, le couplet de l'enfance misérable, l'excuse de minorité… Des adolescents égarés, désœuvrés, désespérés, assoiffés et à la fois privés de toutes les joies qu'offrait la société de consommation. Le tribunal n'en avait cure et assénait ses verdicts, l'un après l'autre.

Verdier assistait au spectacle, devant sa télé. Le cœur au bord des lèvres. Quoi qu'en dise Magnan, la Vérité, fidèle à ses tristes habitudes, sortait toute nue de son puits. Et elle n'était pas belle à voir.

*

La veille de la rentrée scolaire, Anna passa la soirée chez ses parents. Ils restèrent scotchés devant la télé durant le JT. Mêmes images de désolation, de plus en plus spectaculaires. La contagion atteignait désormais Strasbourg, Lyon, Vaulx-en-Velin, une commune bien sinistrée, qui avait jadis déjà donné dans le western, tendance Sam Peckinpah plutôt que John Ford...

Simon Doblinsky avait participé à la marche des beurs, en 1983. La première manif d'Anna, petite fille, juchée sur les épaules de son père. Le slogan favori, fétiche, qui rythmait les cortèges, proclamait que *la France, c'est comme une mobylette, pour avancer, il faut du mélange*... Jolie métaphore. Une belle formule que l'on se plaisait à reprendre sur l'air des lampions.

À plus de deux décennies d'écart, Simon Doblinsky était effondré à la vue des images que déversait France 2. Il était hors de question de regarder TF1. On restait fidèle au service public. Ou on filait sur LCI, histoire de bien s'injecter sa dose d'infos, en cas de manque. Une manie, une addiction. Simon râlait souvent auprès du kiosquier du boulevard Voltaire qui recevait *Le Monde* avec un retard systématique. Sans jamais aboutir. Un brave type, le kiosquier. Simon savait qu'il écrivait, à l'instar de Jean Rouaud, kiosquier lui aussi, et prix Goncourt 1990 pour ses *Champs d'honneur*. Il avait sollicité l'avis de ce Doblinsky, professeur de lettres classiques à Louis-le-Grand, excusez du peu, à propos de son manuscrit, mais celui-ci avait poliment refusé la lecture du pensum...

Ce soir-là, le menu était particulièrement indigeste. La grippe aviaire venait d'atteindre la Turquie. Ce n'était toutefois qu'un hors-d'œuvre. Le plat de résistance se situait entre Clichy et Montfermeil, où quelques dizaines d'adultes vêtus de la kamis, barbus comme il se doit, avaient improvisé une sorte de service d'ordre. Ils effectuaient des allées et venues entre les jeunes émeutiers et les rangs des gendarmes mobiles, appelant inlassablement au calme. Un geste a priori salutaire. Sans pourtant obtenir de résultats probants.

– Frères, frères ! Calmez-vous, criaient-ils, les mains réunies autour de la bouche en guise de porte-voix. Ne cédez pas à la provocation ! *Allah Akhbar !*

Les caméras les suivaient, durant leur progression dans les allées de la cité voisine.

– *Allah Akhbar !*

Le même cri, toujours répété.

Et, des fenêtres alentour, soudain, on leur répondit. Penchés à leurs balcons, à leurs fenêtres, les résidents reprenaient l'invocation.

– *Allah Akhbar ! Allah Akhbar !*

Une clameur enthousiaste. Unanime. Simon écarquilla les yeux, sidéré.

– L'islam condamne la violence, que ce soit des voitures brûlées ou des agressions contre une mosquée..., affirma benoîtement l'un des barbus à qui l'on venait de tendre un micro.

– Si on avait tiré des grenades contre une synagogue, qu'est-ce qu'on aurait dit ? ajouta un autre, plus finaud, plus prompt à rentabiliser la présence des journalistes.

– *Allah Akhbar ! Allah Akhbar !*

Les caméras remontaient d'étage en étage, pour zoomer sur les poings tendus. Fin du reportage. *Allah Akhbar !*

– Là, on vient de toucher le fond ! constata Simon, effondré.

Anna acquiesça, cent pour cent d'accord avec son père, pour une fois. Pas la moindre engueulade en vue.

Allah Akhbar. Rien à ajouter. Rideau. La suite. Les aléas du CAC 40, le foot, la météo, les pubs.

*

Anna rentra chez elle en métro. Dès le lendemain matin, en classe, la bataille allait recommencer. Les images qu'elle venait de voir étaient des plus explicites. Les émeutiers étaient jeunes, très jeunes, même. Les affrontements s'étaient principalement déroulés à Clichy-sous-Bois, mais la ville de Certigny n'avait pas échappé à la contagion. Nul doute que certains de ses élèves avaient participé à la fiesta. Moussa ? Abdel ? Mourad ? Impossible de l'affirmer avec certitude, mais les paris restaient ouverts. Elle tenta de se forcer à en rire, Moussa, toque rouge, casaque noire, à vingt contre un, Abdel toque verte, casaque jaune, dix contre un, mais non, ce n'était pas drôle, pas drôle du tout. C'était même franchement sinistre. Lakdar ? Non, certainement pas. Bien trop raisonnable. Bien trop posé. Djamel ? Pas impossible. Il y avait un doute...

Peu après le départ de sa fille, vers vingt-trois heures, Simon partit seul en vadrouille sur le boulevard Voltaire. Sans but précis. Agacé. Un simple besoin de mouvement, l'envie de se dégourdir les jambes, l'impossibilité de rester assis dans un fauteuil, à feuilleter un livre, ou écouter un morceau de jazz, Chet Baker, Sonny Rollins ou Coltrane, avant de s'endormir, comme à son habitude. Il arpenta rageusement le trottoir, en direction du Père-Lachaise. Il croisa la façade de son ancien lycée, avant de se retrouver face à la grande entrée du cimetière, où une association caritative procédait à une distribution de nourriture. Des dizaines de miséreux piétinaient sagement en attendant leur tour de recevoir la pitance.

Le boulevard Voltaire, le Père-Lachaise, Simon connaissait le parcours par cœur, chacun de ses pas réveillait de vieux souvenirs. L'adolescence qui s'éloignait à tire d'aile pour fuir vers des contrées moins fleuries. *Souvenirs, souvenirs*, la voix de Johnny sur SLC, sa-lut-les-co-pains... Ceux des premières dragues, du temps où les bahuts n'étaient pas mixtes. Si l'on voulait rencontrer des filles, il fallait ruser, user de maints stratagèmes. Prendre le métro pour filer jusqu'à Saint-Paul près des lycées Sophie-Germain ou

Victor-Hugo, deux grandes réserves de gamines à jupes plissées. D'adorables petites créatures auxquelles on parvenait parfois à arracher un baiser du bout de la langue et, dans les jours fastes, une branlette à la fin des soirs de boum.

Puis, après 68, la foultitude de manifs auxquelles il avait participé. Répu-Bastille, Répu-Nation. Impossible de les compter, tous ces cortèges, maigrichons ou massifs suivant les jours. Dix mille selon les organisateurs, cinq mille à peine pour les RG. Refrain connu. Formule consacrée. Protestations tous azimuts. Franco, Pinochet, Jaruzelski, toute la sarabande des dictateurs. Les rassemblements du MLAC, l'anniversaire de la Commune, en 71, la solidarité avec les Vietnamiens, la mort du militant maoïste Pierre Overney en 72, deux cent mille manifestants, l'enterrement de Pierre Goldman en 79, vingt fois moins. Et comment oublier la foule silencieuse, commotionnée, si grave après la profanation du cimetière de Carpentras ? Le cadavre d'un vieux juif exhumé par une bande de psychopathes et exposé hors de sa tombe, avec un simulacre d'empalement à l'aide d'un pied de parasol. François Mitterrand marchait dans le bataillon de tête. Un président de la République battant le pavé parmi la foule, ça ne s'était jamais vu. Ce jour-là, il ne portait pas la francisque au revers de son veston.

Et d'autres prétextes, plus futiles. Une visite du pape, par exemple, excellente occasion de se défouler en chantant de vieilles rengaines anticléricales. L'essentiel était de se retrouver dans la rue, au coude à coude, pour la bonne cause. De côtoyer une multitude de visages sur lesquels il était impossible de poser un nom, depuis tant d'années, mais que l'on reconnaissait au premier coup d'œil. On échangeait des saluts, des signes de connivence, il fallait crier pour s'entendre afin de couvrir la sono qui crachait ses slogans à grand renfort d'effets Larsen, on croisait des copains dans la bousculade, de vagues connaissances, des gens perdus de vue depuis des lunes, l'occasion de s'échanger un numéro de téléphone, ou des coordonnées e-mails, en sachant bien qu'on ne donnerait pas suite. Des mondanités sans conséquences. Une réplique du salon de Mme Verdurin, empesté par les effluves de merguez...

*

À la suite du 11 septembre 2001, rien. Aucun rassemblement. Répu-Bastille ? Répu-Nation ? Bastille-Nation ? Néant. Le désert. Simon avait enragé, enfermé dans son bureau. La sauvagerie de l'agression, la parfaite maîtrise de l'opération, le savoir-faire du metteur en scène, le spectacle planétaire, les interviews de Ben Laden programmées par la chaîne Al-Jazira, tout portait à réagir ! Mais non. Oussama avait atteint l'ennemi yankee, au cœur de sa citadelle, à la suite d'une opération d'une audace insensée. Le World Trade Center anéanti ! Le Pentagone frappé ! Un coup de génie. Il avait mis les rieurs de son côté, vieille technique des démagogues. Hourra Oussama ! Parcours sans faute !

Cramponné à son téléphone, Simon avait contacté ses amis, les uns après les autres. Les habitués des pétitions, les abonnés aux tribunes du *Monde* ou de *Libé.* Les syndicalistes, et même quelques députés socialistes jadis côtoyés sur les bancs de la fac. Résultat nul. Tout le monde se gondolait, ricanait. À tout prendre, Ben Laden avait infligé une sérieuse défaite à l'Amérique. En sacrifiant quelques misérables pions auxquels était promis un bataillon de pucelles, lors de leur arrivée au paradis. Un joli conte de fées.

L'Oncle Sam à genoux, humilié ? Les familiers des cortèges Répu-Nation ou Répu-Bastille n'étaient jamais parvenus à un tel résultat ! Depuis la chute du mur de Berlin, l'implosion de l'URSS, les camarades avaient le vertige. Le monde était devenu opaque. Les repères étaient perdus. Évanouis dans le brouillard idéologique, la forêt enneigée et glacée des concepts. De vieux loups efflanqués continuaient toutefois d'y rôder, bureaucrates prêts à prendre leur revanche, pourrisseurs de mémoire, experts en affabulation, illusionnistes habiles à faire disparaître les cadavres dans leur malle à double et triple fond... Le bilan était plus que globalement négatif. Un siècle de combats incessants, d'espoirs sacrifiés, de vies gâchées, pour déboucher sur le vide. Le camp du Mal était toujours vaillant, tandis que celui du prétendu moindre mal s'était évanoui dans les ruines du paradis stalinien. Difficile de s'y retrouver.

Le maître Rostropovitch jouant de son violoncelle face au Mur ébréché, éventré de part en part à coups de bélier, de masse, et même égratigné de petites griffures d'ongles par une foule enthousiaste, n'y pouvait rien, en dépit de la force émotionnelle de l'image, et sa puissante charge d'espoir.

*

Le soir du 11 septembre 2001, Hershel avait téléphoné à son frère, depuis Jérusalem.

– Alors ? Tu commences à comprendre que ça pue, que ça pue vraiment ? avait-il simplement demandé.

Simon était resté sans voix, avant de bredouiller quelques paroles de circonstance. Garder la tête froide, ne pas céder à l'émotion, prendre du recul, etc. Hershel s'était ingénié à remuer le fer dans la plaie. Que se passait-il entre République et Bastille ? avait-il insisté. Les vaillants démocrates parisiens ne réalisaient-ils pas que Ben Laden proclamait son message de haine à la face de l'Occident tout entier, et non pas seulement contre le Grand Satan américain ? Ne voyaient-ils pas qu'il s'agissait d'une déclaration de guerre en bonne et due forme ? Un conflit d'un type inédit, aux contours incertains.

Le choix des armes appartenait entièrement à l'adversaire. Aujourd'hui les kamikazes avec leurs avions-suicides ou leurs ceintures farcies d'explosifs, demain la bombe sale, quelques résidus d'uranium qui pouvaient contaminer toute une ville, aux moindres frais. Les arsenaux de l'ex-URSS regorgeaient de détritus de ce genre, et les réseaux mafieux étaient déjà en chasse. Semaine après semaine, les services de renseignement occidentaux démantelaient des cellules islamistes dormantes, il suffisait de parcourir la presse pour le constater, même si ça ne figurait pas en première page des quotidiens. De simples brèves, autant dire la rubrique des chiens écrasés.

Piqué au vif, Simon avait botté en touche. Ça signifiait quoi, exactement, ce genre d'insinuations ? Que les Israéliens évacuent les Territoires, démantèlent jusqu'à la dernière des colonies, et on pourrait commencer à discuter sérieusement ! Les islamistes seraient ipso facto privés du principal abcès de fixation qu'ils exploitaient sans vergogne ! Hershel fut désolé de constater que son cadet restait aveugle. Et sourd.

Le lendemain de l'attentat de Madrid, le 11 mars 2004, revendiqué par Al-Qaida, qui coûta la vie à 191 personnes et causa des milliers de blessés dans la gare d'Atocha, le quotidien israélien *Ha'aretz* se fendit d'une manchette provocatrice, un message d'un pur cynisme, mais d'un talent ravageur. *Bienvenue dans le monde réel !* Une adresse brutale, destinée aux Européens. Simon reçut un exemplaire du journal dans sa boîte aux lettres. Expédié par DHL. Il possédait quelques rudiments d'hébreu pour déchiffrer la manchette. Hershel l'appela, une nouvelle fois, dans la soirée du 13 mars.

– Tu veux une explication de texte ? Le compte à rebours a commencé, tôt ou tard, ne te berce pas d'illusions, ils frapperont à Paris, annonça-t-il. Personne n'est à l'abri, Simon, personne, à Jérusalem, Manhattan ! Ou boulevard Voltaire !

*

Depuis des années, Simon sentait ses vieilles convictions vaciller, s'effriter. Son orgueil lui interdisait toutefois de capituler devant son frère. Une blessure narcissique qu'il allait lui falloir apprendre à endurer.

Et pourtant… Il se souvint du carnage de la rue de Rennes, face au magasin Tati, de la boucherie au RER Saint-Michel, du climat détestable qui avait suivi. En prenant le métro, on scrutait avec crainte le moindre objet abandonné sur un quai ou sous une banquette. Le remède ? Vigipirate ! Une formule imbécile, comme *la chasse au gaspi*… Le sabir publicitaire grignotait sans cesse un peu plus de terrain, à coups de slogans choc aussi creux les uns que les autres.

*

Et puis, comme si cela ne suffisait pas, il y avait eu le *Mort aux juifs!* Simon avait entendu ce cri lors d'une manifestation contre l'intervention américaine en Irak, le 22 mars 2003, boulevard des Filles-du-Calvaire, à mi-parcours de la place de la République et de celle de la Bastille. Mort aux juifs? Quelques excités avaient osé brailler cette insanité, en la faisant alterner avec *Djihad! Djihad!* Simon en était resté pétrifié. À quelques dizaines de mètres de l'endroit où il se trouvait, des militants de l'Hashomer Hatzair, un mouvement de jeunesse juif, avaient été tabassés avant de parvenir à se réfugier dans leur local situé à deux pas de là, rue Saint-Claude.

Mort aux juifs! Mort aux juifs! Envoyés aux oubliettes, Le Pen et son Durafour crématoire! Une simple plaisanterie, un aimable calembour, un *détail*, alors que *Mort aux juifs !* ça sonnait haut et clair! Plus la moindre précaution oratoire! Inutile! Pourquoi se gêner? Et on avait crié *ça* dans une manif de gauche. Répu-Bastille.

Aguigui Mouna, Mouna tout court, habitué de tous les défilés post-soixante-huitards, histrion bien connu entre la place Beaubourg et la rue Mouffetard, lointain héritier du provocateur Diogène, Mouna n'était plus là pour contempler le désastre, avec son antique vélo tout foutraque, sa barbe rongée par les poux. Un personnage inoubliable.

Ni ce vieux mec, impossible de l'identifier, de lui donner un nom, de l'affubler d'un pseudo... L'anonyme parfait, le fantôme intégral, ce grand-père aux cheveux blancs qui avait inlassablement vendu *Le Droit à la paresse* dans toutes les manifs des années 70. Répu-Nation, Répu-Bastille. Vietnam / Franco. Franco / Vietnam. *Hors! Hors d'Indochine! USA / SA / SS! Franco! Salaud, le peuple aura ta peau!*

Le Droit à la paresse? Une brochure invraisemblable! *Prolétaires de tous les pays, unissez-vous!* C'était l'exergue. Simon Doblinsky conservait pieusement l'opuscule sur les rayonnages de sa bibliothèque. Un trophée. Simon s'était toujours promis qu'un jour, s'il se sentait condamné, vaincu par une saloperie, un crabe cramponné à son côlon, sa prostate ou ses poumons, il aurait la force de descendre dans la rue une dernière fois, entre Répu-Bastille, Bastille-Répu, au beau milieu d'une manif', un jour ensoleillé de 1er Mai, pour y brandir *Le Droit à la paresse*, y chanter *Le Temps des cerises*, effectuer un ultime tour de piste, avant de rejoindre le service de soins palliatifs.

Sifflera bien mieux le merle moqueur.

Le Droit à la paresse. Rédigé par Paul Lafargue, le gendre de Karl Marx. Celui-là même qui s'était suicidé en 1911 avec sa compagne Laura, pour rompre les amarres, couper court au naufrage de l'âge. Comme Aaron et Perla, ses parents, il avait laissé une lettre d'adieu.

> *Sain de corps et d'esprit, je me tue avant que l'impitoyable vieillesse qui m'enlève un à un les plaisirs et les joies de l'existence et qui me dépouille de mes forces physiques et intellectuelles ne paralyse mon énergie, ne brise ma volonté...*

À l'instant de tracer ces mots, la main de Paul Lafargue commençait sans doute à trembler, mais la cervelle, vaillante, indomptable, résistait. Le droit à la paresse.

> *Réfutation du droit du travail de 1848! Aux travailleurs! Voici vos droits pour lesquels vous devez vous battre!* proclamait la quatrième de couverture[1].
> *1) Durée du travail, 4 heures environ par jour ou 20 heures par semaine.*
> *2) Pouvoir d'achat minimum à la base de l'échelle 2000 francs environ en valeur constante, par mois.*
> *3) Habitat, enseignement, culture, sport, loisirs au niveau digne d'une vraie civilisation et presque gratuitement.*
> *4) Enfin, affranchissement de l'esclave moderne.*

1. Éditions Keuk Djian, 1974.

Ah, comme c'était noble, cette confiance en l'avenir, ce refus de la soumission.

Paul et Laura. Aaron et Perla.

*

Simon Doblinsky avait la gueule de bois. La langue pâteuse à force de rabâcher ses slogans. Le réveil était brutal. Au cimetière des utopies, les charognards faisaient bombance. *Mort aux juifs !* Le Borgne avait dû exulter ! Champagne dans le bunker !

Simon avait honte. De lui-même, et surtout de l'incrédulité qu'il avait perçue dans le regard de sa fille quand, elle aussi, elle avait entendu vociférer ce *Mort aux juifs*, entre Bastille et Répu ! Que s'était-il passé pour qu'on descende si bas ? Il aurait fallu convoquer un gigantesque meeting, au Palais des sports, ou à la bonne vieille Mutu, rue Saint-Victor, comme autrefois, pour se livrer à un exercice d'introspection collective, avec tous les camarades. Pas la peine de rêver.

Il rentra chez lui, boulevard Voltaire, accablé. Sa petite promenade nocturne n'avait en rien apaisé ses angoisses.

33

Il régnait une curieuse ambiance, dans la salle des profs du collège Pierre-de-Ronsard, le matin de la rentrée scolaire de la Toussaint. Pour arriver au travail, nombre de profs avaient croisé les carcasses de voitures calcinées durant les nuits précédentes et que les services municipaux n'avaient pas encore évacuées. Les Abribus étaient en miettes, le verre pilé gisait sur le bitume comme de gros grêlons après une giboulée. Des traces noirâtres d'incendie marbraient la façade de bien des immeubles. Le collège avait toutefois été épargné. Le principal Seignol arpentait frénétiquement la cour, escorté de ses fidèles Ravenel et Lambert. Lesquels étaient poursuivis par l'incontournable concierge Bouchereau, folâtrant à leurs trousses. Les héros du *cartoon* habituel, saisis de leur agitation aussi coutumière qu'énigmatique…

*

Ce matin-là, Anna avait dû se rendre à Certigny en RER puis en bus. La collègue qui la conduisait tous les vendredis avait déclaré forfait à la suite d'une gastro-entérite… Dans le bus, parmi les passagers, la tension était palpable. Les regards étaient lourds, la petite bande d'ados, blacks et beurs, qui y avaient pris place, tout au fond du véhicule, faisait l'objet d'une surveillance larvée de la part des autres passagers. Casquette, baskets, survêt', le teint basané, le cheveu crépu, le look de la « racaille », ils s'étaient rassemblés à l'écart, conscients des reproches muets qu'on leur adressait, et se tenaient à carreau. Collectivement frappés d'une suspicion aussi unanime que détestable. Un fossé de haine générationnelle et ethnique se creusait, paisiblement, inéluctablement.

Durant ce trajet, Anna eut le temps de parcourir la presse du matin. Des tirs à balles réelles avaient été signalés à La Courneuve, Noisy-le-Sec et Saint-Denis. Contre la BAC, les pompiers... À Aulnay, une école primaire avait flambé. L'éditorialiste de *Libé*, Patrick Sabatier, avait dû tourner sept fois sa plume dans l'encrier pour commenter la suite des émeutes. La presse étrangère avait parachuté ses envoyés spéciaux en Seine-Saint-Denis, comme au fin fond d'une quelconque république bananière, et les images retransmises donnaient le vertige, évoquant une véritable guerre. Jusqu'à CNN, dont les écrans avaient affiché une carte de France des plus farfelues, comme si, en sens inverse, on avait situé New York dans le Minnesota, Miami dans le Colorado, Chicago en plein cœur de la Floride...

> *On peut sourire des gros titres des médias étrangers...*, écrivait-il dans son éditorial du 4 novembre. *« Intifada du 9-3 »...*, soulignait-il, avec des guillemets prophylactiques. *Il y a, face à cette situation, deux erreurs dont on espère que le gouvernement... ne les commettra pas. La première serait d'entrer dans l'escalade de la violence, à laquelle certains ont intérêt – des caïds protégeant leurs trafics aux islamistes en mal de chair à jihad, sans oublier les hérauts de l'extrême droite raciste. Une répression, aveugle et désordonnée, ne ferait que donner une aura de rébellion à ce qui n'est encore qu'une manifestation de ras-le-bol contre des injustices réelles ou imaginées... On ne doit pas abandonner des zones entières à une violence minoritaire qui pourrit d'abord la vie des habitants des cités. Non plus qu'à l'autorité d'instances « communautaires » ou religieuses, au détriment de l'action courageuse de ceux, maires, médiateurs et associatifs, qui tentent, en première ligne, d'y faire vivre le pacte républicain.*

Le ton était lucide. Mesuré. Clinique. Irréprochable. Anna lisait *Libé* tous les matins, alors que son père était accro au *Monde*, à ses pages austères, à sa typo rébarbative, en dépit des efforts de relookage. En page 6, *Libé* enfonçait le clou en relatant un épisode quasi drolatique. La télé moscovite s'était délectée à narrer la mésaventure d'un groupe de touristes russes piégés au cœur des « pogroms » (*sic*) de Seine-Saint-Denis. Pour un public russe, le terme était particulièrement savoureux. NTV affirmait qu'un groupe de vingt-cinq adolescents, *essentiellement d'origine arabe*, avait investi le car pour le saccager, alors que les vacanciers y savouraient paisiblement le thé. Anna en eut la nausée. Les plaisantins de NTV relataient-ils avec la même gourmandise les expéditions punitives menées contre les Tchétchènes, et autres Caucasiens au teint basané, « à buter jusque dans les chiottes », ainsi que l'avait promis Poutine ? Des pogroms autrement plus folkloriques, plus musclés, conformes à une tradition multiséculaire !

Intifada, *pogrom*, les mots valsaient, dans l'indécence la plus totale.

*

En pénétrant dans la salle des profs, Anna perçut immédiatement le malaise. Personne ne se sentait d'attaque pour retourner en classe. La confrérie des pédagogues était d'humeur maussade.

Seignol, enrhumé, bourdonnant dans son Kleenex, fonça droit sur elle.

– Ah, mademoiselle Doblinsky, pardonnez-moi de ne pas vous avoir prévenue à temps, mais ce matin, votre cinquième D est en visite médicale, ils viennent de partir avec le car pour Bobigny, désolé, vraiment désolé... si j'avais su...

Le principal s'éclipsa aussitôt, pour gagner l'autre extrémité de la salle. Il agitait ses bras, comme dans un grand froissement d'ailes, papillonnant d'un groupe à l'autre, pressé de répandre ses sucs hiérarchiques.

Deux heures de fichues. Anna haussa les épaules, résignée. Elle croisa Vidal, dont la mine blafarde trahissait des pensées lugubres.

– J'en ai ras le bol, lui confia-t-il près de la machine à café. Des années à se remuer le cul pour en arriver là... tu peux pas savoir, quand j'ai été nommé à Ronsard, en 95, c'était pas la joie. Un soir, on a été quelques-uns à repérer qu'il se passait quelque chose d'anormal dans la cour. En apparence, une simple partie de foot. Mais bon, bizarre, le match, alors on s'est approchés. Tu sais ce que c'était, le ballon ? Un petit chat ! Crevé à force d'avoir été savaté. Les intestins à l'air. On allait pas chialer pour un matou, ils pullulent dans les jardins, ils s'empiffrent dans les poubelles de la cantine, mais ça en disait long... des petits de sixième qui s'excitent à voir couler le sang, à persécuter une bestiole, à jouir de ses souffrances, où t'as vu ça, toi ? C'est rien qu'une anecdote, pas de quoi en faire un plat, je sais bien, mais ça m'avait marqué. J'y ai cru, je me suis accroché pendant des années, je me suis battu, les élèves, je les ai toujours respectés, acceptés comme ils étaient ! Et aujourd'hui, voilà, dix ans plus tard, balancer un cocktail Molotov sur un autobus, incendier une école maternelle, ça leur fait ni chaud ni froid. Je te parle même pas des gamines violées dans les caves, de toutes les affaires plus que louches que Seignol a étouffées... des Sohane qu'on a sans doute abandonnées à leur détresse. De toutes les tournantes qu'on a refusé de flairer. Alors qu'on était en première ligne pour témoigner, on s'est écrasés. On nous a fait le coup du chantage au Front national, et on a marché. On a été nuls. Ça me donne envie de gerber.

Vidal, le solide Vidal, était effondré. La voix tremblante. Il froissa son gobelet à café entre ses doigts et le projeta dans la poubelle d'un geste rageur.

– Le premier qui m'emmerde, je te jure, je lui éclate la gueule ! gronda-t-il entre ses dents.

Anna le laissa gagner la sortie, incapable de lui adresser la moindre parole de réconfort. Il s'éloigna, livide.

Monteil grillait sa Gitane près de la photocopieuse. Pensive. Réfléchie.

– Faut qu'on se réunisse, dit-elle, en s'approchant. Faut qu'on prenne position, la question est vraiment politique. Si on assure pas sur ce coup-là, on va le payer, les collègues sont vraiment inquiets ! À la FSU, on a toujours regardé la réalité en face, droit dans les yeux, alors c'est pas aujourd'hui qu'on va capituler sur les principes !

– C'est sûr, approuva Anna, faut regarder la réalité en face…

Monteil s'éloigna après avoir promis à Anna de lui soumettre un projet de tract, demain à la cantine, mais pas de précipitation, ça méritait réflexion. Une nouvelle fois, Anna acquiesça. Le seul à manifester une certaine sérénité, c'était bien Darbois. Et plus que de la sérénité. Sa sixième C avait pris le même car que la cinquième D d'Anna pour se rendre à la visite médicale. Mais telle n'était pas la raison du sourire qu'il affichait. Anna avait sorti un paquet de copies de son cartable. Darbois quitta sa chaise pour la rejoindre. Lui aussi avait lu *Libé*. Il étala son exemplaire du journal avec un geste de dédain. À ses yeux, Serge July et toute sa clique d'ex-maoïstes vendus au Capital, en l'occurrence Rothschild, n'inspiraient guère le respect, mais bon, bien malgré eux, ils contribuaient à diffuser une certaine vérité.

– Alors, je m'étais gouré ? demanda-t-il. On y est, les indigènes se révoltent, ce n'est pas encore l'insurrection, mais ça commence à y ressembler… Ils le font à leur manière, certes un peu fruste, mais c'est comme ça que l'Histoire avance… on n'y peut rien ! La violence s'accumule, il lui faut tout le temps pour mûrir, la vieille taupe creuse ses galeries, patiemment, très patiemment, mais quand ça éclate, tout le monde feint la surprise, alors que les signes annonciateurs, on les avait repérés depuis longtemps… enfin, pour les plus lucides d'entre nous ! Qu'est-ce que vous allez faire, à la FSU ? Encore nous bassiner avec des appels au calme au lieu de vous solidariser avec la révolte de la jeunesse ? Cette fois, l'Intifada, elle est à notre porte !

– Laisse-moi tranquille, je t'en prie, rétorqua Anna.

Le ton était si ferme que Darbois obtempéra. Prudent, il n'avait pas osé servir son petit couplet en présence de Vidal. Ni même de Monteil. Il considérait Doblinsky comme récupérable, en dépit de ses tendances crypto-sionistes. À voir. Et puis, bon, elle était si mignonne, si bandante, que ça méritait bien un peu de patience.

34

Un qui n'était pas content, mais alors vraiment pas content du tout de la tournure que prenaient les événements, c'était bien le Magnifique. Boubakar n'avait pas décroché de TFI depuis quarante-huit heures. Dans son royaume des Sablières, les nuits précédentes avaient été si agitées qu'il avait expédié ses « ministres » sur le front. Leurs rapports étaient accablants. Les gamins de la cité n'avaient pu résister à la tentation de se friter avec les CRS. Pas bon, tout ça. Pas bon du tout. Une histoire à s'attirer des emmerdes. Des années de patience, de ruse, pour convaincre les keufs de détourner les yeux de ce qui se passait sur les hauteurs de Certigny, à huit cents mètres à peine de la mairie, risquaient de se voir ruinées à cause de quelques facéties, des babioles d'ados un peu énervés. Il fallait remettre de l'ordre. Boubakar s'était bêtement laissé surprendre. Une défaillance, la fatigue, peut-être ? Depuis le mois de juillet, il avait projeté un petit séjour sous les tropiques, les Seychelles, ou son Sénégal natal, pourquoi pas, ou encore une virée à Monte-Carlo, histoire de flamber à la roulette un peu de la thune patiemment acquise… sans jamais se décider, remettant toujours au lendemain. Tout ça et puis les soucis avec les Lakdaoui, ça n'avait pas aidé à la sérénité. Cool, fallait rester cool.

En attendant, une compagnie de CRS était garée à l'entrée de la cité.

Aux Grands-Chênes, ça avait été le désastre. Bagnoles cramées, bus incendiés, feux de poubelles. Forcément, comment s'en étonner ? Les Lakdaoui s'étaient évanouis dans la nature depuis l'incendie de leur pizzeria ! Faiblards, les mecs. Une belle bande de dégonflés, Saïd, c'était rien qu'un gros frimeur gavé de pois chiches, avec sa panse alourdie au sidi-brahim. Les autres, des pétochards du même acabit. Lâcher une si belle affaire, c'était pas raisonnable. Les Grands-Chênes, c'était quand même un bon bizness, à bien y réfléchir. À force d'abuser de la harissa dans le couscous, fallait bien admettre que ça avait fini par leur coller la courante, aux frérots !

Résultat, dans leur ex-fief, plus personne ne contrôlait la situation.

Au Moulin, par contre, calme plat. Super zen. L'imam Reziane assurait. Un des « ministres » de Boubakar s'était rendu sur place. Nickel. Les barbus sillonnaient la place, dès la nuit tombée. Quelques *Allah Akhbar* beuglés à tue-tête et le résultat ne se faisait pas attendre. Paix et tranquillité. Les résidents restaient chez eux, claquemurés dans leur HLM, et les keufs y trouvaient leur compte. À peine deux ou trois voitures de patrouille, sirènes hurlantes, qui passaient au large, histoire de vérifier, d'intimider. De la frime, rien de plus.

Beau boulot. Bravo, l'imam.

Bon, et d'une, calmer les jeunots, interdire le moindre jet de pierre sur tout le territoire des Sablières, telle fut la consigne que Boubakar adressa à ses adjoints. Depuis le début des émeutes, c'était carrément galère d'acheminer les petites gazelles jusqu'au bois de Vincennes ou sur les Maréchaux. Les keufs interceptaient les bagnoles, au hasard un peu partout sur le trajet, dès la sortie de la cité, avec les aléas habituels, plan fouille du coffre, contrôle des papiers, mains au panier, ça devenait franchement agaçant. Susceptible comme il était, Dragomir, en charge du transport du précieux cheptel, risquait de péter les plombs, si bien que ça commençait à craindre. Sans compter qu'un soir, deux, trois à la limite, passe encore, mais une semaine à ce rythme-là, ça allait finir par creuser un sacré trou dans le tiroir-caisse ! Aux Sablières, on bossait à *flux tendu*. Boubakar aimait bien cette expression, *flux tendu*, ça sonnait plutôt chicos, il l'avait lue dans *Challenges*, un petit magazine bien sympa, qui se préoccupait de l'économie, de la Bourse, des tas de trucs a priori imbitables, sauf que si on s'y mettait, ça aidait bien à faire carburer les méninges.

Et de deux, Puisque la situation s'y prêtait, pourquoi ne pas détourner l'attention des flics en faisant diversion du côté de la Brèche-aux-Loups ? Simple question d'opportunité. Si les gosses avaient besoin de se défouler, ça pouvait être très fun de les envoyer semer la merde à deux kilomètres à peine du territoire que s'était arrogé le Magnifique. Et de toute façon, ils n'avaient d'autre choix que d'obéir. En cas de rebuffade, Dragomir et sa milice de cinglés se chargeraient de botter le cul des récalcitrants. On allait bien voir comment Ceccati, ce gaulois nouveau venu dans le secteur, réagirait.

Mine de rien, la désertion de ces gros patapoufs de Lakdaoui avait bouleversé la donne. Boubakar gambergeait ferme. Oui, Certigny était bel et bien à prendre. Une ville entière à cueillir, à ramasser comme une papaye bien mûre ! La pègre, comme la nature, a horreur du vide... ça valait la peine de s'agiter les neurones, de commencer à reluquer au-delà des frontières de la cité. Les Sablières, c'était une bonne combine, cool de chez cool, bien juteuse, mais après tout, qu'est-ce qui interdisait au Magnifique d'aller jouer dans la cour des grands ?

Une fois par semaine au moins, il se projetait *Scarface*, le film de Brian De Palma, lequel narrait l'ascension de Tony Montana, un petit gangster cubain qui avait fait fortune en Floride dans le commerce de la dope au début des années 70... Une de ces innombrables fictions tirées de la réalité la plus crue. Le Magnifique s'était offert le coffret DVD *Special Collector*. C'était plus que jouissif de voir Al Pacino dans le rôle-titre sur un bel écran à plasma. Et cette salope de Michelle Pfeiffer, avec son cul de déesse, ses lèvres gourmandes, de celles qui signalent la bonne suceuse au premier coup d'œil, et c'était rien de dire s'il s'y connaissait, Boubakar...

Scarface était le film-culte de tous les gamins des Sablières. Ils étaient capables d'en réciter la moindre réplique. Et surtout la plus emblématique :

– *J'ai les mains faites pour l'or, et elles sont dans la merde...*

Le groupe de rap Ministère A.M.E.R. avait jadis scandé *Le monde est à moi, je suis Tony Montana!* Montana, une réussite exemplaire! Un parcours qui prouvait que quand on avait une bonne paire de couilles, bien accrochées, pas des petites burnes rachitiques de pédés tout juste bons à se faire défoncer la rondelle dans les backrooms des boîtes à partouzes du Marais, alors là, oui, on pouvait grimper haut, très très haut.

Mais bon, comme Ceccati, son idole Montana avait touché à l'héro, et le Magnifique avait toujours été très réticent de ce côté-là. Prudence, prudence. Méfiance, méfiance. Les putes, c'était moins risqué. Une paire de baffes, un coup de latte dans le bide, une brûlure de cigarette appliquée sur la pointe d'un sein, pile au milieu du téton, fallait viser juste quand elles se débattaient – pas facile, du premier coup, t'y arrivais jamais –, et ça filait droit. Tandis qu'avec les junkies, ça virait carrément au cirque Bouglione, le trip cage aux fauves, l'orchestre et ses flonflons, les clowns et la bataille de tartes à la crème. Mais d'un autre côté, y avait pas photo, l'héro, ça rapportait plus… beaucoup plus.

Le Magnifique n'en finissait plus de se torturer l'intellect, ça devenait limite prise de tête. Fallait peser le pour et le contre. Pas se véner. C'était peut-être le moment de songer à modifier son plan de carrière, de renoncer à la modestie, à la prudence tatillonne qui avaient toujours guidé ses pas, et lui avaient jusqu'alors valu l'impunité… Une idée qui trottait dans sa cervelle et commençait à y faire son petit bout de chemin, cahin-caha. L'occasion idéale de relooker son CV. À vingt-cinq ans, l'âge de toutes les audaces, de toutes les aventures, Boubakar avait l'avenir devant lui. Après tant de cogitations, épuisantes, il décida de s'octroyer une pause.

Un bon pétard, une turlute d'enfer administrée par une de ses gazelles favorites en sortant de son jacuzzi, et ça baignait.

Elle était pas belle, la vie?

35

Un autre qui enrageait, c'était bien le commissaire Phan Hong. Depuis le début des émeutes, Ceccati avait cessé toute activité. Calme plat à la Brèche-aux-Loups. Certainement pas par caprice, mais bien par prudence. Les allées et venues incessantes de la police aux environs immédiats de la cité rendaient ce petit commerce tout bonnement impraticable. Phan Hong en avait référé au substitut Verdier, se mordant les doigts de ne pas avoir lancé son opération plus tôt. À deux jours près, ça aurait été plié. Son instinct de chasseur l'avait trahi, à un cheveu du bon vieux flag auquel il avait habitué son équipe. Une cinquantaine de personnels mobilisés vingt-quatre heures sur vingt-quatre, mais voilà, maintenant, il n'y avait pas d'autre solution que de geler le dispositif. Des semaines entières d'efforts risquaient d'aboutir au fiasco…

*

Le palais de justice de Bobigny était en ébullition. Du matin au soir, on y déférait les prévenus, par fourgons entiers. Richard Verdier fut bien obligé de s'y frotter, à l'instar de son collègue Magnan quelques jours plus tôt. Même corvée, même ambiance. Un sale boulot. Ou plutôt un boulot sale. Parmi les adhérents du Syndicat de la magistrature où Verdier était encarté, on en avait la nausée. Verdier s'efforçait de rester lucide, impartial, quitte à briser bien des tabous. Il en avait assez de toute cette mascarade, des motions qu'on votait à l'unanimité à chaque congrès, en sachant bien qu'on dissimulait la vérité. À force de se voiler la face, des décennies durant, on avait fini par perdre la réalité de vue, mais tôt ou tard, la facture risquerait d'être salée.

De vieux mots lui revinrent en mémoire. *Lumpenprolétariat.* La faune qui semait la désolation aux quatre coins du 9-3 correspondait à ce qualificatif, tombé dans l'oubli. Lumpenprolétariat ? Les miséreux en haillons ? C'était exactement cela. Quoique. À cent cinquante euros la paire de Nike-Air et l'équivalent pour un survêt' Adidas, il ne fallait pas trop venir pleurnicher dans le registre guenilles ! Sans même parler du dernier portable Nokia, avec appareil photo incorporé !

Pas d'états d'âme, il fallait réprimer. Le ministère de la Justice rétribuait Verdier pour cette tâche. Sinon l'ouvrier lambda qui avait vu sa voiture achetée à crédit partir en fumée, la mère de famille RMIste piégée dans un autobus de la RATP enflammé par un cocktail Molotov ne comprendraient plus rien à la marche de la société. Ils exigeaient une sanction, à juste titre.

Une femme handicapée avait subi un supplice atroce, du côté de Sevran, d'Aulnay ou de Grigny, Verdier ne savait plus où exactement, difficile de s'y retrouver. Si, vérification faite, à Sevran. Aspergée d'essence, transformée en torche vivante face à une meute de gamins qui n'envisageaient même pas les conséquences dramatiques de leurs actes... Le rapport indiquait que l'attaque avait été délibérée, préméditée, les passagers du bus aspergés volontairement à l'essence, tant et si bien que les faits allaient être requalifiés en tentative d'homicide. Une autre femme coincée dans son hall d'immeuble empestant l'urine, parsemé d'étrons, condamnée à un calvaire identique, arrosée à l'aide d'un jerrican. Elle en avait réchappé de justesse. Ailleurs, un bébé caillassé dans les bras de sa mère, sur la ligne de bus qu'elle empruntait en revenant du travail, après un arrêt à la crèche... Ailleurs encore, à Stains, un retraité qui s'était cru autorisé à effectuer une ronde de surveillance en bas de son escalier, et qu'un salaud avait battu à mort.

La rubrique de toute cette barbarie devenait saoulante, à force de répétition. Ceux qui écopaient de peines de prison ferme n'étaient pas forcément les plus coupables, loin de là. Ils s'étaient simplement retrouvés au mauvais moment, au mauvais endroit. Une pierre à la main ou le tee-shirt mouillé d'essence.

Vae victis.

Le rituel du tribunal. Le président qui attendait les réquisitions en brassant sa paperasse, d'un air morne. Verdier montait au créneau. Sans la moindre hésitation. Six mois, trois mois, un an, et allons-y, ça pleuvait dru. Des Mouloud, des Oumar, des Rachid, des Sékou, à la pelle. Un ou deux Frédéric ou Jean-Claude, pour faire bonne mesure. En vrac, hébétés de se retrouver là, tassés les uns contre les autres dans le box des accusés. Avec leurs potes qui gueulaient à l'erreur judiciaire dans les couloirs. De quoi troubler la sérénité des débats. Aucune fille, strictement aucune, parmi tous les prévenus, c'était frappant, rien que des petits machos, des mâles à peine pubères dans certains cas, qui s'étaient crus autorisés à se défouler de toutes leurs frustrations en persécutant leur voisin de palier…

Richard Verdier n'était qu'un minuscule rouage de la machine. Son rôle consistait à l'alimenter en chair fraîche. La piétaille qui défilait sous ses yeux lui inspirait une vague pitié, un léger soupçon de compassion. Mais non, pas de remords. Vraiment pas de remords. Sinon, autant démissionner tout de suite. Démissionner au sens fort, tout plaquer, pas simplement renoncer au salaire que la chancellerie, dans sa grande mansuétude, faisait virer sur son compte en banque chaque premier jour du mois.

Après tout, quitte à être un chien de garde, autant montrer carrément les crocs. Tant qu'à se salir les babines, plutôt pitbull que caniche, à l'instar d'un Magnan ! Pas de sentimentalisme. Un arrière-goût de gâchis, bien sûr, mais ça n'allait pas empêcher Verdier de dormir. Sa colère couvait depuis si longtemps qu'il se sentait vacciné contre toute tentative de culpabilisation.

*

En rentrant chez lui, il fouilla dans sa bibliothèque, un rien tracassé. C'était où, déjà ? Dans quel rayonnage ? Sur quelle étagère ?

Il se rassura bien vite. Sa mémoire d'éléphant ne l'avait jamais trahi. Alzheimer, ce n'était pas pour demain. Il mit rapidement la main sur l'opuscule de Marx & Engels, *La Social-Démocratie allemande*, paru aux staliniennes Éditions sociales, et qui avait servi de bréviaire à plus d'un apprenti révolutionnaire, à l'époque bénie de ses vingt ans. Une prose assez lourdingue mais gorgée de sens. Qui recélait un passage croustillant. Une perle tapie dans son écrin d'encre sèche. Un petit bijou de lucidité.

Verdier en jubilait d'avance, ça promettait. À exhumer de telles reliques, il allait se faire des ennemis, foncer droit dans le mur, c'était un coup à se retrouver tricard du syndicat. Exclu, viré, banni. Motion de défiance votée en AG. Marx ! Engels ! La grosse artillerie ! Pourquoi s'en priver ?

> *Le lumpenprolétariat, cette lie d'individus déchus de toutes les classes, qui a son quartier général dans les grandes villes, est, de tous les alliés possibles, le pire. Cette racaille est parfaitement vénale et importune. Lorsque les ouvriers français portèrent sur leurs maisons, pendant les révolutions, l'inscription « mort aux voleurs » et qu'ils en fusillèrent même certains, ce n'était pas par enthousiasme pour la propriété, mais bien avec la conscience qu'il fallait avant tout se débarrasser de cette engeance. Tout chef ouvrier qui emploie cette racaille comme garde ou s'appuie sur elle, démontre par là qu'il n'est qu'un traître...*

Il relut le paragraphe à trois reprises, pour mieux s'en délecter. Ah, comme c'était apaisant ! Une caresse, un baume, une onction ! *Lie d'individus déchus ! Racaille vénale et importune ! Se débarrasser de cette engeance !* Verdier ne put s'empêcher d'éclater de rire en repliant la brochure couverte de poussière, avec sa vilaine couverture orange et gris, pâlotte, achetée trois francs à la librairie Maspero, *La Joie de lire*, rue Saint-Séverin, un soir d'octobre 1973... Une éternité, mais la trace, quasi archéologique, était bel et bien là. Fidèle. Irréfutable. Merci Karl, merci Friedrich ! Deux fois le terme de racaille en moins de dix lignes, qui disait mieux ? Et encore Marx et son compère Engels ignoraient-ils l'invention à venir, assez lointaine dans le futur, il est vrai, du Kärcher… Pour cela, il eût fallu lorgner du côté de Jules Verne. *La Racaille. Das Gesindel*, en allemand. Le français avait choisi le féminin, tandis que la langue germanique optait pour le neutre. Une bizarrerie.

*

Le substitut délaissa son paquet de Gitanes, alluma un havane, se servit un verre de la vieille eau-de-vie qu'il rapportait de ses séjours en Lozère, dans le hameau où il s'acharnait à retaper sa maison, sur les hauteurs du Gévaudan, le territoire des funestes exploits de la mystérieuse Bête. Un tord-boyaux qui ravageait l'intestin mais stimulait l'intellect. Il avait saisi un des tomes des œuvres complètes de Victor Hugo. Il le feuilleta à toute vitesse, et ne tarda pas à trouver le passage qu'il y cherchait. Un flot de vers qui vous laissaient sans voix.

Étant les ignorants, ils sont les incléments ;
Hélas ! combien de temps faudra-t-il vous redire
À vous tous, que c'était à vous de les conduire,
Qu'il fallait leur donner leur part de la cité,
Que votre aveuglement produit leur cécité ;
D'une tutelle avare on recueille les suites,
Et le mal qu'ils vous font, c'est vous qui le leur fîtes.
Vous ne les avez pas guidés, pris par la main,
Et renseignés sur l'ombre et sur le vrai chemin ;
Vous les avez laissés en proie au labyrinthe.
Ils sont votre épouvante et vous êtes leur crainte ;
C'est qu'ils n'ont pas senti votre fraternité.
Ils errent ; l'instinct bon se nourrit de clarté […]

En rédigeant ces phrases terribles, en juin 1871, Hugo songeait aux Communards, dont tous n'étaient pas des enfants de chœur. Mais parmi les émeutiers du 9-3, où étaient les Varlin, les Delescluze, les Flourens ?

Verdier resta quelques instants immobile, le livre ouvert entre ses mains, les larmes aux yeux, avant de se ressaisir, dans un frisson. Décidément, mieux valait en rire. *Ils sont votre épouvante et vous êtes leur crainte,* ça faisait bien douze syllabes, un alexandrin en bonne et due forme ! Et du côté des maîtres à penser ? *Cette lie d'individus déchus de toutes les classes...* mais oui, ça collait ! Génial ! Douze syllabes aussi ! Pile-poil ! Impec ! À croire qu'ils l'avaient fait exprès ! Bravo les auteurs du *Manifeste,* chapeau bas, l'exilé de Guernesey ! La médaille et son revers ! Deux pages à photocopier pour les scotcher côte à côte, agrandies en format A3, corps 26, mais non, tiens, tant qu'à faire, corps 32, sur le panneau d'affichage du local syndical, au palais de justice. Ce qui allait planter une joyeuse pagaille, dès le lendemain matin. Dans la sinistrose ambiante, c'était bon de se dérider les zygomatiques une fois de temps en temps. Le substitut vida son verre. L'alcool lui brûla l'estomac. Il avala un sachet de Maalox avant d'aller se coucher.

36

Star Ac', *on prend les mêmes et on recommence! Émilie, la surdouée un peu peste, Ely la Québécoise, Pascal, imprévisible, remarqué pour son franc-parler voire son côté «petit chef», Pascal, l'aîné de la promotion 2005, qui venait de gagner ses galons d'électron libre... Maud, un clone d'Élodie Frégé, qui avait remporté la saison 3, Alexia, la chouchoute, qui avait pu bénéficier du soutien de la directrice lors du prime time du 21 octobre, rien d'étonnant à cela, Nolwenn avait déjà fait chavirer le prof Mathieu Gonet... Chez les autres garçons, Jérémy, une gueule d'ange, un talent certain, avait conquis Maud et leur histoire avait suffi à les rendre sympathiques. Un scénario déjà servi en 2003 par Édouard et Élodie. Et le «bon copain», Jean-Luc, 26 ans, toujours là pour écouter et rassurer ses camarades...*

Anna, réfugiée dans un recoin de la salle des profs, inquiète que Darbois ou Monteil ne viennent l'y traquer, feuilletait *Le Parisien.* Dans un pur souci pédagogique. Il fallait *interroger la culture des apprenants*, ne pas leur en imposer de force une autre, ex cathedra. Au contraire, partir de leurs apports, respecter leurs centres d'intérêt pour mieux les aider à construire leurs savoirs par eux-mêmes...

*

La *Star Ac'.* Durant la matinée, les filles de la troisième B n'avaient cessé de l'assaillir avec leur lubie. Samira, super remontée, hyyyyper amoureuse de Paaascal, trop miiiignon, la vériiitéééé, quoi ! Tandis que Fatoumata en pinçait plutôt pour Jérémyyyy, et l'avouait sans détour, quoi !

– Elle mouille, m'dame, quoâ, c'est plus une culotte qu'elle a, c'est une piscine olympique ! avait lancé le boutonneux Steeve, au visage ravagé par une crise d'acné des plus spectaculaires.

Plié en quatre, Steeve. Ravi de son succès. Prêt à succéder à Moussa dans le rôle du pitre. Un joyeux drille, sempiternellement embusqué au dernier rang. Un mètre soixante-cinq, quatre-vingt-dix kilos. Le facétieux de service, sur lequel on pouvait toujours compter pour mettre un peu d'ambiance.

Une piscine olympique ? Z'yyy vaaa ! Toute la classe mooorte de riiire, la vériiité !

*

C'était parti. Comme dans une bonne vieille pièce de boulevard réglée au quart de tour, avec des décors de Roger Hart…

Acte I. Protestation outrée de Fatoumata. Collégienne, seize ans, habitant la cité des Sablières.

– Steeve, tu ferais mieux de t'occuper de tes boutons. C'est plus une tronche, que t'as, c'est Halloween ! Fais-toi un plan Biactol ! Et essuie-toi avec du Lotus Double Épaisseur Senteur des Îles ! Ta gueule, elle vaut pas mieux qu'un cul !

Acte II. Vive colère de Steeve. Collégien, quinze ans, habitant la cité des Grands-Chênes.

– Et toi, taspé de ta sale race, le tien, de cul, va t'le laver au Canard WC ! Ta teuche de pute elle pue la merde ! Va te faire niquer ! Y a Moussa qui t'attend !

Acte III. Gueulante d'Anna Doblinsky, vingt-cinq ans. Titulaire du CAPES. TZR dans l'académie de Créteil. Habitant Paris XIXe.

Rideau. Retour au calme.

Exercice de conjugaison.

Tout de suite !

Sortez vos classeurs, interrogation écrite.

Non mais alors !

*

L'incident, très ordinaire, était clos.

La classe s'était réunie dans le foutoir habituel, avec son cortège de raclements de chaises ultrastridents. Ah les chaises, ça c'était une véritable revendication ! De quoi dynamiter le prochain congrès de la FSU, le transformer en session plénière du Komintern ! Marchons au pas, camarades, marchons au feu hardiment ! Quittez les machines, prolétaires, debout ! Il faudrait en parler à la Monteil ! Changer le matos, le virer au rebut, mettre le lino à l'incinérateur, installer de la moquette, bordel de merde, ne pas en rester là, c'était bien le minimum à exiger ! Anna en éprouvait une sainte colère !

Quand le silence régnait, rarement, très rarement, elle s'amusait à faire crisser la pointe de sa craie sur le tableau, une petite vengeance bien sadique, bien perfide, qui provoquait des hurlements de protestation de la part des apprenants. C'était toute une technique, très, très délicate à maîtriser.

Il fallait calculer l'angle d'inclinaison du bâton sur la surface noire, au quart de micron près, exercer la juste pression, ne surtout pas forcer, sinon la craie se rompait ! Une technique ? Non... un art ! Anna commençait vraiment à apprendre le dur métier d'enseignant. La craie en tant qu'arme de destruction massive des tympans adolescents ! À méditer.

Un bon projet CARGO, transversal à souhait, son tuteur Saliesse n'aurait même pas osé en rêver !

1) *Initiation à la musique sérielle.* Quoâ ? C'est quoâ ? Panique pas, Steeve, en salle informatique, tu vas pouvoir chercher sur le Web. Du moment que tu me sors la fiche, tu seras bien noté. Deux clics de la souris, et bingo, 20 sur 20, t'auras tout bon, c'est comme ça qu'on t'a toujours appris à réfléchir ! Et si ça te fatigue, la prochaine fois on fera un débat...

2) *Géométrie.* Le tableau, un espace rectangulaire. La craie, un cylindre. Formule de la surface du rectangle ? Steeve, réveille-toi, là, tu t'endors ! Élémentaire, la formule, on te la rabâche depuis le

CM1 ! Et t'as toujours riiiien compriiiis. La vériiitééé ! Longueur multipliée par largeur. Volume du cylindre ? Là, il faudra t'accrocher ! Et à propos, une piscine olympique, vingt mètres sur cinquante, deux de profondeur, ça représente quoi en décilitres de *mouillure de taspé* ? Prends ta calculette, Steeve ! Change les piles, dépêche-toi, dans moins de cinq minutes, je relève les copies.

3) *Physique.* La pression est une force appliquée sur une surface. Là, on atteint les sommets de l'abstraction. Le mystère absolu. Un plan carrément science-fiction ! Te stresse pas, Steeve, dans la vie courante, ça te servira jamais à rien. À l'ANPE, on te foutra la paix avec ça.

4) *SVT.* Anatomie du conduit auditif. Ça fait mal, hein, Steeve, quand ma craie elle te *nique* les oreilles ? Ouais, ouais... eh bien, tu vois, t'es pas trop bouché, finalement... Alors demain, en rentrant en classe, mon petiiiit Steeeeve, je t'en supplie, arrête, ARRÊTE de traîner ta chaise sur le lino, de te trémousser pendant dix minutes avant de t'asseoir, tu peux pas savoir à quel point ça me ferait plaisir.

5) *Instruction civique.* Là c'est limpide. Steeve, tu t'acharnes à me pourrir la vie ? Alors je te rends la pareille ! Si on continue comme ça, adieu le contrat social !

6) *Français, étude des registres de langue.* M'dame, quoâ, c'est pas juste, quoâ ! Mais si, Steeve ! Ta mère en tongs dans l'espace-classe ! Ah là, tu t'énerves ? Comme c'est curieux !

7) *EPS.* Séance de relaxation. Tout le monde est super véner, le projet CARGO, ça te déchire la tête ! Cool, Steeve, cool ! C'est bientôt l'heure de la cantine. Les frites, la mayo et le ketchup t'attendent au self. Le Flanby en dessert, et après tu fais la sieste au CDI pendant l'heure de perm'.

Mlle Sanchez, la documentaliste, elle est vraiment gentille, elle t'offrira un brownie. Vu ton poids, tu devrais refuser, mais bon... Elle est courageuse, Mlle Sanchez, tu ne peux pas savoir. Vous vous foutez d'elle, tous autant que vous êtes, parce qu'elle est un peu enveloppée. C'est la comptine préférée des petits sixièmes, en cour de récré. *Sanchez elle a un gros cul, Sanchez, un gode dans l'cul !* Pour ce qu'elle est payée, mon petit Steeve, tu n'imagines même pas le dévouement dont elle fait preuve, ça te dépasse !

Des Mlle Sanchez, tu vois, Steeve, elles se battent pour te sortir de ta crasse. À Pierre-de-Ronsard, on est tous très gentils avec toi, personne n'est méchant. Personne ! Au contraire ! Tout le monde te berce d'illusions. Dodo, dodo, l'enfant do, l'enfant dormira bien vite... Ici, c'est le collège enchanté, tu sais bien, Bamby et son copain le gentil lapin, Dumbo l'éléphant, la Belle et le Clochard, le capitaine Crochet et son adversaire Peter Pan, qui refusait obstinément de grandir.

Comme toi. Mais un jour, tu te réveilleras, Steeve.

Il sera trop tard. On ne voudra même pas de ta modeste personne comme *technicien de surface* à Euro Disney ! Ça va pas le faire ! RMI *ad vitam aeternam*. Et tu seras tout seul. Ta mère en tongs au cimetière !

*

Bon, d'accord, facile... Anna eut honte de s'acharner ainsi, ne fût-ce que mentalement, sur ce pauvre Steeve, mais de temps en temps il fallait bien se défouler, relâcher la pression, évacuer le trop-plein d'exaspération... Le métier qui rentrait. Elle éclata de rire, toute seule devant son tableau, à la grande surprise de la classe. Mieux valait déverser ses sarcasmes, prendre le tuteur Saliesse dans le cadre du viseur de la kalachnikov, plutôt que de se laisser aller à craquer, comme Vidal, qui venait de jurer qu'il claquerait la gueule au premier emmerdeur venu. Steeve ? Une pauvre tête à claques, justement, ni pire ni meilleur que d'autres. Rien à voir avec le redoutable Moussa, absent. De même que Lakdar et son alter ego Djamel. Leurs places étaient restées vides.

*

La suite de la journée fut encore plus mouvementée. Fumigènes dans la cour de récré, bombes au poivre à la cantine, lacrymogènes au CDI, extincteurs vidés dans le couloir du bureau du

CPE Lambert. Une nervosité qui alla grandissant au fur et à mesure que s'étiraient les heures. Comme si les gamins attendaient avec impatience la soirée et les réjouissances qu'elle promettait.

Vidal raccompagna Anna jusqu'à Paris, à bord de sa voiture. Durant tout le trajet sur la N3, il conduisit avec nervosité, quasiment sans dire un mot. Il avait branché l'autoradio sur France Info.

Les émeutes fournissaient le plat principal. La litanie des exactions, répétée en boucle. À Trappes, un concierge de collège, un clone du pittoresque Bouchereau, avait trouvé la mort en tentant d'éteindre un incendie de voitures.

*

Vidal habitait rue de la Mouzaïa, derrière le parc des Buttes-Chaumont, un petit quartier pavillonnaire, devenu ultrarésidentiel. Trente ans plus tôt, il n'en était rien. Les terrains ne valaient pas tripette. Aujourd'hui il en allait tout autrement.

– La solution, tu vois, la voilà..., annonça mystérieusement Vidal, en se garant devant chez lui. Tu viens prendre un verre ?

Elle accepta. La maison ne payait pas de mine, bordée d'un jardinet où fleurissait le lilas dès les premiers jours du printemps. Mais sitôt l'entrée franchie, c'était tout autre chose. Un petit palace.

– Mes grands-parents ont acheté ça pour quasiment rien au début des années 50, expliqua Vidal, tandis qu'Anna prenait place sur un canapé.

Le salon était encombré de maquettes de bateaux, voiliers, steamers, goélettes... Les murs ornés de marines. Catherine Vidal, une petite brune au visage poupin bien que strié de rides, vint saluer Anna.

– Alors c'est vous ? demanda-t-elle. Tous les soirs, en rentrant, Gérard me parle de vous, il est inquiet, il se demande si vous tenez le choc, ça le tracasse... Il est un peu bourru, au premier abord, mais c'est un grand sentimental !

Gérard ? Anna ignorait jusqu'à présent le prénom de son collègue, son plus précieux soutien à Pierre-de-Ronsard. Dans la confrérie des pédagogues, on s'apostrophait par le nom de famille, Darbois, Monteil, Sanchez... Vidal revint avec un plateau, des verres, quelques biscuits apéritifs, une bouteille de sancerre.

Ils trinquèrent.

– Voilà, c'est fini, terminé, je fous le camp, aujourd'hui, c'était ma dernière journée à Ronsard, annonça Vidal, d'un ton neutre. J'y ai réfléchi toute la journée. Ce matin, je ne savais pas encore, je te le jure. Ma décision est prise. Je rends ma vieille blouse grise de vieux hussard de la République... dès demain, j'envoie ma lettre de démission. Je ne remettrai pas les pieds au collège. Le pot de départ, vous le ferez en mon absence.

– Ce n'est pas une surprise, précisa Catherine, ça faisait longtemps que ça couvait...

– Tu... tu as suffisamment de moyens ? s'étonna Anna. Je veux dire, tu peux arrêter de travailler comme ça, du jour au lendemain ?

– Mais oui, cette maison, elle vaut une fortune, alors je vais vendre. J'ai eu le cul bordé de nouilles, grâce à mes grands-parents... Deux petits provinciaux venus du Berry jusqu'à la capitale, qui tenaient un commerce pépère, beurre, œufs et fromages, place des Fêtes, à deux pas de chez toi... Avec leur vieille traction avant, ils remontaient tous les matins, à cinq heures, la rue de Belleville en revenant des Halles, avec leur remorque chargée de fromages, et le soir ils revenaient dormir ici, rue de la Mouzaïa. Là, je te raconte un film en noir et blanc, les infos Pathé au cinoche du coin, le Tour de France avec Poulidor et Anquetil, quand j'étais môme et que je venais chez eux le jeudi, lire *Tintin* et *Spirou*...

Anna plongea ses lèvres dans son ballon de sancerre, croqua une rondelle de saucisson.

– Gustave et Noémie Vidal, merci du fond du cœur, pépé et mémé, je trinque à votre mémoire ! Au cours du marché immobilier, aujourd'hui, votre baraque, il y a au moins cinq cents plaques à en tirer, je compte toujours en francs, Anna, on n'appartient pas à la même génération… c'est dingue, hein ? Alors tu comprends, ça assure une retraite. J'ai quarante-huit ans, et j'ai plus envie de m'user la santé avec des Moussa ou des Steeve… Qu'ils restent dans leur pétrin, après tout, puisqu'ils ne font aucun effort pour s'en sortir, ça ne me fait plus ni chaud ni froid ! J'y ai longtemps cru, mais j'y crois plus. Mieux vaut tirer sa révérence avant d'en allonger un au tapis et de se gâcher la vie avec un procès. Voilà, désormais, tous les mardis, ma petite Anna, il faudra que tu prennes le RER ! Et le bus 312 A ? Ou le 716 B ? Ou le 419 C ? Ou le 43765 XYZ, depuis Sevran-Beaudottes, je me souviens plus. Si le chauffeur a encore la force de le conduire, fatigué d'encaisser les crachats, les *nique ta race* à longueur de journée, humilié à force de s'écraser !

– Et après, qu'est-ce que tu vas faire ?

– Ce que je vais faire ? Na-vi-guer ! répondit langoureusement Vidal. Depuis des années, je retape un trois-mâts, il est mouillé dans le port de Locmaria, à Belle-Île. Déglingué de partout. Une épave magnifique. Il a de la gueule, mon rafiot, je te jure. Depuis que je l'ai acheté, Catherine me surnomme Capitaine Haddock ! Moi je me serais plutôt vu en Professeur Tournesol ! Vingt ans à ne rien piger au monde qui m'entourait, à tout entendre de traviole, avec mon cornet acoustique tout foireux, mais bon…

Sa femme s'était rapprochée et lui ébouriffa les cheveux.

– *Bachi-bouzouk ! Bougre d'amiral de bateau-lavoir !* s'écria-t-elle.

– Si vous me permettez, ajouta Anna, celle que je préfère, c'est *bougre de crème d'emplâtre à la graisse de hérisson*, je crois bien que c'est dans *Le Crabe aux pinces d'or* !

– Pas du tout, c'est dans *Vol 714 pour Sydney* ! On parie ? protesta Catherine.

Elles vérifièrent sur Internet. Les deux avaient perdu…

– Ça va coûter une fortune de le remettre en état, ce bateau, reprit Vidal, mais tant pis. Catherine et moi, on part. Cap droit sur les Grenadines…

Anna vida son ballon de sancerre, le moral au fond des chaussettes.

Elle s'apprêtait à se lever. Vidal lui posa doucement la main sur l'épaule.

– Anna, je sais jamais bien dire ces choses-là, mais n'oublie pas ce que je t'ai raconté à propos de Rachel Feldman…

Le moment était à la franchise, à la sincérité.

– Et alors ?

– Alors ? Tu es juive ?

– Oui.

– Avec… avec les collègues qui se souviennent de l'affaire Feldman, des anciens, on a parlé de toi. Rien qu'avec des gens de confiance ! Nossec, de techno, Rouvier, EPS, un peu balourd mais courageux, d'autres que tu connais pas. Ah si, Sanchez, du CDI. Sous ses dehors de gentille nounou, c'est un roc. Mathiot, aussi, informatique. On les a tous mis dans le coup, au cas où tu aurais des emmerdes. Après l'affaire Feldman, toute la petite bande, on se sentait pas fiers, crois-moi, alors on s'est juré que ça ne recommencerait plus jamais.

Anna écarquilla les yeux en fixant Vidal. Sonnée. *On a parlé de toi. Rien qu'avec des gens de confiance. Au cas où tu aurais des emmerdes…*

Les mots pesaient des tonnes.

– Gérard, mais est-ce que tu te rends compte de ce que tu viens de me dire ? Vous vous êtes concertés ? Parce que je suis juive ? Pour m'accorder une sorte de *protection* ?

Anna avait asséné cette réplique d'une voix tremblante. Et dire qu'elle avait soupçonné Vidal sinon de lâcheté, du moins d'une prudence diplomatique à l'égard de la trouille qui avait saisi le collège quand la fureur s'était déchaînée contre la pauvre Rachel. La feuj.

– Oui, on en est là…, répondit calmement Vidal. Si les élèves s'en prenaient à toi à cause de ça, ne te fais aucune illusion, tu ne pourrais compter que sur une poignée de gens décidés à ne pas détourner les yeux. Les autres… trouillards et compagnie ! Des fois qu'on leur crève les pneus de leur voiture, à eux aussi, tu t'imagines qu'ils te viendraient en aide ?

– Si les élèves s'en prenaient à moi à cause de… ça ? balbutia Anna.

Vidal haussa les épaules, agacé. Qu'est-ce qu'elle avait encore à s'étonner ? Elle n'avait toujours pas compris ?

Il était fatigué, n'avait pas envie d'insister davantage. Depuis la rentrée de septembre, il la surveillait, inquiet, tourmenté, culpabilisé de n'avoir pas été à la hauteur vis-à-vis de Rachel Feldman, qu'il avait surprise en larmes à chaque interclasse dans un recoin de la salle des profs.

Maintenant qu'il avait décidé de changer de cap, ça ne le regardait plus.

Personne n'est parfait.

– Et tant qu'à faire, méfie-toi de Darbois, ajouta-t-il, sa capacité de nuisance est redoutable !

37

Dès la tombée de la nuit, la corrida commença sur le territoire de la Brèche-aux-Loups, quasiment épargnée jusqu'alors. Dix voitures brûlées à vingt heures, trente à vingt et une. Feux de poubelles partout dans la cité. Caillassage acharné des CRS expédiés sur place. Le commissaire Laroche effectuait le décompte, minute par minute, retranché dans son PC. Il y avait quelque chose qui clochait. Aux Sablières, jusqu'alors en première ligne depuis trois soirs d'affilée, c'était le calme plat. Aux Grands-Chênes, le cirque habituel. Rien d'étonnant. Depuis la désertion des Lakdaoui, le territoire était livré à lui-même. En bon expert du terrain, Laroche savait parfaitement à quoi s'en tenir. En revanche, si le bordel se déplaçait de chez Boubakar jusque chez Ceccati, ça devenait instructif.

*

Bastien Segurel, le maire de Certigny, avait rameuté quelques militants pour effectuer une sorte de patrouille de vigilance sur les grandes artères de la ville. Boulevard Jacques-Duclos, avenue Maurice-Thorez, place Robespierre. Ce qui ne mangeait pas de pain. De braves conseillers municipaux, chenus, respectables, pourvus d'un pedigree irréprochable, ceints de leur écharpe tricolore, soudés comme un seul homme, et qui arpentaient les allées avec leurs mégaphones, appelant au calme, à la façon des salafistes, au Moulin. Pourquoi pas? Ça donnait du grain à moudre aux journalistes. Le lendemain, il y aurait bien un édito pour dresser l'éloge de ce réflexe citoyen. Laroche avait envie de rire. Jaune. Il réagissait en tant que flic. On ne le payait pas pour raisonner en termes politiques. À chacun son fardeau.

*

– Roule ma poule !

Perché sur son observatoire, du haut de sa tour en construction, le commissaire Phan Hong ne décolérait pas. Le substitut Verdier l'avait rejoint. Tenue de campagne, Pataugas et parka, comme le premier soir. C'était foutu. Ceccati avait plié bagage. Invisible. Tout son staff de petites frappes semblait avoir déserté les lieux.

Un hélicoptère de la gendarmerie tournoyait au-dessus de la cité de la Brèche-aux-Loups, le pinceau de son projecteur braqué à ras du bitume.

– Je vous l'avais bien promis, qu'on se la jouerait à la Coppola ! gloussa amèrement Phan Hong. Ils ont juste oublié la sono, ces cons-là, pourtant, Wagner, ça aide…

Douze étages plus bas, à chaque charge policière, la foule des émeutiers s'éparpillait, comme une fourmilière affolée par la langue d'un tamanoir. Verdier scruta la scène dans les jumelles. Quelques prises. Des gosses épinglés par les CRS. Les deux hommes restèrent côte à côte. Au loin, un grand brasier ne tarda pas à illuminer la nuit. Phan Hong régla le viseur de ses jumelles, puis le tendit à Verdier. À la lisière de la ville, un entrepôt de moquette était en flammes. Plus loin encore, du côté d'Aulnay, même lueur. Un concessionnaire Renault…

Verdier savoura le spectacle en connaisseur. Du côté de l'état-major policier, les consignes étaient strictes et très simples. A) Mesure. B) Retenue. C) Fermeté, accessoirement, quand c'était possible, mais seulement dans ce cas. Depuis le temps qu'on entraînait la troupe, qu'on peaufinait le matériel, c'était le moment de vérifier l'efficacité du dispositif. En haut lieu, la crainte de la bavure était grande. Il aurait suffi d'un seul blessé grave dans le camp des émeutiers, ou pire, d'un mort, et on allait fabriquer un martyr. Voire provoquer un séisme politique. L'incident du transformateur électrique, celui de la grenade lacrymogène qui avait atterri à l'entrée de la mosquée de Clichy avaient servi de leçon… à bon entendeur, salut !

38

Mission accomplie. Les ministres du Magnifique s'étaient attelés à la tâche. Dès la tombée de la nuit, ils avaient rameuté les gamins des Sablières pour les emmener en promenade du côté de la Brèche-aux-Loups. Une sorte de colo de vacances, avec des monos qui ne rigolaient pas mais promettaient malgré tout une sacrée teuf! C'était mieux que les stages varappe, ski ou canoë de la mairie! Des trucs de nazes, chaque fois que les bronzés arrivaient sur place, y avait les bouseux racistes qui gueulaient au scandale!

Durant l'après-midi, l'équipe de Dragomir avait confectionné une petite cargaison de cocktails Molotov, embarquée dans quelques voitures, des tacots hors d'âge, « réquisitionnés » pour la bonne cause. Le genre de carrioles à bout de souffle qui permettaient à quelques pauvres bougres employés des services de nettoyage du RER et habitant les Sablières de gagner leur boulot tous les matins à l'aube, en s'y entassant à six. Aucun risque qu'ils aillent protester, ceux-là.

Il ne restait plus qu'à acheminer le convoi à la Brèche et à distribuer le matos le moment venu. Fastoche. Cool.

*

Moussa n'en revenait pas. C'était limite décevant. Ces pourris de keufs n'osaient pas attaquer, alors qu'on leur insultait leur sale race de bâtards, qu'on leur faisait des bras d'honneur, qu'on baissait le froc devant leur nez pour bien montrer son cul. C'était géant. Tous les keums des Sablières, on allait leur prouver, aux

CRS, qu'on avait des couilles! Moussa, surexcité, s'en donna à cœur joie. Quand la réserve de cocktails fut épuisée, restaient les pierres, les débris d'Abribus, n'importe quel projectile qui traînait sur le bitume. Une vieille savate en désespoir de cause.

*

Bokosola Moussa fut intercepté à vingt-trois heures douze, le rapport de la BAC en témoignait, alors qu'avec quelques complices qui portaient des bouteilles vides il tentait de siphonner le réservoir d'essence d'une voiture garée dans une rue calme. Les types de la BAC l'avaient pris à revers, ceinturé et embarqué jusqu'au command-car le plus proche.

*

Verdier et Phan Hong redescendirent de leur perchoir. Le spectacle qu'offrait la cité de la Brèche-aux-Loups faisait peine à voir. À minuit passé, le calme était revenu. Ils y firent quelques pas. Les pompiers sillonnaient les allées, éteignant un à un les incendies résiduels. Rares étaient les habitants qui osaient se risquer hors de chez eux. Soudain, Verdier croisa Sannois, le militant CGT à l'origine de la réunion qu'il avait présidée en compagnie du commissaire Laroche. Sannois errait de place en place, désespéré, la poitrine secouée de sanglots. Il reconnut Verdier, s'approcha, le saisit par le revers de sa veste.

– Qu'est-ce que vous foutez là, vous? lui hurla-t-il en pleine figure. Vous venez prendre votre pied en regardant le spectacle? Salaud!

Verdier se sentait encore plus honteux que d'habitude. Il eut le plus grand mal à calmer Sannois. L'entrepôt de moquette où celui-ci travaillait brûlait toujours. Et sa voiture n'était plus qu'une épave carbonisée. Un tas de ferraille gisant sur le parking, parmi une dizaine d'autres. Sannois n'en pouvait plus.

– Voilà, maintenant je suis au chômage, et ma bagnole, je venais de l'acheter... qu'est-ce que je vais devenir?

Verdier ne sut que lui répondre. De vagues paroles de réconfort ? Mieux valait s'en abstenir, c'eût été indécent. Sannois se calma, peu à peu. Sa femme était à ses côtés. Elle aussi dévisageait Verdier avec haine. Il n'y avait pas d'autre mot pour qualifier la lueur qui brillait dans son regard.

– Foutez le camp, je vous en prie, foutez le camp…, supplia Sannois. Ici, vous êtes de trop. Maintenant, j'ai plus confiance. Les belles paroles, les promesses, c'est fini. Vous vous souvenez, à la réunion, y a un type qui avait parlé de s'armer, qu'on se fasse justice nous-mêmes, hein ?

Verdier n'eut pas la force de protester. Il recula piteusement de quelques pas et rejoignit Phan Hong, qui l'attendait un peu plus loin.

– C'est qui ? demanda Phan Hong.

– Personne ! répliqua froidement Verdier en allumant une Gitane.

– Mais si, voyons, vous le connaissez ! s'étonna Phan Hong.

– Oui ! Je le connais ! C'est bien pour cette raison que je vous affirme que ce n'est personne. Socialement, zéro. Personne, c'est le terme exact. Je ne dis pas ça à la légère, croyez-moi. Hélas.

*

Cette nuit-là, rentré chez lui dans son douillet appartement parisien, le substitut Verdier ne parvint pas à trouver le sommeil. Il alluma son téléviseur, le brancha sur LCI. À Épinay, il avait fallu évacuer tout un immeuble menacé d'incendie. À Stains, un véhicule en flammes avait été projeté contre les locaux de la protection maternelle infantile. À Saint-Denis, le collège La Courtille avait été visé. Quatre voitures incendiées, appartenant aux membres du personnel.

– Pompiers et forces de l'ordre se retirent dès les sinistres éteints afin d'éviter tout point de fixation avec les auteurs de ces violences urbaines…, précisa le commentaire, en voix off.

C'était joliment dit. Verdier apprécia.

Au Blanc-Mesnil, le trafic des bus avait été interrompu à la suite de caillassages. Entre Saint-Denis et Noisy-le-Sec, le tramway avait été bloqué par un arbre jeté en travers de la voie. Dans le Val-d'Oise, plus tôt dans la soirée, l'Intermarché de Villiers-le-Bel avait été pris d'assaut et pillé, caissières et clients molestés. Dans les Hauts-de-Seine, à Antony, un chauffeur de bus éjecté, avant que le véhicule ne soit incendié. Il avait eu chaud aux fesses, celui-là. Un smicard sans autre perspective que celle de s'accrocher au volant de son Berliet d'un bout de l'année à l'autre pour nourrir ses enfants. Dans les Yvelines, l'Essonne, même symphonie. À Lyon, une voiture précipitée dans un escalator du métro. À quelques secondes près, il y aurait eu des morts. D'autres broutilles. La pub, la météo. Sourire de la présentatrice, très jolie, puis le jingle, *l'info continue sur LCI.*

Peu après deux heures, Verdier éteignit enfin son téléviseur et s'allongea sur son canapé sans même se dévêtir. Le visage tourmenté de désespoir du pauvre délégué cégétiste Sannois hanta son sommeil.

39

La Suzuki bricolée par Djamel tenait le choc. Les deux compères reprirent leurs virées nocturnes, Djamel cramponné à son guidon, Lakdar derrière. De Certigny à Aulnay, d'Aulnay à Clichy, de Sevran à Bobigny, des Sablières aux Grands-Chênes, par ce petit miracle mécanique, les distances semblaient abolies. Le 9-3 leur appartenait. Une sensation de puissance, de liberté. D'ivresse.

Djamel, il kiffait grave. Le plan baston avec les keufs, ça le branchait à mort. La revanche de toutes les humiliations subies depuis l'enfance. Partout on le disait, à la téloche comme dans la rue, que c'était l'Intifada. Palestine ! Palestine ! Alors pourquoi au Moulin, toute la bande à Samir elle répétait sans arrêt qu'il fallait rester peinard à la maison ? Encore une preuve que les salafs c'étaient des baltringues tout juste bons à frimer avec leur kamis bien blanche, toute propre, bien planqués dans leur librairie, mais quand fallait partir au combat, comme les moudjahidin dans le maquis, là y avait plus personne ! Alors que si son frère Bechir il avait été encore vivant, comment qu'il leur aurait claqué la gueule, aux keufs, avec sa ceinture noire de karaté !

*

Ali Abdane abdiqua devant les insultes que lui adressait Lakdar chaque fois qu'il rentrait de ses chevauchées nocturnes. Lakdar lui avait jeté en pleine figure les misérables revues pornos qu'il avait dénichées sous son lit. Une humiliation insupportable.

Ali avait ramassé les revues, les avait déchirées, aspergées d'alcool à brûler avant de les enflammer dans l'évier de la cuisine, devant son fils.

– Tu vois, c'est fini. Alors dis rien à Zora ! avait-il supplié.

Lakdar s'était contenté de hausser les épaules. Qu'est-ce qu'elle en avait à secouer, la cousine ? Des plans baise, elle devait s'en faire des bons avec son gaulois qui l'emmenait au Club Med !

*

Le collège Ronsard de sa race de nuls, c'était terminé. Djamel était catégorique. Y avait plus rien à en attendre. Lui-même il pourrait jamais aller en bac pro pour faire mécano sur les circuits de Formule 1, et Lakdar, avec sa main toute pourrave, son plan star de la BD, c'était niqué pareil. Pierre-de-Ronsard, c'était juste bon pour la bande de nazes de la troisième B, Fatoumata et Samira qui se trémoussaient à longueur de journée, style un jour elles iraient à la *Star Ac'*, Steeve qui pensait qu'à s'empiffrer à la cantoche, Moussa, ce débile qui s'imaginait qu'il allait se faire un max de thune dans le rap…

– On vaut mieux que ça ! asséna Djamel, en rangeant la petite Suzuki dans la cave d'où il l'avait extirpée.

C'était pas facile, il fallait descendre un putain d'escalier, zigzaguer entre les poubelles, mine de rien, la Suzuki elle était lourde et Lakdar ne pouvait pas trop l'aider. Juste un peu la soulever à l'arrière, par le porte-bagages, de la main gauche, mais pas plus. Y avait pas le choix, la cave direct, sinon la mob', à la laisser dehors, c'était un coup à se la faire taxer.

– On va se démerder tout seuls…, reprit Djamel en essuyant ses mains couvertes de cambouis à l'aide d'un vieux chiffon. Faut compter sur personne !

C'était vrai. Au Moulin, mais même chose aux Sablières, ou aux Grands-Chênes, les keums qui s'étaient sortis de la galère, et y en avait pas beaucoup, ils avaient pas pleurniché à l'assistante sociale ou chez les profs. Et surtout pas chez leurs vieux. Les vieux, depuis le temps qu'ils trimaient au Smic ou qu'ils se laissaient doucement crever au RMI, ils avaient pas de leçons à donner. Le respect, ils le méritaient pas. La preuve, le père de Lakdar. Le sien valait pas mieux.

Lakdar sentait que tout cela ne tournait pas bien rond. Qu'est-ce qu'il s'imaginait, Djamel ? Qu'à quatorze ans, ils allaient pouvoir se passer de tout le monde ? Certainement pas. D'un autre côté, Lakdar en avait tellement ras le bol, de toute cette poisse qui s'abattait sur lui, qui ne le lâchait jamais, qu'il se sentait prêt à écouter son copain. Échapper au collège, un peu, rien qu'un peu, se sentir libres, faire ce qu'on voulait sans obéir aux ordres… Même si ça ne durait pas, c'était tentant d'y croire.

*

Couchés très tard, les deux copains ne se réveillaient pas avant la fin de la matinée. Ils se retrouvaient en bas de l'immeuble où habitait Djamel puis partaient en balade, allant jusqu'au centre-ville de Certigny déguster un hamburger-frites-Meca-Cola au Burger Muslim. Au passage ils avaient tout le loisir de contempler les dégâts provoqués par les émeutes. L'école maternelle Georges-Brassens qui avait bien dérouillé, la bibliothèque Pablo-Neruda qui était pas passée loin…

L'après-midi, ils glandaient chez Lakdar, à ressasser leur rancœur envers tous ceux qui leur avaient bien pourri la vie. Et puis ils regardaient la cassette que Slimane avait offerte à son jeune ami. Celle où on voyait l'espion sioniste se faire trancher la gorge par des gars du Djihad. Une fois, deux fois, dix fois, vingt fois, trente fois… Slimane avait raison, à la fin, on pensait même plus à la pitié. Les prisonniers musulmans d'Abou-Grahib étaient vengés, même si Slimane avait expliqué que l'exécution de l'espion sioniste, ça datait d'avant. L'espion sioniste, il avait aussi payé pour tous les enfants palestiniens assassinés par le général Sharon. La pitié, là non plus, y en avait pas.

Djamel en fut très impressionné, et encore plus admiratif envers son copain. Détenir une cassette pareille, ça prouvait bien que Lakdar, c'était pas un naze ! Il lui avait raconté le contenu des brochures sur les feujs, Rothschild et toute la clique, répétant quasi mot pour mot la leçon de Slimane. Le *dâr al-islam*, le domaine gouverné par la *charia*, la loi de Dieu, le *dâr al-koufr*, le domaine de l'impiété ! Le *dâr al-sohl*, où l'on pouvait soi-disant vivre en paix avec les mécréants, le *dâr al-harb*, comme la France, où il était licite de mener le Djihad !

Djamel rêvait de rencontrer Slimane, lui aussi, mais ça, c'était pas possible. D'abord parce que si Lakdar lui avait confié tout ça, déjà c'était limite, normalement, il était lié par le secret, il l'avait juré à Slimane, de rien dire, et en plus, Slimane, il était pas là. Encore en voyage pour son travail.

– C'est quoi, son boulot ? demanda Djamel.

– Le Djihad..., lâcha Lakdar, après un long moment de réflexion, mais tu le dis à personne !

Djamel le regarda avec des yeux ronds. Encore plus admiratif. Il avait l'air de rien, Lakdar, toujours sage au collège, toujours prêt à rendre ses devoirs à l'heure, à bien répondre aux questions des profs, style limite lèche-cul, et total il connaissait un keum qui faisait le Djihad ! Vas-y la ruse ! Lakdar, c'était le plus fort ! Tous les super coups de vice, il les connaissait à donf' !

Lakdar rangea la cassette dans sa planque habituelle, le placard de l'entrée du F3, sous un tas de vieux chiffons. Son père n'allait jamais y mettre le nez, c'était Lakdar qui faisait le ménage à la maison. La poussière, les détergents, Ali Abdane ne pouvait plus les supporter, après ses longues journées à passer sa balayeuse automatique dans les couloirs de l'hôpital psychiatrique Charcot.

*

Le soir du 5 novembre, un samedi, ils sortirent la petite Suzuki de sa cave et repartirent en expédition. Jusqu'à Aubervilliers et Drancy. C'était toujours la teuf. Partout ça brûlait. MJC, garages, supérettes. Et autobus, comme d'hab', mais ça, c'était même plus marrant. Djamel écarquillait les yeux, fasciné par les flammes, la gorge irritée par les gaz lacrymogènes. Un vrai plan délire. Lakdar, le torse plaqué contre le dos de son copain, ne perdait rien du spectacle, lui non plus. Ils auraient bien voulu caillasser, eux aussi, mais Lakdar, il pouvait pas, et Djamel, il pilotait la Suzuki pour gicler au bon moment, des fois que ces enculés de keufs ils auraient rappliqué trop près. L'important, c'était d'être là, solidaires de l'Intifada, même si c'était que pour regarder.

40

Au vu du contexte, plus que délicat, la décision fut difficile à prendre. Le client habitait, selon les renseignements dont on disposait, une cité de Seine-Saint-Denis. Le Moulin, à Certigny. Bâtiment F, escalier D, septième étage, porte gauche. Les responsables de l'équipe chargée d'intercepter Slimane Benaissa hésitèrent longuement. Le coup était risqué. Environnement islamiste plus plus plus. Et le contexte d'émeute, qui n'arrangeait rien, bien que sur place tout fût calme, comme par enchantement.

Depuis plusieurs mois Benaissa Slimane était en contact avec Abdul Ghoualmi, alias *Wahid*. Les « correspondants » jordaniens avaient aimablement transmis le dossier. Tout y figurait. Le séjour d'Abdul Ghoualmi à Amman, après sa sortie de prison d'Égypte. Son parcours dans l'organisation des Frères musulmans. Ses études, tout jeune homme, au lycée français du Caire… et son implication supposée dans bien des coups tordus depuis le 11 septembre. Nul ne savait où se trouvait *Wahid*. Mais un indic avait signalé qu'il rencontrait fréquemment un certain Slimane dans un bistrot minable situé près de la mosquée Abou-Bakr, dans le quartier de Belleville, à Paris.

Une pelote à dévider, en vrac.

a) Benaissa Slimane, petit délinquant de cité sans envergure, avait rencontré un certain Djibril Bechari à la prison de Fleury-Mérogis. Lequel l'avait endoctriné.

b) Bechari Djibril, multirécidiviste lui aussi, présentait toutefois un profil plus intéressant. Il y avait un trou de plusieurs mois dans sa biographie, et il ne fallait pas être grand clerc pour le suspecter d'être allé faire un tour du côté de Kaboul ou de Bagdad.

c) Lequel Bechari, arrêté le 26 octobre sur le port de Marseille avec un kilo de TATP – triacétone-triperoxyde – avait *raisonnablement* fini par répondre aux questions qui lui furent posées. Et donner les coordonnées de Benaissa, à défaut de celles de *Wahid.*

L'indic de la mosquée Abou-Bakr de Belleville, plus les confidences de Djibril Bechari : deux sources à recouper.

*

À cinq heures trente du matin, le dimanche 6 novembre, la cité du Moulin était encore endormie. Les voitures arrivèrent les unes par l'allée des Églantines, les autres par celle des Bruyères. Un troisième convoi par celle des Coquelicots. Pas plus de six au total. Il fallait faire vite, très vite. Les repérages auxquels on avait procédé deux jours durant étaient suffisants, et même rassurants.

En un quart d'heure, ce fut réglé. Hélas, l'oiseau n'était pas au nid. Il fallut improviser. Benaissa n'était pas un gibier suffisamment important pour qu'on perde du temps avec lui. Fouiller dans le fatras de paperasserie qui encombrait son studio était impensable. Il aurait fallu des heures pour en venir à bout. Pas d'esbroufe, de l'efficacité, telles étaient les consignes. L'équipe qui y pénétra se contenta d'embarquer l'ordinateur, en espérant que le disque dur parlerait. En ce qui concernait Benaissa lui-même, on verrait ensuite.

*

Lakdar apprit la nouvelle quelques heures plus tard, en allant rendre visite à Djamel. Un attroupement s'était réuni en bas de l'immeuble. Personne ne savait au juste ce qui s'était passé, toujours est-il que la porte du studio de Slimane était restée grande ouverte, la serrure en vrac sur le sol. Des voisins, étonnés, avaient pénétré à l'intérieur, ne pouvant s'empêcher de fouiller dans le bric-à-brac. Quelques babioles avaient aussitôt disparu. Une voisine insomniaque raconta qu'elle avait vu des voitures surgir dans l'allée, à l'aube, une dizaine de types se ruer dans l'escalier, forcer la porte et repartir en moins de dix minutes.

Des keufs. C'était l'évidence. Si Slimane les avait à ses trousses, ça prouvait encore plus que c'était pas un baltringue, mais quelqu'un d'important, qui le faisait vraiment, le Djihad! Alertée par la rumeur, toute la bande des salafs, Samir, Aziz & Cie, vint traîner dans les parages. Sur leur injonction, les curieux se dispersèrent. Samir arpenta le studio, perplexe... L'événement, bien qu'anecdotique, n'en était pas moins intrigant. Il fallait rendre compte à l'imam Reziane, au plus vite.

*

C'était fini, Lakdar en eut aussitôt l'intuition. Jamais plus il ne reverrait son ami. Celui qui l'appelait «petit frère». Un coup du sort supplémentaire. Slimane n'était plus là. Restait son enseignement. Quelques préceptes. Un message à ne pas oublier. Lakdar refoula ses larmes, bomba le torse. En toutes circonstances, où qu'il se trouve, Slimane pourrait être fier de lui.

41

Ce même dimanche 6 novembre, Anna Doblinsky prit le train en milieu d'après-midi. Le voyage ne durerait guère que quelques dizaines de minutes. En téléphonant à Vidal, elle avait obtenu les coordonnées de Rachel Feldman. Qui habitait désormais Montgeron, à quelques stations de la gare de Lyon. Les deux jeunes femmes s'étaient donné rendez-vous. Au bout du fil, l'entrée en matière fut délicate, mais dès qu'Anna eut mentionné le nom de Vidal, Rachel, d'abord méfiante, s'était radoucie.

– Ah oui, avait-elle dit, si c'est de sa part, c'est d'accord.

Elles se retrouvèrent sur le quai de la gare. Rachel, très grande, élancée, blonde. Anna toute petite, ronde et brune. Se serrer la main, s'embrasser? Comment faire? Aussi maladroites, aussi empotées l'une que l'autre, elles optèrent intuitivement pour un vague salut de la tête.

*

– Tu vois, ça arrive tout doucement, expliqua Rachel. Au début, tu n'y prends même pas garde, c'est très très insidieux... un regard un peu agressif, une remarque à peine déplacée, et le pire, c'est que tu pourrais presque t'y habituer... te dire que ça fait partie de la vie, qu'il faut bien s'y résigner... depuis le temps, hein?

Elles se faisaient face dans le studio de Rachel, situé au premier étage d'un immeuble résidentiel. Le balcon s'ouvrait sur un bouquet de saules pleureurs. Un ruisseau s'étirait en contrebas.

Anna avait raconté à Rachel sa rentrée, ses premiers pas au collège, sa confrontation avec la fameuse troisième B, les questions qui avaient aussitôt fusé à propos de la religion. La façon dont elle les avait éludées. Avec une honte rétrospective. Rachel avait écouté avec attention. Bienveillance. Et une discrète ironie. Celle des vétérans qui voient la bleusaille monter en ligne.

– Ça arrive tout doucement, reprit-elle, on ne se méfie pas, on s'imagine que c'est ridicule, que ce n'est tout simplement plus possible aujourd'hui. Et on se trompe.

Elle détailla la montée inexorable de l'agressivité des élèves à son égard. Tout était parti d'une remarque adressée à l'un d'entre eux, en cours d'histoire, à propos de la Seconde Guerre mondiale. La Shoah au programme, impossible de contourner.

– J'ai abordé le sujet sur la pointe des pieds, pourtant… en marchant sur des œufs, si tu préfères ! L'un d'eux m'a dit, texto : « C'est pas vrai, les feujs, ils mentent tout le temps. » Je l'ai traité de crétin, ça a été plus fort que moi. La réplique n'a pas tardé. « M'dame, si vous les défendez, alors c'est peut-être que vous en êtes une, de feuj ? » Je n'ai pas pris le temps de réfléchir. « Oui, et alors ? » À partir de là, tout a dérapé… les insultes, le feu dans mon armoire, les bombages, Vidal t'a raconté ?

Anna confirma.

– En quelques semaines, c'est devenu franchement insupportable, et même dangereux. Il y a eu une rencontre informelle, en salle des profs. Ce n'était ni une réunion syndicale, ni une convocation de la part de l'administration. J'ai expliqué ce qui m'arrivait. En partant de l'incident initial. Seignol était là. Emmerdé, vraiment emmerdé. J'ai eu droit à tout. Darbois… Il est toujours fidèle au poste, celui-là ?

Anna confirma, une fois de plus.

– Il s'est lancé dans un exposé vaseux, filandreux, il a osé évoquer ce qui venait de se passer à Jenine, les élèves « de culture arabo-musulmane » indignés par la « violence de la répression », et voilà, il fallait rester prudent, « bien comprendre le contexte »… Vidal, furieux, a répliqué en proposant une motion de soutien à mon égard, une motion de toute la « communauté éducative », qui devait être lue, solennellement, dans chaque classe. Une motion soumise au vote. Ravenel a eu le culot de suggérer que ce vote ait lieu à bulletin secret pour ne pas « froisser les susceptibilités » ! Tu te rends compte ? Seignol insistait pour ne pas mettre de l'huile sur le feu… Sanchez et Vidal ont rédigé la motion, l'ont fait circuler… Bref, les vacances de Pâques approchaient, tout ça s'est dilué. Les pneus de ma voiture ont été crevés. Je n'en pouvais plus. J'ai eu peur, c'est terrible à avouer, mais j'ai eu peur. On était en 2002. Si tu te souviens, les incidents de ce type se multipliaient un peu partout. Ambiance parano… Alors je suis allée au rectorat, et j'ai demandé à être mise en disponibilité « pour raisons personnelles ». J'aurais pu batailler, placer chacun devant ses responsabilités, mais j'ai eu peur. Je ne me sens pas très fière.

– Tu n'as pas cherché de soutien à l'extérieur ? demanda Rachel. Je sais pas, moi, alerter des journalistes ? Porter plainte ?

– Pour m'entendre dire que je fabulais ? Si Seignol avait été à la hauteur, lui, il aurait porté plainte, fait constater les bombages *Nique les feujs* dans les couloirs, au besoin il suffisait de quelques photos ! Tu parles, au contraire, il les a fait effacer le plus vite possible ! Un bon coup de peinture et on n'y voyait plus rien. Les pneus de ma voiture crevés ? Il m'a expliqué que c'étaient des bêtises de petits voyous extérieurs au collège… de la délinquance ordinaire, banale, homologuée 9-3 ! Imparable !

*

Depuis, Rachel Feldman gagnait sa vie en donnant des cours de soutien à domicile.

– Un jour, il faudra bien envisager de mettre fin à ma « disponibilité » ! Vu les circonstances, le terme sonne un peu curieusement, non ? Voilà, je n'ai rien à t'apprendre, et hélas aucun conseil à te donner, conclut-elle. Sinon de faire attention.

Elle se leva, fit quelques pas dans la pièce.

– Après ce qu'on vient de se raconter, on va quand même pas prendre un « thé entre filles », hein ?

Elle disparut un instant dans sa cuisine, fouilla dans son freezer, en revint avec une bouteille de vodka au poivre couverte de givre, et en emplit deux petits verres.

– Chez mes parents, on dit *Lech'aïm !*

– Chez les miens aussi ! approuva Anna.

42

Le lundi 7 novembre, en arrivant aux abords du collège, Anna ne put retenir un hoquet de stupéfaction. Le gymnase était en cendres. Il n'en restait que quelques tubulures métalliques, tordues comme des pattes griffues, celles d'un monstre englouti, happé dans les profondeurs par quelque force surnaturelle et qui cherchait à s'agripper désespérément au vide, dans un dernier sursaut de résistance, avant de disparaître dans les limbes. Le week-end du 5 au 6 avait marqué une sorte de pic dans ce qu'il était désormais convenu de nommer « la crise des banlieues ».

Les pompiers avaient entouré les décombres de barrières, dressant ainsi un périmètre de sécurité. Les élèves, très peu nombreux, piétinaient devant les grilles, restées closes. Anna se faufila parmi eux. Les surveillants filtraient les entrées. Elle traversa la cour sous une pluie battante et rejoignit la salle des profs, où régnait un silence de granit. La documentaliste Sanchez vint aussitôt la rejoindre. Elles s'assirent côte à côte.

– J'ai appris, pour Vidal, il m'a laissé un message sur mon répondeur, tu parles d'un coup dur..., chuchota-t-elle.

Sanchez en avait les larmes aux yeux. Anna lui serra affectueusement la main.

Seignol arpentait la salle, tourmenté, convaincu qu'il fallait dire quelque chose, mais quoi ? Ravenel contemplait bravement le plafond, le CPE Lambert le bout de ses chaussures, tandis que le concierge Bouchereau mâchonnait sa moustache.

– Voilà, mes chers collègues, nous vivons un moment difficile, déclara Seignol, nous devons faire face, ne pas céder au découragement, assumer notre mission d'éducateurs, mais aussi de citoyens placés devant des circonstances certes dramatiques, mais pas insurmontables, aussi je vous invite à accueillir nos élèves dans le calme et la sérénité... Ne tardons pas, la meilleure réponse, c'est de faire de ce jour un jour ordinaire !

– Non ! Pas question de faire cours aujourd'hui ! s'écria soudain Anna.

Elle s'était levée et avait forcé la voix, pour bien se faire entendre de tous. Prenant ainsi Monteil et toute la bande de la FSU au dépourvu.

– Pourquoi ? demanda le principal.

– Parce que ce serait indigne ! Tout simplement !

Brouhaha immédiat dans l'assemblée. Oui, tout le monde était d'accord. Pas question de faire cours. Mais quelle était la situation ? La grève ? Le « droit de retrait », possible à invoquer ? Pas facile. Monteil ne savait quelle attitude adopter. Elle se concerta avec les collègues du syndicat. Anna se dirigea vers Darbois, qui se tenait à l'écart.

– Alors, lui lança-t-elle. Qu'est-ce que tu attends pour monter sur une table et nous faire part de tes lumières ? Tu dois être content ? Tes « indigènes » ont particulièrement brillé ?

Darbois se détourna en cherchant à lui échapper. Elle le poursuivit, le coinça devant son casier.

– Autre chose. Hier, j'ai rencontré Rachel Feldman...

– Ah oui ? Feldman ? balbutia-t-il. Je me souviens. Sympa.

– Sympa ? Bien sûr. Ne m'adresse plus jamais la parole.

Elle rejoignit la maigre cohorte réunie par Monteil. Après une vingtaine de minutes de palabres, la décision fut prise. Ni grève ni droit de retrait. Rien. Un simple communiqué à envoyer à l'AFP pour marquer le coup. Seignol avait disparu.

Anna resta toute la matinée en salle des profs, à discuter avec les uns, les autres. Les décombres du gymnase étaient tout proches, soixante mètres à peine. Bien visibles. Sa destruction était vécue comme un véritable traumatisme. Alors qu'ailleurs, depuis plus d'une semaine, des bibliothèques, des écoles, des centres sociaux avaient connu le même sort, la menace s'était soudain rapprochée, venant crever la petite bulle de tranquillité sous laquelle le collège Pierre-de-Ronsard avait jusqu'alors échappé à la tourmente. Les commentaires fusaient. Certains rageurs, d'autres où pointait la résignation. Et la peur, visqueuse, qui se frayait doucement son chemin, comme un serpent.

– S'ils s'attaquent aux bâtiments, s'ils sont capables d'incendier un autobus, pourquoi, demain ou après-demain, ne s'en prendraient-ils pas directement à nous ? Un jour ou l'autre, l'un d'entre nous se fera poignarder !

Anna fut incapable d'identifier qui venait de prononcer ces mots parmi tout un groupe réuni près du distributeur de café. « Ils ». « Nous ». Tout était dit. Deux camps irrémédiablement antagonistes. D'autres voix s'élevèrent pour tenter d'apporter un peu de sérénité. Inviter à prendre du recul, ne pas céder au découragement, à la rancœur. Anna usa sa salive pour soutenir les optimistes. Sans trop de conviction. Soudain, le concierge Bouchereau s'avança timidement vers elle.

– Merci, hein, c'était fortiche de dire qu'il fallait pas faire cours aujourd'hui, surtout de la part d'une nouvelle comme vous ! Sinon, où c'est qu'on va ? chuchota-t-il de sa voix rocailleuse. Ces petits salauds, un jour ou l'autre, faudra bien leur faire comprendre qu'ici on est en France. S'ils sont pas contents, ils ont qu'à retourner dans leur pays !

– Mais non, monsieur Bouchereau, je ne crois pas que ce soit comme ça qu'il faille poser le problème, protesta Anna, catastrophée. C'est beaucoup, beaucoup plus compliqué que ça...

Elle chercha ses arguments, improvisa, parvint à aligner quelques phrases bancales, en ayant bien conscience de foncer droit dans le mur.

– Quand même, merci, hein ! conclut Bouchereau, obstiné. C'était bien de votre part. On est en France, faudrait pas l'oublier !

La gorge serrée, elle le regarda s'éloigner, avec sa moustache en bataille, sa blouse élimée, sa démarche qui suintait la lassitude. Même s'il n'osait en parler, Bouchereau avait été traumatisé par la mort de son collègue de Trappes... Dévoué à sa façon, fantassin obscur, méprisé, moqué, il souffrait, sans trouver les mots justes pour exprimer son désarroi, sinon ceux dictés par un racisme banal. Ancré dans la bêtise ordinaire. Et d'autant plus dévastateur.

La tâche était démesurée. Herculéenne. Pratiquer le grand écart entre un Moussa et un Bouchereau, ramener l'un à la raison, convaincre l'autre de ne pas céder à la haine, voilà qui n'était pas du militantisme de salon. Il fallait apprendre vite, très vite. Vidal, laminé, avait préféré plier bagage, déclarer forfait. Anna n'avait d'autre choix que de faire face.

*

La nouvelle tomba en fin de matinée. Moussa venait d'être condamné à trois mois de prison ferme à la suite de sa comparution immédiate devant le tribunal de Bobigny. Une de ses nombreuses sœurs, scolarisée au LEP, était venue se confier à un surveillant, devant les grilles restées closes. Quand on la lui rapporta, Anna accueillit l'information avec un sourire crispé. Partagée entre le dépit et le soulagement. Quarante pour cent de dépit, soixante de soulagement. Adieu conseil de classe, juridiction dérisoire, tribunal de carton-pâte… Il n'y avait plus de mauvaise conscience à redouter, puisque d'autres instances, bien plus inflexibles, s'étaient chargées de régler le problème.

En début d'après-midi, traînant encore en salle des profs après un repas pris à la cantine avec Sanchez, Anna consulta Internet et apprit que l'Union des organisations islamiques de France venait de lancer une « fatwa » appelant au calme :

> *Il est formellement interdit à tout musulman recherchant la satisfaction et la grâce divine de participer à quelque action qui frappe de façon aveugle des biens privés ou publics ou qui peut attenter à la vie d'autrui. Contribuer à ces exactions est un acte illicite.*

Intifada, *fatwa*, les mots se répondaient les uns les autres, dans un écho sinistre.

– On attend avec impatience la réaction de l'archevêché ! s'esclaffa Sanchez.

43

De soir en soir, Lakdar et Djamel poursuivirent leur périple, cramponnés l'un à l'autre sur la 50 cm³ Suzuki. Lakdar disposait de quatre cents euros, toutes ses petites économies amassées depuis des années, principalement des enveloppes remises par la cousine Zora, et un peu de thune de son père, par billets de cinq, l'argent de poche ordinaire, plus ce qu'il avait gagné en faisant les courses de la voisine, Mme Zitouni, depuis qu'elle s'était cassé le col du fémur en glissant dans sa douche. Entre éclopés, faut bien s'entraider, disait Mme Zitouni, chaque fois que Lakdar lui apportait son Caddie. Elle était super gentille, Mme Zitouni, Lakdar ne connaissait pas trop sa misère, mais ça avait pas l'air d'être triste non plus. Un fils à Fleury, l'autre à l'hosto, son mari qui avait foutu le camp, des histoires comme ça, au Moulin, y en avait plein.

Djamel, de son côté, il avait aussi économisé. Son frère Bechir, du temps où il bossait au Sexorama de la place Pigalle, les biftons de vingt euros, il lui en refilait sans arrêt. C'était cadeau. Djamel, il avait tout bien planqué sous son lit dans un gros sac Auchan, en se disant qu'un jour, lui aussi, il s'achèterait une moto.

Bref, la thune de Lakdar, plus celle de Djamel, ça permettait de voir venir. Ils avaient de quoi tenir un bon bout de temps, à payer les plateaux-repas au Burger Muslim et les trois litres à verser tous les soirs dans le réservoir de la Suzuk' avant de partir en virée.

Rien d'étonnant, pour avancer, la mobylette, elle avait besoin de mélange…

*

Dans tout le 9-3, ça continuait d'être chaud. Lakdar et Djamel regardaient la télé, sans trop comprendre. Il était question de l'« état d'urgence », du « couvre-feu ». En zonant du côté de la librairie des salafs, ils avaient entendu dire qu'il s'agissait d'une loi pourrie datant de la guerre d'Algérie. OK, d'accord, mais laquelle ? Celle dont parlait parfois la cousine Zora, qui regardait des émissions super chiantes sur Arte, avec des documentaires en noir et blanc, comme quand Lakdar avait passé quelques jours chez elle, à Saint-Denis ? Tout un tas de frimeurs avec des cravates qui ressemblaient aux profs de Pierre-de-Ronsard et qui tchatchaient entre eux, sans qu'on y pige que dalle. C'était comme l'histoire du dico Larousse avec le mot *schizophrénie*, ça aurait été tellement plus simple si tout le monde s'était mis à parler clairement ! Ou alors l'autre guerre d'Algérie, celle qui faisait flipper Ali Abdane ? Lakdar avait bien retourné la question dans sa tête, depuis que Slimane lui avait expliqué le truc avec le GSPC, les vrais salafistes, pas les bouffons de la bande à Samir. Le GSPC, les moudjahidin dans le maquis ! Ah, ça c'était autre chose, une guerre juste. Au nom de l'islam. Fallait pas déconner à tout mélanger, sinon, on risquait plus de s'y retrouver. Tout ça, ça reniflait l'embrouille. La vie, elle était super compliquée.

– On nous prend toujours pour des cons ! conclut Djamel quand son copain lui eut fait part de ses réflexions.

Ils se repassaient en boucle la cassette de l'exécution de l'espion sioniste. Là, au moins, c'était net.

*

Vadreuil.

– Pourquoi qu'on irait pas y faire un tour ? proposa Djamel.

C'était vrai, ils y avaient jamais foutu les pieds, chez les feujs. Alors que c'était même pas à deux kilomètres. Juste le parc départemental de la Ferrière à contourner, et on y arrivait.

Ils y firent une première incursion durant l'après-midi du

9 novembre. Les rues de Vadreuil, avec leurs villas de pierres meulières, leurs jardins fleuris, leurs trottoirs d'une propreté irréprochable, ne ressemblaient en rien aux allées de la cité du Moulin, aux façades flétries, au bitume parsemé de crevasses, et dont les poubelles s'entassaient dans l'attente d'un ramassage aléatoire. Le gazon des squares n'était plus qu'un lointain souvenir; les toboggans et les tourniquets y rendaient l'âme, vaincus par la décrépitude.

– La vérité, ils sont tous pétés de thune, par ici! s'exclama Djamel.

Lakdar ne perdait rien du spectacle mais guettait attentivement les environs, au cas où une voiture de police viendrait à surgir. La mobylette n'était bien évidemment pas assurée et ni lui ni Djamel ne portaient de casque. Ici, c'était pas comme au Moulin, où les keufs, ils en avaient rien à secouer de ce genre de trucs. Tandis qu'à Vadreuil, c'était un coup à se faire pécho.

Ils tournèrent de rue en rue, d'un carrefour à l'autre, sans but précis, en évitant scrupuleusement les abords de la mairie et ceux du commissariat.

– Tiens, mate, les v'là, les feujs! s'écria soudain Djamel.

Un groupe de Loubavitchs traversait le boulevard. Des hommes vêtus de noir, la tête coiffée d'un large chapeau, des enfants portant la kippa, les tempes ornées de petites tresses. Lakdar et Djamel se figèrent, surpris. Finalement, ça n'avait rien d'extraordinaire. Des keums sapés plutôt zarbi, rien de plus. Un peu comme les salafs, finalement. Sauf que Lakdar n'avait pas oublié les leçons de Slimane. Les feujs, fallait s'en méfier...

*

Le soir même, Lakdar regarda les infos à la télé. Le dîner quotidien en compagnie de son père tournait au supplice. Ali Abdane ne s'était pas remis de la séance d'humiliation que lui avait infligée son fils à la suite de la découverte des revues pornographiques. Il passait son temps à bafouiller des excuses, et, s'il n'osait avaler ouvertement le moindre verre d'alcool devant Lakdar, il se rattrapait par ailleurs. Lakdar n'avait pas encore découvert la planque où il dissimulait ses réserves, mais ça n'allait pas tarder. La cave, sans doute. Tous les soirs, Ali descendait soi-disant faire un tour en bas de l'immeuble, ce qui n'était pas dans ses habitudes antérieures. Il rentrait une heure plus tard, d'une démarche légèrement titubante. À quoi bon s'acharner ?

Dès que le téléphone sonnait, même si c'était rare, Ali se mettait à trembler, le front imprégné de sueur, dans la crainte que Lakdar ne raconte tout à la cousine Zora. La cousine, elle avait la langue bien pendue. Et bien fourchue. D'ici à ce que ça se sache, au bled, qu'Ali se tripotait en regardant des photos de putains alors que sa femme Cherifa croupissait recluse dans une petite chambre, la tête agitée de cauchemars incessants, et ce serait la catastrophe.

*

Lakdar et son père se faisaient face devant la table de la salle à manger, chacun fuyant le regard de l'autre, le nez rivé au fond de son assiette ou sur l'écran de télé, alternativement. Les minutes s'égrenaient ainsi, interminables. Ali ne soupçonnait pas que son fils avait déserté le collège depuis la rentrée de la Toussaint, et quand bien même l'eût-il su, Lakdar lui aurait cloué le bec. Le rapport de force était en sa faveur.

Les infos, à la télé. PPDA. Jeudi 10 novembre. Al-Zarkaoui, chef d'Al-Qaida en Irak, revendiquait les attentats d'Amman. Trois explosions dans des hôtels de richards. Le Grand Hayat, le Radisson et le Days Inn. Au Radisson, le kamikaze s'était fait exploser au beau milieu d'une réception de mariage… Au total, cinquante-sept morts et plus de trois cents blessés. Ali détourna les yeux quand Lakdar éclata de rire en écoutant le décompte macabre. Lakdar ne doutait pas que si son grand frère Slimane avait réussi à échapper aux keufs, c'était pour rejoindre Al-Zarkaoui et continuer à mener le Djihad.

*

Il n'en pouvait plus, Lakdar, de cette existence de minable. Le Moulin et le collège Ronsard, maintenant il avait bien compris que c'était une sorte de piège, des endroits où tout était fait pour endormir les gens, les encourager à se résigner, alors qu'ailleurs il y avait des combattants qui relevaient la tête. Mais lui, il pourrait jamais aller le faire, le Djihad, avec sa main bousillée… on voudrait pas de lui, chez les moudjahidin.

Le téléphone sonna. Lakdar alla décrocher, sous le regard angoissé de son père. C'était la cousine Zora. Elle avait contacté un avocat, qui lui avait confirmé que l'hôpital était vraiment en faute et que, raisonnablement, on pouvait espérer « obtenir réparation ». De la thune, c'était ça ? La thune, toujours la thune. Ali en parlait tout le temps, quand il regardait ses relevés de CCP, à la fin du mois. Tout le monde en parlait, de la thune. Sans arrêt. La pauvre Mme Zitouni, qui poussait des soupirs quand Lakdar lui montrait les tickets de caisse, chaque fois qu'il lui rapportait ses courses du supermarché. Et des tas d'autres voisins, tout le monde, quoi. Même Samir et sa bande, qui faisaient souvent la quête à la mosquée, genre solidarité avec les frères palestiniens.

– Ça va, Lakdar, tu t'accroches, au collège ? s'inquiéta Zora.

– Ouais…

– Je compte sur toi, je te fais confiance…

– Ouais…

Zora raccrocha, sans même demander à parler à Ali. Il était vingt et une heures.

– Je sors ! annonça Lakdar.

Son père n'eut pas la force de protester.

44

Le 10 novembre au matin, un groupe de retraités, pêcheurs à la ligne qui trempaient leurs bouchons dans les eaux verdâtres du canal de l'Ourcq à la hauteur de l'écluse de Sevran, vit soudain dériver un amas de forme incertaine pris dans un fatras de branchages, de sacs plastique. L'un d'eux l'accrocha à son hameçon et tira doucement sur son moulinet pour l'amener jusqu'au rivage. Il s'agissait d'un corps humain. Assez frais.

Il ne fallut que très peu de temps aux spécialistes de la brigade criminelle pour l'identifier. Dragomir Nehailovic, né le 27 juillet 1970 à Banja Luka, Serbie. Le cadavre présentait la curieuse particularité d'avoir jadis subi une émasculation partielle, le pénis ayant été sectionné à ras du gland. Une mutilation purement sadique, d'une précision toute chirurgicale, sans autre explication qu'un acte de torture. Le médecin légiste en charge de l'autopsie n'avait jamais vu cela et s'intéressa au processus de cicatrisation, tout à fait remarquable. Dame Nature avait fait son travail, autorisant la victime à uriner presque normalement. Pour le reste...

À part ça, deux balles de calibre 11,43 avaient perforé le front de M. Nehailovic. La mort avait été instantanée. Le commissaire Laroche fut alerté en début de soirée. Les techniciens de la Crim' – la même équipe que celle qui avait « traité » la tête de Mlle Nordon – n'avaient pas tardé à établir que la victime relevait de leur territoire. Ils étaient à la recherche de renseignements complémentaires. Dragomir Nehailovic ? Tout un roman... Laroche se fit un plaisir de le leur narrer.

Après quoi, il alerta le substitut Verdier, déjà au courant. Suite à la découverte du corps, une jeune collègue du parquet avait été appelée sur les lieux, si bien que l'information n'avait pas tardé à revenir jusqu'à lui.

*

Laroche et Verdier se retrouvèrent devant le Burger Muslim de Certigny, leur point de chute favori. Le meilleur endroit pour humer l'air ambiant. Paisible, très paisible. Verdier ne bouda pas son plaisir. Dragomir expédié ad patres, voilà qui contribuait à lui remonter le moral, plutôt en berne après les semaines d'émeutes lors desquelles il lui avait fallu consacrer son énergie à pourchasser un gibier bien plus anodin.

– Les Lakdaoui qui désertent leur fief des Sablières, Ceccati idem à la Brèche-aux-Loups, et voilà notre ami Boubakar qui se retrouve en première ligne… ce brave Dragomir rectifié, ça renifle le règlement de comptes ! Alors qui, à votre avis ? Les Lakdaoui ou Ceccati ? demanda Laroche.

Le jeu de devinettes habituel.

Les Lakdaoui étaient out. Par contre, Verdier avait consulté les PV de comparution de toute la piétaille arrêtée dans les allées de la Brèche lors des soirées précédentes. Tous les émeutiers ou presque étaient originaires des Sablières. Et comme de bien entendu, chez le Magnifique, calme plat !

– Cousu de fil blanc, ricana-t-il, Boubakar a cherché à se protéger en expédiant ses voltigeurs chez Ceccati ! Qui a répliqué en s'intéressant à la personne de ce cher Dragomir ! CQFD. Les enchères montent, c'est excellent.

– Ah, autre chose, annonça Laroche, à Médine, enfin… au Moulin, un « service », je ne sais pas lequel exactement, a procédé à une perquisition chez un activiste islamiste, un certain Benaissa. Ils ne l'ont pas trouvé. Mais d'après ce que j'ai pu comprendre, l'objectif principal n'était pas sa modeste personne… plutôt son ordinateur. Remarquez, c'est toujours ce qu'on dit quand on a loupé son coup !

– Parfait, ça bouge, ça s'agite ! s'écria Verdier. Logiquement, on ne devrait pas tarder à recevoir des nouvelles de l'ami Boubakar ! La mort de Dragomir doit l'avoir mis en rogne !

– Je n'ai aucun moyen de lancer quoi que ce soit, tout mon effectif est mobilisé sur la prévention des émeutes, se désola amèrement Laroche. Mes gars sont crevés, à bout de nerfs, ce que je redoute, c'est qu'il y en ait un qui pète les plombs pendant un contrôle d'identité. Surtout la BAC, ils ont les nerfs à fleur de peau. Tous les soirs, je les réunis pour les sermonner. En cas de tuile, c'est sur moi que ça retomberait…

– Laissons venir. Croisons les doigts ! Qui vivra verra.

45

Slimane attendait impatiemment Wahid. Suivant le système de rendez-vous dont ils étaient convenus, ils devaient se rencontrer tous les lundis à quatorze heures dans un bistrot de Belleville, rue Jean-Pierre-Timbaud. Slimane dut y patienter plus d'une demi-heure avant qu'un gamin ne vienne l'avertir qu'on l'attendait ailleurs. Un petit morveux à rollers qui le précéda en descendant la rue Jean-Pierre-Timbaud, jusqu'à République, en prenant tout son temps pour zigzaguer en virtuose entre les étrons de chien.

Wahid déambulait sur le terre-plein central, près d'une baraque à frites et d'un manège. En cas d'urgence, rien de plus facile que de s'engouffrer dans la station de métro, filer dans ses couloirs labyrinthiques, perpétuellement parcourus par une foule de voyageurs, dont de nombreux touristes.

Ils échangèrent une brève poignée de main avant d'aller s'asseoir sur un des bancs du square voisin. Slimane était bouleversé par l'arrestation de Djibril, son ex-compagnon de cellule à Fleury-Mérogis.

– Tu crois qu'ils l'ont torturé ? demanda-t-il.

Wahid haussa les épaules, fataliste.

– À leur place, qu'est-ce que tu aurais fait ? Il y a bien des sortes de tortures, tu sais, ils ont des médecins à leur disposition. Tout est une question de nuance. Une intraveineuse, c'est parfois bien plus efficace que l'électricité… la piqûre t'abrutit, tu déblatères, et, deux heures après, tu ne te souviens même plus de ce que tu as raconté. Les sionistes sont très forts là-dessus.

Slimane encaissa. Wahid parlait en connaisseur. D'une voix très douce.

– Ton ordinateur, il était propre ?

– Bien sûr, comme tu m'avais expliqué…, rétorqua Slimane.

Slimane mentait un peu. Si on cassait le disque dur, on pouvait peut-être tomber sur les portails qu'il consultait fréquemment. Du pipeau. À vrai dire, il n'en savait rien. Ces connards de frérots s'étaient dotés d'un site Internet pour leur pizzeria ! Bonjour la modernité ! Slimane s'y était connecté à maintes reprises avant de monter le coup. Photos de l'aquarium, avec Yasmina la murène, le menu, carpaccio, gorgonzola et tiramisu, sans oublier la coupe glacée spéciale Lakdaoui, deux boules vanille, une cuillerée de confiture de figues et un doigt de boukha pour aider à digérer… Rien à craindre.

Bon, la suite. Wahid remit à Slimane une somme d'argent suffisante pour se mettre à l'abri durant quelque temps. Le réseau était pauvre. Ce modeste viatique permettrait à Slimane de végéter dans un hôtel Formule 1 une semaine ou deux. Et surtout les coordonnées d'un « frère » qui allait lui bricoler un passeport.

Rendez-vous début décembre. Même endroit, même heure. En cas de changement de dernière minute, le gamin à rollers serait fidèle au poste et mènerait Slimane à bon port.

46

Vadreuil. Les feujs. C'était trop tentant d'y retourner. Le 12 novembre, Lakdar et son copain partirent en expédition, sitôt quitté le Burger Muslim. C'était devenu une habitude. À force d'observation, ils avaient repéré la synagogue, un bâtiment très discret, les magasins d'alimentation casher, les squares où les mères de famille emmenaient jouer leurs enfants.

Le 12 tombait un samedi, ça grouillait de feujs dans tous les coins. C'était surtout ce jour-là qu'on pouvait se rendre compte qu'ils étaient vachement nombreux. Y en avait partout dans les rues, autour de la synagogue. C'était complètement ouf', on aurait presque cru qu'ils se sentaient chez eux !

Djamel effectua plusieurs allées et venues, à distance respectable. Soudain, la main gauche de Lakdar se crispa sur son épaule.

– Fais demi-tour, grouille ! ordonna-t-il.

Djamel obéit, vira en douceur, sans comprendre.

Lakdar sentit son pouls s'affoler, sa respiration s'accélérer.

Le keum qui lui avait fait son plâtre, au mois de mai, il était là, avec les feujs ! La vérité ! C'en était un, il portait le petit chapeau sur la tête ! Un docteur feuj, Lakdar était tombé sur un docteur feuj ! Lui, un reubeu ! Aux Urgences, il l'avait même pas repéré, normal, il portait pas son petit chapeau, il avait pas de barbe, et de toute façon, ce jour-là, Lakdar avait bien trop mal pour faire gaffe à quoi que ce soit. Ce qu'il fallait pas oublier, c'est que c'était sa faute, au feuj, si sa main était foutue. Elle pouvait toujours s'accrocher, la cousine Zora, avec ses histoires de procès, le feuj, il l'avait peut-être fait exprès !

Toujours cramponné à Djamel, qui ne savait plus dans quelle direction aller, Lakdar sentit la rage monter en lui.

Le docteur, il tenait la main d'un petit garçon, huit, neuf ans peut-être, avec le petit chapeau, lui aussi. Le docteur discutait avec des copains à lui, avec leurs chapeaux noirs et leurs costards de nazes. Y en avait même un qui avait une petite boîte sur le front, genre allumettes, et avec des lanières en cuir autour du bras. N'importe quoi ! Le docteur, il était plus discret. Il portait un blouson, un jean, des baskets. Peut-être parce qu'il avait honte d'être feuj ? Ou qu'il voulait pas se faire remarquer à l'hosto ? Avec les feujs, on pouvait pas savoir ! Menteurs et compagnie. À pourrir sans arrêt la vie des autres.

– Retourne encore une fois, ordonna Lakdar.

Djamel obtempéra.

Aucun doute, c'était bien lui.

– Faut pas rester là, ils nous matent ! s'écria Lakdar.

C'était exact. À force de passages répétés aux abords de la synagogue, entourée de barrières de sécurité, ils commençaient à attirer l'attention.

– On gicle ! conclut Djamel.

La Suzuki s'éloigna en pétaradant.

Lakdar pleurait.

47

Le coup était très, très dur à encaisser. Le Magnifique déprimait. Tous les matins, depuis des mois, Dragomir partait faire son jogging dans les bois de Sevran. Seul. Il tenait à entretenir sa forme. Une intention louable. Mais d'une imprudence a posteriori tout à fait dommageable.

Boubakar regrettait de s'être laissé séduire par ses rêves de grandeur à la Tony Montana, avec Al Pacino. Le 9-3, c'était pas la Floride, comme sur son home-cinéma Samsung, 16/9, Dolby Virtual Surround… ça commençait même à virer carrément pourrave. D'avoir défié Ceccati, ça lui apportait que des emmerdes, au Magnifique. Maintenant, il en était convaincu à cent pour cent, c'était bien le gaulois qui s'en était pris aux Lakdaoui. Ceccati. La ville de Certigny – les Sablières, les Grands-Chênes –, il la voulait pour lui tout seul. La Brèche-aux-Loups, ça lui suffisait pas, à cette ordure.

Respect quand même. Ce mec était très fort. Buter un type de l'envergure de Dragomir, fallait oser.

*

Depuis qu'il avait monté son bizness, Boubakar s'était appuyé d'une part sur ses « ministres », ses vieux copains d'enfance de l'école primaire Makarenko, d'autre part sur Dragomir, qui lui avait apporté sur un plateau sa bande de desperados, rescapés tout comme lui des guerres de l'ex-Yougoslavie. Quatre lascars complètement passés du côté obscur de la Force, et qui savaient même plus sur quelle planète ils habitaient. Mais terriblement efficaces.

Il lui avait fallu faire preuve d'un sacré charisme pour opérer l'osmose entre les deux groupes. Zy-va, c'était quand même pas pour rien qu'on le surnommait le Magnifique ! Cool, man !

En juin 2003, Boubakar avait rencontré Dragomir dans un cercle de jeu, du côté de la place Blanche. Le coup de foudre immédiat. Dans la corbeille de mariage, Boubakar avait apporté ses petites gazelles, et Dragomir ses brutes.

Le problème, c'était qu'il n'était plus là. Le seul de sa bande à parler français, enfin, à peu près. Il allait falloir manager les autres, maintenant que la cheville ouvrière avait disparu. Trois « ministres », quatre appariteurs, et une trentaine de gazelles. Plus Dragomir dans le rôle du directeur des ressources humaines... La PME Boubakar avait jusqu'alors tourné à plein régime. À flux tendu.

Chacune des gazelles pouvait effectuer jusqu'à trente passes la nuit, à trente euros chacune, soit trente multiplié par trente, multiplié par trente, ça allait chercher dans les vingt-sept mille euros, multiplié par vingt-huit jours – Boubakar, soucieux de la préservation du cheptel, octroyait à ses gazelles un week-end de repos par mois –, ça faisait un total mensuel de sept cent cinquante-six mille euros. Cotisations sociales zéro, soit, mais il fallait rétribuer le petit personnel. Les gazelles, ces mignonnes, elles se contentaient de presque rien. Du moment qu'elles pouvaient envoyer un petit mandat au village de temps à autre, elles étaient heureuses. C'était Boubakar en personne qui se déplaçait jusqu'à la poste centrale de Bobigny pour expédier le tout, en vrac. Quand on convertissait les euros en francs CFA, y avait de quoi se poiler ! Six mois auparavant, l'une d'elles avait fait mine de renâcler. Une maniaque de la calculette. Genre rébellion et pourquoi pas syndicat, tant qu'on y était ? Le problème avait été vite réglé. La méthode habituelle. Un mégot de Dunhill écrasé sur chacun de ses tétons. Ses histoires de francs CFA, elle les avait vite oubliées.

Les ministres étaient un peu plus gourmands, et Dragomir n'était pas le dernier à réclamer son dû. Sans compter les litres de super pour acheminer le cheptel jusqu'au bois de Vincennes ou sur les Maréchaux, l'entretien des voitures, les impondérables, tous les menus faux frais incontournables, les honoraires du marabout, par exemple, qui faisait chèrement payer chacune de ses visites. Pas la peine de se la jouer radin, son aide était si précieuse pour terroriser les gazelles que ça valait bien le coup de lui verser sa petite obole tous les mois.

Bénéfice net, près de vingt mille euros mensuels dans la poche du Magnifique. Confortable. Les subsides qu'il octroyait à Salif et à son groupe de rap, Fuck Crew, c'était peanuts. Un caprice bien pardonnable. Dans les articles de *Challenges*, au hit-parade des jeunes chefs d'entreprise, Boubakar n'aurait pas démérité. Avec mention spéciale mécène, comme les frimeurs qui achetaient des tableaux de nazes peinturlurés à la va-vite par des artistes de la culture hip-hop.

Le hic, c'est que tout ça menaçait de se barrer sérieusement en couille. Du côté des ministres, en principe, il n'y avait rien à craindre, mais en ce qui concernait la bande à Dragomir, c'était plutôt bas de plafond dans la tête. Des types à cran, qui s'énervaient pour un rien. Impossible de leur adresser la parole, ils n'obéissaient qu'à leur chef.

Le souci, c'était le transport. Tout reposait là-dessus. Chaque soir, le convoi quittait les Sablières pour gagner les « gisements de productivité », ainsi que les surnommait le Magnifique. Encore une expression glanée dans *Challenges*. Huit bagnoles. Pilotées par ses ministres et les gars de Dragomir. Qui rôdaient jusqu'à l'aube dans les parages pour bien maintenir la pression sur les gazelles, avant de les rapatrier au bercail.

Boubakar balisait un max. À la suite de la disparition de Dragomir, ce petit monde allait-il pouvoir continuer à vivre en bonne harmonie ?

48

Ils y retournèrent.

Vadreuil les attirait comme un aimant. Lakdar hallucinait. Il n'en avait pas dormi. Sa mémoire avait fonctionné à plein régime. Sa chute dans l'escalier, la douleur insupportable, le transfert à l'hôpital, le docteur feuj qui l'avait examiné, les radios, la pose du plâtre, et la suite... Les images virevoltaient à toute vitesse dans sa tête, comme sur un écran. Obsédantes et précises, ultranettes. Elles alimentaient sa rage. Le docteur, Lakdar voulait le retrouver. Djamel était bien d'accord, fallait pas laisser passer. Fallait partir direct dans un plan vengeance. Y en avait ras le bol, des feujs, ça pouvait plus durer, de les voir frimer avec toute leur thune alors qu'au Moulin, à même pas deux kilomètres, tout le monde galérait. Et Lakdar le premier, avec sa main droite niquée !

Ils écumèrent les rues de la ville, sacrifiant des dizaines d'euros pour alimenter la Suzuki en mélange. Deux journées entières à zigzaguer autour de la synagogue et des magasins casher. Sans trop savoir ce qu'ils voulaient. Lakdar, tout ce qu'il demandait, c'était de le voir encore, le docteur feuj. Juste le voir. Face à face. Le plan vengeance, c'était encore flou dans sa tête.

Djamel mit le holà. À ce rythme, la mob', elle allait pas tenir longtemps le coup. Le pot d'échappement commençait à chauffer sérieux, ça se sentait rien qu'au bruit. Le plus inquiétant, c'était que le pneu avant, lui aussi il merdait, y avait une petite entaille, près de la jante, presque rien, mais ça, c'était pas bon signe, le pneu il pouvait vite finir niqué.

La Suzuk', elle était aussi vieille qu'eux ! Elle datait des années 90, quand le grand frère Bechir, il avait même pas seize ans. Et en plus, Djamel croyait se souvenir qu'elle était d'occase. Alors c'était même pas garanti qu on puisse encore en trouver, des pneus de rechange.

Ils rentrèrent au Moulin. Super véner. Ils rangèrent la mob' dans la cave de chez Djamel, qui entreprit de décalaminer le pot avec ses chiffons et ses tournevis. Lakdar le regardait opérer en l'éclairant à l'aide d'une lampe de poche.

– Ton feuj, bon, on sait qu'il bosse à l'hosto, forcément… tu sais comment qu'il s'appelle, au moins ?

Non, Lakdar ne savait pas. Il n'y avait tout simplement pas prêté attention. Il s'en voulait. S'il avait su, il se serait bien méfié et il en serait pas là. Avec un bon docteur, pas feuj, un docteur normal, sa main, elle aurait été sauvée. Au mois de mai, quand c'était arrivé, son accident, il avait pas encore appris à se méfier des feujs, il connaissait juste les histoires qui couraient un peu partout dans la cité, Palestine et tout, mais lui perso, il savait pas encore à quel point ils pouvaient être super dangereux. Depuis, son grand frère Slimane lui avait bien ouvert les yeux. Y avait que quand on menait le Djihad qu'on y voyait clair. Slimane, il lui manquait. Il aurait su quoi faire.

– Faudrait avoir son nom, au feuj, au moins ! insista Djamel, les mains enduites de cambouis.

– Ouais, mais on va quand même pas s'attaquer à lui à l'hosto ! maugréa Lakdar.

Djamel avait terminé de récurer le pot d'échappement et de brosser la bougie.

– Hosto ou pas hosto, il nous faut son nom, à ce pourri !

Lakdar hocha la tête, approbatif. La cousine Zora avait embarqué tous les papiers pour le procès, chez elle, à Saint-Denis.

– T'as qu'à lui téléphoner !

Ils quittèrent la cave après en avoir cadenassé la porte et se rendirent chez Lakdar.

*

Zora était en pleine surchauffe, à son salon de coiffure. Elle s'étonna des questions de son cousin. Quelle importance cela pouvait-il avoir, le nom du médecin qui l'avait soigné ? Lakdar insista. Zora, troublée, demanda des explications. Quand elle lui avait parlé du procès, il s'était contenté de hausser les épaules. Zora ne comprenait pas les raisons de ce revirement, de l'intérêt soudain de son petit cousin pour un détail a priori insignifiant. Lakdar raccrocha brusquement.

– J'ai déconné, maintenant, elle va se faire un plan méfiance…, constata Lakdar.

Djamel se désola, penaud d'avoir suggéré pareille démarche.

En fin d'après-midi, Zora Abdane avait rendez-vous avec le responsable de son agence bancaire pour régler définitivement les détails du prêt qu'elle avait sollicité en vue d'agrandir son salon, si bien qu'elle oublia la lubie soudaine de son cousin.

De grosses sommes étaient en jeu, des années de traites à prévoir pour le remboursement du crédit. Une décision très difficile à prendre. À Saint-Denis, après les émeutes, nombre de commerces s'étaient retrouvés fracassés, la façade en loques, un simple bris de vitrine dans les cas bénins, mais d'autres totalement dévastés par le feu. Qui pouvait garantir que tout n'allait pas recommencer ? Certes, il y avait les assurances, mais tout de même, le climat n'inclinait pas à l'optimisme, de sorte que Zora n'en menait pas large en se rendant au Crédit Lyonnais.

*

Le lendemain matin, Djamel vint sonner à la porte de son copain, peu avant midi. Ali Abdane lui ouvrit, en pyjama, la mine bouffie. Ce jour-là, il était de service du soir, à l'hôpital. Quinze heures / vingt-deux heures. Si bien qu'il avait dormi, dormi, bien plus tard que d'habitude. La fatigue aidant, il n'avait même pas constaté que son fils ne s'était pas encore levé, lui non plus. Après une brève incursion dans la chambre de celui-ci, il s'en étonna.

– On a des profs en stage, du coup, on commence qu'à

deux heures ! expliqua posément Djamel avec un ton d'une telle sincérité qu'Ali ne pensa même pas à le mettre en doute.

L'explication était plausible. Ali n'y avait jamais mis les pieds, dans un collège, alors il ignorait totalement comment ça pouvait fonctionner, ce bazar-là. Un peu comme l'hôpital Charcot, sans doute, avec les ordres des chefs, les contre-ordres des sous-chefs. D'un jour à l'autre, on n'hésitait pas à lui bousculer ses horaires, à le muter d'une équipe à l'autre, à l'improviste. Toujours le même cirque, et il fallait bien obéir. Surtout pas la ramener.

Sans attendre son autorisation, Djamel fila dans la chambre de son fils, le secoua pour le tirer de sa torpeur.

– Super bonne nouvelle, annonça-t-il, tu te rappelles, au bâtiment C, Messaoud ?

Lakdar s'étira, bâilla, agita sa main droite, inerte. Toujours la même impression de cauchemar, qui lui coupait le souffle, le submergeait dès que ses paupières se soulevaient. Le constat abrupt de son infirmité, réitéré de jour en jour, dès les brumes du réveil... Comme tous les matins, il lui fallut quelques secondes pour reprendre son calme, refouler ses larmes. Dans ses rêves, sa main droite s'agitait, se séparait de lui, dessinait des arabesques, et venait aussi souvent caresser son sexe de ses doigts glacés. Mais là, ce n'était plus un rêve.

Lakdar ébouriffa ses cheveux, se gratta le torse, puis l'entrejambe. Djamel le bousculait, l'interpellait de sa voix de crécelle. Lakdar émergea, peu à peu.

Messaoud, bâtiment C ? Non, il eut beau fouiller sa mémoire, aucun souvenir !

– Mais si, un grand avec une moustache et des tatouages d'araignée sur le cou, maintenant, il est manutentionnaire chez Midas, insista Djamel, une Suzuk' pareille que celle de mon frangin, eh ben, il en avait une ! Il m'a refilé le moteur, et des pneus presque neufs ! Tu sais combien qu'il m'a taxé ? Cent cinquante euros, l'enculé de sa race ! Mais je les ai, les pneus, ça y est, j'ai déjà fait l'échange ! La vie de ma mère, comment que ça m'a pris la tête, j'ai pas arrêté d'y penser !

*

Vadreuil. Il n'y avait plus d'obstacle à y retourner. Lakdar exultait.

La rue où se trouvait la synagogue, l'enfilade de magasins casher, à un carrefour plus loin. Les feujs. Équipée de pneus neufs, ses entrailles mécaniques regonflées à bloc, la petite Suzuki repartit vaillamment au combat.

49

Anna était inquiète, très inquiète. Depuis la reprise des cours, ni Djamel ni Lakdar n'avaient fait leur réapparition à Pierre-de-Ronsard. Si, en ce qui concernait Moussa, le cas était réglé à la suite de son incarcération, l'absence des deux autres élèves méritait toute son attention. Durant l'interclasse, elle fila jusqu'au bureau du CPE Lambert. Qui avait fait son travail. Impossible de le prendre en faute, depuis le temps, il connaissait la chanson. À la suite des relevés d'absences, il avait adressé des courriers aux familles Abdane et Meguerba pour les alerter. Sans résultat jusqu'à présent.

– Je ne fais que suivre la procédure, plaida Lambert. Il faut attendre.

Il souligna en outre que, quelque temps plus tôt, Lakdar Abdane s'était déjà absenté plus d'une semaine à la suite d'une consultation à l'hôpital Trousseau.

– Votre protégé est coutumier du fait ! insista Lambert, en compulsant ses registres.

– Les courriers ordinaires ne servent à rien, s'entêta Anna. Vous savez très bien que les gosses les piquent dans les boîtes aux lettres ! Envoyez des recommandés. Et avec accusé de réception !

Lambert acquiesça. Bon, il allait voir. Sa préoccupation principale, c'était que la machine tourne sans trop de dommages. Après les émeutes, le climat à la cité scolaire Pierre-de-Ronsard, au collège comme au LEP, était devenu incertain. La tension était palpable, poisseuse, une remarque trop haut placée à la cantine, un rappel à l'ordre trop appuyé en cour de récré, et aussitôt, les insultes fusaient. Lambert avait bien trop à se soucier des présents pour se préoccuper des absents.

– Chaque chose en son temps, mademoiselle Dotrinsky !

– Doblinsky, si vous me permettez !

*

De retour en salle des profs, Anna prit un café au distributeur. Seule. L'absence de Vidal lui pesait. En parcourant le tableau d'affichage où se mêlaient les tracts syndicaux et les annonces de maisons à louer pour les vacances, de camping-cars ou de salons de jardin à céder au meilleur prix, elle s'aperçut de la présence de la photocopie d'un article du *Monde*, agrandie en format A3. Le « don de paix » d'un Palestinien de douze ans, tué par l'armée israélienne. Ahmed Al-Khatib avait paradé dans une rue de Jenine, avec une petite arme en plastique, un misérable jouet. Les soldats israéliens, le confondant avec un combattant, l'avaient abattu. Transporté dans un hôpital de Haïfa, il y était décédé. Ses parents avaient insisté pour faire don des organes de leur fils, quel qu'en soit le receveur. Deux fillettes juives et une jeune fille druze avaient reçu, l'une ses poumons, les autres le foie et le cœur de l'enfant palestinien.

Aucun commentaire n'accompagnait l'article.

Darbois corrigeait nonchalamment un paquet de copies, non loin de là.

Anna éclata d'un rire aigre. D'une main fébrile, elle fouilla dans son cartable, y dénicha un numéro de *Libé* qui y était enfoui. Elle en détacha une pleine page qui relatait un épisode de la construction du Mur de séparation. Cette fois-ci, les Israéliens avaient érigé un tronçon de la clôture en plein milieu de la cour d'un collège, à Anata, à proximité immédiate de Jérusalem. Non sans peine. À chaque étape de la construction, les élèves palestiniens s'étaient affrontés à la police israélienne. En vain. Une barrière de béton haute de plusieurs mètres se dressait désormais au beau milieu de la cour de récréation. *Cette affaire nous ronge. Pire qu'un cauchemar, c'est notre réalité*, expliquait Mohamed Alann, le maire d'Anata.

Anna prit un ruban de scotch, déplaça respectueusement une affiche de la FSU qui encourageait les collègues à adhérer, une autre d'un syndicat adverse qui visait le même objectif, fixa la pleine page du journal sur le tableau de liège, et ajouta un Post-it sur lequel elle inscrivit au feutre rouge : *Anna Doblinsky vous informe.* Après quoi, elle se dirigea vers Darbois.

– Tu vois, lui dit-elle, moi, au moins, je signe !

Darbois garda le nez rivé sur ses copies. Anna tourna les talons. Les collègues présents étaient restés indifférents. L'incident, si toutefois on pouvait le qualifier ainsi, passa totalement inaperçu.

Mlle Sanchez, à qui rien n'échappait, s'approcha, inquiète.

– Pas de souci, je suis calme, très calme, assura Anna.

50

Et soudain, ils le virent.

Lakdar n'en revenait pas.

Djamel commençait à en avoir des crampes aux poignets et aux avant-bras, à force de piloter la Suzuk' dans les rues de Vadreuil. On pouvait pas trop foncer, tous les cinquante mètres, y avait des ralentisseurs. C'était un coup à se viander. Ils tournaient sans trop savoir quelle direction prendre, sans but précis. En décrivant de grands cercles concentriques autour de la rue où s'alignaient les magasins casher.

*

Aucun doute. Le petit feuj qui tenait la main du docteur devant la synagogue le samedi précédent, c'était bien le même. Le petit brun, là, qui marchait en direction du parc de la Ferrière avec ses rollers sous le bras ! Il était tout seul, en survêt', il portait pas le petit chapeau des feujs, bien serré sur la tête avec une barrette, comme ils le faisaient tous.

Ah non ! Bien peinard, bien planqué, style personne sait que j'en suis un !

Il s'engagea dans les allées du parc.

Il était déjà plus de cinq heures du soir et la nuit commençait à tomber. Près de la grande entrée, après avoir franchi une grille de fer forgé aussi imposante qu'inutile et parcouru moins de deux cents mètres, on débouchait sur une allée bitumée, spécialement aménagée pour les amateurs de skate et de rollers. Des lampadaires et des lumignons installés çà et là sur la pelouse diffusaient une pâle clarté. Djamel avait engagé la Suzuki à l'intérieur du parc, en s'abstenant de faire rugir le moteur, comme à son habitude. Il avait coupé le phare et ne cessait de jeter des regards à droite à gauche, pour vérifier qu'un garde ne rôdait pas dans les parages.

Le risque était minime, c'étaient tous des feignasses, qui se tenaient bien peinards dans leur cabanon, à l'autre extrémité du parc. Des poivrots qui gueulaient quand y avait un clébard qu'était pas tenu en laisse, genre le bon chien-chien à sa mémère, d'accord, mais pour dire un exemple, si un grand black il avait déboulé avec son pitbull, là y avait plus personne pour donner un coup de sifflet! Les gardes, c'étaient tous des Antillais, comme le CPE Lambert, mais lui, il roulait des mécaniques dans la cour de Ronsard, alors qu'eux, ils s'écrasaient.

Bon. Fallait mater quand même, des fois que.

Le petit feuj, il avait viré ses Nike et chaussé ses rollers, et il commençait son numéro de frime sur la piste. Ses Nike, il les portait sur le cou, attachées par les lacets, un peu comme une écharpe. Ça le gênait un peu, mais ses Nike, normal, il tenait pas à se les faire taxer! S'il les avait déposées dans un coin, ça aurait pas loupé, et en même temps, c'était bien un truc de feuj, parce que si on les lui avait chouravées, avec toute la thune qu'il avait, il aurait pu s'en acheter d'autres fastoche direct chez Go Sport ou Décathlon! Il aurait même pas eu à attendre qu'il y en ait un lot qui « tombe du camion » et se retrouve bradé en super-solde discount sur le souk de Certigny!

*

L'endroit était désert. Ou presque. Il se mit à pleuvoir. Les quelques adeptes du roller qui vadrouillaient sur la piste commencèrent à s'éloigner. Le « petit feuj », lui, s'obstina à faire ses figures. Il était assez doué et évoluait avec une grâce certaine. Il portait un anorak dont il rabattit la capuche sur sa tête. Lakdar et son copain observaient la scène, à moins d'une trentaine de mètres de là.

– Alors, qu'est-ce qu'on fout ? demanda Djamel d'une voix angoissée.

– On y va ! décida Lakdar. Vite !

Le plan vengeance, tout à coup, il commençait à devenir super clair dans sa tête.

51

Sidney Haddad n'avait rien compris à ce qui lui était arrivé. Il avait mal, très mal à la cheville. La cheville droite. Elle commençait même à enfler. Les coups. Les insultes.

– Z'y va ! Sale feuj ! Grouille-toi !

Les coups de pied dans le ventre, dans la tête. Il s'était recroquevillé en chien de fusil, cherchant à se protéger. Rien n'y fit. Des mains lui arrachèrent ses rollers, le forcèrent à se redresser, il lui fallut courir en chaussettes à travers le parc. Les graviers lui meurtrirent la plante des pieds.

Il entendait rugir un moteur, pas très puissant, celui d'une mobylette. Les coups, les coups encore. Dans les reins. Le dos. Les côtes. Les fesses. La nuque.

– Cours, sale feuj !

Il avait couru. Combien de temps, il n'en savait rien.

Les coups de pied, c'était des deux côtés. Par contre, les coups de poing, c'était toujours de la gauche qu'ils étaient venus.

Et maintenant, il était accroupi dans le noir. Il s'était enlisé dans la boue, s'était blessé le pied droit en dérapant dans une flaque ; ça faisait super mal, comme un clou qui se serait enfoncé dans la cheville. Et ça sentait mauvais, des odeurs chimiques, des odeurs de moisissures, des odeurs qui lui soulevaient le cœur, qui donnaient envie de vomir. Ce qu'il fit. Impossible de se retenir. Tout son haut de survêt', son pull et son tee-shirt en furent imprégnés. Sa tête dodelinait contre une paroi glacée, qu'il palpa de ses doigts fébriles. De la tôle ondulée ? Un adulte lucide aurait pu formuler cette hypothèse. Mais certainement pas Sidney

Haddad, huit ans. Les contes de Perrault ou de Grimm, si cruels qu'ils fussent, avec leur lot de monstres et de sorcières, tous ces jolis albums richement illustrés qu'on lui lisait le soir avant qu'il ne s'endorme, s'étaient brusquement réveillés dans sa mémoire. Il ne faisait plus la différence. Il était prisonnier dans le château de l'ogre.

Des coups, encore. Des coups de pied. Assénés au jugé, dans l'obscurité.

– Bouge pas, sale feuj !

Il faisait noir, si noir.

– Bouge pas, sale feuj !

Un quart d'heure ? Une demi-heure ?

Sidney Haddad n'était plus rien, rien qu'une petite trentaine de kilos de chair terrorisée. Il n'existait tout simplement plus.

52

Ainsi que le redoutait le Magnifique, l'entente cordiale entre ses « ministres » et l'équipe de Dragomir menaçait de tourner en eau de boudin. La nouvelle de la mort du chef de bande avait jeté un froid. Un seul être vous manque… Aux Sablières, la météo était plutôt maussade. Boubakar avait bien tenté de resserrer les boulons, convoquant tour à tour chacun de ses ministres. Il leur avait tenu un discours musclé, à la Tony Montana, dans son époque ascendante, conquête de la Floride, avec palmiers, piscine dallée de marbre et limousine climatisée…

– On va quand même pas se faire entuber par ces connards de yougos !

Tel était son leitmotiv.

Bien sûr. Mais les vieux copains de l'école primaire Makarenko savaient parfaitement à quoi s'en tenir. Les yougos complotaient dans leur coin. Ce qui les tourmentait, c'était que les ministres régnaient sur le cheptel des gazelles, toujours aux petits soins, et bon, à force, fatalement, des liens affectifs s'étaient noués, et même une amourette par-ci par-là – mais oui, c'était humain –, alors que les sbires de Dragomir avaient dû se contenter des tâches subalternes, l'entretien des voitures, la surveillance au bois de Vincennes ou sur les Maréchaux, si bien qu'au finish ils sentaient que le trésor risquait de leur échapper.

Tout ça ne tenait qu'à un fil. Une petite susceptibilité de part et d'autre et tout risquait de virer à la zizanie. Du côté des gazelles aussi, ça tanguait ferme. Elles préféraient avoir affaire à leurs « frères de couleur » plutôt qu'aux tortionnaires de Dragomir… Il y avait comme du vinaigre dans le cocktail, et Boubakar avait beau agiter le shaker dans tous les sens, le brouet était toujours aussi infect.

Parmi ses ministres, un certain Mamadou était le plus remonté. Il n'avait pas inventé l'eau chaude mais savait tenir ses comptes. Depuis des mois, il avait garanti ses arrières. Quatre des gazelles étaient d'ores et déjà OK pour bosser à son profit exclusif. Il leur avait promis de les embarquer au soleil, du côté de la Côte d'Azur, une contrée moins tristounette que Certigny. Un vrai coin de richards. Au lieu de les déguiser en femelles de la brousse comme au bois de Vincennes, il leur avait fait miroiter un bon plan show-biz, strass et paillettes, avec numéro de strip-tease dans les casinos, ou au pire, si ça marchait pas, une seule pipe avec un vioque qui pouvait à peine bander, et elles gagneraient plus qu'en une semaine aux abords du lac Daumesnil ! Et en cadeau, terminée l'arnaque sur la conversion euros-CFA pour les mandats expédiés au village ! Le marabout ? Il leur assurait qu'il était de son côté.

Comment résister ? Les gazelles étaient partantes. Mais chut ! Pas un mot à Boubakar !

53

Enfermé vingt-quatre heures sur vingt-quatre dans une chambre hautement sécurisée de l'hôpital psychiatrique Charcot, Adrien Rochas passait une grande partie de son temps à scruter le ciel couvert de nuages. La fenêtre était équipée de barreaux, mais il pouvait à loisir soulever un pan de plexiglas pour respirer l'air du dehors. La solitude et l'isolement ne lui pesaient guère. Son nouveau traitement l'avait grandement aidé à trouver l'apaisement.

Il n'en avait pas pour autant oublié le rendez-vous inéluctable avec les Forces Supérieures. C'eût été dommage de tout gâcher après avoir vaincu la Chimère. Autour de lui, on s'agitait. Debard, le psychiatre, venait lui rendre visite tous les jours et lui posait des questions absconses, toutes plus emberlificotées les unes que les autres. Adrien ne s'y laissait pas prendre. Debard était un allié des Êtres Impurs. Son père aussi, trois fois par semaine, venait pleurnicher dans son giron. Sa mère, non. Adrien ne l'avait revue qu'une seule fois depuis son combat victorieux contre la Chimère. Soudain amaigrie. C'était fini, l'époque des gros nichons et de la cellulite. En quelques semaines, Viviane Rochas avait spectaculairement fondu. Finalement, Adrien lui avait fait du bien, et il en était fier.

On l'avait enfermé, muselé. Peu lui importait. Jamais ne cesserait le combat des Forces Supérieures contre les Êtres Impurs. De sa chambre, ou plutôt de sa cellule, Adrien scrutait les parages : le mur d'enceinte de l'hôpital, les bâtiments grisâtres d'un collège et, un peu plus loin, un terrain vague parsemé de débris métalliques, de carcasses de Fenwick tordues par la rouille, d'Algeco en lambeaux. Le vent était froid et sec. La nuit tombait. Adrien aspira le souffle glacé qui parvenait jusqu'à lui. Ses narines frémirent. Aucun doute, tout près… c'était là, tout près.

54

Lakdar et Djamel n'en revenaient pas. Ils avaient réussi. Le petit feuj était à l'abri. À leur merci. Sidney Haddad, c'était comme ça qu'il s'appelait. Son grand frère était bien docteur à l'hôpital de Bobigny, pas d'erreur. Salomon. Sidney l'avait dit. Avoué.

Il s'était laissé faire. Deux kilomètres à courir dans le parc de la Ferrière avant d'arriver jusqu'au terrain vague, ça avait pris moins de vingt minutes. Lakdar le tabassait pour qu'il aille plus vite, tandis que Djamel éclairait le chemin avec le phare de la Suzuk'. Y avait plus aucun risque, à cette heure-là, les gardes, ils commençaient à rentrer chez eux. Coup de bol, il s'était mis à pleuvoir sérieux, et les deux ou trois meufs en short qui faisaient leur jogging dans les parages s'étaient barrées, elles aussi.

Djamel et Lakdar avaient conduit leur prisonnier dans un des vieux Algeco de l'ex-usine Gessler. Lakdar était resté avec lui dans l'obscurité, toujours à le savater pour qu'il s'écrase, qu'il arrête de chialer, tandis que Djamel avait foncé à la cité, pour en rapporter un gros rouleau de Rubafix qui traînait dans la cave où il rangeait la mob'. Plus une lampe de poche.

Le petit feuj, c'était même pas histoire de dire qu'il avait la pétoche. Il en pouvait plus. Ils l'avaient enrubanné dans tous les sens, les pieds, les mains, la bouche. Puis ils l'avaient abandonné. Maintenant, fallait réfléchir sérieux pour le plan vengeance avec le docteur.

*

– Bon, le principal, c'est de l'avoir pécho !

Djamel répétait cette formule, toutes les deux minutes. Ce qui irritait Lakdar, l'empêchait de se concentrer.

Ils étaient retournés chez lui, dans sa chambre, afin de réfléchir. Ali n'était pas encore rentré de l'hôpital Charcot.

– Qu'est-ce qu'on va en faire ? demanda Djamel. On pourrait avoir de la thune, genre rançon ! Son frère, il est docteur, alors déjà il doit en avoir un max, et de toute façon, les feujs, ils en ont plein !

– Je m'en fous, de la thune, je veux me venger, pour ma main, bien lui faire piger à cette ordure ! murmura Lakdar, d'une voix sourde. Viens, on va la regarder encore…

Il quitta la chambre, se rendit dans la salle à manger, avec la cassette de l'exécution de l'espion sioniste. Il l'enclencha dans le magnétoscope. Le coutelas qui s'approchait de la gorge de la victime, les gestes saccadés du bourreau, le supplice qui s'éternisait. La main qui saisissait la tête par les cheveux et venait l'agiter, dégoulinante de sang, devant la caméra. Zoom sur les yeux exorbités.

Une fois, deux fois, dix fois.

– On a pas de caméra, constata Lakdar.

55

Le mardi 29 novembre, le courrier arriva chez la famille Haddad, 32 avenue de la République, à Vadreuil. Une grosse enveloppe de papier kraft qui contenait un appareil photo jetable, d'un modèle banal, Konica Film-In NEO, à vingt-quatre prises, de ceux qu'on peut trouver dans n'importe quel supermarché.

Depuis la disparition de Sidney, la famille Haddad vivait dans l'effroi. Ni ses parents ni son frère Salomon ne croyaient à une fugue. C'était tout simplement hors de propos. Ils le dirent aux enquêteurs. Comme d'habitude, on traita l'affaire avec circonspection, tout en respectant la douleur d'un père, d'une mère, d'un frère. Ce n'était pas la première fois que des parents juraient leurs grands dieux que leur rejeton était incapable de se livrer à de telles frasques, alors que, dans bien des cas similaires, le contraire avait été démontré. Le signalement de Sidney Haddad fut adressé à la brigade des mineurs.

*

L'enveloppe de papier kraft avait été expédiée depuis la poste centrale de Certigny. Lorsque la pellicule eut été développée, l'atmosphère changea du tout au tout. Les flics habituels furent immédiatement remplacés par ceux de la brigade criminelle. La connotation fortement antisémite de l'affaire inquiétait la hiérarchie. La famille Haddad insista pour que le secret le plus rigoureux fût gardé. Hors de question d'alerter la presse. En aucune façon.

Les clichés montraient le petit Sidney, totalement nu, accroupi dans un local de nature indéterminée. Le flash avait saisi son visage aux traits marqués par l'épuisement. Il brandissait une sorte de pancarte, un simple écriteau de carton sur lequel de grosses lettres avaient été tracées au feutre noir, en lettres capitales : JE SUIS JUIF JE VAIS PAYER POUR LES ENFANTS PALESTINIENS. Une dizaine de photos, au total. Toutes de même nature, avec des éclairages légèrement différents. En sus du flash, le faisceau d'une lampe torche éclairait la scène.

Les clichés furent agrandis, numérisés, passés au crible par les spécialistes sur des écrans d'ordinateur, pixel après pixel. Sur l'une des photos, on distinguait nettement une blessure à la cheville droite, enflée. Mais plus qu'au corps, au visage du pauvre Sidney, on s'intéressa à l'arrière-plan des images, ce réduit où le gamin était retenu captif. Des parois qui suintaient de moisissures. C'était par là qu'il fallait commencer. Tenter d'identifier le lieu de la détention à partir des maigres indices dont l'on disposait…

a) La poste de Certigny.

b) Le modus operandi, un vulgaire appareil photo jetable, suggérait un certain dilettantisme de la part des ravisseurs, ce qui n'était pas rassurant pour autant.

c) Il n'y avait aucune faute d'orthographe sur la pancarte que brandissait Sidney. Un détail d'importance : la graphie. Très maladroite, hachée. Comme si un droitier s'était imposé d'écrire de la main gauche. L'expert consulté était formel.

d) Les ravisseurs ne faisaient part d'aucune exigence, mais ça allait sans doute venir. Ils cherchaient d'abord à faire monter la pression. De ce point de vue, on était dans un schéma classique. Amateur, mais classique.

L'enveloppe qui avait servi à l'envoi avait été confiée aux spécialistes de l'Identité judiciaire. Elle était porteuse de nombre d'empreintes digitales, en premier lieu celles des postiers qui l'avaient manipulée ! Évidemment ! Et d'autres, de plus petite taille, celles d'un enfant, ou d'un adolescent. Une piste. Ténue, certes. Mais une piste.

*

Le commissaire Laroche fut appelé à la rescousse par ses collègues de la Criminelle. Après l'attentat contre la pizzeria du boulevard Jacques-Duclos, l'affaire Nordon-Rochas, l'assassinat de Dragomir Nehailovic, c'était donc la quatrième fois en quelques semaines qu'on le sollicitait pour tenter de scruter les zones d'ombre qui obscurcissaient son domaine. Il aurait pu être flatté de cette sortie de la routine, d'un regain d'intérêt pour sa modeste personne, mais ne manifesta rien d'autre qu'une grande fatigue.

Certigny? Rien n'indiquait que la clé du problème s'y trouvât. Mais tout de même. L'appareil photo jetable avait été acheté à Auchan, à trois cents mètres du centre-ville, le numéro de série de fabrication l'attestait. D'autre part, la connotation antisémite du kidnapping attirait immanquablement l'attention sur la cité du Moulin, avec sa mosquée, sa faune salafiste, son folklore « médinois »... Sans compter la perquisition opérée chez le djihadiste Benaissa, quelques jours plus tôt. Tout finissait par se savoir, en dépit des consignes de cloisonnement. La rumeur, simplement.

– C'est un peu curieux, quand même, votre secteur, constata le collègue de la Criminelle.

Laroche confirma. Oui, c'était « curieux ». Un qualificatif comme un autre. Peu importait. On lui présenta les photos du petit Sidney. Il les étudia soigneusement.

– Ce n'est pas un appartement, c'est certain, peut-être une cave? Qu'est-ce que vous en pensez? demanda le type de la Crim'.

Laroche haussa les épaules. Entre les Sablières, le Moulin, la Brèche-aux-Loups et les Grands-Chênes, à Certigny, les caves se comptaient par milliers. L'hypothèse méritait d'être fouillée, mais le réduit où était détenu le petit Sidney pouvait tout aussi bien se trouver à Aulnay ou Sevran, les communes limitrophes. Certigny ne détenait pas le monopole des souterrains où la flicaille n'osait plus se risquer depuis bien des années, sous peine de tomber dans quelque guet-apens.

56

Un prisonnier, c'était super galère, comme problème. Djamel, il aurait jamais imaginé. Depuis trois jours, c'était devenu franchement relou. Tous les matins, tous les soirs, à tour de rôle, ils rendaient visite au feuj. À tour de rôle. Tantôt Lakdar, tantôt lui-même. Il fallait traverser la route qui menait au terrain vague de l'usine Gessler, faire super gaffe qu'il y ait pas quelqu'un qui matait, et pénétrer dans l'Algeco après avoir pataugé dans la boue entre les carcasses de Fenwick et les fûts de tôle. La porte de l'Algeco, elle tenait presque plus sur ses gonds, et ça faisait un raffut terrible dès qu'on la manœuvrait. Elle crissait à mort, toute pourrave.

Et pourtant, fallait bien y aller.

La première fois, c'était Lakdar qui s'y était collé. Normal, l'idée, le plan vengeance, ça venait de lui. Le petit feuj, il grelottait dans l'Algeco. Fallait dire qu'il caillait pas mal. Il était recroquevillé dans son coin, tout couvert de dégueulis et en plus il s'était pissé dessus. Lakdar constata les dégâts à l'aide de sa torche électrique. Il en avait presque pas besoin, avec la lumière du jour, mais c'était mieux quand même. Lakdar avait apporté un cutter. Il taillada dans le Rubafix, histoire de permettre au petit feuj de se dégourdir un peu. On était pas à Abou-Grahib, style tortures et humiliations des prisonniers. Fallait pas confondre.

Sidney resta allongé sur le sol.

Lakdar lui tendit un sandwich et une canette de Coca.

57

Mamadou décida de passer à l'action, de rompre les amarres, le 30 novembre au matin. Peu après l'aube, il embarqua les quatre gazelles qui étaient prêtes à tenter l'aventure sous sa férule, à bord d'une des voitures du parc automobile dont disposait Boubakar, quitta la cité des Sablières pied au plancher et mit le cap droit vers le sud. Adieu Certigny et son ciel gris, le bois de Vincennes à la verdure anémique, en avant toute vers les paysages fleuris de la Côte d'Azur. Lui aussi, il connaissait son Tony Montana sur le bout des doigts.

La nouvelle de cette désertion ne tarda pas à se répandre. Parmi les gazelles restantes, le départ des copines provoqua un début de panique. Totalement irrationnel. Leur petit monde s'écroulait. Elles avaient accepté le deal qui leur était imposé en échange d'une misérable sécurité, un toit, de la nourriture, l'assurance de rester entre elles, de s'épauler les unes les autres. Boubakar leur avait maintes fois juré qu'au village on comptait sur leur appui. Leur triste quotidien faisait vivre les petits frères, les petites sœurs qui pouvaient aller à l'école grâce à leur abnégation. Et les anciens leur en étaient infiniment reconnaissants.

Et voilà que toutes ces certitudes vacillaient. Sans protection, sans guide dans cette contrée étrange qu'était le 9-3, qu'allaient-elles devenir ? Se retrouver expulsées, perdues, ou, pire encore, transférées, vendues à une quelconque guérilla après un retour en Afrique ? Là où c'était pire, bien pire. Boubakar, dans un souci pédagogique, avait chargé ses ministres de les briefer sur ce qui se passait en Sierra Leone ou dans les zones contrôlées par la rébellion ivoirienne. Les chefs de guerre ne se contentaient pas d'un mégot de cigarette pour griller un téton en guise de simple remontrance, non, ils enfonçaient leur machette entre les cuisses et découpaient les seins ! Un exemple parmi d'autres. Naïves, les gazelles ne réalisaient même pas que le coût d'un tel transfert aurait dépassé de loin, de très loin, leur petite valeur marchande. La simple perspective d'un tel retour au pays suffisait toutefois à nourrir leur terreur.

*

Aux abois, le Magnifique tenta un ultime numéro de frime. Il avait réuni tout le cheptel chez lui, avec l'aide des ministres restants et qui, fidèles entre les fidèles, ne trouvaient pas de mots assez durs pour fustiger la trahison de Mamadou. Le marabout était de la partie, sa présence étant plus précieuse que jamais... Il avait parfaitement perçu le climat d'extrême tension et avait exigé le double de ses honoraires habituels. Qu'à cela ne tienne ! Accordé !

L'heure était grave. Les gazelles écoutèrent le sermon, qui se voulait rassurant. Tout allait continuer. Magnanime, Boubakar décida même de leur octroyer une semaine entière de repos, du jamais vu depuis leur arrivée aux Sablières. Rassurées par tant de générosité, les gazelles rentrèrent sagement dans leurs pénates, accompagnées par les ministres auxquels Boubakar avait recommandé la plus grande vigilance.

*

Le règlement de comptes débuta à l'heure de la sieste. Radko, le plus jeune des compagnons de Dragomir, mena la danse. Il débarqua chez Boubakar, l'arme au poing, après avoir fait sauter la serrure de deux balles. Il lui en restait une dizaine dans son chargeur. Le Magnifique leva les bras en signe d'apaisement. Du calme. Cool, man !

Dans son français plus qu'approximatif, Radko exposa son

point de vue. Lui et ses potes allaient vraiment esquinter les gazelles si Boubakar ne passait pas à la caisse. Il exigea du cash. Un maximum. Le Magnifique enrageait. Jamais il n'aurait cru que ces tarés de yougos le prendraient ainsi à la gorge. Il les imaginait plus prudents, plus lucides quant à leur totale dépendance à son égard. Si le filon des gazelles se tarissait, qu'allaient-ils devenir ? Des braqueurs à la petite semaine qui se feraient coincer à leur première tentative ? Incapables ne serait-ce que de lire une carte du 9-3, de s'orienter au-delà des limites du département, toujours assujettis à leur chef, et imbibés de slivovic du matin au soir…

Le regretté Dragomir était d'une autre trempe, d'une autre sagesse. Conscient de ses limites. En tout cas, respectueux d'un minimum de codes. Pas eux. À la rubrique DRH, Boubakar avait encore beaucoup à apprendre.

Bon, de la thune, d'accord. Il fallait d'urgence calmer Radko. Il téléphona à l'un de ses ministres en lui demandant de vider la première des planques aménagées dans la cité. Une cave du bâtiment C3. Derrière les parpaings se trouvait une des nombreuses caches que Boubakar avait fait installer clando. Histoire de voir venir. Depuis des mois, le Magnifique réfléchissait sérieux à une bonne combine pour blanchir le magot que lui rapportaient ses gazelles. À l'instar des frérots Lakdaoui, avec leur pizzeria et leur garage. Mine de rien, ils étaient pas si branques. Il avait eu tort de se foutre de leur gueule. Du patriarche Saïd et de son gros ventre.

Boubakar n'avait pas encore trouvé l'idée. Tout son trésor se trouvait ainsi dispersé aux Sablières. Impossible de se rendre au Crédit Lyonnais ou à la Société générale, et d'y déposer la recette ! Tony Montana, lui, il avait carrément fait transférer son cash à la banque, on le voyait bien dans le film, avec Al Pacino et ses potes qui se coltinaient d'énormes sacs de toile de jute bourrés de biftons. Mais ça, ça supposait un bon plan corruption, des complicités chez les banquiers, et Boubakar n'en était pas encore là. Sa réussite avait certes été foudroyante, mais il manquait encore un peu de savoir-faire pour garantir ses arrières… Les keufs du 9-3 étaient nuls de chez nul, et leurs potes du fisc tout aussi glandus, mais pas à ce point. À force de négligence, il s'était bien dit qu'un jour, il pourrait le regretter.

Ce jour-là était venu.

Le ministre débarqua une demi-heure plus tard, sans la thune. Mais accompagné de ses vieux copains de l'école primaire Makarenko. Les ministres, paniqués par la fuite de Mamadou mais déterminés à rester solidaires, n'étaient pas d'accord, mais pas d'accord du tout pour capituler devant les yougos et laisser s'évanouir le pognon. Les associés de Radko attendaient en bas de la cage d'escalier. Tant et si bien que la négociation tourna court.

*

Quand le commissaire Laroche arriva sur les lieux, en fin de journée, il n'en crut pas ses yeux.

58

La deuxième enveloppe contenant un appareil photo jetable arriva chez la famille Haddad, 32 avenue de la République, à Vadreuil, le lendemain, mercredi 30 novembre. Postée à Certigny, le 29. La pellicule fut développée dans un temps record. Cette fois, Sidney apparaissait en premier plan avec la main droite et l'avant-bras sérieusement abîmés. Il peinait à tenir sa pancarte de carton qui annonçait qu'en tant que juif, il allait payer pour les enfants palestiniens. Même décor, indéterminé.

Les enquêteurs de la brigade criminelle présentèrent les photos à son frère Salomon. Qui refoula ses sanglots pour adopter un regard clinique.

– Il a une fracture ouverte, regardez ! Le radius est fracassé. Si on ne le soigne pas très vite, il peut y avoir des séquelles terribles… il saigne, il y a un risque de septicémie ! Dépêchez-vous !

Les enquêteurs acquiescèrent. Saisis par l'angoisse, ils ne demandaient pas mieux que de se « dépêcher ». Mais dans quelle direction chercher ?

*

L'un des spécialistes qui s'étaient chargés d'étudier les photographies transmises par les ravisseurs s'était usé les yeux à scruter les clichés du lieu de détention, les uns après les autres. Le moindre détail en avait été agrandi, sur une échelle de un à cent. À l'aide d'une vulgaire loupe, il avait fini par distinguer un détail invisible à l'œil nu, une rangée de chiffres et de lettres énigmatiques.

DGF 56701 ALG GFR. Tracés sur une des parois du réduit où était détenu le petit Sidney. Cela ressemblait à un code de fabrication. Dans le mille ! Il s'agissait des coordonnées d'une série de modules Algeco. La firme, aussitôt contactée, donna les renseignements en sa possession. Les fameux « modules » avaient été fabriqués dans les années 80 pour être livrés à une entreprise de travaux publics qui avait son siège dans le Val-d'Oise. Puis revendus et encore revendus, de main en main. D'un chantier à l'autre. Il ne restait plus qu'à les pister à la trace. Ce qui allait prendre du temps.

Sidney Haddad n'était donc pas reclus dans une cave d'immeuble anonyme, comme on l'avait cru et tant redouté, mais bien dans un de ces cubes d'acier qui fleurissaient sur les chantiers de France et de Navarre. Le renseignement était des plus précieux. On ne cherchait plus l'aiguille dans une botte de foin. L'espoir renaissait.

59

Le soir du 30 novembre, la cousine Zora débarqua chez son cousin Ali à l'improviste. Elle avait le moral au beau fixe. Le responsable de son agence bancaire lui avait enfin accordé son prêt. C'était signé, garanti. Lakdar était assis devant la télé. Hagard. Ali n'était pas encore rentré du travail. L'appartement était en grand désordre. La cuisine empestait le graillon. La poubelle débordait.

– Ça va, Lakdar ?

– Ouais…

Zora s'assit face à lui et, d'autorité, actionna la télécommande du téléviseur, interrompant ainsi un programme insane, une série de dessins animés inspirés de mangas. Son cousin garda l'œil rivé sur l'écran devenu vide.

– Non, ça va pas, Lakdar, constata Zora.

C'était une évidence.

– Mais si, ça va…, protesta-t-il d'une voix presque inaudible.

Elle se glissa à ses côtés sur le canapé et l'enlaça, emportée par un brusque élan de tendresse. Elle lui caressa la nuque, déposa des baisers sur son front. Lakdar frissonna et se blottit entre ses bras. C'était doux, c'était chaud. C'était tellement bon.

Mais c'était trop tard.

– Si tu veux, tu vas pouvoir venir habiter chez moi, pas tout de suite, mais dans quelques mois, tu seras bien mieux qu'ici, tu crois pas ?

Zora était résolue à l'arracher à l'influence d'Ali, dont elle avait bien perçu la dérive, l'incapacité à exercer une quelconque autorité parentale. C'était une simple question de responsabilité, de survie. Lakdar méritait bien mieux que le sort qui lui était promis. Zora était déterminée à régler le problème. Son ami Jean-Philippe était bien d'accord. Ils en avaient longuement discuté. Jean-Philippe s'était porté caution solidaire pour son prêt à la banque, un élément décisif pour boucler le dossier. Ils allaient même se marier, bientôt. Il était d'accord pour accueillir Lakdar. Restaient à régler les détails administratifs. Ali n'était pas de taille à renâcler, à s'opposer à un tel projet.

– Pourquoi tu m'as demandé comment s'appelait le médecin ? reprit Zora.

– Pour rien… pour savoir, c'est tout !

Zora n'obtint rien de plus. Elle n'était pas venue pour le tourmenter avec ses questions, mais bien pour lui annoncer la bonne nouvelle.

– Allez, Lakdar, un peu de courage, tout va s'arranger, bientôt, je te le promets ! lui dit-elle avant de partir.

Sitôt qu'elle eut claqué la porte, Lakdar alla chercher la cassette de l'exécution de l'espion sioniste. Pour l'enfouir dans le vide-ordures, sur le palier. Il l'avait suffisamment regardée.

Il descendit en bas de l'immeuble, fila à travers la cité et pénétra dans l'enclos de l'ancienne usine Gessler.

60

– C’était incroyable, il y avait du sang partout, expliqua Laroche. Les meubles étaient fracassés, la salle de bains – avec jacuzzi, s’il vous plaît ! – totalement dévastée... M. Boubakar habitait un duplex ! On croit rêver ! Sept impacts de balles, sur les murs, deux dans la serrure ! Dans l’escalier, deux cadavres, celui d’un certain Radko, Radko Stefanovic. Vingt-cinq ans. Liquidé à coups de couteau. L’autre, celui de Bakari Diop, vingt-quatre ans, un des vieux copains d’école de Boubakar. Une balle dans la tête. Il a fallu plus de quatre heures, quatre heures, vous vous rendez compte, avant qu’un habitant des Sablières se décide enfin à nous alerter... mais il ne veut pas témoigner davantage. Il a certainement tout vu, mais il a trop la trouille pour se risquer à nous en dire plus.

Laroche était allé rejoindre le substitut Verdier au palais de justice.

– D’après ce que j’ai pu, ou cru, comprendre, il y a eu une sorte de bataille rangée entre les sbires de Boubakar et ceux de Dragomir, poursuivit le commissaire. C’est triste à dire, mais mes collègues de la Criminelle me regardent à présent comme une sorte d’illusionniste, de prestidigitateur, ils ne savent plus quel lapin je vais tirer de mon chapeau pour les épater ! S’il y avait un césar policier de la ville la plus déglinguée, je l’emporterais haut la main ! Je me vois déjà sur le podium ! *And now, the winner is...*

Verdier accueillit la nouvelle avec satisfaction. Boubakar avait disparu. En fuite ou mort, lui aussi, nul ne savait... Peut-être allait-on découvrir, dans une semaine ou dans un mois, ses restes dans une quelconque décharge ? À moins qu'il ne fût parvenu à sauver sa peau. Auquel cas, on aurait de ses nouvelles, un jour ou l'autre, mais certainement plus aux Sablières.

Laroche ne disposait aucunement des moyens suffisants pour établir ce qu'étaient devenues ses « petites protégées ».

– Elles ont dû fuir dans la nature, ou être récupérées par les adjoints de Boubakar, c'est la logique, constata Verdier. Eh bien, dites-moi, ce mois de novembre s'achève plutôt bien !

Il se leva et vint observer le grand plan de Certigny qui ornait un des murs de son bureau.

– Les Lakdaoui aux Grands-Chênes, Ceccati à la Brèche, Boubakar aux Sablières, il y a eu comme un fameux coup de torchon, même si nous n'y sommes rigoureusement pour rien... maintenant que le terrain est libre, c'est de notre responsabilité de maintenir la pression !

– Oui, reste Médine, enfin, le Moulin... vous êtes au courant ?

Verdier l'était. Une vague rumeur circulait.

– J'ai vu les photos, ça reste entre nous, c'est terrifiant ! confia Laroche.

*

En rentrant chez lui, Verdier s'affala sur son canapé et alluma son téléviseur. Sur LCI, on annonçait le sacre de Ronaldinho, ex-vedette du PSG, qui venait de recevoir le « Ballon d'or *France Football* ». Un bataillon de députés pleurnichards partaient en campagne contre les rappeurs et leurs textes tout aussi provocateurs que pitoyables. Rien de neuf sous le soleil. Le président de la République s'apprêtait à fêter ses soixante-treize ans. L'occasion, disait-il, de célébrer l'événement dans un « contact familial chaleureux ».

Verdier s'était promis de téléphoner à Phan Hong pour lui faire part des excellentes nouvelles en provenance de Certigny. Le ratage de l'opération planifiée à la Brèche était largement contrebalancé par l'élimination de Boubakar. Une consolation de taille.

Comme au billard, la boule rouge avait percuté les blanches, dans un impeccable rebond à deux bandes sur le tapis vert. Éjecté le Magnifique.

Le répondeur était branché.

Phan Hong était déjà sans doute en chasse, ailleurs.

Épuisé, Verdier s'endormit devant sa télé et ne se réveilla qu'à vingt-trois heures.

En bas de la rue de Belleville, à deux pas de chez lui, se trouvait un petit restau vietnamien très sympa. La serveuse était plus que jolie. Adorable. Très sexy, dans sa robe de soie noire fendue jusqu'à mi-cuisses. Elle était inscrite en master de lettres à la Sorbonne… Grande admiratrice de Victor Hugo. Verdier avait maintes fois discuté avec elle de leurs passions littéraires communes. *Ils sont votre épouvante, et vous êtes leur crainte ?* Une excellente entrée en matière. Verdier était parfaitement raisonnable, lucide. Ses cheveux blancs, ses épaules déjà voûtées, l'arthrose qui lui meurtrissait les reins lui interdisaient a priori toute velléité de séduction. Tout de même, c'était bon de se laisser aller. Qui ne risque rien…

61

Djamel, le plan otage, ça commençait bien à lui pourrir la tête. Lakdar, il savait plus comment s'en sortir. C'était quoi ? Tirer de la thune aux feujs ou partir carrément dans un délire grave Djihad ? Fallait décider, une bonne fois pour toutes ! Bon, le petit Sidney, maintenant, il avait bien dérouillé. Alors qu'est-ce qu'on allait en faire ? Djamel, il avait pigé pourquoi Lakdar il avait insisté pour lui niquer la main droite, par rapport à sa main à lui. Style vengeance. Normal. Djamel, il avait bien tenu l'appareil photo avec le flash quand son copain avait cogné le feuj avec une barre de fer. Sidney, il avait chialé, ça lui avait fait super mal. Et d'un autre côté, sa cheville, elle en finissait plus de gonfler. Alors, on en faisait quoi, du feuj ? Chaque fois que Djamel posait la question, Lakdar l'envoyait bouler. Un jour ou l'autre, faudrait bien prendre une décision.

Ce qui était plutôt rassurant, c'était qu'avec ce temps de merde, la flotte qui dégoulinait toute la journée, y avait plus personne qu'allait zoner dans le terrain vague de l'usine Gessler. Mettons que tout ça, ça se soye passé en plein été, alors là, ça aurait été galère, avec tous les petits de la cité du Moulin qui jouaient sur les carcasses de Fenwick et autour des Algeco. Mais là, rien.

Tant mieux.

Djamel, il avait besoin de se concentrer, comme Lakdar. Fallait pas le prendre pour un con, non plus. Il avait accepté de fournir la mob', sinon le feuj on aurait jamais pu le pécho, alors après tout, il avait bien son mot à dire. Lakdar c'était le chef, d'accord, mais Djamel, d'un autre côté, il avait pas à s'écraser. Super véner, qu'il était. Il aimait bien Lakdar, mais il voyait venir un bon plan pourri comme avec les salafs de la mosquée, Samir, Aziz & Cie, où il aurait plus qu'à se ratatiner comme une merde. Genre Djamel, on fait jamais gaffe à lui. Djamel, c'est toujours le gogol de service. Les salafs qui lui avaient pété la gueule après l'affaire des DVD pornos, cette enflure de Moussa qui s'était acharné sur lui, c'était pas la première fois qu'on cherchait à le niquer!

Pour se calmer, il enfourcha sa petite Suzuki et partit en vadrouille du côté du centre-ville de Certigny. Après tout, la mob', c'était la sienne. C'était pas Lakdar qui l'avait réparée. Il y connaissait que dalle, en mécanique. Y avait que lui, Djamel, pour assurer.

Djamel Meguerba en était là de ses réflexions, cramponné à son guidon, le visage fouetté par des rafales de pluie glacée, quand une camionnette le percuta à la hauteur du numéro 72, avenue Gagarine, en plein centre de Certigny, à vingt-deux heures trente, le 2 décembre 2005.

Il fut transféré aux Urgences de l'hôpital de Bobigny dans la demi-heure qui suivit.

Il souffrait de multiples fractures au rachis et d'un hématome intracrânien massif.

Le conducteur de la camionnette avait cru bon de prendre la fuite.

*

Lakdar apprit la nouvelle peu avant treize heures le lendemain. Djamel était mort. Il ressentit plus de colère que de chagrin. Difficile de faire le point. De démêler. Pour que le sort s'acharne ainsi sur lui, c'était peut-être qu'il était de trop sur terre. Une sorte d'erreur. Voilà. Il n'avait rien à faire au Moulin, à Certigny, en Algérie, ou ailleurs. Tout ça, ça n'était qu'une mauvaise farce, un film d'horreur super nul. Il resta dans sa chambre, abattu. Sans parvenir à verser la moindre larme. Il fallait bien le constater, des fois, Allah, le Clément, le Miséricordieux, Il avait la tête ailleurs. C'était fini, la vie n'avait plus aucun sens.

Il descendit faire un tour dans la cité, en fin d'après-midi. Il longea le terrain vague de l'ancienne usine Gessler. Le petit feuj allait doucement crever dans son Algeco. Ça allait pas tarder, avec sa blessure à la cheville qui enflait sans arrêt et son bras qui saignait. Lakdar marcha, au hasard. Atteignit le centre-ville et alla s'asseoir tout seul au fond de la salle du Burger Muslim.

Quand il rentra à la maison, son père lui demanda ce que ça signifiait, ce courrier avec accusé de réception qui était arrivé du collège. Lakdar haussa les épaules.

– Bon, je dis rien pour le collège, mais je veux pas que tu ailles vivre chez Zora, elle a téléphoné pour m'avertir… d'accord ?

Ali semblait perdu. Désespéré. Il tenta de prendre Lakdar dans ses bras.

– Tu es mon fils, et je t'aime…

Cette dernière phrase, il l'avait prononcée en arabe.

Lakdar le repoussa d'un violent coup de pied dans le tibia. Ali tituba et chuta à genoux sur le lino.

Lakdar étouffait. Il s'enfuit à reculons, dévala les escaliers et se retrouva au-dehors.

La nuit était tombée.

*

Il délaissa les bâtiments de la cité, traversa la route et s'engagea dans le terrain vague. La porte de l'Algeco couina dans une plainte stridente quand il en poussa le battant.

À tâtons, il trouva la lampe de poche dont il s'était servi lors de ses précédentes visites. Sidney Haddad cligna des yeux quand le faisceau de la torche vint soudain l'aveugler. Le prisonnier se tortilla sur le sol couvert de détritus. Le réduit empestait. Sidney, toujours nu et grelottant, avait la diarrhée. Lors de sa dernière visite, Djamel l'avait de nouveau enveloppé de Rubafix, les pieds, les genoux, les bras tordus dans le dos. La bouche enrubannée à l'identique.

Lakdar braqua le faisceau de la lampe vers le cutter qui traînait sur le sol, s'en saisit et trancha les lambeaux de scotch qui obstruaient la bouche du gosse et le forçaient à respirer par le nez. Sidney prit une profonde inspiration et se mit à haleter, la joue couchée sur le sol gluant de moisissures. C'était un soulagement. Il happa l'air confiné à grandes goulées.

Lakdar le gifla. S'acharna. La tête de Sidney rebondit à plusieurs reprises sur les parois d'acier. Il ne pleurait même plus. Lakdar lui braqua le faisceau de la torche en plein visage. Il fit deux pas en arrière, s'accroupit dans un recoin de l'Algeco et s'efforça de jouir du spectacle. Le cutter en main, le manche calé dans la paume gauche. La lame faisait bien ses dix centimètres de long, poussée au dernier cran. Tranchante. Acérée. Le faisceau de la torche électrique inondait la scène d'un halo blême. Lakdar serra encore plus fort le manche du cutter. La poignée de plastique devint chaude au creux de sa paume, presque brûlante, du moins ce fut l'impression qu'il ressentit. Le visage souriant de Slimane lui revint en mémoire. Le Djihad. Maintenant, il y était. Il se leva, fit un pas en direction du petit feuj. S'agenouilla face à lui. Posa la lame du cutter sur la gorge du gamin. Oui, maintenant, il y était. Enfin. Toutes les humiliations infligées aux musulmans. Guantanamo et Abou-Grahib.

Il appliqua la lame du cutter sur la gorge de Sidney. Sa pomme d'Adam tressautait, agitée par les sanglots. Il suffisait de pousser, de pousser d'un bon coup, d'un seul, et d'effectuer quelques mouvements latéraux, en appuyant consciencieusement, et ça finirait bien par venir. Comme pour l'espion sioniste.

Il suffisait de pousser. Facile.

La lame du cutter.

La main de Lakdar se mit à trembler. Sidney le fixait d'un regard exorbité, mais soudain ses traits, jusqu'alors crispés dans un rictus d'extrême souffrance, s'apaisèrent… Du moins Lakdar crut-il le discerner, à la lumière falote de la torche électrique. Le petit se mit à balbutier des paroles incompréhensibles.

Une sorte de prière, à son dieu à lui, sans doute, maintenant qu'il allait y passer.

Lakdar se redressa.

Le cutter s'échappa de sa main.

62

Les enquêteurs de la brigade criminelle n'avaient pas lâché Salomon Haddad d'une semelle depuis la réception de la première lettre contenant un appareil photo jetable. En cas d'une prise de contact téléphonique de la part des ravisseurs, il était le mieux à même de répondre, avec un minimum de sang-froid, à la différence de ses parents. Mais rien n'était venu.

Des détails très troublants, pour ne pas dire insolites, intriguaient fortement l'équipe. Le rapport de l'expert graphologue, qui assurait catégoriquement que le message infâme tracé sur la pancarte que Sidney était contraint d'exhiber face à l'objectif provenait d'un « droitier contrarié ». D'autre part, les tortionnaires s'étaient acharnés sur l'avant-bras droit de leur prisonnier. Au point de provoquer une fracture ouverte du radius. Deux éléments qui faisaient fatalement sens. Surtout si l'on prenait en compte le fait que Salomon Haddad était médecin. Interne dans un service d'urgence.

Alors ?

Et brusquement, Salomon se souvint. Il ne pouvait y croire. Son supérieur, le Pr Sandoval, l'avait d'ailleurs assuré de tout son soutien. Un accident, un syndrome de Volkmann, comme il en survenait parfois. La cousine du gamin – il ne se rappelait même plus son nom – se préparait à intenter un procès à l'hôpital, et risquait fort de gagner. Salomon en avait eu des sueurs froides, s'était rongé de culpabilité, mais Sandoval avait su trouver les mots pour le délivrer de son fardeau. S'il y avait eu ne serait-ce qu'un interne de plus dans le service ce soir-là, dix minutes supplémentaires à consacrer à la confection du plâtre, rien ne serait arrivé. Salomon en avait pleuré. Une vie de gosse saccagée, ça n'était jamais agréable à encaisser.

*

Dès lors, tout alla très vite. D'une part, la cité du Moulin, à Certigny. D'où avaient été expédiées les lettres. 18, allée des Acacias. Ali Abdane. D'autre part le 92, avenue Jean-Jaurès, à Saint-Denis. Zora Abdane. Le 4 décembre à l'aube, un dimanche, deux escouades de la brigade criminelle foncèrent sur leurs cibles.

Zora ouvrit sa porte, ahurie. Jean-Philippe avait passé la nuit chez elle, et la protégea du mieux qu'il put devant l'avalanche de questions qui lui furent assénées. On le pria, très courtoisement, mais très fermement, de rester à l'écart. Qu'il se rassure, son tour viendrait de s'expliquer.

Police ! Police ! Ali ouvrit lui aussi sa porte. Police ! Police ! Les inspecteurs étaient nerveux, très nerveux. Ils ne tenaient pas à s'attarder. Il fallait les suivre. Tout de suite, le temps de s'habiller, et encore... Il se rendit dans la chambre de son fils. Lakdar avait tout entendu. Il avait déjà compris. Il eut le temps d'ouvrir la fenêtre et de sauter dans le vide, du haut du cinquième étage.

*

Le commissaire qui dirigeait les opérations réagit au quart de tour. Il fallait embarquer le père, évidemment. Et appeler des renforts pour protéger les allées de la cité. Le cadavre du fils gisait sur le bitume, en bas de l'immeuble. La tête fracassée. Un petit parfum de bavure. Tout s'était joué à quelques secondes près. Les spécialistes de l'Identité judiciaire avaient besoin quant à eux d'une heure au moins pour procéder aux constatations habituelles. Le commissaire avait bien conscience d'opérer dans une contrée hostile. À cette heure très matinale, la cité était déserte, mais il ne fallait pas traîner. D'ici à ce qu'il ait droit à un simulacre d'insurrection, il n'y avait pas loin. Il jugea préférable d'appeler une compagnie de gendarmes mobiles à la rescousse. Laquelle débarqua au Moulin en moins d'une demi-heure. Depuis le début des émeutes, il y en avait une dizaine en alerte sur le département, mobilisables vingt-quatre heures sur vingt-quatre.

Un de ses adjoints lui montra le terrain vague de l'ancienne usine Gessler qui bordait la cité. À moins de trois cents mètres. Avec ses Algeco minés par la rouille et envahis de ronces.

Oui, effectivement, ça valait le coup de vérifier. Et vite.

63

Slimane Benaissa s'appelait désormais *Mohand Djedour*. C'était le nom inscrit sur son passeport tout neuf. Wahid venait de le lui remettre, lors d'un de leurs rendez-vous coutumiers, dans un bistrot situé à deux pas de la place de la République, à Paris. Mohand-Slimane s'était fait couper les cheveux très court, les avait teints et avait laissé pousser sa moustache. Il portait en outre de fines lunettes à monture d'écaille. Le résultat était plus qu'appréciable. À l'époque de son séjour en Égypte, Wahid n'avait pas bénéficié d'un tel luxe, et pourtant, il avait survécu.

– Tu as toujours été très fougueux, « Mohand », nota Wahid en suçotant sa cuiller, comme à son habitude.

Sa tasse de café était presque vide mais il en arrosa le fond d'une petite dose de sucre en poudre, pour satisfaire sa gourmandise.

– La patience est la première vertu du combattant, tu me l'as dit, Djibril me l'avait dit aussi…

– Eh bien, ta patience va être enfin récompensée ! J'ai une grande tâche à te confier. Tout notre groupe est prêt. Nous avons reçu du « matériel ».

Wahid déploya un plan de Paris sur la table. Il pointa l'index sur le cœur de la capitale. Châtelet.

– Les Halles, le RER, c'est le plus grand nœud de circulation en France. Des dizaines de milliers de voyageurs l'empruntent tous les jours aux heures de pointe, expliqua-t-il. Ton travail ? Te procurer le maximum de renseignements sur le réseau souterrain, m'en fournir une carte technique la plus détaillée possible.

Débrouille-toi. Prends tout ton temps. Nous ne sommes pas à quelques mois près. Mais il faut faire mieux qu'à Atocha !

Il lui tendit une enveloppe rebondie, l'entrouvrit et lui montra le pactole qu'elle contenait en froissant du bout des doigts une épaisse liasse de billets de deux cents euros.

– *Inch Allah !* acquiesça « Mohand ».

– Oh, non, non, non…, corrigea Wahid, d'une voix très douce. N'implore pas Son aide. C'est sur tes épaules que tout repose. Sur toi seul.

64

La fin du trimestre approchait. Depuis les fenêtres de sa classe, Anna Doblinsky contemplait les ruines du gymnase qu'une entreprise de travaux avait commencé à déblayer. Les apprenants étaient agités, comme à l'accoutumée. Et le vacarme occasionné par les pelleteuses n'arrangeait rien.

Anna ne pouvait s'empêcher de fixer les trois chaises vides, celles de Moussa, de Djamel et de Lakdar. Aucun regret en ce qui concernait le premier. Par contre, elle ne cessait de se tourmenter à propos des deux autres. Si elle avait été plus ferme, plus persuasive envers le CPE Lambert, et surtout si elle avait réagi plus tôt, on aurait peut-être – qui sait ? – pu interrompre leur dérive. Les semaines d'émeutes leur avaient tourné la tête. L'infirmité de Lakdar, la persécution insidieuse que Djamel avait endurée de la part de Moussa avaient suffi à les marginaliser. Les circonstances de la mort de Djamel ne laissaient place à aucun doute. Par contre, le suicide de Lakdar restait entouré d'une aura de mystère.

*

Quand ils en parlaient dans les couloirs ou dans la cour, les élèves s'excitaient. Ceux qui habitaient la cité du Moulin colportaient des racontars tous plus invraisemblables les uns que les autres. Les « keufs » avaient voulu enlever Lakdar, et pour leur échapper, il avait sauté par la fenêtre. C'était risible. Lakdar était tout simplement désespéré, sans doute profondément dépressif à la suite de la paralysie de sa main droite. L'accident mortel de son copain Djamel avait dû lui porter le coup de grâce.

Mlle Sanchez s'en voulait, elle aussi. Les semaines que Lakdar avait passées à griffonner au CDI, muré dans sa solitude, lui restaient en travers de la gorge. Si le principal Seignol avait fait face à ses responsabilités pour secouer à temps la commission médicale, Lakdar aurait pu bénéficier d'une prise en charge psychologique adéquate.

Quand elles se croisaient en salle des profs, Anna et la documentaliste n'en finissaient plus de battre leur coulpe pour conclure, dans les secondes qui suivaient, qu'au fond, elles n'avaient rien à se reprocher. Elles se rassuraient mutuellement, sans croire un mot de ce qu'elles se disaient. Vidal avait expédié une carte postale de Belle-Île. Il travaillait dur sur l'accastillage de son bateau. Il avait signé Capitaine Haddock. Anna épingla la carte près de son ordinateur.

*

Ce fut à la veille des vacances de Noël que l'incident se produisit.

Exercice de grammaire avec la troisième B. Toute la bande, Fatoumata, Amina, Abdel, Saïd, Farida, Sékou... Steeve roupillait carrément. Le « repas amélioré » servi à la cantine était venu à bout de ses dernières résistances. La part de boudin blanc et la traditionnelle bûche de crème glacée...

Anna circulait dans les rangs, attentive. Impossible de travailler correctement, ça chuchotait dans tous les coins, dans tous les sens.

– Qu'est-ce qui se passe ? s'écria-t-elle en frappant violemment son bureau à l'aide d'une règle de bois.

Un ustensile plus que démodé, mais qui avait fait ses preuves. Agitation.

– M'dame, c'est Saïd qui l'a dit ! expliqua Fatoumata.

– Mais qui a dit quoi ?

Silence.

Anna se dirigea vers Saïd.

– Alors, qu'est-ce que tu as dit ?

Saïd prit le temps de réfléchir.

– Ben, m'dame, ce qu'on raconte au Moulin, c'est que si Lakdar il est mort, c'est parce que c'est un coup des feujs !

– « Un coup des feujs » ? répéta calmement Anna.

– Ouais, ouais, c'est eux qui l'ont poussé par la fenêtre ! précisa Abdel. C'est sûr ! Ceux de Vadreuil !

– Tais-toi, petit crétin ! s'écria Anna.

Elle avait dressé la main pour le gifler, mais retint son geste, in extremis.

Silence. Stupéfaction.

– M'dame, pourquoi que vous les défendez ? demanda posément Fatoumata.

Anna fit face. Les regards la scrutaient. Attentifs. Vigilants. Inquisiteurs.

– M'dame, si vous les défendez, au fond, c'est peut-être bien parce que vous en êtes une ? ajouta doucement Abdel.

– Oui ! Et alors ? répliqua Anna.

Note de l'auteur

Quelques éléments présents dans ce roman peuvent surprendre, voire choquer.

Aussi grotesques, saugrenus ou scandaleux qu'ils puissent paraître, ils sont pourtant tirés de la réalité que chacun peut vérifier s'il s'en donne la peine.

– Il existe bien un projet pédagogique « CARGO », concocté à l'IUFM de Lyon, cf. *marianne-en ligne.fr.archives-doc.*

– L'idée de faire repeindre des portes pour imiter le geste d'enfants palestiniens a bien germé dans la cervelle de quelques pédagogues français, et plus précisément dans celles d'une équipe parisienne. Cf. *Primo-Europe@90plan.ovh.net.*

– La série télévisée *Al-Shatat,* produite par une société syrienne, a bien été diffusée par Al-Manar, la chaîne contrôlée par le Hezbollah libanais, qui a pu émettre durant une courte période en France. La série s'ouvre sur une scène où Edmond de Rothschild, sur son lit de mort, divise le monde entre ses enfants et leur donne ses dernières instructions pour diriger à sa place le Gouvernement juif mondial : « Dieu nous a donné, à nous juifs, la mission de dominer les peuples non juifs en utilisant l'argent, la science, la politique, l'assassinat, le sexe et tous les autres moyens. Il nous a ordonné de créer un état juif. Le rôle du gouvernement est de préserver la religion juive et de régner sur le monde, le monde entier. »

Al-Shatat contient une scène de torture sous les ordres d'un « tribunal talmudique ». Tandis que la victime se tord de douleur, le rabbin qui dirige le tribunal donne des consignes à ses assistants.

« Toi, bloque son nez. Toi, ouvre-lui la bouche avec des tenailles. Toi, verse du plomb fondu dans sa bouche. Toi, coupe ses oreilles. Toi, larde-le de coups de couteau avant que le plomb l'ait tué. Vous avez compris ? C'est un tribunal talmudique sacré. Si l'un de vous ne remplit pas sa tâche, il sera jugé au même titre que ce criminel. » (Cette scène est contenue dans le documentaire d'Élie Chouraqui, *Antisémitisme, la parole libérée,* diffusé sur France 2 le 15 avril 2004.)

Des millions de téléspectateurs, dans l'ensemble du monde arabo-musulman, ont vu ces images. Cf. *info@arche-mag.com.*

– Les *Protocoles des Sages de Sion* et *Le Manifeste (judéo-nazi) d'Ariel Sharon* sont régulièrement proposés aux visiteurs du rassemblement annuel organisé par l'UOIF au Bourget.

– Durant le mois de novembre 2005 enfin, il semblerait bien qu'une flambée d'émeutes se soit abattue sur certaines banlieues des grandes villes françaises…

Le reste n'est que littérature.

Du même auteur

Mémoire en cage
Albin Michel, 1982
Gallimard, « Série noire », n° 2397
et « Folio », n° 119

Mygale
Gallimard, 1984
et « Folio », n° 52

Le Bal des débris
Fleuve noir, 1984
Méréal, « Black Process », n° 1
Librio, 2003

Le Secret du rabbin
Denoël, 1986
L'Atalante, 1995
Gallimard, « Folio », n° 99

Comedia
Payot, 1988
Actes Sud, « Babel noir », n° 376
Gallimard, « Folio », n° 390

Le pauvre nouveau est arrivé
Manya, 1990
Méréal, 1997
Librio, 1998

Trente-sept annuités et demie
Dilettante, 1990

Les Orpailleurs
Gallimard, « Série noire », n° 2313
et « Folio », n° 2

La Vie de ma mère!
Gallimard, « Série noire », n° 2364
et « Folio », n° 3585
Casterman (avec Jean-Christophe Chauzy), 2003

Du passé faisons table rase!
Albin Michel, 1982,
sous le pseudonyme de Ramon Mercader
Dagorno, 1994
Actes Sud, « Babel », 1998
et « Babel noir », n° 321
Gallimard, « Folio », n° 404

L'Enfant de l'absente
Le Seuil, 1994
et « Points », n° P588

La Bête et la Belle
Gallimard, « Série noire », n° 2000
et « Folio », n° 106
et « La bibliothèque Gallimard », n° 12

Moloch
Gallimard, « Série noire », n° 2489
et « Folio », n° 212

La Vigie et autres nouvelles
L'Atalante, 1998
Casterman (avec Jean-Christophe Chauzy), 2001
Gallimard, « Folio », n° 4055

Rouge, c'est la vie
Seuil, « Fiction & Cie », 1998
et « Points », n° P633

Le Manoir des immortelles
Gallimard, « Série noire », n° 2066
et « Folio », n° 287
et « Écoutez lire », 2005

Jours tranquilles à Belleville
Méréal, 2000
Seuil, « Points », n° P1106

Ad vitam aeternam
Seuil, « Fiction & Cie », 2002
et « Points », n° P1082

La Folle Aventure des Bleus... suivi de DRH
Gallimard, « Folio », n° 3966

Mon vieux
Seuil, 2004
et « Points », n° P1344

DRH
Casterman (avec Jean-Christophe Chauzy), 2004

RÉALISATION : PAO ÉDITIONS DU SEUIL
IMPRESSION : S.N. FIRMIN-DIDOT AU MESNIL-SUR-L'ESTRÉE
DÉPÔT LÉGAL : OCTOBRE 2006. N° 68271-2 (81688)
IMPRIMÉ EN FRANCE